O último judeu

NOAH GORDON

O último judeu

UMA HISTÓRIA DE
TERROR NA INQUISIÇÃO

Tradução de Mario Molina

Rocco

Título original
THE LAST JEW

Copyright © 2000 by Lise Gordon, Jamie Beth Gordon
e Michael Seay Gordon

Todos os direitos reservados.

Direitos para a língua portuguesa reservados
com exclusividade para o Brasil à
EDITORA ROCCO LTDA.
Rua Evaristo da Veiga, 65 – 11º andar
Passeio Corporate – Torre 1
20031-040 – Rio de Janeiro – RJ
Tel.: (21) 3525-2000 – Fax: (21) 3525-2001
rocco@rocco.com.br
www.rocco.com.br

Printed in Brazil/Impresso no Brasil

preparação de originais
MAIRA PARULA

revisão especial
FATIMA FADEL

CIP-Brasil. Catalogação na fonte.
Sindicato Nacional dos Editores de Livros, RJ.

G671u
        Gordon, Noah
           O último judeu – uma história de terror na Inquisição /
      Noah Gordon; tradução de Mario Molina. – Rio de Janeiro:
      Rocco, 2000.

        Tradução de: The last jew
        ISBN 978-85-325-1171-3

          1. Ficção norte-americana. I. Molina, Mario. II. Título.

00-0931   CDD-813
                                       CDU-820(73)-3

O texto deste livro obedece às normas
do Acordo Ortográfico da Língua Portuguesa

Com amor
Para Caleb e Emma
e para a vovó

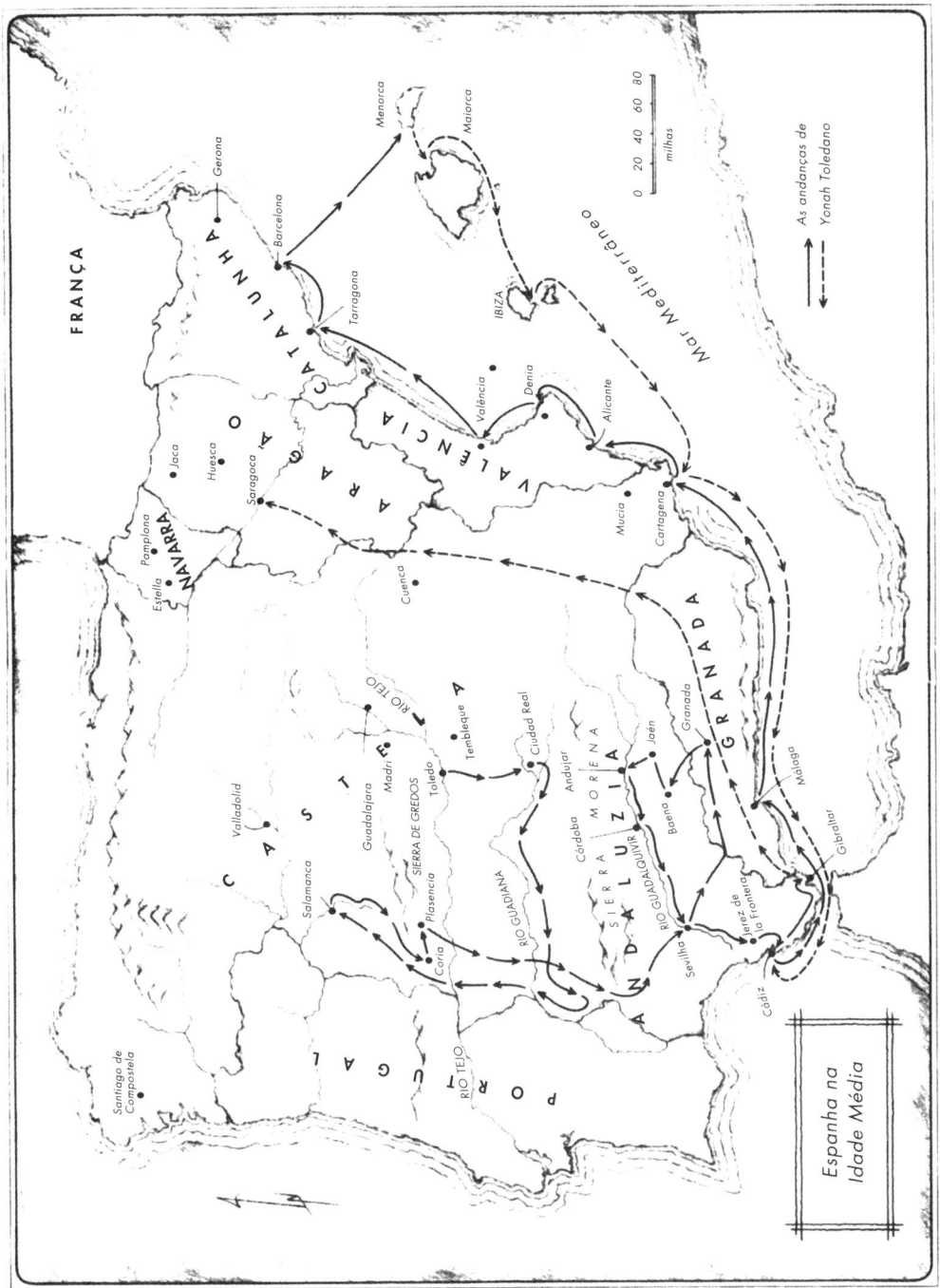

PARTE UM
O PRIMEIRO FILHO

Toledo, Castela
23 de agosto de 1489

Capítulo 1

O FILHO DO OURIVES

O mau tempo começou para Bernardo Espina num dia em que o ar caía pesado como ferro e a luz altaneira do sol era uma praga. Naquela manhã, seu consultório apinhado de gente ficou quase vazio quando a bolsa de água de uma mulher grávida estourou; os dois pacientes que não saíram foram banidos por ele. Não se tratava sequer de uma cliente; apenas uma moça que levara o pai idoso ao médico por causa de uma tosse que não parava. Era seu quinto bebê e emergiu sem delongas para o mundo. Espina pôs nas mãos o menininho rosado, lustroso, e, quando bateu nas pequenas nádegas, o uivo estridente do vigoroso peãozinho provocou risos e brados de alegria nos que esperavam do lado de fora.

O parto levantou o ânimo de Espina com a falsa promessa de um dia feliz. Como não tinha compromisso à tarde, estava pensando em preparar uma cesta com doces e uma garrafa de vinho tinto para ir com a família até o rio. Enquanto as crianças chapinhassem na água, ele e Estrella poderiam sentar na sombra de uma árvore, bebericar, beliscar os doces e conversar sossegadamente.

Estava acabando de atender o último paciente quando um homem, usando a batina marrom de um noviço, entrou saltitando no pátio montado em um burro. O animal parecia ter sido forçado demais num dia quente como aquele.

Cheio de contida pompa e entusiasmo, o homem balbuciou que a presença do *señor* médico estava sendo solicitada no Mosteiro da Assunção pelo padre Sebastián Alvarez.

– O prior espera que vá de imediato.

O médico apostou que o homem sabia que ele era um convertido. As maneiras continham o respeito devido à sua profissão, mas havia insolência no tom, quase o mesmo tom (embora não de todo) que o homem teria usado para se dirigir a qualquer outro judeu.

Espina assentiu e tomou providências para que dessem alguns goles de água ao burro e comida e bebida ao homem. Tomou também a precaução de mijar, lavar o rosto e as mãos, engolir um pedaço de pão. O noviço ainda estava comendo quando Espina saiu para atender à convocação.

Tinham se passado onze anos desde sua conversão. Durante todo esse tempo se dedicara com fervor à fé pela qual optara, observando cada dia santo, assistindo diariamente à missa com a esposa, mostrando-se sempre ávido para servir sua Igreja. Agora se pusera prontamente na estrada para atender ao pedido do padre, embora num passo que não esfalfasse o animal sob o sol abrasador.

Chegou ao mosteiro jeronimita a tempo de ouvir o som de bronze dos sinos chamando os fiéis para o Ângelus da Encarnação. Viu também quatro suados irmãos leigos carregando a cesta de pão dormido e o caldeirão de *sopa boba*, o caldo ralo que seria a única refeição do dia para os indigentes reunidos na porta do mosteiro.

Encontrou o padre Sebastián andando de um lado para o outro no claustro, absorto numa conversa com frei Julio Pérez, o sacristão da capela. O ar de gravidade em seus rostos chegou até Espina.

Atordoado foi a palavra que piscou na cabeça do médico quando o prior mandou o sacristão sair e cumprimentou-o sombriamente em nome de Cristo.

– Encontraram o corpo de um garoto entre nossas oliveiras, foi assassinado – disse o padre, um homem de meia-idade com uma ansiedade crônica no olhar. Era como se vivesse com medo de Deus não estar satisfeito com o seu trabalho. Sempre fora decente nas relações com os convertidos.

Espina abanou devagar a cabeça, mas a mente já estava atenta a um sinal de advertência. Era um mundo violento. Com desagradável frequência alguém era encontrado morto, mas após a vida ter fugido não havia razão para chamar um médico.

– Venha.

O prior conduziu-o até a cela de um frade, onde o corpo fora estendido. Já o calor tinha trazido moscas e o especial fedor adocicado da mortalidade humana. Com uma pontada de angústia, Bernardo Espina reconheceu o rosto e se benzeu, não sabendo se o reflexo era pelo menino judeu chacinado, por si mesmo ou pela presença do clérigo.

– Gostaríamos de saber mais detalhes sobre esta morte. – O padre Sebastián olhou para ele e continuou: – Saber tudo. Tanto quanto é possível saber. – Bernardo abanou a cabeça, ainda confuso.

Certas coisas, porém, já eram do conhecimento de ambos.

– Ele se chama Meir e é filho de Helkias Toledano – disse Bernardo e o padre assentiu. O pai do rapaz assassinado era um dos principais ourives de toda Castela.

Bernardo Espina continuou:

– Se não me falha a memória, o garoto tem no máximo quinze anos. Seja como for, sua vida mal passou da infância. Assim é que ele foi encontrado?

– Exato. Por frei Angelo, que colhia azeitonas de manhã muito cedo, logo após as Matinas.

– Posso examiná-lo, padre? – perguntou Espina, e o prior concordou com um gesto impaciente da mão.

O rosto do garoto era inocente e não tinha marcas. Havia contusões esbranquiçadas nos braços e no peito, um ponto roxo nos músculos da coxa, três facadas superficiais nas costas e um corte no lado esquerdo, sobre a terceira costela. O ânus estava rasgado e havia esperma nas nádegas. E filetes muito nítidos de sangue de um lado a outro da garganta cortada.

Bernardo conhecia a família, judeus devotos e obstinados que abominavam os que, como o próprio Bernardo, tinham se disposto a abandonar a religião dos pais.

Após o exame, o padre Sebastián pediu que o médico o seguisse até o *sacellum*, onde se deixaram cair de joelhos nas duras lajes diante do altar e recitaram o padre-nosso. De uma estante atrás do altar, o padre Sebastián tirou uma pequena caixa de sândalo. Abrindo-a, removeu uma peça de seda escarlate, fortemente perfumada. Quando ele desdobrou a seda, Bernardo Espina viu um fragmento seco e esbranquiçado, com menos de meio palmo de comprimento.

– Sabe o que é isso?

O padre parecia entregar o objeto com relutância. Espina se aproximou da luz oscilante das velas votivas e examinou-o.

– Um pedaço de osso humano, padre.

– Sim, meu filho.

Bernardo estava numa ponte frágil, estreita, equilibrando-se sobre o traiçoeiro abismo do conhecimento ganho em horas longas e secretas diante da mesa de dissecação. A dissecação fora proibida pela Igreja, mas Espina ainda era judeu na época do aprendizado com Samuel Provo, um médico de renome, também judeu, que a praticava secretamente. Agora ele olhava diretamente nos olhos do prior.

– O fragmento de um fêmur, o maior osso do corpo. Neste caso, tirado de perto do joelho.

Examinou os relevos do osso, avaliando a massa, a angulação, os sinais característicos, os sulcos.

– É da perna direita de uma mulher.

– Pode dizer tudo isso simplesmente olhando?

– Sim.

A luz das velas amarelava os olhos do prior.

– É o mais sagrado dos elos para o Salvador.

Uma relíquia.

Bernardo Espina fitou o osso com interesse. Nunca sonhara em chegar tão perto de uma relíquia sagrada.

– O osso de uma mártir?

– É o osso de Santa Ana – disse calmamente o prior.

Espina demorou um pouco para compreender. A mãe de *La Virgen María*? Certamente não, ele pensou, horrorizado ao perceber que tinha falado estupidamente em voz alta.

– É sim, meu filho. Atestado pelos que lidam com essas coisas em Roma e enviado para nós por Sua Eminência o cardeal Rodrigo Lancol.

A mão de Espina segurando o objeto tremeu de um modo estranho para quem, há anos, era um bom cirurgião. Cuidadosamente, ele devolveu o osso ao padre e deixou-se cair outra vez de joelhos. Dando rapidamente graças, juntou-se ao padre Sebastián em mais uma prece.

Mais tarde, de novo sob o sol quente do lado de fora, Espina notou que havia homens armados nos terrenos do mosteiro, homens que não pareciam frades.

– Não viu o garoto ontem à noite, enquanto ele ainda estava vivo, padre?

– Não vi – disse o padre Sebastián, que também informou, finalmente, por que o mandara chamar. – Este mosteiro encomendou ao ourives Helkias um relicário moldado em ouro e prata. Devia ser uma peça notável, com a forma de um cibório, para alojar nossa relíquia sagrada durante os anos que levaremos para financiar e construir uma urna adequada em honra de Santa Ana.

"Os esboços do artesão eram esplêndidos, sugerindo, em cada detalhe, que o trabalho acabado seria digno da tarefa recebida.

"O garoto devia ter entregue o relicário ontem à noite. Quando seu corpo foi encontrado, ao lado dele havia uma bolsa de couro vazia.

"É possível que aqueles que o mataram sejam judeus, mas também podem ser cristãos. Você é um médico que tem acesso a muitos lugares e à vida de muita gente. Cristão, mas também judeu. Queria que descobrisse a identidade dos responsáveis."

Bernardo Espina enfrentou com ressentimento a insensível ignorância daquele clérigo, para quem um convertido era bem recebido em qualquer parte.

– Sou talvez a última pessoa que o senhor deveria encarregar de uma tarefa dessas, reverendo.

– Não importa. – O padre contemplou-o com ar obstinado e com a implacável crueza de alguém que desistira dos confortos terrenos para apostar tudo no mundo vindouro. – Vai me encontrar esses ladrões assassinos, meu filho. Tem de mostrar aos nossos demônios que podemos nos proteger contra eles. Tem de trabalhar pela sua Igreja.

Capítulo 2

A DÁDIVA DE DEUS

Padre Sebastián sabia que frei Julio Pérez era um homem de fé impecável, alguém que seria o escolhido para dirigir o Mosteiro da Assunção se ele tivesse de se afastar em virtude de morte ou de algum outro imprevisto. Contudo, o sacristão da capela era prejudicado por uma inocência excessivamente confiante. Padre Sebastián achava perigoso que, dos seis homens de armas, dos seis guardas de olhar duro contratados para vigiar os perímetros do mosteiro, só três fossem conhecidos pessoalmente por frei Julio ou por ele próprio.

O padre estava dolorosamente consciente de que o futuro do mosteiro, assim como seu futuro pessoal, repousava na pequena caixa de madeira escondida na capela. A presença da relíquia o enchia de gratidão e renovava seu sentimento de assombro, mas também lhe aumentava a ansiedade, pois tê-la sob sua guarda era ao mesmo tempo uma grande honra e uma terrível responsabilidade.

Quando menino em Valência, com pouco mais de doze anos, Sebastián Alvarez vira alguma coisa na superfície polida de um cântaro de cerâmica preta. A visão – porque ele sabia que era isso – ocorreu-lhe no meio de uma noite assustadora, quando acordou no quarto que compartilhava com os irmãos, Augustin e Juan Antonio. Ao contemplar a cerâmica preta sob a luz da lua que entrava no aposento, viu o próprio Senhor Jesus crucificado. Tanto a imagem do Senhor quanto a cruz estavam embaçadas e não mostravam detalhes. Depois da visão, ele tornou a mergulhar num sono doce e aconchegante; quando despertou de manhã, a visão desaparecera, mas a lembrança do que havia visto continuava perfeitamente clara em sua mente.

Nunca revelou a ninguém ter sido escolhido por Deus para receber uma visão. Os irmãos mais velhos iam zombar e dizer que ele vira o dragão da lua refletido no cântaro. O pai, um barão que achava que sua linhagem e suas terras lhe davam o direito de ser uma besta grosseira, teria lhe batido por querer fazer os outros de bobo. A mãe era uma figura anulada; vivia com medo do marido e raramente falava com os filhos.

Mas após a noite da visão, esteve sempre claro para Sebastián o papel que lhe estava reservado na vida. Logo ele demonstrou uma piedade que tornou fácil para a família encaixá-lo no serviço da Igreja.

Após a ordenação, o padre se contentou em servir humildemente em várias funções sem importância. Só no sexto ano após a ordenação, ele seria ajudado pela crescente importância do irmão Juan Antonio. Augustin herdara o título e as terras em Valência, mas Juan Antonio fizera um excelente casamento em Toledo e a família da esposa, os poderosos Bórgia, conseguiram que Sebastián fosse indicado para a Sé de Toledo.

Sebastián foi nomeado capelão de um novo mosteiro jeronimita e assistente de seu prior, padre Jerónimo Degas. O Mosteiro da Assunção era extremamente pobre. Não tinha terra própria, salvo o diminuto terreno onde se localizava, mas arrendava um bosque de oliveiras e, como ato de caridade, Juan Antonio permitiu que os frades plantassem videiras nos cantões e nas orlas das terras dele. Mas o mosteiro conseguia pouco dinheiro em donativos de Juan Antonio ou de qualquer outra pessoa e não atraía noviços ricos para as lidas do serviço divino.

Contudo, após a morte do padre Jerónimo Degas, Sebastián Alvarez sucumbiu ao pecado da vaidade quando os frades elegeram-no prior, embora ele suspeitasse que a honra se devia ao fato de ser irmão de Juan Antonio.

Os primeiros cinco anos na direção do mosteiro tinham-no abatido, minado seu ânimo, mas a despeito da dolorosa insignificância, o padre ousara sonhar. A gigantesca ordem cisterciense fora iniciada por um punhado de homens dedicados, menos numerosos ainda e mais pobres que seus próprios frades. Sempre que o número daqueles monges de túnicas brancas de uma comunidade cisterciense chegava a sessenta, doze saíam para começar um novo monastério. Foi assim que se espalharam por toda a Europa em nome de Jesus. Padre Sebastián dizia a si mesmo que seu modesto monastério podia fazer o mesmo. Bastava que Deus indicasse o caminho.

No ano do Senhor de 1488, o padre Sebastián ficou empolgado (e a comunidade religiosa de Castela ganhou novo vigor) com um visitante vindo de Roma. O cardeal Rodrigo Lancol tinha raízes espanholas, tendo nascido perto de Sevilha e sido batizado como Rodrigo Bórgia. Fora adotado, quando jovem, por seu tio, o papa Calisto III, sendo criado para ser um homem a temer, alguém extremamente poderoso dentro da Igreja.

A família Alvarez vinha há muito tempo se revelando amiga e aliada dos Bórgia e os fortes laços entre as duas famílias tinham sido fortalecidos pelo casamento de Elienor Bórgia com Juan Antonio. Devido à união com os Bórgia, Juan Antonio se tornara da noite para o dia uma figura popular nos eventos da corte; dizia-se que era um favorito da rainha.

Elienor era prima-irmã do cardeal Lancol.

– Uma relíquia – Sebastián dissera a Elienor.

Ele abominava ter de pedir alguma coisa à cunhada, de quem não suportava a presunção, a hipocrisia e o espírito de vingança que vinha à tona quando a irritavam.

– A relíquia de um mártir, talvez de um dos santos menos importantes. Se Sua Eminência pudesse ajudar o mosteiro a obter uma tal relíquia, todos os nossos problemas estariam resolvidos. E tenho certeza de que ele viria em nosso socorro a um simples pedido seu.

– Ah, eu não poderia... – Elienor protestou.

Não obstante, Sebastián foi se tornando mais atrevido e mais insistente à medida que ia chegando a hora da visita de Lancol. Finalmente, ela amoleceu. Para livrar-se de um aborrecimento e exclusivamente em consideração ao marido, acabou prometendo ao irmão de Juan Antonio fazer o que fosse humanamente possível para favorecer sua causa. Era voz corrente que o cardeal ficaria hospedado em Cuenca, na propriedade do irmão do pai dela, Garci Bórgia Junez.

– Vou falar com o tio e pedir que ele faça isso – ela prometeu a Sebastián.

Antes de partir da Espanha, o cardeal Lancol oficiou na catedral de Toledo uma missa à qual cada frade, padre e prelado da região assistiu. Após o serviço, Lancol foi rodeado dos conhecidos que vinham se despedir. Tinha a mitra de cardeal na cabeça, o báculo (um grande cajado de pastor) na mão e, em volta do pescoço, o pálio que lhe fora dado pelo papa. Sebastián viu-o de longe, como se estivesse experimentando outra visão. Após a missa, não procurou abordar Lancol. Elienor informara que Garci Bórgia Junez já fizera o pedido. O tio destacara que cavaleiros e soldados de todos os países da Europa tinham atravessado a Espanha após cada uma das grandes cruzadas. Antes de retornarem a casa, porém, despojavam o país das relíquias sagradas, desenterrando os ossos dos mártires ou santos, pilhando quase abertamente cada igreja ou catedral ao longo de seus caminhos. Com muita delicadeza, o tio dissera que se Lancol pudesse enviar uma relíquia para o padre espanhol que se tornara seu parente pelo casamento, isso iria lhe garantir a adulação de toda Castela.

Sebastián sabia que agora o assunto estava nas mãos de Deus e de seus devidos servidores em Roma.

Os dias passaram devagar. A princípio ele se imaginava recebendo uma relíquia com poder de atender às preces cristãs e com a extremosa compaixão de curar os aflitos. Tal relíquia atrairia devotos e donativos de longe. O pequeno mosteiro se transformaria num grande e próspero monastério, onde o prior se tornaria...

À medida que os dias se transformavam em semanas e meses, ele se viu obrigado a pôr o sonho de lado. E quando já perdera quase toda a esperança, foi convocado aos gabinetes da Sé de Toledo. A mala postal que Roma mandava a Toledo duas vezes por ano acabara de chegar. Entre outras coisas, continha uma mensagem lacrada para o padre Sebastián Alvarez do Mosteiro da Assunção.

Era muito raro um humilde sacerdote receber um pacote lacrado da Santa Sé. O bispo-auxiliar, Guillermo Ramero, que entregou o pacote a Sebastián, sentiu a curiosidade coçar e esperou, ansioso, que o prior abrisse o pacote e revelasse seu conteúdo, como qualquer padre respeitador devia ter feito. Ficou furioso quando o padre Alvarez se limitou a pegar o pacote e sair.

Só quando se viu sozinho no mosteiro, Sebastián rompeu o lacre com dedos que tremiam.

O pacote continha um documento intitulado *Translatio Sanctae Annae*. O padre Sebastián afundou numa cadeira e começou a ler com ar vidrado. Logo foi percebendo que era uma história dos despojos da mãe da Virgem Santíssima.

A mãe da Virgem, Chana, a judia, esposa de Joachim, morrera em Nazaré, onde fora enterrada num sepulcro. Ela foi venerada desde o início da história cristã. Logo após sua morte, duas de suas primas, ambas chamadas Maria, e um parente mais distante, chamado Maximin, partiram da Terra Santa para difundir o evangelho de Jesus em solo estrangeiro. Essa disposição missionária foi premiada pela doação de um cofre de madeira contendo um certo número de relíquias da mãe de Maria Santíssima. Os três cruzaram o Mediterrâneo e aportaram em Marselha, onde as duas mulheres se estabeleceram numa aldeia de pescadores da vizinhança para procurar seguidores. Como a região estava sujeita a frequentes invasões, Maximin ficou incumbido de levar os ossos sagrados para um lugar seguro, e assim se dirigiu à vila de Apt, onde os deixou guardados numa urna.

Os ossos ficaram em Apt por centenas de anos. Então, no século VIII, foram visitados pelo homem chamado pelos soldados de Carolus Magnus – Carlos, o Grande, rei dos francos, que ficou assombrado ao ler a inscrição na urna: *Aqui jazem os restos mortais de Santa Ana, mãe da Gloriosa Virgem Maria.*

O rei guerreiro levantou os ossos do forro meio decomposto sentindo a presença de Deus, maravilhado por ter nas mãos um liame físico com o próprio Cristo.

Presenteou os amigos mais próximos com uma parte dos ossos e pegou alguns para si, que mandou para Aix-la-Chapelle. Ordenou também um inventário das relíquias e enviou uma cópia para o papa, deixando ainda alguns ossos restantes sob a guarda do bispo de Apt e sucessores. Em 800 d.C., quando décadas de emprego de seu gênio militar já tinham conquistado a Europa ocidental, Carolus Magnus foi coroado Carlos Magno, imperador dos romanos, e a imagem paramentada de Santa Ana se destacava no traje da coroação.

O que ainda sobrara das relíquias da santa tinha sido removido do sepulcro em Nazaré. Alguma coisa foi guardada em igrejas de vários países. Três últimos ossos tinham sido postos aos cuidados do Santo Padre e, por mais de um século, foram conservados nas catacumbas romanas. No ano de 830, um ladrão de relíquias chamado Duesdona, diácono da igreja romana, levou a cabo um furto em massa das catacumbas para suprir dois monastérios germânicos, em Fulda e em Mulheim. Ele vendeu os despojos de São Sebastião, São Fabiano, Santo Alexandre, Santa Emerenciana, Santa Felicidade, São Felicissimus, Santo Urbano, entre outros, mas sua pilhagem, por algum motivo, deixou passar os poucos ossos de Santa Ana. Quando as autoridades da Igreja perceberam a profanação que ocorrera, transferiram os ossos de Santa Ana para um depósito, onde durante séculos eles se cobriram de pó em segurança.

O padre Sebastián era agora informado que uma dessas três preciosas relíquias lhe seria enviada.

Passou vinte e quatro horas dando graças de joelhos na capela, de Matina a Matina, sem comer ou beber. Quando tentou se levantar já não sentia mais as pernas e foi conduzido para sua cela por frades nervosos. Mas finalmente Deus lhe devolveu a energia e ele levou o *Translatio* para Juan Antonio e Garci Bórgia. Convenientemente estupefatos, os dois concordaram em subscrever o custo de um relicário onde o fragmento de Santa Ana pudesse ser mantido até que se fabricasse uma urna adequada. Eles passaram em revista os nomes de destacados artesãos a quem tal tarefa pudesse ser confiada e Juan Antonio acabou sugerindo que Sebastián encomendasse o relicário a Helkias Toledano, um ourives judeu que se fizera notar por seus padrões criativos e delicada execução.

O ourives e Sebastián discutiram os detalhes da composição do relicário, barganharam um preço e fecharam o acordo. Chegou a ocorrer ao padre como seria bom se a alma daquele judeu pudesse ser ganha para Cristo como resultado da encomenda que o próprio Senhor fizera necessária.

Os esboços que Helkias apresentou revelaram que ele não era apenas um artesão, mas também um artista. O interior da taça, a base quadrada e a tampa eram feitas tanto de folheado de prata quanto de prata maciça. Helkias propôs confeccionar as figuras das duas mulheres de filigranas rendilhadas de prata. Apenas suas costas seriam vistas, graciosas e nitidamente femininas, a mãe à esquerda, a filha não inteiramente uma mulher adulta, mas identificada por uma aura em volta da cabeça. Por todo o cibório Helkias colocaria uma profusão das plantas que teriam sido familiares a Chana: parreiras e oliveiras, romãzeiras e tamareiras, figueiras e trigais, campos de cevada e espelta. Do outro lado da taça – indicativa das coisas a vir e afastada, como tempo futuro, das duas mulheres –, Helkias moldaria uma cruz em prata maciça, um símbolo surgido bem após a vida de Chana. O menino seria gravado em ouro aos pés da cruz.

Padre Sebastián temera que os dois doadores retardassem a aprovação do projeto ao querer impor certas concepções próprias, mas para sua satisfação tanto Juan Antonio quanto Garci Bórgia pareciam ter ficado muito bem impressionados pelos desenhos que Helkias lhes submetera.

Poucas semanas depois, tornou-se claro para ele que o iminente êxito do mosteiro não era mais segredo. Alguém – Juan Antonio, Garci Bórgia ou o judeu – teria se gabado da relíquia. Ou talvez fosse alguém em Roma, falando com pouca discrição; às vezes a Igreja era uma aldeia.

Pessoas da comunidade religiosa de Toledo que nunca tinham lhe dado atenção o olhavam de frente agora, embora ele pudesse observar que havia hostilidade naqueles olhares. O bispo-auxiliar, Guillermo Ramero, foi até o mosteiro e inspecionou a capela, a cozinha e as celas dos frades.

– A eucaristia é o corpo de Cristo – disse ele a Sebastián. – Que relíquia é mais poderosa que essa?

– Nenhuma, Excelência – Sebastián respondeu mansamente.

– Se uma relíquia da Sagrada Família é concedida a Toledo, devia ser confiada à posse da Sé – disse o bispo –, não de uma das instituições que lhe são subordinadas.

Desta vez Sebastián não respondeu, mas enfrentou sem piscar o olhar de Ramero, toda mansidão esquecida. O bispo torceu a cara e retirou-se com sua comitiva.

Antes mesmo que o padre Sebastián conseguisse se decidir a compartilhar a grave novidade com frei Julio, o sacristão da capela ficou sabendo da coisa através de um primo padre, que era do escritório diocesano para o culto. Logo se tornou evidente para Sebastián que todos sabiam, incluindo seus próprios frades e noviços.

O primo de frei Julio disse que as diferentes ordens estavam reagindo à notícia com preparativos para drásticas ações. Os franciscanos e os beneditinos já tinham enviado fortes mensagens de protesto a Roma. Os cistercienses, criados em torno do culto da Virgem, ficaram furiosos ao ver uma relíquia da mãe Dela ir para um mosteiro dos jeronimitas e arranjaram um advogado para defender seus direitos em Roma.

Mesmo dentro da ordem jeronimita, foi sugerido que uma relíquia tão importante não devia ir para um mosteiro tão humilde.

Ficou claro para o padre Sebastián e para frei Julio que se algum acontecimento detivesse a entrega da relíquia, o mosteiro seria colocado numa situação extremamente precária, por isso o prior e o sacristão passaram muitas horas ajoelhados, rezando juntos.

Finalmente, num dia quente de verão, um homem corpulento e barbado, vestido à maneira pobre de um trabalhador rural, chegou ao Mosteiro da Assunção. Chegou na hora da *sopa boba*, que aceitou com a mesma avidez dos indigentes famintos. Quando engoliu a última gota do caldo ralo, chamou o padre Sebastián pelo nome e, quando ficaram sozinhos, identificou-se como o padre Tullio Brea, da Santa Sé de Roma, logo transmitindo as bênçãos de Sua Eminência, o cardeal Rodrigo Lancol. Depois tirou da sacola surrada uma pequena caixa de madeira. Quando ela foi aberta, o padre Sebastián viu um embrulho de seda cor de sangue, extremamente perfumado, e no interior do embrulho o pedaço de osso que viera de tão longe.

O padre italiano só passou a Véspera com eles, a mais exultante e agradecida Véspera já celebrada no Mosteiro da Assunção. O cântico mal terminara quando o padre Tullio, tão discretamente quanto havia chegado, fez sua partida noturna.

Nas horas que se seguiram, o padre Sebastián pensou melancolicamente como era preciso ter a cabeça fresca para servir a Deus perambulando disfarçado pelo mundo. Admirou a lucidez de se enviar um bem tão precioso por um mensageiro humilde e solitário e, num recado ao judeu Helkias, sugeriu que o relicário, quando estivesse pronto, fosse entregue por um portador comum, depois da noite cair.

Helkias concordara, despachando seu filho como outrora Deus tinha feito, e com o mesmo resultado. Meir era um garoto judeu e, portanto, nunca poderia entrar no Paraíso, mas padre Sebastián rezou por sua alma. A chacina e o roubo lhe revelaram até que ponto estavam sitiados os protetores da relíquia, e ele rezou, também, pelo sucesso do médico que pusera a serviço de Deus.

Capítulo 3

UM JUDEU CRISTÃO

O prior era o mais perigoso dos seres humanos, um sábio, mas ao mesmo tempo um tolo, Bernardo Espina dizia irritado para si mesmo enquanto se afastava. Ele sabia que era o menos indicado para descobrir qualquer coisa de judeus ou cristãos, pois era desprezado pelos membros de ambas as religiões.

Bernardo sabia a história da família Espina. Segundo a lenda, o primeiro ancestral a se estabelecer na Península Ibérica fora um sacerdote do templo de Salomão. Os Espina e outros tinham sobrevivido sob os reis visigodos e sob conquistadores ora mouros, ora cristãos. Conforme as instruções de seus rabinos, tinham sempre seguido escrupulosamente as leis da monarquia e da nação.

Os judeus haviam conseguido chegar aos mais altos estratos da sociedade espanhola. Tinham servido aos reis como vizires e prosperado como médicos e diplomatas, agiotas e financistas, coletores de impostos e comerciantes, agricultores e artesãos. Ao mesmo tempo, quase em cada geração, foram massacrados por turbas passiva ou ativamente encorajadas pela Igreja.

– Os judeus são perigosos e influentes, induzindo à dúvida os bons cristãos – dissera severamente a Bernardo o padre que o convertera.

Durante séculos, os dominicanos e os franciscanos tinham manobrado as classes mais baixas (que chamavam de *pueblo menudo*, arraia-miúda), de vez em quando atiçando-as para um implacável ódio aos judeus. Desde os assassinatos em massa de 1391 (cinquenta mil judeus massacrados!), uma conversão em massa, sem paralelo na história judaica, levou centenas de milhares a aceitarem Cristo, alguns para salvar a vida, outros para não perder suas carreiras numa sociedade antissemita.

Alguns, como Espina, tinham realmente admitido Jesus de coração; muitos, no entanto, formalmente católicos, continuaram a cultuar secretamente o Deus do Velho Testamento. Na realidade eram tantos que, em 1478, o papa Sisto IV aprovou o estabelecimento de uma Santa Inquisição para caçar e destruir católicos apóstatas.

Espina tinha ouvido alguns judeus chamar os convertidos de *los marranos*, isto é, os porcos, afirmando que estavam eternamente condenados e não ressuscitariam no Dia do Juízo. Com mais caridade, outros chamavam os apóstatas de *anusim*, os forçados, insistindo que o Senhor perdoava os que estavam sendo coagidos, pois entendia sua necessidade de sobrevivência.

Espina não estava entre os coagidos. De início, como menino judeu, ficara curioso a respeito de Jesus, aquela figura na cruz que via pelas portas abertas da catedral e a quem o pai e os outros às vezes se referiam como "o pendurado". Quando procurava mitigar o sofrimento humano como jovem médico aprendiz, ele se deixou comover pelo sofrimento do Cristo; aos poucos, esse interesse inicial foi se transformando numa fé, numa convicção ardente e, por fim, na ânsia de atingir uma pureza pessoal cristã, um estado de graça.

Uma vez comprometido, apaixonou-se pela divindade. Um sentimento muito mais forte que o amor eventual de uma pessoa simplesmente nascida dentro da cristandade. A paixão de Saulo de Tarso por Jesus não teria sido mais poderosa que a sua: inabalável, convicta, mais absorvente que qualquer anseio de um homem por uma mulher.

Tinha procurado e recebido a conversão para o catolicismo aos vinte e dois anos, um ano após se tornar médico habilitado. Sua família entrara de luto, rezando o kadish, como se ele tivesse morrido. O pai, Jacob Espina, que fora tão cheio de orgulho e amor, passara por ele na praça sem responder a seu cumprimento, como se nem o conhecesse. Nessa época, Jacob Espina estava no último ano de vida. E já fora enterrado há uma semana quando Bernardo soube de sua morte. Espina ofereceu uma novena pela alma, mas não pôde resistir à tentação de rezar também o kadish, chorando sozinho enquanto recitava no quarto, sem a confortadora presença do rabino, a oração fúnebre.

Convertidos ricos ou prósperos eram aceitos pela nobreza e a classe média e muitos se casavam no seio de antigas famílias cristãs. O próprio Bernardo Espina desposara Estrella de Aranda, filha de uma família nobre. Sob o entusiasmo inicial daquela aceitação numa família e do êxtase religioso na nova fé, ele ficara, contra toda lógica, na expectativa de que os pacientes católicos também o absorvessem como um de seus pares, um "judeu consequente" que tinha aceito o Messias deles. Mas não se espantou quando continuaram a desprezá-lo como um hebreu.

Os magistrados de Toledo, quando o pai de Espina era jovem, tinham baixado um decreto: "Declaramos que os chamados convertidos, prole de contumazes ancestrais judaicos, têm de ser considerados pela lei como infames e ignominiosos, inaptos e indignos de ocupar qualquer cargo público ou dispor de benefício dentro da cidade de Toledo ou terras sob sua jurisdição, bem como de serem indicados para prestar juramentos, servir de testemunhas ou ter qualquer autoridade sobre os verdadeiros cristãos da Santa Igreja Católica."

Bernardo já estivera em outras comunidades religiosas, algumas pouco maiores que o Mosteiro da Assunção, muitas do tamanho de pequenas aldeias. Sob a monarquia católica, o serviço na Igreja se tornara popular. Os *segundones*, os filhos mais novos de famílias nobres, excluídos das heranças pela lei do primogênito, voltavam-se para a vida religiosa, onde os contatos de suas famílias asseguravam rápido progresso. As filhas mais novas das mesmas famílias, devido aos dotes excessivos gastos no casamento das filhas mais velhas, frequentemente tinham de acabar como freiras. Vocações religiosas também atraíam os camponeses mais pobres, para quem a ordenação com uma prebenda ou um benefício oferecia a única oportunidade de escapar da pobreza abjeta da servidão.

O crescente número de comunidades religiosas tinha levado a uma terrível e feia competição por apoio financeiro. A relíquia de Santa Ana podia ser a grande saída para o Mosteiro da Assunção, mas o prior dissera a Bernardo que havia uma trama em andamento entre os poderosos beneditinos, os astutos franciscanos, os ativos jeronimitas – quem sabe quantos mais, todos ávidos em arrebatar a propriedade da relíquia da Sagrada Família. Espina teve medo de se ver imprensado entre poderosas facções e esmagado tão naturalmente quanto Meir Toledano fora massacrado.

Bernardo Espina começou tentando reconstituir os movimentos do garoto antes da morte.

A casa de Helkias, o ourives, fazia parte de um grupo de casas construídas entre duas sinagogas. Há muito tempo a principal sinagoga fora encampada pela Santa Madre Igreja e agora os judeus faziam seus serviços religiosos na sinagoga Samuel ha-Levi, cuja magnificência refletia o tempo em que as coisas eram mais fáceis para eles.

A comunidade judaica era pequena o bastante para todos saberem quem tinha abandonado a fé, quem fingia ter feito isso e quem continuava judeu. E todos procuravam não manter relações com cristãos-novos. Contudo, quatro anos antes, um Helkias desesperado fora consultar o médico Espina.

A esposa Esther, uma mulher muito caridosa, nascida na família Salomão, de grandes rabinos, começara a se debilitar e o ourives estava disposto a fazer de tudo para não perder a mãe de seus três filhos. Bernardo se esforçara bastante, aplicando todo o seu conhecimento e pedindo a Cristo pela vida dela, enquanto Helkias rezava para Jeová. Mas foi incapaz de salvá-la e só pôde esperar que o Senhor se compadecesse de sua eterna alma.

Agora ele passava sem parar pela desafortunada morada de Helkias, sabendo que, daí a pouco, dois frades do Mosteiro da Assunção trariam, no lombo de um burro, o corpo do primogênito de volta à casa paterna.

Outras gerações de judeus tinham edificado séculos atrás as sinagogas, obedecendo ao antigo preceito de que uma casa de culto devia ser construída no ponto mais alto da comunidade. Tinham escolhido áreas no topo de penhascos escarpados e íngremes, com vista para o rio Tejo.

A égua de Bernardo recuou agitada, muito perto da beira.

Mãe de Deus!, ele pensou puxando as rédeas; depois, quando o cavalo se acalmou, Bernardo acabou sorrindo pela ironia.

– A avó do Salvador! – disse em voz alta, maravilhado.

Então imaginou Meir ben Helkias ali parado, esperando com impaciência o escudo protetor da escuridão. Achava que o jovem não tivera medo dos rochedos. Bernardo se lembrava de muitos crepúsculos quando parava naqueles rochedos com o pai, Jacob Espina, e procurava na penumbra cada vez mais forte o lampejo das primeiras três estrelas indicando que o Shabat estava no fim.

Repeliu o pensamento como costumava fazer com todas as imagens perturbadoras do passado judeu.

Percebeu a sabedoria de Helkias usando um garoto de quinze anos para entregar o relicário. Um guarda armado teria anunciado ao mundo do banditismo que ali se transportava algum tesouro. Um rapaz carregando uma trouxa inofensiva pela noite teria mais chance.

Teve menos chance do que ia precisar, como Espina pôde ver.

Desmontando, ele começou a puxar o cavalo pela trilha do penhasco. Rente à beirada, havia uma cabana de pedra construída há muito tempo pelos soldados romanos; de lá, os prisioneiros condenados eram atirados à morte. Bem abaixo, o rio serpenteava em inocente beleza entre os rochedos e o morrote de granito do lado oposto. Os meninos criados em Toledo evitavam aquele lugar à noite, alegando que era possível ouvir os gritos dos mortos.

Foi levando o cavalo pela trilha até a descida íngreme se transformar numa encosta suave. Então entrou em outro caminhozinho que continuava até à beira d'água. A ponte Alcântara não era o melhor caminho, como não teria sido o melhor caminho para Meir ben Helkias. Após completar uma curta distância rio abaixo, Bernardo se aproximou dos bancos de areia por onde o rapaz teria cruzado e tornou a montar na égua. Na outra margem, encontrou a trilha que ia para o Mosteiro da Assunção. Não muito longe, havia ricas e férteis áreas agrícolas, mas ali o solo era pobre, seco, servindo no máximo para pastagem. Pouco depois ouvia o barulho de ovelhas e se deparou com um grande rebanho deixando o capim ainda mais rente. Vinha tocado por um homem idoso que ele conhecia, Diego Díaz. O pastor tinha uma grande família, quase tão extensa quanto o rebanho, e Espina já tratara de alguns parentes dele.

– Uma boa tarde, *señor* Bernardo.

– Uma boa tarde, *señor* Diego – disse Espina, desmontando.

Deixou o cavalo beliscar o capim com as ovelhas e ficou alguns minutos falando do tempo com o pastor. De repente perguntou: – Diego, você conhece um rapaz chamado Meir, filho de Helkias, o judeu?

– Sim, *señor*. Sobrinho de Aron Toledano, o queijeiro, não é?

– Sim. Quando o viu pela última vez?

– Anteontem, cedo. Ele estava fora, entregando queijos para o tio, e acabou me vendendo por um *sueldo* um queijo de cabra que foi minha refeição naquela manhã. Tive pena de não ter comprado dois queijos daqueles.

Olhou de relance para Espina.

– Por que está atrás dele? O que ele fez de errado, o garoto?

– Nada. Absolutamente nada.

– Também acho que não deve ter feito. É um bom merdinha, aquele menino judeu.

– Viu mais alguém nas redondezas ontem à noite? – Espina perguntou e o pastor disse que, não muito depois da partida do garoto, passaram dois homens a cavalo, quase o derrubando, mas sem gritar com ele nem conversar entre si.

– Dois cavaleiros, você disse? – Sabia que podia contar com uma informação precisa. O pastor os encontrara de perto, feliz por ver cavaleiros noturnos armados seguirem em frente sem levar um ou dois cordeiros.

– A lua estava alta no céu. Pude ver um homem armado, certamente um cavaleiro pois vestia uma malha fina. E um padre, ou monge, não reparei na cor do hábito. – Ele hesitou. – O padre tinha o rosto de um santo.

– Com que santo ele se parecia?

– Nenhum santo em particular – o pastor disse, aborrecido. – Quis dizer que ele tinha um belo rosto, como se tocado por Deus. Uma expressão sagrada – concluiu.

Diego resmungou e correu para pôr o cachorro no rastro de quatro ovelhas que se afastavam do rebanho.

Estranho, Bernardo pensou. Um rosto tocado por Deus? Ele pegou seu cavalo e montou.

– Fique com Cristo, *señor* Díaz – disse Bernardo segurando o cavalo para montar.

O velho atirou-lhe um olhar sarcástico.

– Que Cristo fique também consigo, *señor* Espina – disse.

A curta distância do rebanho que procurava pastar no resto de capim, a terra se tornava mais fértil, menos ressecada. Bernardo passou por vinhedos e campos de lavoura. No campo adjacente ao olival do mosteiro, parou e desmontou, amarrando as rédeas da égua num arbusto.

O relvado estava pisado, esmagado por cascos. O número de cavalos vistos pelo pastor, dois, parecia combinar com o montante da desordem.

Alguém ficara a par da encomenda do ourives. Ficara também sabendo que Helkias estava quase acabando o trabalho. Por isso teria vigiado sua casa, à espera do dia da entrega.

O ataque fora ali.

Os gritos de Meir não teriam sido ouvidos. O olival arrendado pelo mosteiro era um campo aberto e desabitado, distante uma longa caminhada da comunidade religiosa.

Sangue. Ali o garoto recebia o corte no lado, de uma das lanças.

Ao longo daquela trilha de relva pisada, pela qual Bernardo lentamente avançava, os cavaleiros tinham perseguido a cavalo Meir ben Helkias, encurralando-o como uma raposa e infligindo os ferimentos em suas costas.

Aqui tinham pegado a sacola de couro e seu conteúdo. Pouco à frente, cheios de formigas, havia dois queijos brancos do tipo descrito por Diego – os pretextos do jovem portador para estar fora de casa. Um dos queijos achava-se intacto, o outro estava quebrado e achatado no chão, como se atingido por um grande casco.

De lá haviam feito o rapaz sair da trilha, rumo à gleba cheia de oliveiras. E um deles ou os dois o agarraram.

Por fim, a garganta foi cortada.

Bernardo sentiu-se atordoado e deprimido.

Não estava tão longe da sua juventude de judeu para ter esquecido o medo, a apreensão ao ver estranhos armados, a percepção do terror ante todo o mal que já fora feito antes. Também não estava tão longe de sua maturidade como judeu para deixar de sentir essas coisas.

Por um longo tempo, transformou-se mentalmente no garoto. Ouviu os homens. Sentiu o cheiro. Sentiu as gigantescas e sinistras formas na noite, os enormes cavalos avançando contra ele, chegando perto dele no escuro.

A cruel investida das lâminas afiadas. O estupro.

De novo médico, Bernardo tremeu sob o sol poente e virou-se cegamente para a égua, escapando dali. Não acreditava que pudesse ouvir a alma de Meir ben Helkias gritando, mas não tinha vontade nenhuma de estar naquele lugar quando a escuridão que se aproximava finalmente chegasse.

Capítulo 4

O INQUIRIDOR

Espina percebeu rapidamente que só podia coletar uma soma finita e pequena de informações sobre o assassinato do rapaz judeu e o roubo do cibório. Quase tudo que sabia vinha do exame que fizera no corpo, da conversa com o velho pastor e de sua inspeção do local dos crimes. Rodou uma semana pela cidade fazendo perguntas, mas não obteve qualquer resultado. O fato mais evidente com que se defrontara era que estava abandonando os pacientes. Assim, entregou-se de novo ao seguro e confortável trabalho diário na clínica.

Uma tarde, nove dias após ter sido convocado ao Mosteiro da Assunção, decidiu ir falar com o padre Sebastián. Diria que não conseguira descobrir grande coisa e que dava por encerrado seu envolvimento no assunto.

O último paciente do dia era um homem idoso, que sentia dificuldades para respirar, embora o ar estivesse excepcionalmente fresco e estimulante – um estranho dia de conforto em plena temporada de calor. O corpo magro diante do médico parecia seco, gasto, e por certo a estação abafada não era seu único problema. A pele do peito lembrava couro fino, o interior parecia obstruído e dilatado. Quando pôs o ouvido no peito, Espina ouviu um ruído de chocalho. Teve uma razoável certeza de que o homem estava morrendo, mas não havia por que se afobar. Procurava em sua farmacopeia algo para fazer uma infusão que tornasse menos dolorosos os últimos dias do doente, quando dois homens sujos e armados entraram como se fossem os novos donos de seu consultório.

Identificaram-se como soldados do alguazil, o intendente de Toledo.

Um deles era baixo, barrigudo, e ostentava um ar arrogante.

– Bernardo Espina, terá de vir conosco agora.

– O que deseja de mim, *señor*?

– O Gabinete da Inquisição requer sua presença.

– A Inquisição? – Espina procurou manter a calma. – Muito bem. Por favor esperem lá fora. Não demoro para acabar de atender a este *señor*.

– Não. Terá de vir de imediato – disse o mais alto em voz baixa, mas com maior autoridade.

Espina sabia que Joan Pablo, seu homem para todo trabalho, estava conversando com o filho do paciente à sombra do telheiro do consultório. Ele foi até a porta e chamou-o.

– Vá até em casa e diga à *señora* que mande um alimento para estes visitantes. Pão com azeite e mel, e vinho frio.

Os homens do intendente se olharam. O soldado mais baixo balançou a cabeça. O rosto de seu companheiro continuou inexpressivo, mas também não houve objeções.

Espina colocou a infusão do paciente num pequeno jarro de barro, que tampou com uma rolha. Estava acabando de dar instruções ao filho do doente quando Estrella chegou correndo, seguida pela criada que carregava o pão e o vinho.

Os traços da esposa pareceram congelar quando ele lhe contou.

– O que a Inquisição pode querer com você, Bernardo querido?

– Sem dúvida estão precisando de um médico – disse ele, uma ideia que acalmou a ambos. Enquanto os homens comiam e bebiam, Joan Pablo selou o cavalo.

Seus filhos se encontravam numa casa vizinha, onde uma vez por semana um monge ensinava o catecismo a um grupo de jovens. Espina ficou feliz por não estarem presentes para vê-lo partir entre os cavalos dos dois homens.

Clérigos de batinas negras deslocavam-se pelo corredor onde Espina sentou-se num banco de madeira e esperou. Outros também esperavam. De vez em quando, entravam um homem ou uma mulher de rosto pálido, trazidos pelos guardas e logo encaminhados para um banco. Às vezes, alguém saía escoltado do corredor e desaparecia no interior do prédio. Nenhuma das pessoas que deixavam os bancos retornava a eles.

Espina ficou esperando até as tochas serem acesas devido ao avanço da noite.

Havia um guarda sentado atrás de uma pequena mesa. Bernardo se aproximou e perguntou quem queria falar com ele, mas o homem mostrou um olhar opaco e fez sinal para que voltasse ao banco.

Pouco depois, no entanto, um outro guarda que chegara começou a fazer perguntas ao sujeito atrás da mesa sobre alguns dos que estavam à espera. Espina viu-os olhar para ele.

– Aquele é para frei Bonestruca – Bernardo ouviu o homem atrás da mesa dizer.

Toledo estava se tornando populosa, mas Espina nascera e vivera a vida inteira lá e, como destacara o prior Sebastián, tinha adquirido em sua atividade médica um bom conhecimento tanto da população laica quanto dos membros das comunidades clericais.

Mas não se lembrava de um frade chamado Bonestruca.

Afinal, um guarda se aproximou e tirou-o do corredor. Subiram uma escada de pedra e atravessaram várias galerias mal iluminadas, semelhantes àquela onde ele havia esperado. Por fim, introduziram-no numa pequena cela, onde havia um monge sentado sob uma tocha.

O monge era alguém novo na Sé de Toledo, pois bastaria Espina tê-lo visto uma vez nas ruas para lembrar-se dele sem dificuldades.

Era alto, com uma cabeça tipicamente espanhola que chamava atenção; Espina resistiu ao impulso de olhar fixamente. Num relance, notou um conjunto de cabelo preto, grosso e volumoso, longo e mal cortado, uma fronte larga, sobrancelhas pretas, olhos castanhos muito grandes. Um nariz fino e longo, uma boca grande com lábios grossos e um queixo firme e quadrado com uma fenda pequena.

Isoladamente, nenhum desses traços seria digno de interesse, mas no caso específico daquele homem eles se combinavam de um modo extraordinário.

A fisionomia do frade não tinha qualquer semelhança com a face de Jesus que Espina observara em estátuas e pinturas do Salvador. Era uma face de tipo mais feminino emergindo dos traços de uma beleza masculina, e a reação inicial de Espina foi de extrema admiração, quase como se observasse alguma coisa sagrada.

O rosto de um santo, o velho pastor Diego Díaz tinha dito. Díaz devia estar falando desse frade, Espina percebia agora sem nenhuma dúvida.

Bonestruca era mais do que simplesmente bonito. Seu rosto à primeira vista revelava confiança e compaixão, uma mensagem de tanta beleza que devia significar a bondade essencial de Deus.

Mas quando Espina olhou nos olhos do frade, eles o levaram a um lugar frio e assustador.

– O senhor tem andado na cidade fazendo perguntas sobre um relicário recentemente furtado do judeu Helkias. Qual é o seu interesse no assunto?

– Eu... quer dizer, o prior Sebastián Alvarez... – Espina teve vontade de se esquivar dos olhos argutos daquele estranho frade, mas não havia para onde olhar. – Ele me pediu para investigar a perda do relicário e a... morte do menino que o levava.

– E o que descobriu?

– O menino era um judeu, filho do ourives.

– Sim, foi o que ouvi.

A voz do frade era macia e encorajadora, quase amigável, Espina avaliou com esperança.

– E o que mais?

– Nada mais, reverendo frade.

O peito do frade estava escondido sob as dobras do hábito preto, mas seus dedos eram compridos e espatulados, com tufos de pelos pretos entre as juntas.

– Há quanto tempo é médico?

– Onze anos.

– Foi aprendiz aqui mesmo?
– Sim, aqui em Toledo.
– E de quem era aprendiz?
– Do mestre Samuel Provo. – A boca de Espina estava seca.
– Ah, Samuel Provo, já ouvi falar dele – disse o frade num tom afável. – Um grande médico, não?
– Sim, um homem de renome.
– Era judeu.
– Sim.
– Tem ideia de quantas crianças ele circuncidou?
– Ele não fazia circuncisões – disse Espina piscando os olhos.
– Quantos bebês o *senhor* circuncida num período de doze meses?
– Eu também não faço circuncisões.
– Vamos, vamos – disse o frade pacientemente. – Quantas dessas operações realizou? Não apenas em judeus, mas também em mouros, quem sabe?
– Nunca... Algumas vezes, através dos anos, tenho operado... Quando o prepúcio não é devida e regularmente limpo, o senhor entende, ele fica inflamado. Muitas vezes há pus e para corrigir... Eles... tanto os mouros quanto os judeus têm homens investidos de ordens sacras que fazem as outras operações, seguindo ritos religiosos.
– E quando você faz as suas operações não diz nenhuma prece?
– Não.
– Nem um padre-nosso?
– Rezo todo dia para não causar dano a meus pacientes, mas apenas o bem, reverendo frade.
– É casado, *señor*?
– Sim.
– Nome da esposa.
– *Señora* Estrella de Aranda.
– Filhos?
– Três. Duas filhas e um filho.
– Sua esposa e seus filhos são católicos?
– Sim.
– O senhor é judeu. É verdade ou não?
– Não! Sou cristão há onze anos. Devotado a Cristo!

O rosto do homem era muito bonito. O que tornava os olhos fixos nos seus ainda mais assustadores, olhos cínicos que pareciam conscientes de cada fraqueza humana na sua história e de todos os seus pecados.

O olhar avançou até o fundo da alma de Espina. Então, de modo chocante, Bonestruca bateu as mãos, convocando o guarda que esperava do outro lado da porta.

O frade fez um pequeno movimento com a mão: levem-no.

Quando Bernardo se virou para sair, viu que os pés nas sandálias sob a mesa tinham dedos compridos e finos.

O guarda levou-o pelos corredores, pelas íngremes escadarias.

Amado Cristo, você sabe que eu tentei. Você sabe...

Espina estava ciente de que nas entranhas inferiores do prédio ficavam as celas e os locais onde os prisioneiros eram interrogados. Sabia de fonte segura que tinham um aparelho chamado *potro*, um cavalete triangular onde amarravam o prisioneiro. Cada vez que giravam uma manivela, mais articulações do corpo eram deslocadas. Havia também uma coisa que chamavam *toca*, para tortura pela água. A cabeça do prisioneiro era mantida abaixada na parte oca de uma gamela. Um pano de linho era enfiado em sua garganta. A água era derramada através do pano, bloqueando a garganta e as narinas até o sufocamento resultar na confissão ou na morte.

Jesus, eu peço... Eu imploro...

Talvez tenha sido escutado. Quando atingiram a porta de saída, o guarda fez sinal para ele continuar e Espina seguiu sozinho até o lugar onde amarrara o cavalo.

Foi embora a passo lento, tentando recuperar o controle para que, quando chegasse em casa, pudesse tranquilizar Estrella sem chorar.

PARTE DOIS
O SEGUNDO FILHO

Toledo, Castela
30 de março de 1492

Capítulo 5

YONAH BEN HELKIAS

— Vou com Eleazar até o rio. Quem sabe não apanho nosso jantar, hein, abba?

— Acabou o polimento?

— Está quase no fim.

— Ou o trabalho está terminado ou não está. Tem de acabar de polir – disse Helkias no tom glacial que sempre magoava Yonah. Às vezes sentia vontade de encarar os olhos distantes do pai e dizer: "Meir está morto, mas eu e Eleazar ainda estamos aqui. Estamos vivos!"

Yonah detestava dar polimento na prata, mas ainda havia meia dúzia de grandes peças por fazer. Ele enfiou o trapo na porcaria fedorenta, uma mistura grossa de pó de esterco e urina de pássaro, e esfregou, esfregou.

Com a morte da mãe, Yonah tinha aprendido o gosto da amargura e fora muito duro quando Meir também morrera, pois ele passara a ser o filho mais velho, com quase treze anos, capaz de entender melhor o significado daquela perda.

Só alguns meses após a morte de Meir, Yonah fora chamado para recitar a lei da Torá e tornar-se um membro formal do minyan. A adversidade o amadurecera prematuramente. O pai, sempre tão alto e forte, parecia ter diminuído, mas Yonah não sabia como preencher o espaço criado pela saudade de Helkias.

Nada sabiam da identidade dos assassinos de Meir. Algumas semanas após a morte, Helkias Toledano soubera que o médico Espina andava pela cidade fazendo perguntas sobre o acontecimento que tirara a vida de seu filho. Helkias fora com Yonah visitar Espina e conversar com ele, mas quando chegaram à sua casa viram que estava abandonada e Joan Pablo, o velho criado de Espina, retirava para seu próprio uso o que restara da mobília, uma mesa e algumas cadeiras. Joan Pablo dissera que o médico fora embora com a família.

— Para onde foram?

— Não sei – respondera o homem balançando a cabeça.

Helkias tinha ido até o Mosteiro da Assunção para falar com o padre Sebastián Alvarez, mas chegou a acreditar, num momento de confusão, que pegara algum desvio errado na estrada. Do outro lado do portão havia uma fileira de carroças e de carretas com duas rodas. Perto dali, três mulheres pisavam as uvas avermelhadas que enchiam uma grande tina. Através da porta aberta do que fora a capela, Helkias pôde ver cestos de azeitona e mais uvas.

Quando perguntou às mulheres o que acontecera com o mosteiro, uma delas explicou que o Mosteiro da Assunção fora fechado e a ordem jeronimita arrendara a propriedade para o dono da quinta.

– E o padre Sebastián? Onde está o prior?

Sem parar de pisar as uvas, a mulher tinha sorrido, balançado a cabeça e sacudido os ombros.

Yonah se esforçara ao máximo para assumir os encargos de filho mais velho, mas achou óbvio que nunca seria capaz de ocupar o lugar de Meir. Nem como aprendiz de ourives, nem como filho, nem como irmão – de nenhum modo. A falta de brilho nos olhos do pai só fortalecia sua própria dor pessoal. Embora três Páscoas tivessem ido e vindo desde a morte de Meir, a casa e a oficina de Helkias ainda eram lugares de luto.

Algumas das peças diante dele, jarros de vinho, estavam particularmente enodoadas de manchas, mas não havia razão para se apressar, pois de repente o pai parecera se lembrar da conversa de meia hora atrás.

– Não vá até o rio – disse Helkias. – Encontre Eleazar e não saiam de perto de casa. Nos dias que correm, garotos judeus não devem jogar com a sorte.

Yonah tivera de assumir a responsabilidade de cuidar de Eleazar, que antes fora de Meir. Com sete anos de idade, Eleazar era frágil e rosado. Yonah contava ao menino histórias do irmão mais velho, para que Eleazar nunca o esquecesse. Às vezes, tirava algumas notas na pequena guitarra moura que fora de Meir e os dois cantavam. Tinha prometido ensinar Eleazar a tocar a guitarra, assim como Meir lhe havia ensinado. E era isso que o caçula estava querendo quando Yonah encontrou-o brincando de guerra com pedras e gravetos no terreno da casa. Yonah, porém, balançou a cabeça numa negativa.

– E não vai até o rio? – perguntou Eleazar. – Não posso ir com você?

– Temos trabalho pela frente -- disse Yonah, imitando involuntariamente o tom do pai e levando o irmão menor de volta à oficina. Os dois estavam sentados num canto polindo a prata quando David Mendoza e o rabino José Ortega entraram.

– O que há de novo? – Helkias perguntou e o *señor* Mendoza sacudiu a cabeça. Era um homem de meia-idade, forte, com alguns dentes perdidos e má aparência, um mestre de obras.

– Nada de bom, Helkias – disse ele. – Não é mais seguro andar na cidade.

Há três meses, a Inquisição executara cinco judeus e seis convertidos. Haviam sido acusados de conjurar uma fórmula mágica onze anos atrás, na qual teriam supostamente usado uma hóstia de comunhão roubada e o coração de um menino cristão crucificado. O objetivo fora transformar todos os bons cristãos em loucos furiosos. Embora o menino nunca tenha sido identificado (não fora comunicado qualquer desaparecimento de criança cristã), detalhes da acusação formal tinham sido confessados por vários dos acusados após severa tortura. Como resultado, todos haviam sido amarrados no poste e queimados, incluindo as efígies dos três condenados que morreram antes do auto de fé.

— Alguns já estão fazendo pedidos à criança "martirizada" — disse gravemente Mendoza. — O ódio deles envenena a própria atmosfera.

— Temos de apelar a Suas Majestades em busca de proteção — interveio o rabino Ortega. O rabino era baixo e magro, com uma mecha de cabelo branco. As pessoas sorriam ao vê-lo correr de um lado para o outro na sinagoga com o grande e pesado rolo da Torá a ser tocado ou beijado pela congregação. Era ouvido pela maioria das pessoas, mas agora Mendoza discordava dele.

— O rei é tanto homem quanto rei, capaz de amizade e simpatia, mas nos últimos tempos a rainha Isabel tem se voltado contra nós. Foi criada em isolamento, manobrada por clérigos que moldaram sua mente. Tomás de Torquemada, o inquisidor-geral, que possa morrer em paz, foi confessor de Isabel durante sua mocidade e exerceu grande influência sobre ela. — Mendoza balançou a cabeça. — Temo os dias que vêm pela frente.

— Precisamos ter fé, David, meu amigo — disse o rabino Ortega. Devemos ir à sinagoga e rezar em conjunto. O Senhor ouvirá nossas súplicas.

Os dois meninos pararam de polir as taças prateadas. Eleazar estava perturbado pela tensão nos rostos dos adultos e o evidente temor em suas vozes.

— O que está havendo? — ele sussurrou para Yonah.

— Mais tarde. Explico tudo para você mais tarde — Yonah sussurrou de volta, embora não tivesse certeza se realmente compreendia o que estava acontecendo.

Na manhã seguinte, um oficial militar armado apareceu na praça municipal de Toledo. Estava acompanhado de três arautos, dois juízes locais e dois guardas do intendente, que também portavam armas. O oficial leu uma proclamação informando aos judeus que, a despeito de sua longa história na Espanha, ordenava-se que deixassem o país dentro de três meses. A rainha já expulsara os judeus da Andaluzia em 1483. Agora ordenava-se que abandonassem todas as regiões do reino espanhol: Castela, León, Aragão, Galícia, Valência, o principado da Catalunha, o estado feudal de Biscaia e as ilhas da Sardenha, Sicília, Maiorca e Menorca.

A ordem foi pregada num muro. O rabino Ortega copiou-a com uma letra tão trêmula que lhe seria difícil decifrar algumas palavras ao ler o comunicado numa reunião do Conselho dos Trinta, convocada às pressas.

– "Todos os judeus e judias, de qualquer idade, que vivam, residam e habitem em nossos ditos reinos e domínios... já não deverão ter a presunção de a eles tornar, ou neles em qualquer parte habitar, seja como residentes, viajantes ou qualquer outra forma, sob pena de sentença de morte... E ordenamos e proibimos qualquer pessoa ou pessoas em nosso dito reino [a] ousar pública ou secretamente receber, abrigar, proteger ou defender qualquer judeu ou judia... sob pena de perderem suas propriedades, vassalos, castelos e outras possessões."

Todos os cristãos eram solenemente advertidos contra sentimentos de falsa compaixão. Ficavam proibidos de "conversar e se comunicar... com judeus, recebê-los em suas casas, auxiliá-los ou dar-lhes qualquer gênero de alimento para sua manutenção".

A proclamação era emitida "por ordem do rei e da rainha, nossos soberanos, e do reverendo prior de Santa Cruz, inquisidor-geral em todos os reinos e domínios de Suas Majestades".

O Conselho dos Trinta que governava os judeus de Toledo era constituído de dez representantes de cada um dos três estados – destacados líderes, comerciantes e artesãos das cidades. Helkias participava porque era um mestre ourives e as reuniões eram feitas em sua casa.

Os membros do conselho estavam atordoados.

– Como podemos ser tão friamente expulsos de uma terra que significa tanto para nós e da qual somos parte tão importante? – disse num tom hesitante o rabino Ortega.

– O edito é mais um esquema real para nos tirar novos impostos em moeda e mais dinheiro de suborno – disse Judah ben Solomon Avista. – Os reis espanhóis sempre nos descreveram como rendosas vacas leiteiras.

Houve um murmúrio de aprovação.

– Entre os anos de 1482 e 1491 – disse Joseph Lazara, um idoso negociante de farinha de Tembleque – contribuímos com pelo menos cinquenta e oito milhões de maravedis para o esforço de guerra e outros vinte milhões em "empréstimos voluntários". Ano após ano, a comunidade judaica sofre enormes prejuízos para pagar um "imposto" exorbitante ou para dar ao trono um "presente" em troca da sobrevivência. Certamente estamos apenas em outro momento desses.

– Devemos recorrer ao rei, pedindo a sua intervenção – disse Helkias.

Discutiram quem devia redigir a apelação e houve um consenso em torno do nome de dom Abraham Seneor.

– É o cortesão judeu por quem Sua Majestade tem mais apreço e admiração – disse o rabino Ortega e muitas cabeças balançaram em concordância.

Capítulo 6

MUDANÇAS

Abraham Seneor já tinha vivido oitenta anos e, embora a mente continuasse lúcida e sagaz, o corpo estava muito cansado. Sua história de delicados e perigosos serviços aos monarcas havia começado quando ele arranjou as núpcias secretas que, em 19 de outubro de 1469, tinha unido dois primos: Isabel de Castela, com dezoito anos, e Fernão de Aragão, com dezessete.

A cerimônia fora clandestina porque desafiava o rei Henrique IV de Castela. Henrique queria que a meia-irmã Isabel se tornasse esposa do rei Alfonso, de Portugal. A infanta se recusara, pedindo que Henrique a designasse como herdeira dos tronos de Castela e León, e prometendo que só se casaria com sua aprovação.

Henrique IV de Castela não tinha filhos (ele era tema de zombaria entre alguns súditos, que o chamavam de Henrique, o Impotente), mas havia uma menina, Juana, que se acreditava ser filha ilegítima da amante de Henrique, Beltrán de la Cueva. Quando ele tentou nomear Juana sua herdeira, irrompeu uma guerra civil. Os nobres deixaram de apoiá-lo como rei e reconheceram como seu soberano o irmão de doze anos de idade de Isabel, também chamado Alfonso. Dois anos mais tarde, o jovem Alfonso foi encontrado morto em sua cama, aparentemente envenenado.

Isabel não fora criada ou educada como futura monarca, mas logo após a morte do irmão ela pedira a Abraham Seneor para iniciar em segredo, com influentes cortesãos aragoneses, negociações que pudessem levar a seu casamento com Fernão, príncipe de Aragão. Em 11 de dezembro de 1474, quando Henrique IV morreu de repente em Madri, Isabel estava em Segóvia. Assim que soube da notícia, ela se proclamou sem titubear rainha de Castela. Dois dias mais tarde, cercada pelos aplausos de grande multidão, puxou sua espada, ergueu-a sobre a cabeça com o punho para cima e liderou uma procissão até a catedral de Segóvia. As cortes parlamentares imediatamente lhe juraram fidelidade.

Em 1479, o rei João II de Aragão morreu e foi sucedido pelo filho Fernão. Nos dez anos que se seguiram a suas bodas secretas, o casal real travara guerras contínuas, repelindo invasões de Portugal e França, e enfrentando insurreições. Quando essas campanhas militares foram concluídas com êxito, eles se concentraram na guerra contra os mouros.

Através de todos os anos de combate, Abraham Seneor servira-os fielmente, levantando fundos para as dispendiosas operações de guerra, desenvolvendo um sistema de taxação, orientando-os por entre as ciladas políticas e financeiras dos reinos unidos de Castela e Aragão.

Os monarcas souberam recompensá-lo. Ele foi declarado rabino, juiz supremo dos judeus de Castela e assessor, em todo o reino, de assuntos relativos aos impostos judaicos. Desde 1488, fora ainda tesoureiro da Hermandad, a milícia que Fernão organizara para manter a ordem e a segurança na Espanha. Os judeus não gostavam de Seneor – ele fora uma escolha do rei, não deles. Mas Seneor fora leal a eles. Antes mesmo que os judeus de inúmeras partes do reino tivessem tempo de pedir-lhe que os defendesse junto a Fernão, Seneor pusera mãos à obra. A primeira reunião com os monarcas apoiou-se nos laços mútuos de afeto e amizade, mas seus pedidos de revogação do edito de expulsão encontraram uma rejeição fria, que o desanimou.

Várias semanas depois, ele solicitou outra reunião, desta vez levando consigo seu genro, o rabino Meir Melamed, que servira como secretário de Fernão e era administrador-geral da coleta de impostos no reino. Eles haviam sido declarados rabinos pelo rei, não por seus correligionários, mas ambos tinham servido efetivamente como advogados dos judeus, defendendo-os inclusive nos tribunais. Com eles ia Isaac ben Judah Abravanel, que estava encarregado da cobrança de impostos nas regiões do centro e do sul do país e que emprestara enormes somas de dinheiro ao tesouro real, incluindo um milhão e meio de ducados de ouro para alcançar a vitória na guerra contra Granada.

De novo os três judeus insistiram em sua reivindicação, desta vez se oferecendo para levantar novos fundos para o tesouro e com Abravanel deixando claro que ele e seus irmãos abririam mão de certos débitos pesados que a Coroa tinha para com eles se o decreto de expulsão fosse revogado.

Fernão mostrou indisfarçável interesse na discussão das somas oferecidas. Os três requerentes esperavam uma resposta imediata para que Torquemada e outros católicos, que tinham trabalhado anos para conseguir a expulsão dos judeus, não tivessem tempo de influir na decisão. Fernão, no entanto, disse apenas que a petição ia ser examinada e, uma semana depois, quando os três tornaram a comparecer diante dos monarcas, o rei informou que o pedido fora negado. Ele decidira que o edito de expulsão seria executado.

Parada ao lado do marido, Isabel era uma mulher atarracada, de altura média e ar severo, mas de porte régio. Tinha olhos verde-azulados, arrogantes e grandes, e uma minúscula boca enrugada. Seu melhor traço, um cabelo entre ruivo e louro, começara a ficar com manchas grisalhas. Ela tornou o momento ainda mais amargo para os três citando o rei Salomão, Provérbios 21:1.

– "O coração do rei está na mão do Senhor como os cursos d'água, que deságuam conforme a Sua vontade." Não acreditem que esta coisa que cai sobre vocês venha de nós. Foi o Senhor quem a colocou no coração do rei – disse ela aos três judeus num tom de desprezo, encerrando a audiência.

De uma ponta à outra do reino, os conselhos judeus se reuniram sob um novo surto de desespero.

Em Toledo, o Conselho dos Trinta fazia de tudo para colocar algumas ideias em ordem.

– Tenho muito carinho por esta terra. Mas se tiver de deixar este amado lugar onde repousam meus ancestrais – disse finalmente David Mendoza –, gostaria de ir para onde não me acusem de matar uma criança para fazer pães ázimos do corpo tenro, apunhalar a mesa eucarística, insultar a Virgem ou zombar da missa!

– Devemos ir para onde gente inocente não seja incendiada como um pavio – disse o rabino Ortega e houve um murmúrio de aprovação.

– Que lugar seria esse? – perguntou o pai de Yonah.

Houve um demorado silêncio. Eles trocavam olhares entre si.

Todos, no entanto, teriam de ir para alguma parte e as pessoas começaram a fazer os seus planos.

Aron Toledano, um homem baixo e forte, de fala macia, foi até a casa de Helkias e ficou horas conversando com o irmão, propondo e rejeitando destinos enquanto Yonah ouvia, tentando compreender.

No final das contas, chegaram à conclusão de que só havia três rumos possíveis. Para o reino de Navarra, ao norte. Para Portugal, no oeste. Para a costa, no leste, com navios para transportá-los a terras mais distantes.

Contudo, em poucos dias ficaram a par de novos fatos que ajudaram a definir as opções.

Aron voltou, a sombra da preocupação cobrindo seu rosto de agricultor.

– Navarra está fora de cogitação. Só aceitarão judeus convertidos ao culto de Jesus.

Menos de uma semana depois, ficaram sabendo que dom Vidal ben Benveniste de la Cavalleria, que cunhava as moedas de ouro de Aragão e o dinheiro de Castela, tinha viajado para Portugal e recebido permissão para o estabelecimento de judeus espanhóis. O rei português, dom João II, percebia a oportunidade e decretava que seu tesouro cobraria um ducado de cada imigrante judeu, mais um quarto do valor de qualquer mercadoria que entrasse no reino. Em troca, os judeus ficariam autorizados a seis meses de permanência.

– Não confio no homem – disse Aron balançando a cabeça com um ar enojado. – No fim, acho que seria ainda menos justo conosco que o trono espanhol.

Helkias concordou. E isso deixava apenas a opção pelo litoral, onde tomariam os navios.

Ponderado e gentil, Helkias era um homem alto. Meir saíra mais baixo e troncudo, como Aron, e Eleazar já mostrava os sinais de uma constituição semelhante. Yonah tinha um físico mais desenvolvido, como seu pai, a quem olhava tanto com medo quanto com amor.

– Para onde vamos então, abba?

– Não sei. Vamos para onde existam muitos navios, provavelmente o porto de Valência. Depois veremos quais são os barcos disponíveis e onde estão atracados. Vamos confiar que o Altíssimo guie nossos passos e nos ajude a tomar uma decisão sábia.

Ele se virou para Yonah.

– Está com medo, meu filho?

Yonah tentou articular uma resposta, mas não foi suficientemente rápido.

– Não é vergonha ter medo. E é sinal de bom senso reconhecer que é uma viagem cheia de riscos. Mas somos três homens grandes e fortes: eu, Aron e você. Nós três seremos capazes de cuidar da segurança de Eleazar e de sua tia Juana.

Yonah ficou muito contente ao ser contado como homem pelo pai.

Foi como se Helkias lesse sua mente.

– Sei, muito bem, que tem assumido responsabilidades de um homem adulto nestes últimos anos – disse pausadamente. – E tenha certeza de que também outras pessoas observam seu caráter. Venho escutando sondagens de homens com filhas à espera de entrar sob o dossel nupcial.

– Tem conversado sobre o meu casamento? – Yonah perguntou.

– Ainda não. Não agora. Mas assim que chegarmos à nossa nova casa haverá tempo para conhecer os judeus que estiverem lá e arranjar um bom casório. Coisa, eu acho, de que você vai gostar.

– E vou – Yonah concordou e o pai riu.

– Também já fui jovem, sabia? Sei como é.

– Eleazar vai ficar bastante enciumado. Também vai querer uma esposa – disse Yonah e, desta vez, os dois riram juntos. – Não tenho medo, abba, de ir a parte alguma com você do meu lado.

– Também não sentirei medo, Yonah. Nem por mim nem por você. Pois o Senhor estará conosco.

A ideia do casamento foi um novo elemento na vida de Yonah. Em meio a todo aquele tumulto, sua mente estava confusa e o corpo alterado. À noite, sonhava com mulheres e, mesmo acordado, fantasiava sobre uma velha amiga, Lucía Martín. Quando eram crianças curiosas, em várias ocasiões, um explorara demoradamente a nudez do outro. Agora, quando era possível ver que os primeiros sinais de feminilidade madura já tinham despontado sob as roupas de Lucía, passara a existir um certo embaraço entre os dois.

Tudo estava mudando e, apesar dos medos e das incertezas, Yonah ficara entusiasmado com a perspectiva de finalmente viajar para terras distantes. Imaginava a vida num novo lugar, um tipo de vida que os judeus não tinham experimentado na Espanha nos últimos cem anos.

Encontrara, numa sala da sinagoga, misturado às coisas religiosas, o livro de um árabe chamado Khordabbek, que dizia o seguinte sobre os negociantes judeus:

"Embarcam na terra dos francos, no mar Ocidental, e se dirigem para Farama. Ali carregam suas mercadorias nas costas de camelos e seguem por terra até Kolzum, que fica a cinco dias de jornada, numa distância de vinte e cinco farsacs. Partem do mar Vermelho e navegam de Kolzum para Eltar e Jeddah. Depois continuam para Sind, na Índia, e para a China."

Gostaria de ser um desses mercadores. Se fosse cristão ia preferir ser um cavaleiro... é claro, um cavaleiro que não matasse judeus. Vidas assim seriam cheias de coisas para se maravilhar.

Mas em momentos mais realistas, Yonah sabia que o pai tinha razão. Não fazia sentido ficar sentado imaginando coisas. Havia trabalho a fazer, pois eram as próprias fundações do mundo deles que estavam desmoronando.

Capítulo 7

A DATA DA PARTIDA

Yonah conhecia muita gente que já estava indo embora. Na estrada da periferia de Toledo, primeiro foram vistos alguns viajantes, depois uma fileira contínua e, por fim, uma verdadeira enchente de judeus, dia e noite, uma multidão de estranhos vindos de longe, rumando para oeste na direção de Portugal, ou para leste, onde estavam os navios. O barulho de sua passagem era ouvido dentro da cidade. Viajavam em cavalos e burros, sentavam-se nos sacos de seus pertences em carroças puxadas por vacas, andavam sob o sol quente carregando trouxas pesadas, alguns tropeçando, outros caindo. Às vezes, para manter o ânimo, moças e rapazes cantavam, tocando tambores e tamborins enquanto andavam.

Mulheres davam à luz na beira da estrada, e gente morria. O Conselho dos Trinta de Toledo permitia que os viajantes enterrassem seus mortos no cemitério judeu, mas frequentemente não podia oferecer nenhuma outra ajuda, nem mesmo um minyan para rezar o kadish. Em outros tempos, viajantes com problemas teriam recebido assistência e hospitalidade, mas agora os próprios judeus de Toledo estavam partindo, ou se preparando para partir, e enfrentavam seus próprios contratempos.

As ordens dominicana e franciscana, satisfeitas em ver a expulsão pela qual tinham trabalhado e pregado, ciscavam energicamente em volta para colher o máximo possível de almas judaicas. Em Toledo, alguns amigos de longa data da família de Yonah entravam nas igrejas da cidade e se declaravam cristãos: as crianças, os pais e os avós com quem os Toledano tinham repartido o pão, com quem haviam rezado na sinagoga, com quem tinham xingado a necessidade de usar a insígnia amarela de um povo proscrito. Quase um terço dos judeus viraram convertidos. Por temerem os terríveis perigos da viagem, por estarem ligados a um parceiro cristão, por terem atingido uma posição e um conforto a que não estavam dispostos a renunciar ou por já estarem fartos de serem desprezados.

Judeus em altas posições foram pressionados, coagidos a se converter. Certa noite o tio de Yonah, Aron, procurou Helkias com notícias chocantes.

– O rabino Abraham Seneor, o genro dele, rabino Meir Melamed, e suas famílias viraram católicos.

A rainha Isabel não fora capaz de suportar a perspectiva de ficar sem os dois homens que tanto haviam feito por ela e corriam rumores de que os ameaçara com represálias contra os judeus se eles se recusassem a se converter. Era fato conhecido que os soberanos tinham cuidado pessoalmente e assistido às cerimônias públicas de conversão, além de servirem como padrinhos no batismo.

O rabino Seneor mudara seu nome para Fernando Nuñez Coronel e o rabino Melamed mudara o dele para Fernando Pérez Coronel.

Alguns dias depois, Seneor foi nomeado governador de Segóvia, membro do conselho real e administrador-geral das finanças para o príncipe herdeiro. Melamed foi nomeado contador-chefe da Coroa e também se tornou membro permanente do conselho real.

Isaac Abravanel recusou-se a se converter. Ele e seus irmãos, Joseph e Jacob, renunciaram à enorme dívida que o rei e a rainha tinham para com eles e, em troca, receberam permissão para deixar o país levando mil ducados de ouro e alguns pertences valiosos feitos de ouro e prata.

Helkias e Aron foram menos afortunados, como a grande maioria dos que enfrentavam a calamidade. A massa de judeus era informada de que ninguém teria permissão para tirar ouro, prata, dinheiro ou pedras preciosas do reino. Eram aconselhados pelo trono a vender tudo que possuíssem e a usar o que ganhassem para comprar "bens comuns", que poderiam vender quando chegassem a seus novos países. Quase imediatamente, no entanto, o rei Fernão declarava que, em Aragão, algumas terras, casas e bens móveis dos judeus seriam apreendidos em virtude das rendas "devidas" à Coroa.

Em Toledo, os judeus correram para vender suas propriedades antes que uma ação semelhante dos monarcas tornasse impossível fazê-lo, mas o processo foi uma piada. Os vizinhos cristãos, sabendo que eles teriam de abandonar de qualquer modo as propriedades para salvar a pele, jogaram impiedosamente os preços no chão, oferecendo alguns *sueldos* por imóveis que normalmente valeriam muitos maravedis ou mesmo muitos *reales*. Um burro ou um vinhedo trocavam de mãos por uma peça comum de tecido.

Aron Toledano, a quem tinham oferecido quase nada pela granja de cabras, procurou o conselho do irmão.

– Não sei o que fazer – disse num tom indefeso.

Helkias fora um próspero e requisitado artesão toda a sua vida, mas os maus tempos tinham vindo quando ele estava num aperto financeiro. Recebera apenas um depósito pelo relicário. Como a peça foi roubada antes da entrega, não recebeu mais dinheiro algum, embora tivesse investido fortemente na mais pura prata e no mais puro ouro para fazer o cibório. Alguns fregueses ricos atrasavam agora os pagamentos de objetos já entregues, sentindo que o desenrolar dos acontecimentos podia tornar desnecessário quitar os débitos.

– Também não sei o que fazer – Helkias admitiu. Estava numa situação muito difícil, mas foi salvo graças aos esforços e ao coração generoso de um velho e devotado amigo.

Benito Martín era um cristão-velho, um ourives especializado em peças de ouro, mas não possuía o gênio criativo que rendera a Helkias a reputação de excelência no trabalho da prata. A maior parte do trabalho de Martín era simples douradura e conserto. Quando os dois eram rapazes, Benito descobrira que, em sua própria cidade natal de Toledo, havia um judeu criando coisas esplêndidas com metais preciosos.

Foi então procurar o artesão judeu, com quem passaria aqueles intervalos máximos possíveis de tempo que alguém pode se permitir sem se transformar num aborrecimento para o outro. Queria aprender novos meios de moldar a prata e o ouro, e lutava para que suas mãos aprendessem a conviver com uma nova visão do trabalho.

No processo de reaprendizagem de seu ofício, Benito Martín descobriu um homem.

Helkias gostava de recebê-lo e compartilhava com ele suas habilidades e suas experiências pessoais. A admiração de Benito Martín gradualmente se transformaria numa amizade genuína e certa, tão profunda que, em dias melhores, Martín fora com os filhos à sinagoga para cumprimentar a família Toledano na Páscoa e estivera também na sucá, durante a Festa dos Tabernáculos. A filha Lucía tornara-se a melhor amiga de Yonah, e o filho Enrique era o mais frequente companheiro de jogos de Eleazar.

Agora Benito estava envergonhado da injustiça que grassava em Toledo e, num fim de tarde, foi caminhar com Helkias, cedo o bastante para poderem dar um giro pelo alto do penhasco e apreciar a chegada da noite.

– Sua casa tem uma localização excepcional e a oficina foi planejada com tanta sensibilidade que convida a bons resultados. Há muito tempo estou de olho nelas.

Helkias ficou em silêncio.

Quando Benito fez sua oferta, o ourives parou de andar.

– Sei que é muito baixa, mas...

Teria sido uma oferta muito baixa em tempos comuns, mas os tempos não eram comuns. Helkias sabia que era tudo que Benito podia se dar ao luxo de oferecer e era muito mais que as ofertas aviltantes feitas por especuladores.

Ele se aproximou do amigo, beijou-lhe o rosto barbeado de cristão e abraçou-o por um longo tempo.

Yonah reparou que a apatia desaparecera dos olhos do pai. Helkias sentava-se com Aron e discutia como podiam salvar suas famílias. Era um problema realmente urgente e ele agora parecia disposto a dedicar-lhe toda a sua energia e atenção.

— Normalmente, a viagem até Valência levaria dez dias. Agora, com as estradas apinhadas de gente procurando chegar primeiro, a mesma viagem levará doze dias, exigindo o dobro da comida e duplicando os riscos do trajeto. Por isso é melhor deixar Toledo o mais tarde possível, quando o número de viajantes tiver novamente se reduzido.

Em sua granja, Aron tinha dois burros de carga e uma parelha de ótimos cavalos que ele e a mulher, Juana, montariam. Benito Martín tinha agido por Helkias, comprando mais dois cavalos e um par de burros por muito menos do que teriam cobrado a um judeu, ainda que Helkias estivesse pagando uma soma exorbitante ao vizinho Marcelo Troca para guardar os quatro animais na terra adjacente à sua.

Helkias disse ao irmão que tinham de achar um meio de conseguir mais dinheiro.

— Quando chegarmos ao porto, os capitães dos navios não serão caridosos. Vamos precisar de muito dinheiro para pagar nossas passagens. E quando chegarmos à terra de destino, precisaremos de dinheiro para nos sustentar até estarmos de novo ganhando com nosso trabalho o pão de cada dia.

A única fonte possível de dinheiro eram os débitos não quitados dos clientes de Helkias, e Yonah sentou-se com o pai para fazer uma lista cuidadosa dos fregueses e das somas que cada um devia.

O maior débito eram sessenta e nove *reales* e dezesseis maravedis devidos pelo conde Fernán Vasca, de Tembleque.

— É um nobre arrogante, mandando me chamar como se fosse um rei, enumerando friamente as coisas que queria de mim, mas fazendo corpo mole para me pagar um único *sueldo*. Se eu puder receber esta dívida, nosso capital será mais que suficiente.

Num belo dia de julho, Yonah foi com o pai até Tembleque, um lugarejo fora de Toledo. Não estava acostumado a andar a cavalo, mas sua montaria, assim como a do pai, era dócil, e Yonah, orgulhoso como qualquer cavaleiro, instalou-se na velha sela. O campo era bonito e, embora a cabeça de Helkias estivesse pesada, ele foi capaz de ensaiar uma canção enquanto seguiam. Uma canção de paz.

Oh, o cordeiro habitará com o lobo,
E com o menino o leopardo vai brincar;
E a vaca junto ao urso pastará,
Enquanto o leão come forragem como o boi...

Yonah gostava de escutar a voz grave cantando os versos sonoros. *Vai ser assim quando estivermos a caminho de Valência,* ele pensou com prazer.

Pouco depois, enquanto cavalgavam, Helkias contou ao filho que, ao ser convocado pela primeira vez a Tembleque pelo conde Vasca, tivera uma conversa com seu amigo, o rabino Ortega.

– O rabino me disse: "Vou lhe falar sobre este nobre."

O rabino Ortega tinha um sobrinho, um jovem erudito chamado Asher ben Yair, versado em vários idiomas assim como na Torá.

– É difícil para um sábio ganhar a vida – disse Helkias –, e um dia Asher ouviu dizer que um nobre de Tembleque estava precisando empregar alguém. Então ele viajou para Tembleque e ofereceu seus serviços.

O conde tinha orgulho de suas habilidades nas artes marciais, contou o pai de Yonah. Lutara contra os mouros e viajara muito para participar de provas de torneios, um bom número das quais vencidas por ele. Mas estava sempre receptivo às novidades e, na primavera de 1486, tinha ouvido falar de um diferente tipo de disputa, um torneio literário onde os batedores lutariam com poemas em vez de lanças e espadas.

O concurso se chamava "Jocs Florals", isto é, jogos florais. Tinham começado na França, no fim do século XIV, quando alguns jovens nobres de Toulouse decidiram convidar poetas para recitar suas obras. O vencedor receberia, como primeiro prêmio, uma violeta feita de ouro.

O concurso foi realizado na França periodicamente, até que Violante de Bar, rainha da Catalunha e de Aragão e esposa do rei João I, levou o torneio poético e alguns de seus juízes franceses para Barcelona em 1388. Logo a corte espanhola adotou oficialmente os jogos florais, que passou a celebrar ano após ano com grande pompa. Na época em que despertaram a atenção do conde Vasca, as competições anuais de poesia eram julgadas pela corte real. Uma violeta de prata era agora o prêmio do terceiro lugar. O prêmio do segundo lugar era uma rosa feita de ouro. Como típico toque catalão, o primeiro prêmio era uma simples rosa verdadeira, com base no argumento de que nada feito pelos homens poderia superar uma flor criada por Deus.

Vasca achou que seria esplêndido ser chamado à corte para receber uma tal homenagem e fez planos para entrar nos Jocs Florals. O fato de ser analfabeto não o deteve, pois tinha dinheiro para empregar alguém com habilidades na escrita e assim contratou Asher ben Yair, a quem mandou escrever um poema. Numa discussão sobre o tema, Vasca disse que devia ser um poema sobre um grande e nobre soldado; após um brevíssimo intervalo, o conde e seu funcionário concordaram que o próprio conde Fernán Vasca seria o guerreiro que mais se prestava à descrição em tal obra.

Quando o poema foi concluído e lido, não ofendeu os ouvidos do conde. Era suficiente que sua bravura e habilidades guerreiras fossem tratadas com reverência e não pouco exagero. Assim, o conde Vasca mandou uma cópia para Barcelona.

O poema de Vasca não conseguiu impressionar os juízes da corte. Quando o conde ficou a par da notícia de que três outras pessoas tinham ganho os prêmios, Asher ben Yair já havia se despedido do tio, o rabino Ortega, e sensatamente partido para a ilha da Sicília, onde achava que poderia trabalhar como professor de meninos judeus.

O conde Vasca então mandou chamar Helkias Toledano, um judeu que tinha ótima reputação como artífice de metais preciosos. Quando Helkias chegou a Tembleque, encontrou Vasca ainda furioso por ter sido humilhado por um grupo de versejadores fracotes. Contou a Helkias sobre os Jocs Florals e seus imaginativos prêmios, e depois revelou que decidira patrocinar uma disputa mais viril, uma verdadeira prova de torneio, com um primeiro prêmio muito mais notável e majestoso que o entregue em Barcelona.

– Quero que faça uma rosa de ouro com um caule de prata.

O pai de Yonah abanara a cabeça com ar meditativo.

– Mas escute com atenção: tem de ser realmente tão bonito quanto uma rosa natural.

Helkias sorrira.

– Bem, mas...

O conde levantara a mão. Helkias achou que ele não estava disposto a sustentar discussões muito longas com um judeu. Vasca já tinha lhe dado as costas.

– Vá e faça o que estou pedindo. Vou precisar disso após a Páscoa. – E Helkias foi dispensado.

Ele estava acostumado a exigências absurdas de clientes difíceis, embora a situação em pauta se tornasse mais delicada pela reputação que tinha o conde Vasca de tratar de modo brutal quem o desagradava. Helkias começou a trabalhar, sentando-se horas a fio diante de arbustos floridos, fazendo desenhos. Quando obteve um esboço que lhe agradou, começou a bater o ouro e a prata com um martelo. Quatro dias depois, tinha alguma coisa muito próxima do formato de uma rosa mas que, não obstante, o decepcionava. Ele a quebrou e fundiu o metal.

Fez várias outras tentativas, obtendo de cada vez pequenas vitórias, mas julgando defeituoso o efeito de conjunto. Já tinham se passado dois meses desde o dia de seu encontro com Vasca e ainda estava longe de completar a encomenda.

Mas continuava tentando, estudando as rosas como se elas fossem o Talmud, absorvendo seu aroma, sua beleza, desfolhando pétala por pétala para assimilar a construção do todo, notando como os caules se retorciam e vergavam para crescer na direção do sol, observando o modo como nasciam os botões, como se desenvolviam e com que delicadeza se desdobravam, se abriam. A cada tentativa para reproduzir a simples e estonteante beleza da natureza, começava a perceber a essência, o espírito das rosas. Assim, através de tentativas e fracassos, gradualmente evoluiu do artesão que tinha sido para o artista que seria.

Finalmente, criara uma flor de ouro brilhante. As pétalas se curvavam com uma fresca suavidade que era percebida pelo olho em vez de ser sentida através do toque. Era uma flor verossímil, como se um mestre da horticultura tivesse obtido uma rosa natural com a perfeita cor do ouro. Embaixo da flor havia um único botão dourado. O caule, ramos, espinhos e folhas eram de prata brilhante, estragando a ilusão, mas Helkias tinha cinco meses até a data de entrega pedida pelo conde Vasca e ainda haveria tempo para melhorar o trabalho. Além disso, o ouro conservaria a cor, mas a prata, que ficava escura, iria adquirindo o tom característico que tornaria a flor convincente.

O conde Vasca ficou visivelmente surpreso e satisfeito quando viu o que Helkias tinha produzido.

– Não entregarei isto como prêmio. Tenho um melhor destino para a flor – disse ele.

Em vez de pagar, deu a Helkias uma grande encomenda de novos objetos e, depois, ainda uma terceira encomenda. Por fim, se transformou em seu maior devedor. Quando os judeus receberam ordem de deixar a Espanha, o débito de Vasca já levara o ourives à grave dificuldade em que ele se encontrava.

O castelo era grande e estava todo trancado quando Yonah e Helkias se aproximaram. As barras de ferro do grande portão que dava para o pátio estavam arriadas. Helkias e Yonah levantaram os olhos para o posto da sentinela no alto muro de pedra.

– Ei, guarda! – Helkias gritou e, pouco depois, apareceu uma cabeça coberta com um elmo.

– Sou Helkias Toledano, ourives. Desejo falar com Sua Excelência o conde Vasca.

A cabeça recuou, mas logo tornou a aparecer.

– Sua Excelência o conde não está. Deve ir embora.

Yonah reprimiu um resmungo, mas o pai insistiu:

– O assunto que me traz aqui é importante. Se o conde não está, tenho de falar com o mordomo.

Mais uma vez a sentinela sumiu. Yonah e o pai ficaram à espera sentados nos cavalos.

Finalmente, com um guincho e depois um gemido, o portão com barras de ferro foi erguido e os dois entraram no pátio do castelo.

O mordomo era um homem magro, que estava alimentando com tiras de carne um falcão engaiolado. A carne vinha de um gato branco. Yonah pôde ver a cauda, ainda inteira.

O homem mal se virou para os dois.

– O conde está caçando no norte – disse num tom irritado.

– Vim em busca do pagamento por uma encomenda que já executei e entreguei – disse Helkias e o mordomo atirou-lhe um rápido olhar.

– Não pago ninguém sem ordem dele.

– Quando ele volta?

– Quando tiver vontade. – Então o homem adotou um tom mais brando, talvez para que o deixassem em paz. – No lugar de vocês, eu voltaria daqui a seis dias.

Enquanto os cavalos eram guiados de volta para Toledo, Helkias permanecia calado, absorto em pensamentos tumultuados. Yonah tentou retomar um pouco da alegria do trajeto de ida.

– Ô, o cordeiro habitará com o lobo... – ele cantou, mas o pai nem deu conta. Os dois seguiram praticamente todo o resto do caminho em silêncio.

Seis dias depois, Helkias fez outra vez a viagem, agora sozinho. Dessa vez, o funcionário disse que o conde só voltaria daí a catorze dias, no dia 26 do mês.

– É tarde demais – disse Aron, sem esperanças, quando Helkias lhe contou.

– Sim, é tarde demais – disse Helkias.

Mas no dia seguinte, correram rumores de que os monarcas, em sua clemência, teriam concedido um dia extra para os judeus saírem da Espanha, transferindo a data limite do primeiro para o segundo dia de agosto.

– Você acha...? – Aron perguntou.

– Sim, podemos fazer! – disse Helkias. – Estaremos à espera no castelo quando ele chegar. E partiremos diretamente de lá após o pagamento.

– Mas fazer a viagem até Valência em sete dias!

– Não temos escolha, Aron – disse Helkias. – Sem dinheiro, estamos condenados.

Quando Aron suspirou, Helkias pôs a mão no braço do irmão.

– Devemos tentar. Vamos nos preparar e preparar também os animais. Tudo vai dar certo.

Mas enquanto falava, ocorria-lhe o fato desagradável de que o segundo dia de agosto era o nono dia do mês judaico de Ab, uma data infame e talvez um mau presságio, pois o nono dia de Ab era a data da destruição do Templo em Jerusalém, quando grandes multidões de judeus foram forçadas a iniciar suas andanças pelo mundo.

Capítulo 8

O PESCADOR

Yonah e Eleazar não precisavam mais polir os objetos de prata. Admitindo que não poderia vendê-los por um preço justo, Helkias entregou todo o seu estoque a Benito Martín por uma pequena soma de dinheiro.

No dedo médio da mão direita, Yonah usava o largo anel de prata que o pai lhe dera quando ele foi chamado à Torá pela primeira vez. Helkias tinha feito um anel idêntico para o primogênito, mas quando o corpo de Meir lhe foi trazido, o anel desaparecera.

– Tire o anel do dedo – disse Helkias, e Yonah obedeceu com relutância. O pai enfiou o anel num pedaço de cordão fino, mas forte, que colocou em volta do pescoço de Yonah, de modo que o anel ficasse escondido dentro da camisa.

– Se formos obrigados a vender seu anel, prometo que faço outro logo que possível – disse ele. – Mas talvez, com a ajuda do Senhor, você consiga voltar a usar este anel em outro lugar.

Helkias levou os dois filhos ao cemitério judeu fora dos limites da cidade. Era um lugar muito triste, pois outras famílias que estavam partindo da Espanha paravam nos túmulos dos entes queridos para dizer adeus. Assustado com os choros e soluços, Eleazar também acabou chorando, embora já não tivesse a menor lembrança da mãe e mal se recordasse de Meir.

Durante anos, Helkias pranteara a esposa e o primeiro filho. Embora seus olhos estivessem cheios de lágrimas, ele não chorou, apenas apertou os dois filhos vivos e enxugou as lágrimas deles. Depois os beijou antes de mandá-los limpar os túmulos e procurar pequenas pedras para serem postas sobre as campas, como sinal de que tinham sido visitados.

– Terrível ir para longe dos túmulos deles – Helkias disse mais tarde a Benito. Martín havia trazido um odre de vinho e os dois se sentaram para conversar, como tinham feito tantas vezes no passado. – Mas o pior mesmo é deixar a sepultura de meu filho sem saber quem o colocou lá dentro.

– Se fosse possível seguir o rastro do relicário – disse Martín –, sua localização poderia contar muita coisa.

– Não foi possível fazer isso – disse Helkias torcendo a boca. – E a essa altura os ladrões, que devem saber como negociar objetos desse tipo, já o venderam. Talvez esteja numa igreja muito longe daqui. – Ele tomou um longo gole do vinho.

– E, quem sabe... talvez não – disse Benito. – Se eu falar com quem frequenta as igrejas da região, posso ficar sabendo de alguma coisa.

– Eu já tinha pensado nisso – Helkias admitiu –, mas... sou judeu. Meu temor de igrejas e padres me impediu de ir em frente.

– Posso tratar do assunto para você – Martín garantiu, e Helkias balançou agradecidamente a cabeça. Ele foi até sua mesa de trabalho e entregou a Benito os desenhos do cibório, que podiam ser mostrados aos clérigos.

Martín parecia nervoso.

– Helkias, há muito ressentimento contra você na cidade. Correm rumores de que se recusa a deixar Toledo e também não quer se converter. Esta casa fica extremamente exposta no alto do penhasco. É tarde demais para procurar segurança atrás dos muros do bairro judeu, pois os outros já partiram. Talvez você e seus filhos devessem ir para minha casa, para a segurança de uma casa cristã.

Helkias sabia que um adulto e dois garotos mudando-se para a casa de Martín, mesmo por um curto período, causariam muito incômodo. Ele agradeceu a Benito, mas balançou a cabeça numa negativa.

– Até o momento de nossa partida, quero desfrutar da casa em que meus filhos nasceram.

Contudo, quando Benito partiu, Helkias levou os dois filhos até a trilha que descia do rochedo e mostrou-lhes, à margem do caminho, a boca de um túnel estreito, em forma de L, que levava a uma pequena caverna.

Se houvesse mesmo necessidade, disse a Yonah e a Eleazar, a caverna seria um esconderijo seguro.

Yonah tinha plena consciência de estar fazendo as coisas em Toledo pela última vez.

Perdera a pesca da primavera. A primavera era a melhor época, quando ainda fazia frio, mas o primeiro calor do sol já produzira efêmeras e outras minúsculas criaturas aladas que flutuavam sobre a superfície do rio.

Agora estava quente, mas ele conhecia um trecho profundo logo depois de uma represa natural, formada por pedregulhos e galhos. Sabia também que os peixes estariam preguiçosamente bem lá no fundo, quase imóveis, esperando uma refeição levada pela corrente.

Ele reuniu os pequenos anzóis feitos por um pai que sabia trabalhar com metais, depois foi para trás da oficina e pegou a vara curta de madeira com uma linha forte enrolada.

Mal dera três passos quando Eleazar se aproximou correndo.

– Yonah, não vai me levar com você?

– Não.

– Yonah, eu quero ir.

Se o pai ouvisse, talvez mandasse que não saíssem de junto da casa. Yonah deu uma olhada ansiosa na porta da oficina.

– Não venha me estragar a coisa, Eleazar. Se você fizer barulho, ele vai ouvir e aparecer na porta.

Eleazar encarou-o com ar infeliz.

– Quando eu voltar – disse Yonah –, fico a tarde inteira ensinando você a tocar guitarra.

– A tarde inteira?

– Inteira.

Mais um momento e ele estava livre, seguindo a trilha na direção do rio.

Amarrou um anzol na ponta da vara de pescar e ficou alguns minutos na margem do rio, levantando as pedras. Afugentou muitos camarões-d'água-doce até achar um suficientemente pequeno para satisfazê-lo. Então agarrou e prendeu a isca.

Era seu lugar de pesca favorito e ele o visitava com regularidade nos últimos anos. Havia uma grande rocha debruçada sobre o poço do rio, fácil de alcançar porque o topo ficava quase na altura da trilha. O tronco arqueado de uma árvore fornecia sombra tanto para os peixes que se concentravam no poço quanto para o pescador sentado na rocha.

O anzol chapou-se com a isca na água. Yonah ficou na expectativa, mas quando não houve nenhum sinal de mordida, sentou-se com um suspiro na rocha. Havia uma brisa leve, a pedra era fresca e os agradáveis sons em surdina do rio transmitiam uma sensação de calma. Ao longe, rio abaixo, dois homens chamavam um pelo outro; mais perto dele, um passarinho cantava.

Ele não percebeu a sonolência, só uma diminuição dos sons e da consciência, até dormir.

Despertou com um solavanco quando alguém tirou a ponta da vara de pescar de baixo de sua perna.

– Você tem um peixe – disse o homem.

Yonah estava assustado. Era um frade ou monge de batina preta e sandálias, alto como o abba. Sua voz era suave e gentil, e Yonah achou que ele tinha um rosto bom.

– É um peixe muito grande. Quer a vara?

– Não, o senhor pode pegá-lo – disse Yonah com relutância.

– Lorenzo – alguém chamou da trilha e Yonah se virou para ver um outro homem de batina preta à espera.

O peixe se debatia, procurando o fundo da represa natural que o rio formava naquele ponto, mas o homem alto levantou a ponta da vara. Era um bom pescador, observou Yonah. Não deu um puxão forte que pudesse arrebentar a linha, mas acompanhou o ritmo do peixe segurando a linha com a mão esquerda e puxando um pouco de cada vez, até a arrancada final, quando a incrível brema, arqueando de um lado para o outro no anzol, foi içada para o topo da rocha.

O homem estava sorrindo.

– Parecia maior, não acha, hã? No início, todos parecem muito grandes. – Exibiu o peixe. – Quer ficar com ele?

É claro que Yonah queria, mas percebeu que o homem também queria o peixe.

– Não, *señor*.

– Lorenzo – chamou o outro frade. – Por favor, o tempo é curto. Ele já deve estar nos procurando.

– Está bem! – disse o alto num tom irritado, passando o dedo sob uma guelra para melhor segurar o peixe. Olhos mansos e profundos como o poço do rio contemplaram Yonah.

– Que Cristo possa lhe dar em dobro – disse ele.

Capítulo 9

VISITANTES

Na manhã seguinte, um negrume esverdeado tomou conta do céu, e houve estrondos assustadores de trovão e uma boa dose de relâmpagos. Depois a tempestade amainou, embora a chuva tenha continuado por dois dias. Aron e Juana, tios de Yonah, estiveram em sua casa e Juana disse que não era habitual cair tanta chuva no mês de Tamuz.

– Mas não é a primeira vez que isso acontece – disse o marido.

– Não, é claro que não é a primeira vez – disse Juana, e ninguém sugeriu que fosse um mau presságio. O ar continuou quente apesar da queda da umidade. No segundo dia, a chuva diminuiu e depois parou.

Benito Martín tinha viajado os dois dias de chuva, carregando os desenhos de Helkias enrolados e embrulhados num pedaço de couro para que não se molhassem. Desenrolara os croquis em sete igrejas e dois monastérios. Àquela altura, todo padre ou monge de Toledo já ouvira falar da perda do cibório do mosteiro, mas ninguém fornecia qualquer pista sobre o que podia ter acontecido ao relicário após o roubo.

A última parada fora na catedral, onde Martín se ajoelhara para fazer uma oração.

Ao acabar de rezar, ele se levantou e viu que estava sendo observado por um frade alto, com um rosto extremamente bonito. Sabia, pelos rumores que corriam, que era conhecido como O Belo e que era um homem da Inquisição, mas não conseguia se lembrar do nome dele.

Continuou ocupado em mostrar os desenhos aos padres, que sem dúvida não faltavam na catedral. Já mostrara três vezes os croquis, como sempre sem resultado algum, quando tornou a se deparar, ao erguer a cabeça, com os olhos do frade alto.

O homem curvou um indicador.

– Deixe-me ver.

Quando Benito passou-lhe os esboços, ele examinou atentamente um por um.

– Por que está mostrando aos padres?

– São desenhos de um relicário que foi roubado. O ourives está querendo saber se alguém sabe de seu paradeiro.

– O judeu Toledano.
– ... Sim.
– Seu nome?
– Benito Martín.
– É convertido?
– Não, frade, sou um cristão-velho.
– Helkias Toledano é seu amigo?
Devia ter sido fácil dizer sim, nós somos amigos.
Benito gostava muito da catedral. Tinha por hábito visitá-la com frequência, pois a beleza das abóbadas sempre lhe dava a impressão de que as preces iam direto para o céu, para os ouvidos de Deus. Aquele frade estava estragando a sua catedral.
– Também sou ourives – ele disse cautelosamente. – Às vezes conversamos sobre problemas do nosso ofício.
– Tem parentes que são convertidos?
– Não tenho.
– O ourives já foi embora de Toledo?
– Está de partida.
– E não falou com você das orações dos judeus?
– Não. Nunca.
– Sabe se ele falou das orações com algum cristão?
– Não.
O frade devolveu os croquis.
– Está ciente de que Suas Majestades proibiram expressamente qualquer cristão de dar apoio aos judeus?
– Não dei apoio – disse Benito, mas talvez o frade não tenha ouvido, pois já se virara.
Bonestruca, ele se lembrou, era esse o nome.

A chuva tinha parado quando ele foi à casa de Toledano.
– Salve, amigo – disse Helkias.
– Salve, amigo. Vai ser mesmo amanhã?
– Sim, amanhã, quer o conde de Tembleque volte ou não para me pagar. Qualquer demora extra e seria tarde demais.
Helkias contou a Benito que logo cedo carregariam os burros. Ele e os filhos estavam separando cuidadosamente os poucos pertences que iam levar.
– O que deixarmos aqui é seu. Use como achar melhor.
– Eu agradeço.
– Por nada.
Martín transmitiu seu decepcionante relatório a Helkias, que agradeceu e deu de ombros: os resultados não eram surpresa.

– Conhece o frade chamado de O Belo, aquele dominicano alto?

Helkias olhou-o com ar confuso.

– Não.

– É inquisidor. Quando me viu mostrando os desenhos, deixou claro que não aprovava a iniciativa. Fez perguntas sobre você, muitas perguntas. Temo pela sua segurança, Helkias. Nunca manteve contato com aquele frade? Talvez um problema, uma desavença?

– Nunca falei com ele – disse Helkias, balançando a cabeça. – Mas esqueça sua preocupação, Benito. Amanhã à noite vou estar longe daqui.

Benito ficou constrangido por um frade ter conseguido deixá-lo nervoso.

Perguntou se podia levar Eleazar para passar o resto da tarde em sua casa. Assim o menino diria adeus ao pequeno Enrique Martín, o coleguinha de que tanto gostava.

– Ele podia até passar a noite, se você não se importar.

Helkias concordou, sabendo que os meninos nunca mais iam se ver.

Completando os árduos detalhes da partida, Yonah tinha trabalhado à luz de velas com o pai até quase de madrugada.

Gostava de compartilhar as tarefas com o pai, e era bom ficar sozinho com ele, com o irmão mais novo passando a noite fora. Fizeram pilhas de seus pertences: uma composta das coisas que deixariam para trás e uma pilha menor, que amarrariam nos burros ao amanhecer, com roupas, víveres, um livro de orações e um conjunto das ferramentas de Helkias.

Antes que ficasse mais tarde, Helkias pôs o braço em volta do filho e mandou que ele fosse dormir.

– Viajamos amanhã. Vai precisar de toda energia.

Yonah acabara de cair no sono sob o confortador ruído de Helkias varrendo o chão, quando foi sacudido de modo brusco, urgente.

– Meu filho! Precisa sair da casa pela janela dos fundos. Rápido!

Yonah pôde ouvir o barulho de muitos homens vindo pela estrada. Alguns cantavam um hino febril. Outros gritavam. Não estavam muito longe.

– Onde...?

– Vá para a caverna no rochedo. Fique lá me esperando.

Os dedos do pai se cravaram em seu ombro.

– Faça o que estou dizendo. Vá agora. Já! Cuidado para não ser visto por algum vizinho. – Helkias atirou metade de um pão numa sacola, que empurrou para o filho. – Se eu não chegar, Yonah, aguente o máximo que puder na caverna; depois corra para a casa de Benito Martín.

– Venha comigo agora, abba – disse o rapaz num tom amedrontado, mas Helkias empurrou o filho pela janela e, de repente, Yonah estava sozinho na noite.

Foi avançando cuidadosamente por trás das casas. Em algum ponto, no entanto, seria preciso cruzar a estrada para chegar ao rochedo. E foi ao ultrapassar as casas e se desviar na escuridão para a estrada que viu pela primeira vez as luzes, terrivelmente perto e se aproximando. Era um grande grupo de homens e o clarão das tochas iluminava intensamente as armas. Fez força para não começar a soluçar, o que aliás não teria importância, pois o grupo fazia muito barulho.

E de repente Yonah estava correndo.

Capítulo 10

A TOCA

A estreiteza e a forma do túnel que levava à caverna eliminavam a maior parte do barulho, mas de vez em quando alguma coisa chegava a seus ouvidos, um ronco abafado, um gemido como fazia o vento numa tempestade distante.

Chorou em silêncio, jogado no chão de rocha e barro como se tivesse caído de uma grande altura, mas indiferente aos grãos de terra, às pedras sob seu corpo.

Após longo tempo, mergulhou num sono profundo e reparador, escapando da pequena prisão de pedra.

Ao despertar, não sabia se dormira muito ou pouco nem tinha ideia de quanto tempo transcorrera desde que entrara na caverna.

Teve consciência de que fora arrastado para longe do sono pelo toque de alguma coisa pequena, algo que passava em cima de sua perna. Ele se contraiu, pensando em víboras, mas finalmente escutou a corridinha familiar e relaxou, pois não tinha medo de camundongos.

Há muito seus olhos haviam se acostumado ao veludo da escuridão, embora não conseguissem penetrá-lo. Ele não fazia ideia se era dia ou noite. Quando sentiu fome, começou a roer o pão que o pai lhe dera.

E dormiu outra vez, agora sonhando com o pai. No sonho, examinava aquele rosto que conhecia tão bem, os olhos muito azuis encravados sobre o nariz forte, a boca larga com lábios grossos sob os tufos da barba. A barba era grisalha, como a exuberante coroa de cabelo. O pai estava falando, mas Yonah não conseguiu ouvir as palavras ou esqueceu-se delas quando o sonho acabou. Acordou deitado na sua toca de animal.

Lembrava-se da última coisa que realmente ouvira do pai, a instrução severa para que esperasse na caverna. Helkias iria buscá-lo quando estivesse tudo bem. Yonah terminou o resto do pão e ficou no escuro, esperando. Estava com muita sede e lembrou-se de que Meir o ensinara a pegar uma pequena pedra quando não havia água e chupá-la para fazer a saliva brotar. Tateando no escuro, acabou encontrando uma pedra do tamanho certo, que esfregou com os dedos. Ao colocá-la na boca, a saliva fluiu e ele sugou como um bebê numa teta. Mal se lembrou de cuspir a pedra quando começou de novo a afundar no poço fundo do sono.

Assim o tempo passou entre a aspereza da fome, a sede intensa, a repetida fuga para o sono leve e uma terrível, crescente fraqueza.

Finalmente chegou o momento de Yonah perceber que, se ficasse mais tempo na caverna, morreria lá dentro. Começou então a rastejar lenta e penosamente para fora de seu buraco.

Quando dobrou a quina do túnel em forma de L, os olhos levaram um golpe com o brilho do sol e ele teve de parar até conseguir enxergar sob a terrível luz.

Lá fora, viu pela posição do sol que era de tarde. O dia estava silencioso, salvo por um canto barulhento de pássaros. Ele subiu cuidadosamente a trilha estreita, percebendo como o Senhor o protegera durante a desesperada descida na escuridão da noite.

Não encontrou ninguém no caminho de volta. Quando se aproximou do aglomerado de casas, viu com uma explosão de alegria que tudo parecia intocado, normal.

Até...

Sua própria casa era a única devastada. A porta sumira, arrancada dos gonzos. Os móveis tinham sido levados ou destruídos. Tudo de valor – a guitarra mourisca de Meir! – desaparecera. Acima de cada janela, a mancha de queimado na pedra mostrava como o fogo tinha consumido os peitoris.

Do lado de dentro havia devastação, desolação e o cheiro das tochas.

– Abba!

"Abba!

"Abba!"

Não houve resposta e Yonah ficou assustado com o som de seu próprio grito. Ele saiu e começou a correr para a casa de Benito Martín.

A família Martín saudou-o com uma alegria atônita.

Benito estava pálido.

– Achamos que tivesse morrido, Yonah. Pensamos que o tivessem atirado do rochedo. No Tejo.

– Onde está meu pai?

Martín se aproximou do rapaz e, enquanto balançavam de um lado para o outro num terrível abraço, ele contou tudo a Yonah sem dizer uma palavra.

Quando as palavras chegaram, Martín relatou uma história horripilante.

Um frade reunira uma multidão na Plaza Mayor de Toledo.

– Era um dominicano, um homem alto, chamado Bonestruca. Tinha revelado grande curiosidade sobre seu pai quando mostrei os croquis do relicário na catedral.

E Benito Martín continuou amargamente:

— Dizem que este frade tem o rosto de um santo. Mas ele não é santo. Juntou à sua volta uma turba furiosa quando pregou na praça contra os judeus que partiram. Conseguiram escapulir da Espanha sem serem devidamente punidos, ele dizia. Falou de seu pai, chamando-o pelo nome. Acusou-o de ser o judeu que criara um cibório para lançar terríveis magias contra os cristãos, referindo-se a ele como um anticristo que rejeitara a oportunidade de ir para o Salvador, que rira Dele com impunidade e agora estava prestes a escapar incólume. Atiçou a loucura nas pessoas, mas ficou na sombra enquanto elas iam até sua casa e chacinavam seu pai.

— Onde está o corpo do pai?

— Enterramos atrás da casa. Vou rezar toda manhã e toda noite por sua alma imortal.

Martín deixou o rapaz chorar.

— Por que ele não foi comigo quando me mandou sair? — Yonah murmurou. — Por que também não fugiu?

— Acredito que ficou para protegê-lo — Martín disse devagar. — Se não houvesse ninguém em casa, iam vasculhar os arredores até encontrarem seu pai. E então... você também seria apanhado.

Teresa, a esposa de Benito, e a filha Lucía logo trouxeram pão e leite, mas Yonah, em sua dor, ignorou as duas.

Benito insistiu para Yonah se alimentar, e o rapaz, envergonhado, acabou comendo com voracidade assim que deu a primeira mordida. O homem e as duas mulheres fitavam-no angustiados, mas nem Eleazar nem Enrique Martín apareceram. Yonah presumiu que estivessem brincando em algum lugar.

Então Enrique entrou sozinho na casa.

— Onde está meu irmão?

— Eleazar foi com seu tio Aron, o queijeiro, e tia Juana — disse Martín. — Vieram buscá-lo na manhã após o ataque e saíram imediatamente de Toledo. Como nós, eles achavam que você tinha morrido.

Yonah continuou agitado.

— Vou já para Valência ao encontro deles — disse o rapaz, mas Benito sacudiu a cabeça.

— Não foram para Valência. Aron não tinha muito dinheiro. Paguei... a ele uma soma que devia a seu pai pela prata, mas... ele achou que teriam mais chance de conseguir transporte se fossem para uma das pequenas aldeias de pescadores. Pegaram os dois cavalos no campo de Marcelo Troca para que pudessem sempre descansar duas montarias durante a viagem. — Ele hesitou. — Seu tio é um bom homem, e um homem forte. Acredito que estejam bem.

— Tenho de ir!

— Tarde demais, Yonah. É tarde demais. Para que aldeia de pescadores você iria? E esteve três dias numa caverna, rapaz. O último navio com judeus largará em quatro dias. Mesmo que você galopasse dia e noite e o cavalo não morresse, nunca ia atingir a costa em quatro dias.

– Para onde tio Aron vai levar Eleazar?

Benito balançou a cabeça com ar inquieto.

– Aron não sabia para onde iam. Dependia dos barcos que estivessem disponíveis e com que destinos. Tem de ficar dentro desta casa, Yonah. De uma ponta à outra da Espanha haverá soldados procurando judeus que possam ter ignorado a ordem de expulsão. Qualquer um que não se tenha mostrado disposto a ser salvo em Cristo estará condenado à morte.

– Então... o que devo fazer?

Benito se aproximou e pegou as mãos dele.

– Ouça com atenção, rapaz. O assassinato de seu pai está ligado ao de seu irmão. Não é coincidência que Helkias tenha sido o único judeu chacinado aqui ou que sua casa tenha sido a única destruída pelos *menudos*, quando nem mesmo as sinagogas foram atacadas. Você tem de se guardar do perigo. Devido ao afeto e amizade por seu pai, e por você próprio, dou-lhe a proteção do meu nome.

– Do seu nome?

– Sim. Você precisa da conversão. Viverá conosco, como um de nós. Terá o nome que era de meu pai, Tomás Martín. Estamos de acordo?

Yonah contemplou-o deslumbrado. Numa rápida guinada dos acontecimentos fora privado de todos os parentes, apartado de cada ente querido. Ele assentiu.

– Vou sair para buscar um padre e trazê-lo aqui – disse Benito, partindo pouco depois em sua missão.

Capítulo 11

UMA DECISÃO

Yonah continuou na casa de Benito Martín, atordoado pelas coisas que ouvira dele. Por algum tempo, Lucía sentou-se a seu lado, pegando-lhe a mão, mas ele estava excessivamente dominado pelas emoções para responder ao gesto de amizade e a moça deixou-o sozinho.

O pior de tudo seria não ver nunca mais o adorado irmão caçula, Eleazar, que ainda vivia!

Havia tinta, bico de pena e papel na mesa de trabalho de Benito. Yonah foi até lá. Pegou a pena mas, quando ia puxar uma folha de papel, Teresa Martín correu em sua direção.

– Papel custa caro – disse ela num tom de irritação, fitando-o descontente. Teresa Martín nunca encontrara junto aos Toledano o mesmo prazer do marido e dos filhos. Era óbvio que não estava satisfeita com a decisão que Benito tomara de agregar um judeu à família.

Na mesa havia um dos desenhos que Helkias fizera do cálice de prata, um dos croquis que o pai tinha dado a Benito. Yonah pegou-o, molhou a pena e começou a escrever no verso, que estava em branco. Redigiu a primeira linha em hebraico e o resto da mensagem em espanhol, rapidamente e sem pausa.

A meu querido irmão Eleazar ben Helkias Toledano.

Saiba que eu, seu irmão, não fui massacrado pelos que tiraram a vida de nosso pai.

Estou lhe escrevendo, querido Eleazar, jogando com a possibilidade de algum acontecimento desconhecido ter impedido você e nossos parentes de partir da Espanha. De qualquer modo, se pelo nono dia do mês de Ab você já estiver naqueles mares profundos sobre os quais gostávamos de falar nos tempos mais felizes de nossa infância, pode ser que mais tarde, como homem adulto, retorne à casa de nossa juventude e, descobrindo a carta em nosso lugar secreto, venha a saber o que aconteceu aqui.

Se voltar, fique sabendo, para sua segurança, que uma pessoa poderosa, que não conheço, nutre um ódio especial pela família Toledano. Não entendo a razão. Nosso pai, que descanse na Paz Eterna do Justo, acreditava que a morte terrível de nosso irmão Meir ben Helkias ocorrera para possibilitar o roubo do cibório encomendado pelo Mosteiro da Assunção. O bom amigo de nosso pai, cujo nome não escrevo pois algum leitor desta carta poderia querer fazer-lhe mal, está convencido de que a morte do abba tem ligação com a morte de Meir, com o cálice de ouro e prata que ele fez e, de um modo ou de outro, com um frade dominicano que atende pelo nome de Bonestruca. Você tem de tomar muito cuidado.

Assim como eu tenho de tomar muito cuidado.

Aqui não há mais judeus. Só sobraram cristãos-velhos e cristãos-novos. Estou mesmo sozinho na Espanha?

Tudo pelo qual nosso pai batalhou desapareceu. E aqui está a relação dos que não pagaram seus débitos. Mesmo se um dia você voltar e ler estas palavras, terá muita dificuldade em cobrá-los.

Samuel ben Sahula deve a nosso pai treze maravedis por três grandes travessas do serviço da Páscoa, uma taça para o vinho do kidush e uma pequena bacia de prata para a ablução ritual.

Dom Isaac Ibn Arbet deve seis maravedis por uma travessa do serviço da Páscoa e dois maravedis por seis pequenas taças de prata. Não sei para onde foram esses homens; se for a vontade do Senhor, talvez seu caminho um dia se cruze com o deles.

O conde Fernán Vasca, de Tembleque, deve à nossa família sessenta e nove *reales* e dezesseis maravedis por três grandes tigelas, quatro pequenos espelhos de prata e dois grandes espelhos de prata, uma flor de ouro com um caule de prata, oito pentes curtos para cabelo de mulher e um pente comprido, uma dúzia de taças cujos copos eram de prata maciça e os pedestais de ouro pálido.

O amigo de abba deseja fazer de mim seu filho cristão, mas tenho de continuar sendo o filho judeu de nosso pai, mesmo que isto seja minha ruína. Não me tornarei um convertido, não importa que me persigam. Se acontecer o pior, saiba que estarei unido com nosso Meir e nossos amados pais, descansando com eles aos pés do Altíssimo.

Saiba também que eu arriscaria meu lugar no reino celeste para tornar a abraçá-lo. Ah, para me sentir de novo seu irmão! Por qualquer descuido, por qualquer mal que eu possa lhe ter feito por meio de palavra ou ato desatentos, imploro o seu perdão, meu saudoso, meu caro irmão. Imploro o seu afeto através da eternidade. Lembre-se de nós, Eleazar, reze por nossas almas. Lembre-se de que é filho de Helkias, da tribo de Levi – os descendentes diretos de Moisés. Recite cada dia o shemá, consciente de que, rezando a seu lado, está o seu pesaroso irmão,

Yonah ben Helkias Toledano.

— Agora meu marido não deve comprar a casa de seu pai, é claro. Ela ficou em ruínas. — Teresa franziu a testa para o papel. Era iletrada, mas reconheceu as letras hebraicas no alto da página. — Você vai trazer desgraça para *esta* casa.

A ideia provocou um calafrio em Yonah e despertou-o para o fato de que, daí a pouco, Benito voltaria com o padre e a água benta para o batismo.

Agitado, pegou o papel e saiu.

O sol estava se pondo, o dia esfriava. Ninguém o deteve e ele foi se afastando.

Os pés levaram-no de volta às ruínas do que fora seu lar. Atrás da casa, conseguiu ver a terra revirada para dar lugar ao túmulo do pai. Estranhamente de olhos secos, disse o kadish fúnebre e gravou bem a localização do túmulo, prometendo a si mesmo que, se sobrevivesse, levaria os restos mortais do pai para terra consagrada.

Lembrou-se do que sonhara na caverna e pareceu, naquele momento, que no sonho o pai tentava lhe dizer para continuar sendo o que era: Yonah ben Helkias Toledano, o Levi.

Conseguiu dar uma busca no interior da casa, apesar da noite que caía.

Todas as mezuzás de prata, os amuletos contendo partes da escritura, tinham sido arrancadas dos umbrais das portas. Cada coisa de valor sumira da oficina e as tábuas do assoalho estavam reviradas. Qualquer montante de dinheiro que Helkias tivesse conseguido reunir para sair da Espanha fora certamente encontrado pelos intrusos. Não haviam, entretanto, achado um lugar, o esconderijo das pequenas moedas que ficava atrás de uma pedra solta na parede dos fundos — dezoito *sueldos* que Yonah e Eleazar tinham poupado como fortuna pessoal. Não era muito, mas ainda assim daria para comprar alguma coisa. Por isso, ele fez uma pequena bolsa de um trapo sujo e pôs as moedas lá dentro.

No chão, havia um pedaço de pergaminho arrancado de uma mezuzá e jogado fora. Leu os dizeres: "E amarás o Senhor teu Deus com todo o teu coração, com toda a tua alma, com toda a tua força. E estas palavras, que eu passo hoje a ti, ficarão em teu coração."

Ele começou a arrumar o pergaminho na bolsa com as moedas, mas, como já conseguia pensar com fria lucidez, percebeu que a descoberta daquela inscrição entre seus pertences resultaria em morte. Então dobrou o fragmento e, juntamente com a carta ao irmão, colocou-o atrás da pedra onde ele e Eleazar tinham guardado as moedas.

Abandonou a casa e logo se viu atravessando o campo de Marcelo Troca. O tio Aron havia pegado os cavalos, mas os dois burros pelos quais o pai tinha pago estavam amarrados, comendo lixo. Quando tentou se aproximar do burro maior, o animal se esquivou e deu um coice. Mas o outro, um animal menor, tinha um ar indeciso e o espreitava placidamente, parecendo mais sociável.

Quando Yonah soltou a corda e montou, o animal trotou obediente ao movimento dos seus calcanhares.

Aproveitando o resto de luz do dia, o burro ainda pôde seguir com segurança a trilha íngreme que descia do rochedo. Quando vadearam o rio, afloravam pedaços de argila roxa, como ameaçadores dentes negros, no último bocado de luz.

A digestão do burro era muito ruim, talvez por causa da dieta de lixo. Yonah não tinha qualquer destino em mente. Seu pai dissera que o Altíssimo sempre guiaria seus passos. Naquele momento seus passos não pareciam muito promissores, mas ainda assim ele afrouxou as rédeas quando saiu do rio e deixou o burro e o Senhor conduzirem-no para onde bem entendessem. Não se sentia nem como um corajoso mercador viajante nem como um cavaleiro. Viajar sem ninguém rumo ao desconhecido num animal que peidava não era o tipo de aventura com a qual havia sonhado.

Por um instante, deteve o burro e se virou para Toledo, lá no alto. Lampiões com azeite brilhavam calidamente em várias janelas e alguém, carregando uma tocha, seguia a rua estreita e familiar junto ao rochedo. Mas não era ninguém que o amasse. De imediato, cutucou o burro com os joelhos e não tornou a olhar para trás.

PARTE TRÊS
O PEÃO

Castela
30 de agosto de 1492

Capítulo 12

UM HOMEM COM UMA ENXADA

Sob uma lua redonda e flutuante que fazia companhia e iluminava o caminho, o Todo-Poderoso e o pequeno burro deslocaram Yonah toda noite para o sul. Ele não se atreveu a parar. O padre que fora até a casa de Benito Martín certamente informaria de imediato que um rapaz judeu não batizado estava à solta, ameaçando a cristandade. Para salvar a vida, Yonah pretendia se afastar o máximo possível.

Estava andando em campo aberto desde que deixara Toledo.

De vez em quando, o contorno sombrio de uma cerca e a casa-sede de alguma fazenda apareciam ao lado da trilha. Sempre que um cachorro latia, Yonah batia os calcanhares para produzir um trote e assim, como fantasma carregado por um burro, ultrapassava as poucas habitações.

Quando viu a primeira meia-luz da manhã, estava pisando num tipo diferente de terreno, menos montanhoso que as áreas de onde vinha e mais adequado a propriedades maiores.

O solo devia ser muito bom; ele passou por uma vinha, um enorme olival e uma plantação de cebolas. Sentindo um grande vazio no estômago, desmontou, pegou algumas cebolas e comeu com avidez. Quando se aproximou de outra vinha, pegou um cacho de uvas, ainda não maduras mas cheias de um suco amargo. Suas moedas podiam ter rendido algum pão, mas não quis se arriscar a comprá-lo, com medo de que lhe fizessem perguntas.

Numa vala de irrigação contendo um filete de água, parou para o burro arrancar capim na margem e, quando o sol se ergueu, sentou-se e pensou em sua situação. Talvez devesse escolher realmente um destino. Se fosse para vagar sem rumo, por que não tomar o rumo de Portugal, para onde tinham ido alguns judeus de Toledo?

Começaram a aparecer camponeses carregando enxadas e facões. Agora Yonah podia ver os alojamentos dos trabalhadores na extremidade do campo e grupos de homens roçando e empilhando o mato. Como a maior parte deles mal notava sua presença ou a presença do burro, Yonah deixou o animal comer à vontade. Surpreso com o bom temperamento do burro, sempre disposto a obedecer aos comandos que recebia, Yonah teve um ímpeto de gratidão.

O burro devia ter um nome, ele decidiu, e foi no que pensou enquanto tornava a montar e reiniciava a viagem.

O campo mal começara a desaparecer atrás dele quando ouviu o estrondo assustador de um galope de cascos. Yonah dirigiu de imediato o burro para o lado da trilha, de onde pudesse observar com segurança. Eram oito soldados a cavalo, mas para sua consternação detiveram as montarias em vez de simplesmente passar por ele.

Formavam uma patrulha, sete soldados e um oficial, homens de olhar feroz, armados com lanças e punhais. Um dos soldados pulou do cavalo e começou a mijar barulhentamente na vala.

O oficial olhou para Yonah.

– Como é seu nome, garoto?

Ele tentou não tremer. No susto, agarrou-se à identidade que recusara quando lhe fora oferecida em Toledo.

– Tomás Martín, Excelência.

– Onde é sua casa?

Sem dúvida, os trabalhadores do campo teriam informado que haviam visto um estranho.

– Saí há pouco de Cuenca.

– Não viu nenhum judeu na viagem de Cuenca até aqui?

– Não, Excelência, nenhum judeu – disse Yonah dissimulando o terror.

– Nós também não vimos – comentou o oficial sorrindo –, e olhe que procuramos. Finalmente estamos livres deles. Ou partiram, ou se converteram, ou já foram postos a ferros.

– Que fiquem com os outros – disse o soldado que desmontara para urinar. – Que os malditos portugueses se divirtam. Aliás, os portugueses já têm um bom punhado deles, tantos, na realidade, que costumam matá-los como vermes. – Deu uma risada sacudindo o membro.

– Qual é o seu destino? – perguntou com pouco interesse o oficial.

– Estou a caminho de Guadalupe – disse Yonah.

– Ah, tem muito chão pela frente. O que está procurando em Guadalupe?

– Vou para lá... atrás do irmão de meu pai, Enrique Martín. – Não era tão difícil mentir, Yonah percebeu. Como a invenção cria raízes, acrescentou que deixara Cuenca porque o pai, Benito, morrera no ano anterior lutando como soldado contra os mouros.

– Um filho de soldado... – disse o oficial, cuja fisionomia se abrandara. – Você parece bastante forte. Não quer trabalhar um pouco para poder comprar comida no caminho para Guadalupe?

– Comida é bom, Excelência.

– Estão precisando de rapazes de costas fortes na fazenda de dom Luis Carnero de Palma. É a próxima, descendo a estrada. Diga a José Galindo que foi mandado pelo capitão Astruells.

– Muito obrigado, capitão!

O mijador pulou de novo para a sela e a patrulha se afastou, deixando Yonah aliviado para ficar sufocando na poeira deles.

A fazenda de que o capitão falara era uma das grandes, e da estrada Yonah pôde ver que tinha muitos peões. Ocorreu-lhe que talvez não devesse passar direto como fora sua intenção, pois naquele lugar os soldados já haviam se dado por satisfeitos com sua história, enquanto outros eventualmente encontrados em outras regiões podiam se mostrar, quem sabe fatalmente, mais refratários.

Virou o burro para a estradinha de acesso.

José Galindo não perguntou mais nada depois que ouviu o nome do capitão Astruells, e logo Yonah estava num cantão seco de uma lavoura de cebolas, cavando a terra pedregosa com a enxada.

No meio da manhã, um velho com braços magros, gordurosos, apareceu no campo com uma carreta de mão. Esquivando-se como um cavalo das valas de drenagem, ia parando junto aos diferentes grupos e entregando a cada peão a tigela de madeira com uma papa rala e um punhado de pão dormido.

Yonah comeu tão depressa que mal se deu conta do sabor. A comida relaxou sua barriga mas, pouco depois, ele teve de mijar. De vez em quando, alguém ia até o valão na beira do campo para urinar ou defecar, mas Yonah estava consciente de seu pênis circuncidado, um distintivo judeu. Por isso segurou a urina até que, tremendo de dor e medo, teve de ir até a vala, onde roncou de alívio. Tentou cobrir a cabeça do membro enquanto esvaziava o corpo, mas ninguém estava olhando. Ele acabou e voltou à enxada.

O sol era quente.

Onde estava seu pessoal?

O que estava acontecendo com ele, Yonah?

Cavava freneticamente, procurando não pensar, golpeando a terra como se a enxada fosse a espada de Davi e as raízes, os filisteus. Ou talvez como se as raízes fossem os homens da Inquisição que, sem a menor dúvida, estariam revirando de uma ponta à outra a Espanha, fanaticamente empenhados em encontrá-lo.

Depois de três dias ali, exausto, imundo e trabalhando mecanicamente, percebeu que era dois de agosto. O nono dia do mês de Ab. A data da destruição do Templo em Jerusalém, o último dia da partida dos judeus da Espanha. Passou o resto do dia em prece silenciosa e mergulhado no trabalho, implorando a Deus, sem cessar, que Eleazar, Aron e Juana estivessem a salvo em alto-mar, sendo levados para cada vez mais longe daquela terra.

Capítulo 13

O PRISIONEIRO

Yonah fora criado como um jovem da cidade. Mas estava familiarizado com as fazendas de Toledo. De vez em quando, ordenhara as cabras do tio Aron, alimentara o rebanho e cuidara dos animais, colhera o feno e ajudara no abate ou na fabricação dos queijos. Era bem desenvolvido para sua idade, forte, quase crescido de todo. Nunca, porém, experimentara os severos ciclos diários de labuta ininterrupta que definem a vida agrícola e, nas primeiras semanas que passou na fazenda Carnero de Palma, suas juntas endureceram e protestaram febrilmente. Os homens mais jovens, manejados como bois, ficavam encarregados das tarefas demasiado árduas para aqueles que já tinham os corpos esgotados por anos de esforço semelhante. Logo seus músculos se enrijeceram, ganharam volume e, quando o sol lhe escureceu o rosto, ficou bem mais parecido com os outros peões.

Consciente de como era vulnerável, desconfiava de todos e tinha medo de tudo, inclusive de que lhe roubassem o burro. Durante o dia, amarrava o animal onde pudesse observá-lo enquanto trabalhava. À noite, dormia com o burro num canto do grande celeiro e tinha a estranha sensação de que o burro velava por ele como um cão de guarda.

Os peões pareciam satisfeitos com seus duros dias de trabalho. Entre eles se incluíam rapazes parrudos, jovens da idade de Yonah, e velhos usando um resto de energia. Yonah vivia segregado. Não falava com ninguém e ninguém falava com ele, exceto para lhe dizer onde cavar. Nos campos, ele se acostumou a sons estranhos, como as pancadas das enxadas abrindo a terra, o estalido das lâminas que batiam nas pedras, os grunhidos de esforço físico. Se o chamavam para outra parte do campo, ia prontamente; se precisava de uma ferramenta, pedia com educação, mas sem desperdício de palavras. Estava ciente de que alguns o olhavam com curiosa animosidade e sabia que, mais cedo ou mais tarde, alguém tentaria provocar uma briga. Deixava que o vissem tirar a lâmina do cabo e amolar até conseguir um gume perigoso. O cabo quebrara e ficara pequeno; à noite, mantinha a enxada do lado, como machadinha de batalha.

A fazenda não era um abrigo confortável. O trabalho brutal só lhe rendia alguns miseráveis *sueldos* e ocupava cada momento de luz do sol. Mas havia pão, cebolas e, às vezes, a papa ou uma sopa rala. De vez em quando, à noite, ele sonhava com Lucía Martín, mas era mais comum sonhar com as carnes que comera com tanta naturalidade na casa do pai: o carneiro e o cabrito assados, a ave cozida toda véspera do Shabat. Seu corpo desejava a gordura, clamava por gordura.

Quando o tempo ficou mais frio, a fazenda matou e preparou alguns porcos. As sobras, assim como os cortes mais ordinários de carne, foram servidos aos peões que se atracaram a eles com grande apetite. Yonah sabia que precisava comer o porco; não fazê-lo seria fatal. Mas para seu grande horror, acabou descobrindo que os bocados rosados eram uma delícia e constituíam um verdadeiro prazer. Disse um agradecimento silencioso pelo resto de carne do porco, mas logo se perguntou o que estava fazendo, pois se sentia amaldiçoado.

Este fato acentuou seu isolamento e aumentou a exasperação. Ele ansiava por ouvir uma voz humana falando ladino ou hebraico. Toda manhã e toda noite, recitava mentalmente o kadish dos mortos, tentando sempre prolongar ao máximo a prece. Às vezes, enquanto trabalhava, cantava desesperadamente trechos mudos da Escritura ou aquelas orações e bênçãos que ultimamente enchiam toda sua vida.

Já estava há sete semanas na fazenda quando os soldados retornaram. Ouvira alguns comentários e ficou sabendo que eram membros da Santa Hermandad, uma organização de milícias locais unidas pelo trono espanhol para constituir uma força policial nacional.

Yonah estava roçando o campo no início da tarde quando ergueu os olhos e viu o capitão Astruells.

– Quê! Ainda está aqui? – o capitão perguntou e Yonah só pôde abanar a cabeça.

Um pouco mais tarde, viu Astruells muito envolvido numa conversa com o administrador da fazenda, José Galindo. Ambos o observavam.

Aquilo congelou seu sangue. Se o oficial começasse a colher informações, ele sabia o que ia acontecer.

Acabou o dia numa atmosfera de apreensão. Quando a noite caiu, levou o burro para um canto escuro. Deviam-lhe algumas moedas pelo trabalho, mas abriria mão delas, pegando a enxada quebrada para compensar.

Assim que achou seguro, montou no animal e foi embora.

Com uma dieta de capim, a digestão do burro tinha melhorado muito. O animal avançava com tamanha disposição e firmeza que fez brotar um sentimento de afeição em Yonah.

– Precisa de um nome – disse ele, dando pancadinhas no pescoço do burro.

Após as considerações que preencheram uma boa parte da distância trotada, Yonah chegou a dois nomes.

Mentalmente, na escuridão da noite, chamaria o bom e fiel animal de Moisés. Fora o melhor nome que lhe ocorrera e seria dado em homenagem a dois homens: o que conduzira os escravos hebreus para fora do Egito e Moisés ben Maimon, o grande filósofo-médico.

– E na frente dos outros, vou chamá-lo de Pedro – confidenciou para o burro.

Eram nomes adequados para o companheiro de um senhor como ele, que tinha também vários nomes.

Revertendo à sua anterior prudência, Yonah viajou duas noites no escuro e encontrou lugares seguros para ele e Moisés dormirem de dia. As uvas nos vinhedos à margem da estrada estavam maduras e, toda noite, comia vários cachos, todos muito bons, só que agora era ele em vez do burro quem desenvolvia os gases. Seu estômago roncava por outro tipo de comida.

Na terceira manhã, a seta numa bifurcação indicava rumo oeste para Guadalupe e sul para Ciudad Real. Como anunciara ao capitão Astruells que Guadalupe era seu destino, não se atreveria a ir para lá. Por isso guiou o burro para a variante meridional.

Era dia de feira e grande a agitação em Ciudad Real. Havia gente suficiente para ninguém ficar curioso com a presença de um forasteiro, pensou Yonah, embora muitos que cruzavam com ele sorrissem ante a visão daquele rapaz desengonçado montado num burro, os pés tão baixos que quase pareciam caminhar.

Passando pela barraca do queijeiro na Plaza Mayor, Yonah não pôde resistir e gastou uma preciosa moeda para comprar um pequeno queijo, que devorou com uma expressão faminta, embora não fosse tão bom quanto os queijos que o tio Aron fazia.

– Estou procurando emprego, *señor* – disse esperançoso.

O queijeiro só balançou a cabeça.

– É mesmo? Não posso empregar ninguém. – Chamou, no entanto, num tom significativo, o homem que estava ao lado. – Intendente, aqui está uma jovem alma querendo trabalhar.

O homem que deu um passo na direção de Yonah era baixo, com um estômago muito grande. Seu pouco cabelo estava emplastrado com óleo no couro cabeludo.

– Sou Isidoro Alvarez, o alguazil desta cidade.

– Sou Tomás Martín, estou procurando trabalho, *señor*.

– Ô, eu tenho trabalho... Sim, eu tenho. Que tipo de trabalho está acostumado a fazer?

– Fui peão numa fazenda perto de Toledo.

– E o que plantavam nessa fazenda?

– Cebolas e trigo. Havia também um rebanho de cabras leiteiras.

– Minha lavoura é diferente – disse ele. – Cuido de criminosos e ganho meu pão mantendo-os fora do sol e da chuva. – O queijeiro deu uma gargalhada.

— Preciso de alguém para limpar o xadrez, esvaziar os baldes da merda cheirosa dos meus patifes e jogar-lhes um pouco de comida para mantê-los vivos enquanto estiverem sob minha responsabilidade. É capaz de fazer isso, jovem peão?

Não era, sem dúvida, uma perspectiva agradável, mas os pequenos olhos castanhos do alguazil eram perigosos além de gozadores. Nas proximidades, alguém riu entre os dentes. Yonah percebeu que estavam esperando o início de um jogo e entendeu que não lhe seria permitido recusar polidamente a oferta e partir.

— Sim, *señor*. Sou capaz.

— Bem, então venha comigo para o xadrez – disse o alguazil. – Começa a trabalhar agora.

Quando saía da praça com o homem, o cabelo começou a formigar na nuca de Yonah, pois ouvira o sorridente queijeiro dizer a um companheiro que Isidoro achara alguém para cuidar dos judeus.

A prisão era um prédio de pedra, comprido e estreito. Numa das pontas ficava o escritório do alguazil, na outra uma sala de interrogatórios. Havia celas diminutas em ambos os lados do corredor que ligava os dois aposentos. No espaço exíguo da maioria das celas havia um ocupante enroscado no chão de pedra ou sentado com as costas na parede.

Isidoro Alvarez disse a Yonah que, entre os prisioneiros, havia três ladrões de casas, um assassino, um bêbado, dois salteadores de estradas e onze cristãos-novos acusados de praticarem secretamente o judaísmo.

Havia também um guarda armado de espada e cassetete dormindo numa cadeira do corredor. O alguazil disse a Yonah:

— Este é o Paco – e murmurou para o guarda: – Este é o Tomás.

Depois entrou no escritório e fechou a porta para se proteger do tremendo mau cheiro.

Resignado, Yonah percebeu que qualquer tentativa de limpar aquele lugar teria de partir dos baldes, cheios até a borda. Então pediu que Paco abrisse a primeira cela, onde uma mulher com fisionomia apática observou-o, com total indiferença, pegar seu balde de dejetos.

Ao amarrar Moisés nos fundos da prisão, vira uma pá na parede. Foi até lá, pegou a pá e encontrou um ponto arenoso para cavar um buraco fundo. Esvaziou o conteúdo fedorento no buraco; depois encheu duas vezes o balde com areia e esvaziou. Havia uma árvore próxima com imensas folhas em forma de coração que ele usou para remover a areia. Por fim, antes de voltar à cela, enxaguou o balde no filete d'água de uma sarjeta próxima.

Foi assim que limpou os baldes de cinco celas, seu pesar aumentando à medida que testemunhava a condição miserável dos ocupantes. Quando a porta da sexta cela foi aberta, ele entrou e fez uma pausa antes de apanhar o balde. O prisioneiro era um homem magro. Como os outros homens, o cabelo e a barba tinham crescido livremente, mas havia alguma coisa em sua expressão que Yonah parecia reconhecer.

O guarda resmungou, irritado por ficar parado junto à porta aberta. Então Yonah pegou o balde de dejetos e saiu.

Só ao entrar novamente na cela para devolver o balde, quando tentou imaginar o rosto do prisioneiro com cabelo aparado e a barba cuidada com capricho, a memória finalmente brotou. Vira a imagem da mãe agonizante e do homem que todo dia, semanas a fio, debruçava-se sobre Esther Toledano para administrar-lhe remédios com uma colher.

O prisioneiro era Bernardo Espina, o antigo médico de Toledo.

Capítulo 14

O DIA SANTO

À noite, Yonah dormia no chão de laje da sala de interrogatórios. Uma vez por dia, ia buscar a comida preparada ao lado da prisão pela mulher do Gato, o guarda do período da noite. Era com ela que alimentava os prisioneiros. Comia o que eles comiam, às vezes servindo também um pouco Moisés, para suplementar a fraca ração do burro, feita de capim mirrado. Estava esperando um momento propício para fugir. Paco dizia que em breve haveria um grande auto de fé, com muita gente na cidade. Yonah achava que podia ser uma boa oportunidade para ir embora.

Enquanto isso ia mantendo a limpeza da prisão. Satisfeito com seu trabalho, Isidoro deixava-o em paz. Nos primeiros dias, os ladrões foram severamente surrados por Paco e pelo guarda da noite, o homem chamado Gato; depois foram soltos. O bêbado também foi solto, mas daí a três dias voltou para uma cela diferente, embriagado e gritando como louco.

Aos poucos, pelos xingamentos ditos em sussurro ou pelas conversas entre Isidoro e seus homens, Yonah ficou sabendo das acusações que pesavam sobre alguns dos cristãos-novos. Um açougueiro chamado Isaac de Marspera fora denunciado por vender carne preparada conforme o rito judaico. Quatro outros eram acusados de comprar regularmente a carne de Marspera. Juan Peropan fora detido porque possuía páginas de oração judaica, e sua esposa, Isabel, porque se dispusera voluntariamente a participar numa liturgia judaica. Vizinhos de Ana Montalban tinham observado que ela usava o sétimo dia da semana como dia de descanso, banhando o corpo toda sexta-feira antes do pôr do sol e usando roupas limpas durante o Shabat judeu.

Yonah começou a ter consciência dos olhos do médico de Toledo, que o seguiam cada vez que ele fazia alguma coisa perto da cela.

Finalmente, numa manhã em que Yonah trabalhava no interior da cela, o prisioneiro falou em voz baixa.

– Por que o chamam de Tomás?
– Como acha que deviam me chamar?
– Você é um dos Toledano, só não me lembro qual.

O senhor sabe que eu não sou Meir, Yonah teve vontade de dizer, mas ficou com medo. O médico podia tentar negociá-lo com a Inquisição em troca de clemência, realmente podia.

– Ah, está enganado, *señor* – disse ele, terminando a varredura e saindo da cela.

Correram vários dias sem qualquer incidente. O médico passava boa parte do tempo lendo seu breviário e tinha parado de observá-lo. Yonah achava que se o homem quisesse denunciá-lo, já o teria feito.

De todos os prisioneiros, o açougueiro Isaac de Marspera era o mais desafiador. A intervalos frequentes, berrava orações e bênçãos em hebraico, atirando sua natureza judaica na cara dos captores. Os outros acusados de judaizar eram mais quietos, quase passivos no seu desespero.

Yonah esperou até se encontrar mais uma vez na cela de Espina.

– Sou Yonah Toledano, *señor*.

Espina abanou a cabeça.

– Seu pai, Helkias... Ele partiu?

Yonah balançou negativamente a cabeça.

– Foi morto – disse, mas então Paco se aproximou para deixá-lo sair e trancar a cela. Os dois pararam de falar.

Paco era um homem preguiçoso que inclinava a cadeira contra a parede quando Isidoro não estava por perto e cochilava. Nessas ocasiões, ficava muito irritado se Yonah pedia para abrir as celas. Por isso, acabara lhe passando as chaves e mandando-o cuidar sozinho das fechaduras.

Yonah voltara com avidez à cela do médico, mas, para sua decepção, Espina não se mostrava mais disposto a conversar, permanecendo de olhos fixos nas páginas do breviário.

Quando Yonah entrou na cela de Isaac de Marspera, o açougueiro estava de pé, balançando o corpo, a túnica puxada sobre a cabeça como o xale de um devoto. Cantava em voz alta e Yonah pôde se embeber do som hebraico e ficar atento aos significados:

"Pelo pecado que temos cometido diante de Ti por associação à impureza,
E pelo pecado que temos cometido diante de Ti por confissão dos lábios,
E pelo pecado que temos cometido diante de Ti em presunção ou erro,
E pelo pecado que temos cometido diante de Ti voluntária ou involuntariamente,
Por tudo isso, Ó Senhor do perdão, absolve-nos, perdoa-nos, concede-nos expiação."

Marspera se penitenciava e, com um certo choque, Yonah achou que deviam estar no décimo dia do mês hebreu de Tishri, no Yom Kippur, o Dia do Perdão. Teve vontade de juntar-se a Marspera nas preces, mas a porta da sala do alguazil estava aberta e dava para ouvir a voz alta de Isidoro e a voz submissa de Paco. Então varreu em volta do homem que rezava e trancou a porta da cela ao sair.

Naquele dia, todos os prisioneiros comeram a papa que ele trouxe para as celas, salvo Marspera, que observava estritamente o jejum do importante feriado. Yonah também não comeu, satisfeito por ter um meio de afirmar sem risco seu judaísmo. Serviu tanto a sua papa quanto a de Marspera a Moisés.

À noite, deitado insone no chão duro da sala de interrogatórios, Yonah pediu perdão pelos pecados e por qualquer descuido ou agravo contra aqueles que amava e aqueles que não amava. Recitando o kadish e depois o shemá, pediu que o Altíssimo cuidasse de Eleazar, de Aron e de Juana, embora não soubesse se ainda estavam vivos.

Percebeu que, se não tomasse alguma providência, logo esqueceria o calendário judeu e decidiu, para evitar isso, recitar mentalmente as datas hebraicas com a maior frequência possível. Sabia que cinco meses – Tishri, Shebat, Nisan, Sivan e Ab – tinham trinta dias, enquanto os outros sete – Heshvan, Kislev, Tebet, Adar, Iyar, Tamuz e Elul tinham vinte e nove.

Periodicamente, em anos bissextos, acrescentavam-se alguns dias. Isso ele não sabia como fazer. Abba, no entanto, sempre soubera em que dia estavam...

Não sou Tomás Martín, pensou sonolentamente. *Sou Yonah Toledano. Meu pai era Helkias ben Reuven Toledano, de abençoada memória. Somos da tribo de Levi. Este é o décimo dia do mês de Tishri, no ano cinco mil duzentos e cinquenta e três...*

Capítulo 15

AUTO DE FÉ

Uma nova fase começou para os prisioneiros na manhã em que os guardas vieram, acorrentaram Espina e levaram-no numa carreta para interrogatório no Gabinete da Inquisição.

Era noite quando o trouxeram de volta com os polegares sangrando, virados para fora, destruídos pela tortura com o parafuso de rosca. Yonah levou-lhe água, mas ele jazia no chão da cela com o rosto para a parede.

De manhã Yonah voltou.

– Melhorou? Está me ouvindo? – sussurrou. – Em Toledo, achávamos que tinha se convertido voluntariamente.

– Sou cristão voluntário.

– Então... por que está sendo torturado?

Espina custou a responder.

– O que eles sabem de Jesus? – ele disse por fim.

Os homens continuaram vindo com a carreta e levavam os prisioneiros um por um. Juan Peropan voltou do interrogatório com o braço esquerdo sem controle, quebrado na roda. Isso foi o bastante para perturbar sua esposa Isabel. Quando chegou a vez de ela ser interrogada, Isabel evitou a tortura concordando histericamente com tudo que os algozes sugeriam.

Yonah serviu vinho ao alguazil e a dois amigos dele, aos quais Isidoro estava relatando os detalhes da confissão de Isabel.

– Ela jogou toda a culpa no marido. Juan Peropan nunca deixou de ser judeu, disse ela, nunca, nunca! Ele a forçava a comprar carne e aves judaicas, obrigava-a a ouvir e a participar de orações profanas, obrigava-a a ensiná-las aos filhos.

Meticulosamente, Isabel fizera denúncias contra cada prisioneiro preso por judaizar, reforçando as acusações contra eles.

Isidoro Alvarez disse que a mulher chegara a testemunhar contra o médico, que nem sequer conhecera. Admitira que Espina lhe confidenciara haver cumprido a aliança de Abraão ao executar trinta e oito circuncisões rituais em bebês judeus.

O interrogatório de cada acusado levou alguns dias. Então, certa manhã, foi hasteado um estandarte vermelho no balcão do Gabinete da Inquisição, indicando que, em breve, a pena capital seria administrada num auto de fé.

Tendo perdido toda a esperança, Bernardo Espina ficou de repente ansioso para falar de Toledo.

Instintivamente, Yonah confiava nele. Uma tarde, esfregando o chão do corredor, parou junto à cela e os dois conversaram. Yonah relatou como o pai encontrara vazia a casa de Espina e depois fora ao Mosteiro da Assunção, descobrindo que também o mosteiro fora abandonado.

Espina balançou a cabeça, não se mostrando surpreso ao saber que o Mosteiro da Assunção tinha sido fechado.

– Certa manhã – disse o médico –, frei Julio Peréz, o sacristão, e dois guardas armados foram encontrados mortos ao lado da capela. E a relíquia de Santa Ana havia desaparecido. Há grupos que se hostilizam no seio da Igreja, jovem Toledano, mas todos cruéis o bastante para engolir com facilidade gente miúda como eu ou você. Há pouco tempo, o cardeal Rodrigo Lancol tornou-se nosso novo pontífice, Sua Santidade o papa Alexandre VI, e não viu com bons olhos um mosteiro que deixava uma relíquia tão santa desaparecer. Os frades, sem dúvida, foram espalhados dentro da ordem jeronimita.

– E o prior Sebastián?

– Tenha certeza de que não é mais prior e que foi mandado para algum lugar onde possa cumprir de modo árduo o resto de sua vida sacerdotal – disse Espina dando ao rosto uma expressão severa. – Talvez os ladrões tenham juntado a relíquia ao cibório fabricado por seu pai.

– Que tipo de gente seria capaz de cometer o pecado de matar para roubar objetos sagrados? – Yonah perguntou e Espina sorriu com ar cansado.

– Gente ímpia que dá a impressão de santidade. Desde o início da cristandade, o devoto sempre depositou muita fé e esperança em relíquias. Há um vasto e rico comércio desses objetos, onde a concorrência é mortal.

Espina narrou como o padre Sebastián o encarregara de descobrir o que cercava o assassinato de Meir. Foi difícil para Yonah ouvir os comentários sobre a cena do crime, mas depois Espina falou de sua detenção por frei Bonestruca, o inquisidor.

– Bonestruca? – disse Yonah. – Disseram que foi Bonestruca quem inflamou as pessoas e mandou-as para destruir meu pai. Já vi esse Bonestruca.

– Ele tem um rosto estranhamente bonito, não é? Mas a carga de sua alma deve ser muito pesada. – Espina contou a Yonah que Diego Díaz vira Bonestruca e um cavaleiro seguindo Meir Toledano.

– Bonestruca estava lá quando Meir foi assassinado? – Yonah sussurrou.

– É quase certo que sim. E roubou o cibório que seu irmão iria entregar – disse Espina. – É um homem que facilmente destruiria qualquer pessoa que soubesse de alguma coisa capaz de lhe trazer problemas. Quando fui solto depois que ele me interrogou, percebi que tinha de ir embora ou seria apanhado de novo, desta vez para sempre. Estava me preparando para partir quando o padre Sebastián mandou me chamar. Com ar enlouquecido, o prior me disse que tinham levado a relíquia. Ele chorou. Ordenou que eu a resgatasse, como se tudo dependesse de um simples ato de vontade. Doutrinou-me sobre a enormidade do crime e implorou que redobrasse os esforços para encontrar os que tinham se lançado tão terrivelmente contra ele.

Espina balançou a cabeça e continuou:

— Horas mais tarde, ao atravessar a Plaza Mayor, cruzei com Bonestruca e o frade me encarou. Isso foi suficiente. Tive certeza de que se ficasse mais um segundo em Toledo seria preso. Mandei minha esposa colocar nossos filhos sob a proteção dos parentes e fugi.

— Para onde foi?

— Para o norte, para as montanhas mais altas. Encontrei esconderijos, pois viajava entre pequenas aldeias, onde todos ficavam muito satisfeitos em ver um médico.

Não era difícil para Yonah imaginar a satisfação deles. Lembrava-se do carinho com que aquele homem tinha tratado de sua mãe. E recordava o pai dizendo que Espina fora discípulo de Samuel Provo, o grande médico judeu.

Espina tivera uma nobre vida, servindo aos outros. O médico que abandonara a religião dos pais era, apesar de tudo, um homem de valor, alguém que sabia curar; ainda assim estava condenado. Yonah se perguntava se um convertido não podia ser salvo, embora não visse como. À noite, o guarda era o Gato, um sujeito de espírito mau que dormia o dia inteiro e vigiava as celas com malévola atenção. Durante o dia talvez Yonah tivesse possibilidade de matar o sonolento Paco com a enxada bem amolada, mas nem ele nem os prisioneiros iriam muito longe em Ciudad Real. A cidade parecia uma praça de guerra.

Se Deus quisesse que fossem salvos, teria de mostrar alguma saída a Yonah.

— Demoraram muito a pegá-lo?

— Eu estava fora há quase três anos quando me encontraram. A Inquisição se apoia numa rede sordidamente ampla.

Yonah sentiu-se aterrado, lembrando que era exatamente essa rede que tinha de continuar iludindo.

Viu Paco acordado, o olhar duro pousado neles, e retomou a limpeza.

— Uma boa tarde, *señor* Espina.

— Uma boa tarde... Tomás Martín.

A Inquisição tinha o cuidado de colocar as execuções nas mãos das autoridades civis e, na Plaza Mayor, o alguazil mandava os trabalhadores erguerem sete postes de madeira ao lado do *quemadero*, o forno circular de tijolos que ia sendo apressadamente construído pelos pedreiros.

Dentro da prisão, alguns prisioneiros choravam, outros rezavam. Espina parecia calmo e conformado.

Yonah estava lavando o chão do corredor quando o médico se dirigiu a ele.
– Quero lhe pedir uma coisa.
– O que estiver ao meu alcance...
– Tenho um filho de oito anos, chamado Francisco Rivera de la Espina. Mora com a mãe Estrella Duranda e duas irmãs. Poderia entregar o breviário ao menino e transmitir minha bênção?
– Señor... – Yonah estava espantado e abatido. – Não posso voltar a Toledo. De qualquer modo, a casa onde morava está vazia. Para onde foi sua família?
– Não sei, talvez estejam com os primos, a família Duranda de Maqueda. Ou talvez com a família Duranda de Medellín. Mas pegue o breviário, por favor. Pode ser que algum dia Deus lhe dê a possibilidade de entregá-lo.

Yonah abanou a cabeça.
– Sim, vou tentar – disse ele, embora o livro cristão parecesse queimar-lhe os dedos quando o segurou.

Espina enfiou a mão pela grade da cela. Yonah agarrou-a.
– Possa o Altíssimo ter misericórdia do senhor.
– Estarei com Jesus. Que Deus o acompanhe e lhe dê forças, Toledano. E peço que reze pela minha alma.

A multidão que se reunira desde cedo na Plaza Mayor parecia mais compacta que nos dias de peleja de touros. O céu estava claro, com um toque da friagem de outono na brisa. Era uma atmosfera de entusiasmo contido, mas mantido à tona pela gritaria das crianças, o zumbido das conversas, os gritos dos ambulantes que vendiam comida, as animadas canções do quarteto formado por um flautista, dois guitarristas e um tocador de alaúde.

Pelo meio da manhã, apareceu um padre. Ele ergueu a mão pedindo silêncio e logo conduziu a assistência para intermináveis padre-nossos. Os corpos já se espremiam na praça, Yonah entre eles. Os espectadores, que tinham enchido todos os balcões dos prédios com vista, acumulavam-se também nos telhados. Logo ocorria um distúrbio quando o público mais próximo dos postes de sacrifício teve de ser deslocado pelos homens de Isidoro Alvarez para abrir caminho aos condenados.

Os prisioneiros foram trazidos em três carros de boi, veículos de duas rodas agora puxados por burros, e desfilaram pelas ruas sob os apupos da multidão.

Todos os onze réus condenados por judaizar usavam os chapéus pontudos dos proscritos. Dois homens e uma mulher vestiam sambenitos amarelos com cruzes em diagonal. Tinham sido sentenciados a voltar às suas paróquias natais, onde usariam o sambenito por longos períodos de penitência e reconciliação, piedade cristã e desgosto de seus vizinhos.

Seis homens e duas mulheres vestiam sambenitos negros decorados com demônios e fogo do inferno, significando que morreriam por imolação.

Na Plaza Mayor, os condenados foram retirados das carroças e despojados de suas vestes. A multidão reagiu com um sussurro e um movimento de onda do mar, todos querendo esquadrinhar aquela nudez que era ingrediente da vergonha por que passavam.

Com um ar de espanto, Yonah achou Ana Montelban mais velha despida do que com suas roupas. Tinha grandes seios caídos e pelo grisalho entre as pernas. Isabel Peropan parecia mais nova, com as nádegas redondas e firmes de uma mocinha. O marido estava arrasado de angústia e medo. Como não podia mais andar, era carregado, arrastado. Cada prisioneiro foi levado para um poste e teve os braços puxados para trás da madeira e amarrados.

O corpo peludo de Isaac de Marspera estava livre de marcas; o açougueiro escapara da tortura porque o insubmisso e constante uso da oração hebraica tornaram sua culpa evidente. Este desafio, no entanto, custara-lhe a indicação para o *quemadero*. A abertura na parede do forno era pequena, mas três homens empurraram e achataram seu corpanzil lá dentro. As pessoas, exultantes, atiravam-lhe insultos. Isaac declamava aos berros o shemá. Seus lábios não paravam de se mover enquanto os pedreiros trabalhavam rapidamente para tapar a entrada.

Espina rezava em latim.

Muitas mãos ajudavam a empilhar os fardos de carvão e as madeiras. Os montes de lenha se elevavam propiciando um certo decoro aos condenados, cobrindo-os da cintura para baixo, escondendo as contusões e as escoriações, as cicatrizes e os vergonhosos esgares do terror. A lenha também subiu ao redor do *quemadero*, até não ser mais possível ver os tijolos do forno.

O quarteto começou a tocar os hinos.

Capelães se postaram ao lado dos quatro prisioneiros que haviam pedido reconciliação com Cristo. Em seus postes tinham sido instalados garrotes, cintas de aço que eram presas nos pescoços e seriam apertadas por roscas colocadas atrás dos postes. Por sua piedade, receberiam a bênção e a misericórdia eclesial, pois todos seriam estrangulados antes de o fogo começar. Isabel Peropan foi a primeira. Tinha sido condenada apesar das alegações de inocência e da condenatória denúncia de outros, mas a Inquisição lhe concedera a graça do garrote.

Ele foi aplicado em seguida a Espina e a dois irmãos de Almagro. Por fim, Isidoro avançou para o resto dos condenados com uma tocha acesa e tocou cada pilha de lenha seca, que entrava em ignição com grande estouro.

Junto com as chamas, crescia o clamor da multidão. Conforme cada temperamento, as pessoas reagiam com brados de espanto e surpresa, exclamações de medo, gritos de alegria ou exaltação. Homens e mulheres lembravam crianças a entrever sobre a terra o inferno flamejante do qual o Senhor Deus poderia salvá-los, protegê-los, desde que obedecessem ao pai e ao padre e não pecassem.

A lenha ao redor do *quemadero* ardia roncando forte. Isaac, o açougueiro, estava lá dentro, assando como galinha num fogão. A única diferença, Yonah ponderou timidamente, é que uma ave não era torrada viva.

Os condenados se contorciam. Suas bocas se abriam e fechavam, mas Yonah não conseguia ouvir os gritos devido ao barulho dos espectadores. O cabelo comprido de Isabel Peropan ergueu-se numa explosão, criando uma auréola amarela e azul em volta da face arroxeada. Yonah não suportou olhar para Espina. Ondas de fumaça eram sopradas no ar, ocultando tudo, ajudando seus olhos a chorar sem enxergar. Alguém cutucava seu ombro, gritava no ouvido.

Era Isidoro. O alguazil fazia sinal para a madeira, que estava acabando. Xingava-o de palerma, de preguiçoso, e mandava que fosse ajudar Paco e Gato a carregar um carroção de lenha fresca.

Quando a carroça foi finalmente carregada, ele não voltou à praça. Na prisão vazia e silenciosa, pegou seu saco, a enxada quebrada, e levou-os para onde Moisés pastava pacificamente na sombra.

Uma vez montado, sobressaltou o bom burrinho com os calcanhares e ambos partiram de Ciudad Real num enérgico trote. Não estava muito animado para voltar à trilha, ao campo. O auto de fé fora uma amostra do modo cruel como ia morrer quando o apanhassem. Algo dentro dele clamava para que procurasse um padre tolerante. Talvez não fosse tarde demais para pedir o batismo e levar uma vida de cuidadosa retidão católica.

Mas estava comprometido com a memória do pai, com Deus, com sua gente.

Com ele próprio.

Pela primeira vez, seu ódio da Inquisição foi mais forte que o medo. Ele não podia apagar aquelas imagens e não falou com Deus como se suplicasse, mas na fúria de quem exigia.

Que Plano Divino pode ser este que deixa tantos de nós como o Homem Pendurado?

E... Com que objetivo me transformou no último judeu da Espanha?

Capítulo 16

A MULHER DA FAZENDA

Yonah atravessou com Moisés o rio Guadiana, nadando ao lado do burro uma curta distância quando encontraram um trecho fundo no meio do rio. Pelo menos assim a água removeria o fedor de fumaça de sua roupa, se não de sua alma.

Depois foi avançando devagar para sudoeste, através de um vale agrícola, vendo sempre, à esquerda, as encostas da Sierra Morena.

Os dias do final de outono eram agradavelmente amenos. Parou várias vezes em fazendas ao longo do caminho, demorando-se alguns dias em cada uma enquanto trabalhava em troca de comida e abrigo. Arrancava o resto das cebolas, colhia azeitonas, ajudava a pisar as últimas uvas da estação.

Enquanto o ano caminhava para o inverno, ele viajava para o calor. No extremo sudoeste, onde a Andaluzia se alonga para tocar o sul de Portugal, atravessou uma série de pequenas aldeias cuja existência girava em torno de grandes fazendas.

Na maioria das fazendas, o tempo de cultivo estava terminado, mas ele conseguiu uma árdua ocupação na vasta propriedade de um nobre chamado dom Manuel de Zúniga.

– Estamos abrindo lavouras em locais onde antes só havia florestas – disse o administrador. – Temos trabalho se estiver disposto.

O nome do administrador era Lampara; Yonah descobriu que, pelas costas, os trabalhadores chamavam-no de Lamperón, o seboso.

O trabalho era dos mais exigentes. Extrair e deslocar grandes pedregulhos, quebrá-los, derrubar árvores extirpando as raízes, cortar e queimar o mato. Contudo, a experiência de trabalho duro e constante em outras fazendas já endurecera Yonah. Havia, na fazenda Zúniga, trabalho suficiente para ele atravessar o inverno inteiro lá. Um destacamento de soldados estava acampado numa área vizinha; a princípio, Yonah trabalhara sem tirar os olhos deles, mas o fato é que viviam ocupados com marchas, exercícios, e nunca o molestaram. O ambiente na fazenda era tranquilo, quase gostoso, e a comida, farta. Ele foi se deixando ficar.

As coisas que vira e sofrera mantinham-no apartado dos demais peões. Apesar de sua juventude, havia algo de temível em seu rosto, em seus olhos, algo que impedia os outros de mexerem com ele.

Fazia o corpo calejado mergulhar no trabalho, procurando neutralizar o horror evocado pelas queimadas no mato. À noite, entocava-se perto de Moisés e dormia profundamente, sempre com a mão na enxada amolada. O burro velava enquanto Yonah sonhava com mulheres e atos de amor físico, mas no dia seguinte, mesmo que se lembrasse do sonho, não dispunha da experiência carnal para saber se sonhara corretamente.

Removeu o anel de prata que usava pendurado no pescoço e enfiou-o no saco com seus parcos pertences. O saco vivia pendurado no burro, que ele nunca perdia de vista. Passou a trabalhar sem camisa, desfrutando o suor que, de encontro à suavidade do ar, refrescava seu corpo.

Dom Manuel visitou a fazenda e, enquanto esteve lá, mesmo os peões mais indolentes trabalharam com tanto zelo quanto Yonah. O proprietário era um homem já meio envelhecido, baixo e pomposo. Circulou pelas lavouras e celeiros, prestando atenção em pouca coisa e compreendendo ainda menos. Demorou-se três noites, dormindo com duas jovens da aldeia. Depois foi embora.

Quando viram Zúniga se afastar, todos relaxaram, e os homens falaram dele com desprezo. Chamavam-no de *el cornudo* e, aos poucos, Yonah foi descobrindo por quê.

A fazenda tinha administradores e capatazes, mas a forte personalidade que dominava os peões pertencia a uma ex-amante do dom, Margarita Vega. Antes mesmo de ser mulher feita, gerara dois filhos dele. Mas ao voltar de um ano de estada na França, dom Manuel descobriu que, em sua ausência, para grande divertimento dos espectadores que trabalhavam na fazenda, Margarita tivera um terceiro filho, desta vez de um dos peões. Zúniga permitira que os dois se casassem e dera a ela uma casa como presente de despedida. O marido, porém, escapara em menos de um ano. Desde então, Margarita experimentara vários homens, uma atividade que havia resultado em três novas crianças de pais diferentes. Agora, aos trinta e cinco anos, era uma mulher de grandes quadris e olhar duro, alguém a ser levada em conta.

Os peões diziam que dom Manuel vinha tão raramente porque ainda gostava de Margarita e era traído de novo a cada novo homem de quem ela se aproximava.

Um dia Yonah ouviu o zurrar de Moisés e, quando ergueu a cabeça, viu que um dos outros trabalhadores, um rapaz chamado Diego, tinha tirado o saco do lombo do burro e estava prestes a abri-lo.

Yonah largou a enxada, atirou-se contra Diego e os dois rolaram agarrados no chão. Em pouco tempo, tinham conseguido se separar e, com os punhos endurecidos pelo trabalho, aplicavam-se mutuamente uma sucessão de murros. Yonah descobriria depois que Diego era um temido adversário e, de fato, logo no início da luta, recebera um golpe tão furioso que teve certeza de ter quebrado o nariz. Ele era alguns anos mais novo que Diego, mas era mais alto e pouco mais leve. Além disso, tinha braços mais compridos e lutou com a fúria de todo aquele medo e ódio que por tanto tempo vinha reprimindo, estocando. Seus punhos acertavam o outro com o som de pilões golpeando a terra. Um tentava matar o outro com as mãos.

Os peões vieram correndo, fazendo um círculo para gritar, atiçar, até a barulheira trazer o feitor, que veio xingando e acertando socos nos dois combatentes para separá-los.

Diego ficara com a boca muito machucada e o olho esquerdo fechado. Quando o feitor mandou espectadores e contendores voltarem ao trabalho, Diego pareceu contente com aquela oportunidade de se afastar.

Yonah esperou até o pessoal ir embora, depois fechou cuidadosamente a bolsa de pano e amarrou-a com força na corda de Moisés. O nariz, que estava mesmo quebrado, sangrava e ele tirou o sangue do lábio superior com as costas da mão. Então, ao erguer a cabeça, viu Margarita Vega com um bebê nos braços, olhando para ele.

O nariz estava inchado, roxo, e os nós dos dedos, feridos e também inchados, ficariam dias doendo. Mas a briga fizera a mulher prestar atenção nele.

Para Yonah seria impossível não reparar em Margarita. Sempre que a olhava, tinha a impressão de que ela estava desencobrindo o grande seio moreno para amamentar a criança faminta. O pessoal da fazenda se cutucava entre si e sorria, percebendo que, em geral, Margarita conseguia sempre aparecer onde aquele rapaz forte e silencioso estivesse trabalhando.

Foi cordial com Yonah, procurando deixá-lo à vontade.

Encarregou-o de serviços ligeiros em volta da casa, convidando-o a entrar para um pouco de pão e vinho. Poucos dias depois, Yonah estava nu a seu lado, sem acreditar que tocava num corpo feminino e provava do leite que saciara a criança que dormia perto deles.

O corpo grande de Margarita não deixava de ser atraente, com as pernas musculosas, o umbigo fundo, a barriga não muito saliente apesar de tantos partos. A genitália de lábios grossos parecia um animalzinho com selvagem pelo castanho. Ela dava instruções pontuais, fazia exigências e Yonah aprendeu a realizar corretamente um sonho. A primeira vez acabou depressa para ele. Mas Yonah era jovem, forte, e quando Margarita o deixou novamente em forma, soube se empenhar com a mesma fúria que usara contra Diego. Até que finalmente ele e a mulher ficaram de fato esgotados, sem fôlego.

Pouco depois, semiadormecido, Yonah teve consciência do dedilhar das mãos de Margarita, como se ele fosse um animal que ela pretendesse comprar.

– É convertido?

Ficou imediatamente desperto.

– ... Sou.

– Parabéns. Quando se converteu à verdadeira fé?

– Ah... Há muitos anos. – Ele tornou a fechar os olhos, esperando que Margarita desistisse do assunto.

– Onde foi?

– ... Em Castela. Na cidade de Cuenca.

– Mas eu nasci em Cuenca! – disse ela, rindo. – Há oito anos vou sempre lá com dom Manuel. Tenho duas irmãs e um irmão morando em Cuenca. E também minha velha *abuela*, que sobreviveu à minha mãe e a meu pai. Em que igreja você se converteu, São Benedito ou São Marcos?

– Foi na de... São Benedito, eu acho.

Margarita arregalou os olhos.

– Você acha? Não tem certeza do nome da igreja?

– Foi só um jeito de falar. Era a igreja de São Benedito, é claro. Uma igreja incrível.

– Uma bonita igreja, não... E qual foi o padre?

– O padre velho.

– Mas os dois são velhos! – Ela franziu a testa. – Foi o padre Ramón ou o padre Garcillaso?

– O padre Ramón.

Margarita abanou a cabeça e se levantou.

– Bem, não precisa voltar ao trabalho agora. Fique dormindo aqui como um bom menino até eu cumprir minhas obrigações. Vai ficar forte como um leão e vamos nos divertir muito nesta cama, está bem?

– Sim, tudo bem.

Pouco depois, de uma pequena janela, ele a observou sair apressada da casa, levando a criança para o sol e o calor da hora da *siesta*. A túnica, jogada muito depressa pelos ombros, ainda não cobrira completamente um dos lados dos quadris.

Yonah percebeu que, com toda certeza, não existia nenhum padre Ramón na cidade de Cuenca; talvez nem mesmo uma igreja de São Benedito.

Vestindo-se rápido, foi para o lado da casa, onde havia sombra e onde Moisés estava amarrado; pouco depois já marchava sob o sol quente. Só dois homens cruzaram com ele naquele calor do meio-dia, mas nenhum lhe prestou atenção. E logo Yonah e o burro começavam a subir uma trilha nas encostas da Sierra Morena.

Deu uma parada num platô e contemplou, lá embaixo, a fazenda de dom Manuel de Zúniga. Viu os pequenos vultos de quatro soldados. Com o sol brilhando nas armas e nos uniformes, seguiam Margarita Vega, que se dirigia às pressas para a casa.

Lá no alto, bem longe deles, sentiu-se suficientemente seguro para apreciar a mulher com a mais extrema gratidão.

Obrigado, madame!

Se fosse possível, gostaria de experimentar novamente aquele prazer. Para se proteger de delações devido à circuncisão, resolveu que, no futuro, diria às mulheres que a conversão não fora numa pequena igreja, mas numa catedral. Por exemplo a catedral de Barcelona, onde havia um exército de clérigos. Ninguém podia conhecer todos aqueles padres.

O nariz ainda doía. Mas, enquanto se afastava montado no burro, repassou mentalmente os contornos de cada parte do corpo de Margarita, os gestos, os cheiros, os sons.

Um fato inacreditável: seu corpo tinha penetrado no de uma mulher!

Agradeceu ao extraordinário Uno Indizível. Por deixá-lo permanecer livre e sadio de corpo e alma; por criar mulheres e homens com tão assombrosa disposição que, quando se juntam, são como a fechadura e a chave certa; por deixá-lo sobreviver um tempo suficiente para viver um dia como aquele.

Isto me aconteceu no décimo segundo dia do mês de Shebat...

Não sou Tomás Martín, sou Yonah Toledano, filho de Helkias, o ourives, da tribo de Levi.

Os outros meses são Adar, Nisan, Iyar, Sivan, Tamuz, Ab, Elul, Tishri, Heshvan, Kislev e Tebet... Repetiu mentalmente, entre períodos curtos de prece ou versos hebraicos, enquanto Moisés avançava com cuidado trilha acima, rumo aos montes morenos.

PARTE QUATRO
O PASTOR

Sierra Morena
11 de novembro de 1495

Capítulo 17

O SOM DO REBANHO

Yonah viajou de novo para o norte montado em Moisés, percorrendo lentamente a fronteira com Portugal, acompanhando o ritmo com que o outono queimava a terra verde. Parou meia dúzia de vezes e trabalhou um pouco para ganhar o dinheiro da comida, mas em lugar algum se demorou antes de atingir Salamanca, onde estavam contratando trabalhadores para a reforma da catedral.

Disse ao parrudo mestre de obras que se chamava Ramón Callicó.

– O que sabe fazer? – o homem perguntou, sem dúvida achando que Yonah fosse pedreiro diarista ou carpinteiro.

– Sei trabalhar – disse Yonah e o homem abanou a cabeça.

Os bois e os enormes cavalos de serviço usados para arrastar as grandes pedras ficavam numa cocheira próxima. Yonah também guardou Moisés nessa cocheira e, à noite, acalentado pelos ruídos dos animais nas baias, dormiu ao lado do burro.

De dia, tornou-se parte de um pequeno exército de serventes, pedreiros, quebradores de pedras e tropeiros. Lutavam para substituir alguns blocos de pedra escura que formavam as paredes da catedral, paredes que, em certos pontos, tinham três metros de espessura. O trabalho era muito árduo, terrível. Fazia-se acompanhar de gemidos dos animais, xingamentos, ordens gritadas por feitores e tropeiros, batidas de martelos, estrondo de marretas e o constante, torturante rangido dos pedregulhos sendo deslocados num chão áspero. Pequenos blocos de pedra eram carregados por serventes. Os blocos maiores eram levados o mais longe possível por animais; depois, no entanto, eram os homens as bestas de carga. Formavam longas fileiras para puxá-los com cordas grossas ou apinhavam-se lado a lado para debruçar-se contra cada uma das pedras inimigas e empurrá-la.

Yonah estava contente em trabalhar na reforma de uma casa de culto, mesmo que destinada a orações diferentes das suas. Não era, porém, o único não cristão ajudando a reparar a catedral; os mestres artesãos eram mouros, gente que entalhava pedra e madeira com notável habilidade. Quando o padre Sebastián Alvarez solicitou que o pai de Yonah concebesse e executasse um relicário para guardar uma relíquia cristã, Helkias discutira o assunto com o rabino Ortega, que aconselhou-o a aceitar a encomenda. "É uma mitzvah que vai ajudar nas orações das pessoas", dissera o rabino, destacando que o delicado e bonito trabalho nas sinagogas de Toledo fora feito por mouros.

O trabalho na catedral era extremamente absorvente. Como os demais, Yonah empenhava-se mecanicamente, sem brincadeiras, falando só meia dúzia de palavras. Isso o ajudava a ocultar seus pensamentos para que ninguém o achasse diferente. Às vezes, juntava-se a ele um peão careca, cujo corpo, muito atarracado, lembrava um bloco de pedra. Yonah não sabia seu sobrenome, mas os feitores chamavam-no de Leon.

Certa manhã, quando já estava há sete semanas em Salamanca, Yonah batalhava com Leon para encaixar uma pedra. De repente, os dois desviaram um instante os olhos para ver uma procissão de homens com capuzes pretos. Saíam da catedral após as preces das Matinas, que começavam antes da hora da chegada dos trabalhadores.

Leon prestou atenção no frade que ia na frente do cortejo.

– É frei Tomás Torquemada, o inquisidor-geral – murmurou. – Vim de Santa Cruz, onde ele é prior do mosteiro.

Yonah observou o homem alto e idoso. Tinha o nariz comprido e reto, o queixo pontudo, os olhos remotos, contemplativos. Parecendo absorto em seus pensamentos, Torquemada passou rapidamente. Havia talvez duas dúzias de padres e frades na coluna e, entre eles, Yonah viu outro sujeito alto, com o rosto que reconheceria em qualquer lugar. Envolvido numa conversa com um companheiro, Bonestruca quase cortou a sombra de Yonah. Passou tão perto que Yonah pôde examinar os pelos das sobrancelhas e ver um machucado no lábio superior.

O frade ergueu a cabeça e olhou bem no rosto de Yonah, mas sem dar sinais de reconhecimento ou interesse. Logo os olhos sombrios se deslocaram para o lado, e, enquanto Yonah continuava entorpecido de apreensão, Bonestruca foi se afastando.

– O que traz frei Torquemada a Salamanca? – Yonah perguntou a Leon, que deu de ombros.

Contudo, no mesmo dia, só que um pouco mais tarde, Yonah ouviu o feitor dizer a outro peão que inquisidores dos quatro cantos da Espanha tinham vindo a Salamanca para se reunir na catedral. Então, ele começou a se perguntar se fora por isso que Deus o salvara e o levara até lá – para ter a oportunidade de matar o homem que assassinara seu pai e seu irmão.

Na manhã seguinte, viu de novo os inquisidores saírem da catedral após as Matinas. Concluiu que o melhor lugar para atacar Bonestruca seria à esquerda da porta de entrada, perto do lugar onde estava trabalhando. Só teria uma chance para golpeá-lo antes de ser dominado e achou que, para acabar com Bonestruca, o melhor seria usar sua enxada, amolada como um machado, ótima para acertá-lo na garganta.

Naquela noite, esticou-se insone e ansioso na cama de palha da cocheira. Às vezes, quando garoto, sonhara em ser um guerreiro e, recentemente, vinha dizendo a si mesmo que gostaria de vingar as mortes do pai e do irmão. Agora, porém, confrontado com uma situação onde isso parecia possível, sentia-se angustiado, sem saber se teria realmente coragem de matar alguém. Pediu ao Senhor que lhe concedesse a energia necessária quando o momento chegasse.

De manhã, como de hábito, foi para a catedral.

Depois das Matinas, quando o primeiro frade apareceu, Yonah pegou a enxada e avançou para aquela posição perto da entrada. Quase de imediato, começou a tremer de modo incontrolável.

Cinco outros frades seguiram o primeiro; depois, mais nenhum. O mestre de obras estranhou ao ver Yonah parado e pálido.

– Está passando mal?

– Não, *señor*.

– Não devia estar ajudando a misturar a massa? – ele perguntou, reparando na enxada.

– Sim, *señor*.

– Então vá e faça isso – o homem resmungou e Yonah fez o que ele mandava.

Naquela tarde, soube que o encontro dos guardiães da fé terminara na véspera e sentiu-se estúpido, tolo, incapaz de se tornar o braço vingador de Deus. Demorara muito tempo para decidir e Bonestruca se fora, voltara com os outros inquisidores da Espanha para as regiões onde exerciam suas terríveis responsabilidades.

A obra em Salamanca durou até a primavera. No meio de março, um músculo se rompeu nas costas de Leon quando ele deslocava um bloco de pedra e Yonah viu o peão rolar no chão de dor. Leon foi transportado de maca para uma carreta e levado embora. Yonah jamais tornaria a vê-lo. Fez par com outros quando havia necessidade de dois homens numa tarefa, mas nunca teve qualquer coisa em comum com qualquer um deles. O medo sempre o mantinha isolado; nenhum se tornou seu amigo.

Nem todos os consertos tinham sido concluídos na catedral de 355 anos, mas um dia, entre calorosas discussões sobre o futuro da nave, a obra foi dada por encerrada. Muitos moradores da cidade achavam que sua casa de Deus devia ser maior. Embora até a capela de San Martín tivesse afrescos do século XIII, a catedral dispunha de pouca ornamentação e podia ser considerada bem inferior às notáveis igrejas de outros lugares. Já havia quem tivesse começado a levantar dinheiro para construir uma nova catedral em Salamanca e, assim, foram adiados os reparos que faltava fazer.

Quando começaram as dispensas, Yonah se dirigiu novamente para o sul. No sétimo dia de maio, ao completar dezoito anos, achava-se na cidade fronteiriça de Coria, onde parou numa estalagem e convidou a si mesmo para um guisado com cabrito e lentilhas. Numa mesa vizinha, porém, havia três homens, e a conversa que ouviu acabou com sua festa.

Estavam falando dos judeus que tinham fugido da Espanha para Portugal.

– Para ganhar autorização de permanência por seis meses em Portugal – dizia um dos homens –, concordaram em pagar ao rei dom João um quarto do valor de seus bens móveis e um ducado por cada alma entrada pela fronteira. Foram cento e vinte mil ducados no total. Os seis meses autorizados expiraram em fevereiro e podem imaginar o que fez então o safado do rei? Ele declarou os judeus escravos do estado.

– Pois é... Que Deus saiba amaldiçoar o rei dom João.

Pelo tom, Yonah achou que eram convertidos. A maioria dos cristãos não ficaria tão ressentida com a escravidão de judeus.

Não fez barulho, mas um dos três olhou-o de relance. Certamente, ao vê-lo sentado imóvel e quieto, percebeu que estava ouvindo. Em voz baixa, o homem fez algum comentário com os companheiros e os três se levantaram, saindo da estalagem.

Yonah percebeu mais uma vez a sabedoria que o abba e tio Aron tinham demonstrado ao decidir que o trajeto mais seguro seria partir de Toledo para o leste, não para oeste, rumo a Portugal. Como o apetite desaparecera, continuou sentado à mesa enquanto o guisado passava de frio a gelado.

À tarde, seguiu a estrada na direção de um balido de ovelhas. Logo se deparou com um rebanho bastante disperso e, pouco depois, descobriu por que razão os animais perambulavam daquele jeito. O velho pastor, esquálido e de cabelos brancos, estava caído no chão.

– Meu coração – ele se limitou a dizer.

Meio enfiado no capim, o rosto parecia branco como o cabelo, e cada esforço que o homem fazia para respirar produzia um assobio leve. Yonah virou o pastor de frente e, depois de trazer um pouco de água, tentou deixá-lo numa posição mais confortável. O velho, no entanto, indicou que sua maior aflição era a iminente perda do rebanho.

– Posso juntar suas ovelhas – disse Yonah, montando em Moisés e começando a trotar. Não foi uma tarefa difícil. Trabalhara muitas vezes com o rebanho de Aron Toledano. Tio Aron tivera menos animais, e tanto cabras quanto ovelhas, mas Yonah estava familiarizado com o jeito de ambas. Aquelas ovelhas não estavam assim tão desgarradas, e, após algumas pequenas manobras, ele pôde reuni-las num grupo compacto.

O velho conseguiu balbuciar que se chamava Gerónimo Pico.

– O que mais posso fazer pelo senhor?

O pastor parecia estar sentindo uma dor muito forte; os braços apertavam o peito.

– As ovelhas devem ser entregues... a dom Emilio de Valladolid, perto de Plasencia.

– O senhor vai chegar até lá – disse Yonah, instalando o homem em cima do burro e pegando seu rude cajado. O avanço era lento, pois tinham de ondular por uma vasta área para manter as ovelhas juntas. No final da tarde, Yonah viu o velho pastor cair do lombo de Moisés. Pela força da queda e a debilidade com que o corpo se estatelou no chão, percebeu de imediato que tinha morrido.

Durante algum tempo, no entanto, ficou chamando por Gerónimo Pico, batendo no rosto enrugado, esfregando os pulsos do homem. Só então admitiu que realmente morrera.

– Ai, maldição...

Absurdamente murmurando o kadish pelo estranho, jogou o corpo nas costas de Moisés, o rosto para baixo, os braços pendendo. Antes de continuar seguindo a trilha, certificou-se de que o rebanho estava agrupado. Plasencia não ficava longe e pouco depois viu um casal trabalhando numa lavoura.

– Esta fazenda é de dom Emilio de Valladolid?

– Sim – disse o homem, arregalando os olhos para o corpo e se benzendo.

– Gerónimo, o pastor.

– É.

Ele ensinou a Yonah o caminho para a casa-sede.

– Passe a grande árvore onde o raio caiu e atravesse o córrego. Vai ver a casa à sua direita.

Havia boas benfeitorias, todas bem conservadas, e Yonah tocou o rebanho para o pátio da estrebaria. Os três peões que se aproximaram do corpo não precisaram de explicações. Com breves resmungos de pesar, tiraram o pastor do lombo do burro e o levaram embora.

O proprietário da fazenda era um sujeito de cara rosada e ar sonolento. Usava roupas caras, mas cobertas de nódoas. Lamentando ser incomodado no meio da ceia, saiu e perguntou ao seu administrador.

– Qual é a razão dessa barulheira de ovelhas?

– O pastor morreu. Este rapaz trouxe o corpo e o rebanho.

– Tire a porra dos animais de perto da minha casa.

– Está bem, dom Emilio.

O administrador era um homem magro, de estatura mediana, com um cabelo castanho ficando grisalho e olhos também castanhos, atentos. Ele e os filhos ajudaram Yonah a tanger o rebanho para o pasto, os filhos sorrindo e gritando insultos um para o outro. Eram Adolfo, um rapaz franzino de cerca de dezesseis anos, e Gaspar, vários anos mais novo que o irmão. O administrador mandou-os ir buscar duas vasilhas de comida – uma papa grossa, quente. Depois se sentou com Yonah no chão, perto das ovelhas, e comeu em silêncio com ele.

Por fim arrotou e examinou o forasteiro.

– Eu me chamo Fernando Ruiz.

– Ramón Callicó.

– Parece que sabe mexer com ovelhas, Ramón Callicó. – Fernando Ruiz não duvidava que muitos teriam abandonado o corpo do pastor Gerónimo e roubado o valioso rebanho, levando o mais depressa possível os animais em direção oposta. Contudo, o rapaz sentado a seu lado não fizera isso, o que significava que era maluco ou honesto, e ele não via loucura nos olhos dele.

– Precisamos de um pastor. Meu filho Adolfo podia servir, mas acho que ainda tem de viver mais um ano para assumir uma responsabilidade dessas. Gostaria de ficar conosco cuidando das ovelhas?

Os animais pastavam tranquilamente, salvo por algum balido discreto e ocasional, um som que Yonah julgava agradável.

– Sim, por que não?

– Mas tem de tirá-las agora daqui.

– Dom Emilio não gosta do rebanho?

Fernando sorriu. Estavam sozinhos no pasto, mas ele se inclinou para sussurrar:

– Dom Emilio não gosta de nada.

Viveria trinta e quatro meses praticamente sozinho com os animais. Ficou tão familiarizado com o rebanho que passou a reconhecer individualmente cada macho e cada fêmea. Sabia quem era calmo, sociável, quem era teimoso ou traiçoeiro, quem era saudável e quem estava doente. Eram grandes animais apalermados, com perfeitos e numerosos flocos brancos de lã que cobriam tudo, com exceção dos narizes pretos e dos olhos pacíficos. Achava muito bonitas aquelas ovelhas. Sempre que o tempo estava bom, fazia com que atravessassem um regato da montanha para limpar a sujeira que se agarrava no sebo da lã, deixando-a amarelada.

Fernando deu-lhe algumas toscas provisões e um punhal que não era dos melhores, com a lâmina feita de um ferro de má qualidade. Yonah estava autorizado a levar o rebanho para onde houvesse capim, desde que o devolvesse à fazenda na primavera, para a tosquia, e no outono, para castração e abate de alguns animais mais jovens. Yonah conduziu o rebanho para o sopé da Sierra de Gredos. Viajou calmamente, seguindo o passo lento dos animais. Tio Aron tivera um cachorro malhado para ajudar no trabalho, mas Yonah tinha Moisés. A cada dia, mais competente se tornava o burrinho para ficar de olho nas ovelhas. A princípio, Yonah tinha de passar horas montado no burro, mas logo

Moisés começou a agir por conta própria, correndo atrás dos animais desgarrados como um cão de pastoreio e zurrando para trazê-los de novo ao grupo.

Sempre que Yonah voltava à fazenda com as ovelhas, o jovem Adolfo, filho de Fernando, cuidava bem dele e lhe ensinava o que sabia de pastoreio. Yonah aprendeu a tosquiar, embora não com rapidez e perícia, como Fernando e os garotos. Também aprendeu a castrar e abater, embora na hora de tirar a pele fosse tão medíocre com a faca quanto era com a tosquiadeira.

– Não se preocupe – dizia Adolfo. – A prática vem com o tempo.

Cada vez que Yonah devolvia o rebanho à fazenda, Adolfo levava uma jarra de vinho para o pasto distante e sentava-se com Yonah. Falavam dos problemas de um pastor, da falta de mulheres, da solidão, da ameaça dos lobos. Adolfo recomendava cantar à noite para afugentá-los.

Pastorear ovelhas era uma ocupação ideal para um fugitivo. Havia poucas aldeias na serra e Yonah as evitava, passando também ao largo de uma ou outra granja. Tocava as ovelhas para as encostas mais baixas das montanhas desertas, onde salpicavam clareiras cheias de relva. Quem eventualmente cruzasse com ele veria apenas um jovem e insignificante pastor eremita.

Mesmo gente perigosa procuraria evitá-lo, pois Yonah era alto, forte e tinha um brilho selvagem nos olhos. O cabelo castanho ficara muito comprido e a barba crescia livremente. No calor do verão, andava quase nu, pois suas roupas, compradas de segunda mão para substituir as que tinham ficado pequenas, estavam muito puídas e rasgadas. Quando uma ovelha sofria um acidente fatal, ele a matava e limpava meio sem jeito; depois ia comendo com grande satisfação o pernil ou a costeleta até a carne ficar com mau cheiro, o que acontecia quase de imediato no verão. Quando um vento áspero soprava no inverno, ele amarrava o couro seco de algum animal em volta dos braços e das pernas para suportar o frio. Mas sentia-se bem nos montes. À noite, quando estava num lugar alto, avançava com intimidade por entre estrelas grandes e brilhantes.

O cajado que herdara de Gerónimo Pico não servia para nada e, certa manhã, ele cortou um galho de uma nogueira, um galho comprido com uma curvatura natural na ponta. Depois raspou com cuidado a casca do galho e usou o punhal para gravar na madeira alguns desenhos geométricos, imitando os padrões que os artesãos mouros tinham usado na sinagoga de Toledo. Por fim, começou a passar a mão na lã das ovelhas até os dedos ficarem cheios de gordura e a passar os dedos no cajado, um processo que repetiu horas a fio até a madeira macia adquirir uma pátina escura.

Às vezes, sentia-se como um animal selvagem, mas por dentro cultivava o que havia de mais suave em sua natureza, rezando pela manhã e à noite e tentando não se esquecer do calendário para poder honrar os dias santificados. Vez por outra, conseguia banhar-se antes da chegada do Shabat. Era fácil no verão, pois se alguém o visse entrar num córrego ou num rio deduziria, obviamente, que ele fazia isso pelo calor, não pela religião. Quando o tempo não estava quente, passava um trapo molhado no corpo e tremia. Durante o período mais frio do inverno, no entanto, Yonah se deixava ficar cheirando mal; afinal, não era como uma mulher, obrigada a visitar a mikvá para poder se aproximar do marido.

Ele gostaria de dar, um dia, um mergulho muito profundo para lavar sua alma, pois sentia-se escravizado aos prazeres da carne. Era difícil, é claro, achar uma mulher em quem pudesse realmente confiar. Havia uma prostituta na taberna onde comprava vinho e, por duas vezes, Yonah lhe deu uma moeda para que ela abrisse as pernas num quartinho escuro, cheio de perfume. Um dia, enquanto os animais pastavam preguiçosamente, ele se entregou sozinho a um prazer lascivo e derramou sua própria semente, cometendo o pecado pelo qual o Senhor tirou a vida de Onan.

Às vezes imaginava como sua existência teria sido diferente sem a catástrofe que o exilara da casa paterna. Àquela altura, seria provavelmente um aprendiz assalariado de ourives, casado com uma mulher de boa família; talvez até já fosse pai.

Ao contrário de tudo aquilo, e embora tentasse valentemente se preservar como pessoa, sentia, às vezes, que estava se transformando em alguma coisa baixa, bestial, não apenas no último judeu da Espanha, mas na última criatura do mundo, uma ideia que várias vezes o levou a correr os riscos mais absurdos. Sentado à noite diante de uma fogueira, com os animais reunidos em volta, gritava para repelir os lobos, urrando palavras desconexas ou recitando velhas preces para o céu escuro. Com elas, subiam também as faíscas da lenha estalando. Qualquer inquisidor ou delator atraído pelo brilho do fogo ouviria facilmente aquela voz imprudente soltando palavras em hebreu ou ladino. Nenhum jamais apareceu.

Tentava ser razoável nas coisas que reivindicava em suas orações. Nunca pediu que Deus mandasse o arcanjo Miguel, guardião de Israel, descer do Paraíso para justiçar os que matavam e faziam mal. Mas pediu que Deus deixasse Yonah ben Helkias Toledano servir ao arcanjo. E dizia a si mesmo, e a Deus, e aos animais no silêncio dos montes, que queria outra oportunidade para se transformar no forte braço direito do arcanjo, matador dos matadores, verdugo dos verdugos, carrasco dos exterminadores.

No outono, na terceira vez que Yonah devolveu o rebanho à fazenda, encontrou a família de Fernando Ruiz de luto. Embora não fosse um homem velho, o administrador morrera de repente, na tarde em que inspecionava o plantio numa lavoura. Havia um alvoroço na fazenda. Dom Emilio de Valladolid não sabia como administrar a propriedade e não conseguia encontrar um novo feitor. Estava mal-humorado e gritava muito.

Yonah viu a morte de Fernando Ruiz como sinal de que estava na hora de pôr os pés a caminho. Pela última vez, tomou vinho no pasto com Adolfo.

– Sinto muito – disse.

Sabia o que era perder um pai e Fernando era um homem muito bom. Contou a Adolfo que estava de partida e perguntou:

– Quem vai assumir o rebanho?

– Eu serei o novo pastor – disse Adolfo.

– Devo falar com dom Emilio?

– Eu mesmo explico a ele. Não vai se importar desde que as ovelhas fiquem longe de seu delicado nariz.

Yonah abraçou Adolfo e passou-lhe, além do rebanho, o bonito cajado que fizera. Depois montou em Moisés e se afastou com o burro da fazenda e de Plasencia.

Naquela noite, acordou no escuro, atento, pois achou que tinha ouvido alguma coisa. Então percebeu que fora a ausência de ruído que o assustara, o fato de os sons pacíficos das ovelhas não o rodearem mais. Virou-se de lado e tornou a dormir.

Capítulo 18

O BOBO

O inverno estava a caminho e Yonah conduziu Moisés para o calor. Teve vontade de dar uma olhada no mar meridional do outro lado da Sierra Nevada, mas, quando se aproximou de Granada, as noites claras já eram muito frias. Não queria enfrentar as cristas cobertas de neve no alto da serra. Em vez disso, tomou o rumo da cidade para gastar parte do que havia ganhado num pouco de conforto para ele e o burro.

Ficou inquieto quando chegou aos muros de Granada, pois sobre o tenebroso portão estavam suspensas as cabeças, já em decomposição, de criminosos executados. A exibição, no entanto, não parecia ter desencorajado os salteadores, pois quando se dirigia para uma pousada, onde esperava encontrar vinho e comida, Yonah se deparou com dois sujeitos fortes tentando roubar um anão.

Com metade do tamanho dos dois, o homenzinho tinha uma cabeça muito grande, ombros musculosos, braços compridos e pernas minúsculas. Observava atentamente os assaltantes se aproximando de duas direções, um brandindo um porrete de madeira, o outro segurando uma faca.

– Solte o dinheiro e livre a sua cara, merdinha – dizia o homem com a faca, fazendo um movimento na direção da vítima.

Sem pensar duas vezes, Yonah pegou sua enxada amolada e pulou do lombo do burro. Infelizmente, antes que tivesse tempo de intervir, o ladrão que tinha o porrete ergueu a mão e acertou-o na cabeça. Logo estava caído no chão, atordoado e ferido, enquanto o homem avançava de novo, pronto a acabar com ele.

Não de todo consciente, Yonah viu o anão tirar da túnica uma faca pontuda e afiada. As pernas pequenas dispararam, voaram; os braços compridos ficaram extremamente velozes, ágeis; a ponta da faca começou a faiscar como língua de serpente. Num instante, ele conseguira penetrar a ineficiente defesa de um dos ladrões, que gemeu e deixou cair a faca quando a lâmina de seu pequeno oponente golpeou-lhe o braço.

Quando os dois assaltantes deram meia-volta e começaram a correr, o homenzinho ainda pegou uma pedra e arremessou-a com força suficiente para acertar uma das costas que fugiam. Depois limpou a faca na calça e se aproximou para examinar o rosto de Yonah.

— Tudo bem com você?

— Acho que sim – Yonah se ouviu declarar com voz rouca. Ele fez força para sentar. – Vou ficar ainda melhor depois que entrar na pousada e tomar um pouco de vinho.

— Ô, mas não é aí que vai conseguir um vinho decente – disse o homenzinho. – Levante a metade do rabo, depois a outra, e venha comigo.

Segurando a mão estendida, Yonah foi erguido por um braço surpreendentemente forte.

— Eu me chamo Mingo Babar.

— E eu Ramón Callicó.

Enquanto Moisés era levado para fora da cidade e começava a subir uma trilha, ocorreu a Yonah que aquele homem estranho, que ainda há pouco lhe parecera uma vítima indefesa, podia muito bem ser ele próprio ladrão e assassino. Mas embora tivesse se mantido extremamente atento ao menor sinal de um ataque, nada aconteceu. O sujeito seguia atrás do burro num esquisito passo de aranha, as mãos nas pontas dos braços compridos roçando a trilha como dois pés adicionais.

Pouco depois, um vigia empoleirado numa rocha chamou em voz baixa:

— Mingo, é você?

— Sou eu. Com um amigo.

Poucos metros à frente, passaram por um buraco na rocha de onde vinha um brilho mortiço de lamparinas. E então havia outra abertura, e várias outras. Vinham gritos das cavernas.

— Ah, Mingo!

— Mingo, boa-noite, Mingo!

— Bem-vindo, Mingo!

O homenzinho devolvia todos os cumprimentos e, a certa altura, deteve o burro diante de uma das aberturas do morro. Yonah desmontou e avançou com Mingo pela boca escura até uma esteira de dormir no mais estranho de todos os lugares.

Ficou maravilhado quando acordou de manhã. Estava numa caverna diferente de tudo que tinha visto até então. Era como se um chefe de ladrões tivesse organizado um esconderijo no covil de um urso. A luminosidade fraca das lamparinas fundia-se à meia-luz que vinha da entrada e Yonah viu tapetes ricamente coloridos cobrindo a terra e a rocha nua. Havia peças de um pesado mobiliário de madeira trabalhada, uma profusão de instrumentos musicais e reluzentes utensílios de cobre.

Yonah tivera uma longa noite de sono, mas as lembranças da véspera logo retornaram e ele ficou aliviado ao perceber como sua cabeça estava lúcida outra vez.

Havia uma mulher de tamanho normal, um tanto gorda, sentada perto dele. Ela polia serenamente um vaso de cobre. Yonah cumprimentou-a e recebeu um sorriso, um brilho rápido de dentes.

Quando se aventurou a sair da caverna, Mingo estava lá fora, fazendo um cabresto de couro e cercado por duas crianças, um menino e uma menina, quase do tamanho dele.

– Um bom dia para você.

– Um bom dia, Mingo.

Yonah viu que estavam no alto do morro. Lá embaixo, estendia-se a cidade de Granada, a massa de casas que lembravam cubos rosados e brancos, uma cidade cercada por um buquê de árvores.

– Bonita cidade – disse Yonah e Mingo assentiu.

– Sim, construída por mouros, por isso o interior das habitações é belamente decorado, enquanto os exteriores são simples.

Debruçada sobre a cidade, na crista de uma colina muito menor que o monte onde ficavam as cavernas, havia uma área cheia de ameias e torres rosadas que fizeram Yonah prender a respiração ante sua extrema elegância, sua majestade.

– Que lugar é esse? – perguntou, apontando.

– Ora – disse Mingo sorrindo –, é a cidadela e o palácio conhecido como Alhambra.

Yonah percebeu que caíra entre um grupo de pessoas muito especiais e fez muitas perguntas, todas sempre respondidas de bom humor por Mingo.

As cavernas ficavam num morro chamado Sacromonte.

– O Monte Sagrado – Mingo explicou. – Chamado assim porque os cristãos foram martirizados aqui nos primeiros dias da religião.

O homenzinho disse que seu povo, ciganos de uma tribo chamada romani, tinha morado nas cavernas desde que vieram para a Espanha, numa época em que ele, Mingo, ainda era criança.

– E de onde vieram os romanis? – Yonah perguntou.

– De lá – disse Mingo, a mão desenhando um círculo para indicar o mundo inteiro. – Um dia, *muito* tempo atrás, vieram de um lugar remoto do leste, onde corre o Ganges, um grande rio sagrado. Mais recentemente, antes de chegarem aqui, erraram pela França e Espanha. Mas resolveram se fixar ao atingir Granada, pois as cavernas serviam maravilhosamente como casas.

As cavernas eram secas e arejadas. Algumas tinham o tamanho de um quarto, enquanto outras equivaliam a vinte quartos se enfileirando cada vez mais fundo na rocha. Mesmo alguém tão pouco militarizado quanto Yonah podia ver que o lugar seria facilmente defendido no caso de um ataque. Mingo disse que muitas cavernas estavam interligadas por fissuras ou passagens naturais, proporcionando meios adicionais de esconderijo ou fuga se isso fosse necessário.

A mulher gorducha na caverna de Mingo era Mana, sua esposa. E enquanto ela trazia comida, o homenzinho contou orgulhosamente a Yonah que ele e Mana tinham quatro filhos, dois já crescidos e morando fora.

Mingo sentiu a pergunta que Yonah não teve coragem de fazer e sorriu.

— Todos os meus filhos são de tamanho normal.

Yonah andou o dia inteiro entre os romanis. Alguns subiam de um pasto no sopé do morro, onde mantinham cavalos. Yonah deduziu que eram criadores e que também negociavam os animais.

Outros iam para algum serviço nas proximidades e outros ainda trabalhavam em mesas na frente de uma das cavernas, consertando vasilhas de cozinha, utensílios ou ferramentas das casas e lojas de Granada. Yonah contemplou os artesãos com prazer, a batida dos martelos lhe trazendo à memória a oficina de Helkias Toledano.

Os romanis foram cordiais e hospitaleiros, aceitando Yonah de imediato, pois viera com Mingo. Do começo ao fim do dia, membros da tribo procuraram o homenzinho em busca de solução para seus problemas, por isso Yonah não ficou espantado quando soube que Mingo era o que chamavam de *voivode*, chefe dos romanis.

— E quando você não está governando, também trata dos cavalos ou conserta vasilhas como os outros?

— Fui treinado desde cedo para fazer essas coisas, é claro, mas até recentemente eu trabalhava lá embaixo — disse ele, apontando.

— Na cidade? O que fazia lá?

— Trabalhava no Alhambra. Era um bobo.

— O que é isso, um bobo?

— Um comediante na corte do sultão.

— Sério?

— Sério, claro. Era o bobo da corte do sultão Boabdil, que governou como Muhammad XII, último califa mouro de Granada.

Assim que a pessoa se acostumava ao corpo irregular, o *voivode* dos romanis era um homem de presença. Havia dignidade em sua fisionomia, e os homens e mulheres da tribo se dirigiam a ele com evidente respeito e afeição. Por isso Yonah se sentira meio constrangido ao ouvir que um sujeito tão gentil e inteligente tivesse feito papel de bobo para ganhar o seu pão.

Mingo conseguiu perceber o mal-estar.

— Era um serviço que me agradava, pode acreditar. Eu era bom na coisa. Minha estatura e meu corpo malfeito ajudaram meu povo a prosperar, pois na corte eu ficava sabendo com antecedência de quaisquer perigos que os romanis devessem evitar ou das oportunidades de emprego que poderiam surgir para eles.

– Que tipo de homem é Boabdil? – perguntou Yonah.

– Cruel. Foi pouco amado quando era sultão. Vive no século errado, pois o poderio militar do Islã está acabado. Vindos da África, os muçulmanos invadiram a Ibéria há quase oitocentos anos e fizeram a Espanha islâmica. Logo após, os bascos cristãos lutaram febrilmente para restaurar sua independência e os francos repeliram os mouros do nordeste espanhol. Esse foi o começo. Pelos séculos afora, os exércitos cristãos foram reconquistando a maior parte da Ibéria para o catolicismo.

Ele continuou:

– O sultão mouro de Granada, Muley Hacén, recusou-se a pagar tributo aos monarcas católicos e, em 1481, lançou uma guerra contra os cristãos, apoderando-se da cidade fortificada de Zahara. Boabdil, filho do sultão Muley Hacén, teve uma desavença com o pai. Por algum tempo, perseguido pelas forças paternas, buscou asilo na corte dos monarcas católicos. Mas, em 1485, Muley Hacén morreu, Boabdil passou a ocupar o trono graças ao auxílio de súditos leais e... daí a alguns meses – Mingo concluiu – entrei no Alhambra para ajudá-lo a governar.

– Quanto tempo serviu como bobo? – Yonah perguntou.

– Por quase seis anos. Mas já em 1491 só restava uma área islâmica em toda a Espanha. Nos últimos anos, Fernão e Isabel tinham se apoderado de Ronda, Marbella, Loja e Málaga. Não puderam tolerar que Boabdil, o muçulmano, permanecesse no trono com Mingo Babar a seus pés, divertindo-o com conselhos espertos. Fizeram o cerco a Granada e logo começamos a experimentar dias de fome até dentro do Alhambra. Alguns habitantes da cidade lutaram bravamente com suas barrigas vazias, mas no fim do ano era fácil ver que futuro nos esperava.

"Lembro de uma fria noite de inverno quando uma grande lua prateada brilhava no pequeno lago dos peixes. Só eu e Boabdil estávamos na sala do trono.

"'Então você deve guiar minha vida, sábio Mingo. O que vou fazer agora?', o sultão perguntou.

"'Deve baixar as armas e convidar os monarcas católicos para um bom jantar, majestade. Depois deve ficar esperando no Pátio das Murtas para cumprimentá-los com elegância e conduzi-los até o Alhambra', disse eu.

"Boabdil me olhou e sorriu. 'Fala como um verdadeiro bobo', disse ele. 'Nesta hora, quando meu tempo de governar está quase no fim, acho que minha majestade é mais preciosa que rubis. Ao chegar, eles devem me encontrar sentado na sala do trono como um monarca. Nestes últimos momentos, tenho de me comportar com dignidade, como um verdadeiro califa.

"Foi o que ele fez, assinando o tratado de rendição na sala do trono em 2 de janeiro de 1492. Quando Boabdil fugiu para o exílio na África, de onde seus ancestrais berberes há muito tinham vindo, eu e outros, por uma questão de prudência, também abandonamos o Alhambra."

– E as coisas mudaram muito em Granada com os cristãos no poder? – Yonah perguntou.

Mingo deu de ombros.

– As mesquitas viraram igrejas. As pessoas acreditam que só as preces de suas religiões são ouvidas por Deus. – Ele sorriu. – Como isso deve ser embaraçoso para o Senhor!

Naquela noite, Yonah reparou que os romanis faziam refeições coletivas, com os homens e as mulheres em volta dos fogos, cozendo ou assando a carne, regando-a com molhos saborosos e enchendo de aromas o ar. Comiam bem e os odres que passavam de mão em mão continham gostosos vinhos almiscarados. Quando a refeição terminava, eram trazidos instrumentos das cavernas: tambores, guitarras, cítaras, violas, alaúdes. Seriam tocados para produzir uma música selvagem, um som que Yonah desconhecia, assim como desconhecia a liberdade e graça sensual com que os romanis dançavam. De repente, ele experimentou uma onda de felicidade por estar novamente na companhia de homens e mulheres.

Os romanis usavam roupas de cores brilhantes e eram bem-apessoados. Tinham peles morenas, com belos olhos negros e cabelos negros e crespos. Yonah sentiu-se fascinado por aquela estranha gente da tribo, gente que parecia capaz de descobrir e saborear os prazeres mais simples do mundo.

Yonah agradeceu a Mingo a amizade, a hospitalidade.

– É uma gente boa, sem medo de *gadje*, que é como nós chamamos os estranhos – disse Mingo. – Eu mesmo sou um *gadje*, não nasci na tribo. Reparou como minha aparência é diferente da deles?

Yonah balançou a cabeça. Ambos sabiam que Mingo não estava se referindo à altura. Um pouco do cabelo que caía na testa larga ficara grisalho, pois ele não era um homem jovem, mas a maior parte das mechas eram quase amarelas, muito mais claras que o cabelo dos outros romanis. Os olhos tinham um azul muito brilhante.

– Fui doado à tribo na época em que acamparam perto de Reims. Um cavalheiro se aproximou deles com uma criança que tinha nascido com braços compridos e pernas curtas. O estranho deu aos ciganos uma gorda bolsa de dinheiro para que me criassem.

"Tive muita sorte", Mingo continuou. "Como você sabe, as pessoas costumam estrangular o recém-nascido que sai deformado. Mas os romanis honraram o negócio. E nunca esconderam os detalhes de minha origem. De fato, sempre repetem que sou inegavelmente de alta linhagem, talvez mesmo da linhagem real francesa. O homem que me entregou usava roupas caras, tinha armadura e armas, além de um modo aristocrático de falar."

Yonah achou que o homenzinho possuía realmente uma fisionomia com traços nobres.

– Nunca pensou no que perdeu?

– Nunca – disse Mingo. – É verdade que eu podia ter sido, quem sabe, algum barão ou duque, mas também é verdade que podia ter sido estrangulado ao nascer. – Os bonitos olhos azuis estavam sérios. – Não continuei sendo um *gadje*. Absorvi a alma dos romanis. Ela entrou no meu corpo com o leite da mulher que se tornou minha mãe. Todos aqui são meus parentes. Eu morreria para defender meus irmãos e irmãs romanis, assim como eles morreriam por mim.

Yonah foi ficando dia após dia com a tribo, imerso no calor do companheirismo das pessoas, embora dormisse sozinho numa caverna vazia.

Para retribuir a hospitalidade, começou a trabalhar com o grupo que consertava vasilhas. Quando Yonah era criança, o pai tinha pacientemente lhe ensinado o básico do trabalho com metais e os romanis gostaram muito de aprender certas técnicas de Helkias para fixar o metal com soldas eficazes e resistentes. Yonah também aprendeu muita coisa dos artesãos ciganos, observando técnicas que, há centenas de anos, vinham passando de pai para filho.

Uma noite, após se divertir com a dança e a música, Yonah pegou a guitarra e começou a tocar. Há mais de três anos não fazia aquilo e, de início, hesitou um pouco, mas logo seus dedos recuperaram a antiga habilidade. Tocou as melodias do *piyyutim*, os salmos cantados da sinagoga: *Yotzer*, na primeira bênção antes do shemá matinal; *Zulat*, cantado após o shemá; o *Kerovah*, acompanhando as primeiras três bênçãos da amidá; por fim a impressionante *Selihah*, cantada como ato contrito no Yom Kippur.

Quando Yonah acabou, Mana tocou afetuosamente em seu braço enquanto as pessoas se dirigiam para suas habitações. Ele também viu que os olhos prudentes e sérios de Mingo o examinavam.

– São melodias hebraicas, não são? – disse Mingo. – Tocadas com tristeza.

– Sim.

Sem revelar que não era um convertido, Yonah falou de sua família e da sorte terrível do pai Helkias e do irmão Meir.

– A vida é gloriosa – disse finalmente Mingo –, mas a soma do que nela se passa pode ser cruel.

Yonah assentiu.

– Eu gostaria muito de recuperar o relicário de meu pai das mãos de quem o roubou.

– As chances de conseguir achá-lo são muito pequenas, meu amigo. Pelo que me contou, o trabalho é único. Uma verdadeira obra de arte. Não seria fácil vender um objeto desses em Castela, onde as pessoas têm conhecimento do roubo. Se ele foi negociado, a coisa foi feita para tirá-lo da Espanha.

– Quem mexeria com isso?

– É um tipo de roubo muito especializado. Há anos tenho ouvido falar que na Espanha existem dois grupos que compram e vendem relíquias roubadas ou coisas do gênero. Um atua no norte e não tenho o nome de ninguém por lá. O outro está nesta parte do sul e é comandado por um homem que se chama Anselmo Lavera.

– Onde posso encontrar esse Lavera?

– Não tenho a menor ideia – disse Mingo, balançando gravemente a cabeça. – E, se soubesse, hesitaria em lhe dizer, pois Lavera é um sujeito muito ruim.

Ele se inclinou para a frente e encarou Yonah.

– Você também deve dar graças a Deus por não ter sido estrangulado ao nascer. Procure esquecer a dureza do passado e cuide do futuro.

"Espero que tenha uma noite repousante, meu amigo."

Mingo presumia que ele fosse um convertido.

– Os romanis também pertencem a uma religião pré-cristã – confidenciou –, uma fé que cultua os apóstolos da luz que lutam contra os apóstolos das trevas. Mas achamos mais fácil rezar para o deus do país onde nos encontramos. Por isso nos convertemos ao cristianismo quando chegamos à Europa. Para dizer a verdade, quando atingimos o território dos mouros, a maioria de nós também se tornou muçulmana.

Tinha medo de que Yonah não fosse capaz de se defender de um ataque.

– Sua enxada quebrada é... uma enxada quebrada. Precisa aprender a lutar com uma arma de homem. Vou lhe ensinar a usar uma faca.

Assim as lições começaram. Mingo fez pouco caso do punhal tosco que ele ganhara de Fernando Ruiz ao se tornar pastor.

– Use isto – disse Mingo, entregando-lhe uma faca de aço mourisco.

Mostrou a Yonah como segurar a faca com a palma da mão (não com o nó dos dedos) para cima. O objetivo era conseguir golpear com um impulso ascendente, capaz de rasgar. E ensinou-lhe a reagir com rapidez, sem dar tempo de o adversário calcular de onde o próximo golpe poderia vir.

Também ensinou como Yonah devia ficar atento aos olhos e ao corpo do oponente, pois assim poderia perceber cada menor indício de movimento. Yonah devia ser como um felino selvagem, não abrindo as defesas nem dando espaços para o inimigo escapar. Yonah achou que Mingo lhe ensinava com a insistência e a intensidade de um rabino transmitindo a escritura a uma criança muito vocacionada, um *ilui*. Ele aprendeu muito depressa, sempre reverente ao pequeno mestre de corpo estranhamente formado. Em pouco tempo já começara a pensar e agir como um perito na faca.

O vínculo que se criou entre os dois parecia vir de anos de amizade, não de um contato de tão poucos meses.

Mingo recebera um recado para comparecer ao Alhambra, onde um novo administrador palaciano, um cristão chamado dom Ramón Rodríguez, queria conversar com ele.

– Gostaria de conhecer o Alhambra por dentro? – perguntou a Yonah.

– Sim, gostaria muito, *señor*!

Assim, na manhã seguinte, desceram juntos do Sacromonte: um rapaz alto, musculoso, de pernas compridas demais e peso elevado demais para conceder algum conforto ao pobre burro, e um homem diminuto, mas empoleirado (como rã no lombo de um cachorro) em esplêndido garanhão cinza.

No caminho, Mingo contou a Yonah a história do Alhambra.

– Muhammad I, que chamavam de Al Ahmar ibn Nasir porque tinha cabelo ruivo, construiu aqui, no século XIII, o primeiro palácio-fortaleza. Um século mais tarde, o Pátio das Murtas foi construído por Yusuf I. Os califas que o sucederam expandiram a cidadela e o palácio. O Pátio dos Leões foi construído por Muhammad V e a Torre das Infantas foi acrescentada por Muhammad VII.

Mingo deteve as montarias quando atingiram o alto muro rosado.

– Treze torres se erguem a partir do muro. Este é o Portão da Justiça – disse ele apontando para a mão e a chave gravadas nos dois arcos do portão. – Os cinco dedos representam a obrigação de rezar para Alá cinco vezes por dia: ao amanhecer, ao meio-dia, à tarde, ao anoitecer e à noite.

– Você sabe muita coisa sobre a fé muçulmana – comentou Yonah e Mingo sorriu, mas não respondeu.

Quando atravessaram o portão, alguém reconheceu Mingo e o saudou, mas ninguém mais lhes deu atenção. A fortaleza tinha a atividade de uma colmeia, com vários milhares de pessoas empenhadas em manter a beleza e cuidar das defesas de seus catorze hectares. Depois de deixarem o cavalo e o burro nos estábulos, Mingo seguiu a pé com Yonah pela alameda comprida, cercada de parreiras, que cruzava os vastos domínios reais.

Yonah estava sem fôlego. O Alhambra era mais extasiante do que quando visto de longe. Uma exuberância aparentemente interminável de torres, arcos, cúpulas. Tudo fartamente colorido e ornamentado com rendas de gesso, abóbadas trabalhadas como favos de mel, mosaicos brilhantes, delicados arabescos. Nos pátios e corredores internos, relevos imitando folhagens, pintados de vermelho, azul ou dourado, cobriam as paredes e os tetos. Os pisos eram de mármore, e fileiras de azulejos amarelos e verdes revestiam a parte inferior das paredes. Nos pátios e jardins internos havia flores, fontes jorrando, rouxinóis cantando nas árvores.

Mingo mostrou que, de algumas janelas, tinha-se bonitas vistas do Sacromonte e das cavernas dos romanis, enquanto outras revelavam a garganta arborizada onde a água corria.

– Os mouros sabem lidar com a água – disse Mingo. – Interceptaram o rio Darro a oito quilômetros daqui, no alto das montanhas, e o dirigiram para o palácio por meio de drenos, extremamente bem concebidos, que enchem os lagos, as fontes e fornecem água corrente a cada dormitório. – Ele traduziu uma sentença árabe numa das paredes: – "Quem chega até mim torturado pela sede encontrará água clara e fresca, saborosa e sem mistura."

Os passos dos dois ecoaram na Sala dos Embaixadores, onde o sultão Boabdil assinara os termos da rendição ante Fernão e Isabel. O trono de Boabdil ainda estava lá. Mingo mostrou a Yonah um salão de banho, os Baños Árabes.

– Era neste salão que o harém se despia, relaxava e se banhava, enquanto o sultão observava tudo de um balcão lá no alto, de onde escolhia uma parceira para seu leito. – Se Boabdil ainda reinasse, ambos seriam mortos por ter entrado ali. O pai do sultão executou dezesseis membros da família Abencerraje e empilhou as cabeças na fonte do harém porque o chefe do clã tinha bulido com uma das esposas.

Enquanto Mingo se entrevistava com o administrador, Yonah ficou sentado num banco, ouvindo o barulho das fontes. O homenzinho não demorou muito. Na saída, caminhando com Yonah para pegar os animais no estábulo, Mingo disse que a rainha Isabel e o rei Fernão, juntamente com a corte, iam morar no Alhambra.

– Nos últimos anos eles vêm se queixando da melancolia da corte. O mordomo real investigou e descobriu que sou cristão praticante. Por isso fui convocado para voltar ao palácio Alhambra. Querem que eu sirva como bufão aos monarcas conquistadores.

– E esse convite lhe agrada?

– Me agrada que membros do povo romani voltem ao Alhambra como criados pessoais, jardineiros e peões. Quanto a ser um bobo... É difícil fazer cócegas na cabeça de monarcas. É preciso dançar numa linha fina como lâmina de espada. Espera-se que um bobo mostre um certo atrevimento, um certo arrojo para chegar inclusive às injúrias que provocam o riso. Mas a injúria tem de ser esperta e macia. Mantenha o equilíbrio certo e vão lhe fazer festa e gostar de você. Mas não ultrapasse a linha. Desperte a fúria real e será espancado, talvez morto.

Ele deu um exemplo.

– O califa vivia assombrado pelo sentimento de culpa porque quando seu pai, Muley Hacén, morreu, os dois eram inimigos de sangue. Um dia, Boabdil ouviu-me falar de um filho ingrato e presumiu que eu estava me referindo a ele.

Sacou furioso a espada e aproximou a ponta do meio das minhas pernas. Caí no chão, mas a ponta da espada me seguiu.

"'Não me pique, senhor', eu gritei. 'Mais um corte e não sobraria nada de minha pequena pica, o que é uma pena, pois ela é de grande estimação, sempre coberta de mimo e carícias, contente com as coisas como elas são. Ah, os lugares em que este pauzinho esteve, as visões que teve!'

'Na verdade, o seu corpo inteiro é um caralhinho idiota', rosnou Boabdil. A espada do califa continuava apertada contra mim, mas de repente ela começou a tremer, depois a se sacudir numa gargalhada e percebi que tinha escapado."

Mingo viu a cara de Yonah e sorriu.

– Não tema por mim, meu amigo – disse. – É preciso trabalho e sabedoria para ser um bufão, mas sou o rei dos bobos. – Inclinou-se para Yonah. – Na realidade, minha pica não é de jeito nenhum uma coisinha pequena; sou mais bem-dotado que Boabdil.

Tornando a montar, passaram pelos feitores mouros que estavam coordenando a construção de uma ala do palácio.

– Os mouros não acreditam que um dia tenham de sair da Espanha, assim como os judeus só acreditaram quando aconteceu – disse Mingo. – Mas virá o dia em que também os mouros receberão ordem de partir. Os cristãos têm longas memórias dos muitos católicos que morreram lutando contra o Islã. Os mouros cometeram o erro de brandir as espadas contra os cristãos, assim como os judeus, como pássaros voando cada vez mais alto até serem queimados pelo sol, cometeram o erro de aceitar viver sob o poder dos cristãos.

Quando Yonah ficou em silêncio, Mingo o encarou.

– Há judeus em Granada – disse.

– Judeus que se tornaram cristãos.

– Convertidos como você, é evidente! – disse Mingo, irritado. – Se quer fazer contato com eles, vá até o mercado, até os pontos dos vendedores de seda.

Capítulo 19

INÉS DENIA

Yonah vinha evitando os convertidos, pois não via razão alguma para associar-se a eles. Contudo, ansiava profundamente por manter algum contato com judeus e achava que não faria mal dar uma olhada nos que, um dia, tinham respeitado o Shabat, embora agora o ignorassem.

Numa manhã tranquila, levou Moisés para a agitação da cidade. Mingo lhe contara que o mercado de Granada tinha renascido com a onda de restaurações e ampliações no Alhambra. Era um grande bazar e Yonah gostou de conduzir o burro por ele, observando as tabuletas, desfrutando os cheiros e os ruídos, passando por barracas que ofereciam pães, bolos, enormes peixes sem cabeça e peixinhos frescos, de olhos brilhantes, leitões inteiros ou só os pernis, partes e cabeças de gordos porcões de olhar espantado, cabritos e carneiros crus ou cozidos, sacos com tufos de lã, todo tipo de aves, com grandes pássaros pendurados para que as caudas coloridas enchessem os olhos e atraíssem o comprador; e mais damascos, ameixas, romãs rosadas, melões maduros...

Havia dois vendedores de seda.

Numa das barracas, um sujeito de expressão mal-humorada mostrava rolos de fazenda a dois homens que examinavam o pano com ar indeciso.

Em outra, um homem com um turbante negociava com meia dúzia de compradores mais dispostos, mas foi outro rosto que captou a atenção de Yonah. Junto a uma mesa, havia uma moça em pé. Ela ia cortando a seda que um garoto desenrolava de uma bobina. Certamente Yonah já vira rostos mais atraentes e agradáveis, mas não conseguia lembrar quando ou onde isso podia ter acontecido.

O homem de turbante estava explicando que a diferença entre as sedas se devia à natureza das folhas comidas pelas larvas.

– A folha comida pelo bicho na região que produz esta preciosa seda proporciona um brilho mais sutil ao fio. Entende como é? Confere ao tecido acabado os mais delicados lampejos de ouro.

– Mas, Isaac, é tão caro – dizia o freguês.

– Tem o seu preço – o negociante admitiu. – Mas entenda que é um pano raro, criado por larvas humildes e por tecelões abençoados por Deus.

Yonah nem estava ouvindo. Continuava imóvel, paralisado, tentando desaparecer atrás das pessoas que passavam e apreciando a moça. Era jovem, mas mulher madura, de postura firme. O corpo era esguio, mas também arredondado e forte. Tinha um cabelo vasto, comprido e solto, da cor do bronze. Os olhos não eram pretos; ele achou que também não seriam azuis, embora não tivesse conseguido atinar com o tom exato. O rosto, absorvido no trabalho, fora escurecido pelo sol, mas quando ela mediu a seda usando a distância entre o cotovelo e os nós do punho fechado, a manga do vestido correu pelo braço e Yonah reparou que, onde o corpo ficara protegido, a pele era mais clara que o tecido mais branco.

A moça ergueu os olhos e viu que estava sendo observada. Por um instante, muito breve, os olhos dos dois fizeram um contato imprevisto. Logo, porém, ela se virou e, com uma expressão incrédula, Yonah observou o delicioso contorno do seu pescoço.

Entre grasnidos, cacarejos e o mau cheiro de penas e titica de galinha, Yonah foi informado por um barraqueiro de aves que o vendedor de seda usando o turbante se chamava Isaac Saadi.

Yonah flutuou um bom tempo nos arredores da barraca de seda. Só alguns poucos compravam, mas as pessoas gostavam de olhar e encostar a mão no tecido. Por fim, todos os potenciais compradores foram embora e ele se aproximou.

Como se dirigir ao homem? Yonah decidiu usar uma fórmula culturalmente ambígua.

– A paz esteja convosco, *señor* Saadi.

Saadi respondeu de modo amável àquele tom respeitoso:

– Que esteja convosco a paz, *senõr*.

Atrás do homem (certamente o pai?), a moça estava atrapalhada com os rolos de seda e nem olhava para eles.

Yonah percebeu instintivamente que não era hora de ocultar a identidade.

– Eu me chamo Yonah Toledano. Será que não podia me indicar a quem esteja oferecendo emprego?

O *señor* Saadi franziu a testa e olhou desconfiado para Yonah. Observou a roupa de pobre, o osso quebrado do nariz, o cabelo e a barba em desalinho.

– Não conheço ninguém que esteja precisando de empregado. Como sabia o meu nome?

– Perguntei ao barraqueiro das aves. Tenho em grande estima os negociantes de seda. – Ele sorriu ligeiramente ante aquela tolice. – Em Toledo, o negociante de seda Zadoq de Paternina era amigo íntimo de meu pai, Helkias Toledano, que descanse em paz. Tem relações com Zadoq de Paternina?

– Não, mas o conheço de nome. Como vai ele?

Yonah deu de ombros.

– Está entre os que partiram da Espanha.

– Seu pai era um homem de negócios?

– Meu pai era um grande ourives. Infelizmente foi morto durante um... contratempo.

– Ah, ah... Que descanse em paz. – O *señor* Saadi suspirou. Era princípio inviolável do mundo onde ambos tinham sido criados que, quando um forasteiro judeu se aproxima, alguém lhe deve oferecer hospitalidade. Sem dúvida, no entanto, Isaac presumia que Yonah também fosse convertido. Além disso, em épocas como aquela, o estranho que um homem convidasse para ir à sua casa podia perfeitamente ser informante da Inquisição.

"Desejo-lhe boa sorte", disse Saadi meio constrangido. "Vá com Deus."

– E boa sorte também para o senhor. – Yonah se virou, mas, antes que tivesse avançado dois passos, o negociante estava a seu lado.

– Tem onde ficar?

– Sim, tenho um lugar para dormir.

Isaac Saadi abanou a cabeça.

– Venha sentar-se à minha mesa para um jantar. – Yonah pôde ouvir as palavras não ditas: afinal ele era alguém que conhecia Zadoq de Paternina. – Na sexta-feira, bem antes do pôr do sol.

Agora a moça tinha levantado a cabeça do rolo de seda e Yonah pôde ver que estava sorrindo.

Ele remendou sua roupa, foi até um córrego e esfregou-a. Depois lavou o corpo, o rosto e a barba com igual vigor. Mana aparou-lhe o cabelo e a barba, enquanto Mingo, que começara de novo a passar parte do dia entre os esplendores do Alhambra, acompanhava os preparativos com grande deleite.

– Tudo isto para jantar com um negociante de trapos – o homenzinho zombava. – Nem para jantar com a realeza eu faria esse espalhafato!

Em outra situação, Yonah levaria uma oferenda de vinho kosher. Na tarde de sexta-feira, ele foi ao mercado. Não estava na época das uvas, mas comprou belas tâmaras, doces de seu próprio néctar.

Talvez a moça nem estivesse lá. Talvez fosse empregada da lojinha e não filha do negociante, Yonah dizia a si mesmo enquanto seguia as instruções do *señor* Saadi sobre como chegar à casa dele. Não passava de uma pequena casa no Albaicin, o velho bairro árabe que fora abandonado pelos que tinham fugido após a derrota dos mouros pelos monarcas católicos. Yonah foi cautelosamente recebido por Saadi, que expressou uma gratidão formal ao aceitar o presente das tâmaras.

A moça estava lá e *era* filha dele; chamava-se Inés. Sua mãe era Zulaika Denia, uma mulher magra, silenciosa, de olhos tímidos. A irmã mais velha, quase gorda, com seios pesados, era Felipa. Uma criança, uma bela menina de seis anos, era Adriana, filha de Felipa. Saadi disse que Joaquim Chacon, marido de Felipa, estava viajando, negociando partidas de seda nos portos do sul.

Os quatro adultos olharam nervosos para ele. Só a menininha sorria.

Zulaika serviu as tâmaras aos dois homens e foi acabar de preparar a refeição com as filhas.

– Seu pai, que Deus o tenha... Você disse que ele era ourives? – perguntou Isaac Saadi, cuspindo caroços de tâmaras na palma da mão.

– Sim, *señor*.

– Em Toledo, foi o que disse?

– Sim.

– Mas está procurando emprego. Não ficou com a oficina de seu pai quando ele morreu?

– Não – disse Yonah. Ele não aprofundou, mas Saadi não hesitou em fazer as perguntas.

– O negócio não estava indo bem, talvez?

– Meu pai era um excelente ourives, muito procurado. Seu nome era bem conhecido no ramo.

– Ah.

Antes da escuridão cair, Zulaika Denia soprou as brasas mantidas num recipiente de metal e pôs fogo numa lasca de madeira que usou para acender três lamparinas. Depois acendeu velas no cômodo vizinho. As velas do Shabat? Quem sabe? Zulaika Denia estava de costas para Yonah, que não ouviu nenhuma prece. A princípio não soube se ela estava renovando a aliança ou suplementando a iluminação, mas depois viu o quase imperceptível balanço.

A mulher rezava diante dos círios do Shabat!

Saadi reparou que ele observava. Estava tenso o rosto magro, anguloso do anfitrião. Os dois se sentaram e conversaram pouco à vontade. Enquanto o aroma das verduras cozidas e dos molhos da galinha enchiam a pequena casa, os cômodos escureceram um pouco mais e as lamparinas e as velas se destacaram. Logo Isaac Saadi levava Yonah para a mesa, enquanto Inés trazia pão e vinho.

Quando se instalaram, ficou evidente para Yonah que seu anfitrião ainda estava inquieto.

– Deixemos nosso hóspede e novo amigo fazer a invocação – disse astuciosamente Saadi, passando a responsabilidade a Yonah.

Yonah sabia que, se Saadi fosse um cristão sincero, podia querer agradecer a Jesus pelo que iam comer. A reação segura, a reação que Yonah pretendia ter, era simplesmente dar graças a Deus pela comida. Em vez disso, quando abriu a boca, tomou quase involuntariamente outro caminho, respondendo à mulher que não soubera disfarçar com perfeição suas orações. Erguendo o copo de vinho, Yonah começou a cantar em vigoroso hebraico, saudando o Shabat, soberano dos dias, e agradecendo a Deus pelos frutos da videira.

Enquanto os outros adultos sentados à mesa fitavam-no em silêncio, ele tomou um gole do vinho e passou o pão a Saadi. O homem mais velho hesitou, depois tirou um pedaço do pão e começou a cantar seu agradecimento pelos frutos da terra.

As palavras e melodias soltaram a memória de Yonah, trazendo sofrimento para acompanhar seu prazer. Não foi Deus quem ele evocou em sua nova prece, mas os pais, os irmãos, o tio e a tia, os amigos – os que se foram.

Quando as bênçãos terminaram, só Felipa parecia desgostosa, irritada com algo que a filha perguntara num sussurro. A fisionomia de Isaac Saadi estava cautelosa e triste, mas relaxada, e havia lágrimas nos olhos de Zulaika. Yonah viu Inés contemplá-lo com interesse e curiosidade.

Saadi tomara uma decisão. Pôs uma lamparina na frente da janela e as três mulheres serviram a comida com que Yonah sonhava: a tenra galinha ensopada e legumes, um pudim de arroz com passas e açafrão, romãs preparadas no vinho. Antes de a refeição terminar, a primeira pessoa chamada pela luz na janela já tinha chegado. Era um homem alto, bonitão, com uma marca vermelha (que parecia uma amora amassada) no pescoço, logo abaixo do queixo.

– Este é nosso bom vizinho, Micah Benzaquen – Saadi disse a Yonah. – E este jovem é Yonah ben Helkias Toledano, um amigo de Toledo.

Benzaquen disse a Yonah que ele era bem-vindo.

Pouco depois entrou um casal que foi apresentado a Yonah como Fineas ben Sagan e sua esposa, Sancha Portal. Em seguida foi a vez de Abram Montelvan com a esposa, Leona Patras. E mais dois homens, Nachman Redondo e Pedro Serrano. A porta se abria mais seguidamente agora, até haver mais nove homens e seis mulheres amontoados na pequena casa. Yonah reparou que todos usavam roupas de trabalho para não chamar atenção vestindo-se formalmente no Shabat judeu.

Saadi apresentou-o a todos como um amigo de visita.

Um dos filhos do vizinho estava postado do lado de fora como vigia, enquanto no interior da casa as pessoas já tinham começado a rezar como judeus.

Não havia Torá; Micah Benzaquen iniciava as preces de cor e os outros, ao mesmo tempo receosos e exaltados, juntavam-se a ele. As preces eram feitas praticamente em sussurro, para que o som da liturgia não escapasse da casa e os denunciasse. Recitaram as dezoito bênçãos do shemá. Depois, numa profusão de melodias, cantaram hinos, orações e o tradicional cântico sem palavras conhecido como *nigun*.

A companhia dos outros, a experiência de rezar em grupo, que já haviam sido coisas tão comuns na vida de Yonah e estavam agora proscritas, tiveram um profundo efeito sobre ele. Logo, porém, as preces se encerravam. As pessoas se abraçaram e trocaram, em murmúrios, votos de um feliz Shabat, votos que incluíam o forasteiro que lhes fora apresentado por Isaac Saadi.

– Na próxima semana é em minha casa – Micah Benzaquen sussurrou para Yonah, que abanou satisfeito a cabeça.

Isaac Saadi estragou o momento. Enquanto as pessoas saíam discretamente da casa, uma ou duas de cada vez, ele encarou Yonah e disse sorrindo:
– Não vai querer nos acompanhar à igreja domingo de manhã?
– Não, não posso.
– Então talvez no outro domingo. – Saadi continuou encarando Yonah. – É importante. Todos nós estamos sendo vigiados, entende isso, não é?

Durante vários dias, Yonah não tirou os olhos do ponto do vendedor de seda. E Isaac Saadi pareceu demorar muito tempo para deixar a filha sozinha na barraca.
Yonah se aproximou como por acaso.
– Bom-dia, *señorita*.
– Bom-dia, *señor*. Meu pai não está...
– Ah, sim, estou vendo. Não importa. Só parei para agradecer novamente pela hospitalidade de sua família. Pode transmitir a seu pai minha gratidão?
– Sim, *señor* – disse ela. – Nós... O senhor foi extremamente bem-vindo à nossa casa. – Estava ficando muito vermelha, talvez porque Yonah tivesse cravado os olhos nela desde o momento em que se aproximara da barraca. Era uma moça de olhos grandes, nariz reto, os lábios não muito cheios, mas bastante reveladores de suas emoções, sensíveis nos cantos. Yonah tivera medo de olhá-la por muito tempo na casa do pai; não queria que a família se sentisse ofendida. Na pequena casa, sob a luz das lamparinas, achara que seus olhos eram castanhos. Contemplando-os agora, à luz do dia, pareciam azuis, mas talvez fosse apenas um efeito das sombras na barraca.
– Obrigado, *señorita*.
– Por nada, *señor* Toledano.

Na sexta-feira seguinte, ele tornou a participar dos serviços do Shabat com o pequeno grupo de convertidos, desta vez na casa de Micah Benzaquen. E continuou roubando olhares de Inés Denia, que estava entre as mulheres. Mesmo sentada, seu porte era esplêndido. E como era atraente o rosto!
No correr da semana, continuou a frequentar o mercado para observá-la de longe, mas sabia que teria de parar com essa atitude furtiva. Alguns comerciantes já começavam a olhá-lo com dureza, talvez achando que estivesse planejando roubar alguma coisa.
Um dia foi ao mercado no final da tarde, não de manhã e, por sorte, chegou a tempo de ver Felipa substituindo a irmã na barraca de tecidos. Inés, que queria comprar mantimentos, começou a atravessar o mercado com a pequena sobrinha Adriana. Yonah, então, organizou seus passos de modo a encontrá-la.
– Olá, *señorita*!

— Olá, *señor*. — A boca sensível revelou um sorriso caloroso. Trocaram algumas palavras e Yonah ficou rodando por perto enquanto ela comprava lentilhas, arroz, passas, tâmaras e romãs. Depois acompanhou-a até outra quitanda, onde ela comprou dois repolhos. Já então, a bolsa estava pesada.

— Permita, por favor.

— Não, não...

— Sim, é claro — ele insistiu de bom humor.

Yonah levou a sacola carregada até a casa de Inés. Foram conversando todo o caminho, mas depois Yonah não conseguiu se lembrar do que falaram. Ele se sentira muito bem acompanhando a moça.

Agora que sabia qual era a melhor hora para ir até o mercado, seria mais fácil arranjar as coisas. Dois dias mais tarde, viu-a de novo andando com a criança.

Logo estava se encontrando regularmente com Inés e a pequena sobrinha.

— Boa-tarde — dizia com ar sério cada vez que a via e Inés respondia no mesmo tom.

— Boa-tarde, *señor*.

Após alguns desses encontros, a pequena Adriana passou a gostar dele. Chamava-o pelo nome e corria para abraçá-lo.

Yonah achou que Inés estava interessada. Ficava atordoado com a inteligência que via em seu rosto e pela timidez do seu charme. Ficava atormentado pressentindo o corpo jovem dentro da roupa modesta. Uma tarde, caminharam até a Plaza Mayor, onde um músico ambulante, encostado num muro de pedra, tocava no sol uma gaita de foles.

Yonah começou balançando o corpo ao ritmo da música e, de repente, estava se mexendo como vira os romanis fazer, sentindo-se capaz de dizer coisas com os ombros, com a cintura, com os pés, assim como faziam os ciganos. Coisas que nunca tinha dito antes. Surpresa, Inés o contemplava com um meio sorriso mas, quando ele estendeu a mão, ela não a pegou. Yonah imaginou que se a jovem sobrinha não estivesse ali, se os dois estivessem sozinhos e não em praça pública, se... Ele pegou Adriana, e a menininha dava gritinhos de satisfação enquanto rodavam e rodavam.

Mais tarde, sentaram-se não muito longe do músico e conversaram enquanto Adriana brincava com uma pedrinha vermelha e lisa. Inés contou que nascera em Madri, onde há cinco anos sua família se convertera ao catolicismo. Nunca estivera em Toledo. Quando Yonah disse que os seus tinham morrido ou partido da Espanha, os olhos de Inés se encheram de lágrimas, a mão tocou-lhe o braço. Foi a única vez que ela o tocou. Yonah ficou imóvel, mas logo ela tirou a mão.

Na tarde seguinte, como era agora seu costume, Yonah foi até o mercado e, enquanto esperava Felipa liberar Inés da lojinha de seda, caminhou entre as barracas. Mas quando passou pelo balcão das aves, viu que Zulaika Denia estava lá, conversando com o barraqueiro. O homem deu uma espiada em Yonah e disse alguma coisa a Zulaika. Então a mãe de Inés se virou e olhou duramente para Yonah, como se eles não se conhecessem. Ela fez uma pergunta ao homem das aves e, depois do que ouviu, virou-se de novo e foi direto para a barraca do marido, Isaac Saadi.

Quase de imediato reapareceu. Desta vez, a filha estava com ela e Yonah percebeu a verdade que andara apenas tateando ao se concentrar no modo orgulhoso como Inés mantinha o corpo, no mistério dos olhos grandes, no encanto da boca que reagia a tudo: sim, ela era muito bonita!

Yonah observou-as caminhar rapidamente para a saída, a mãe agarrando o braço da filha como um alguazil conduzindo um prisioneiro para a cela.

Não acreditava que Inés tivesse mencionado os encontros à família. Sempre que a acompanhava, ela pedia de volta a saca de compras antes de poderem ver sua casa, e os dois se separavam. Talvez o negociante do mercado tivesse dito alguma coisa à mãe. Ou talvez algum comentário inocente da pequena Adriana tivesse feito a cólera de Zulaika cair sobre eles.

Não trouxera desonra a Inés. Não era uma coisa tão terrível a mãe saber que tinham caminhado juntos, ele disse a si mesmo.

Contudo, Yonah foi dois dias seguidos ao mercado e não encontrou Inés na barraca. Felipa trabalhava no lugar da irmã.

Na noite do segundo dia, ficou rolando na cama, sem sono, querendo muito descobrir como seria deitar com uma mulher que amasse, como seria ter Inés como esposa e juntar seu corpo ao dela para obedecer ao mandamento de crescer e multiplicar. Seria uma nova emoção, mas seria ótimo.

Yonah tentaria reunir a coragem necessária para falar com o pai dela.

Mas quando chegou ao mercado disposto a fazer isso, Micah Benzaquen, vizinho da família de Isaac Saadi, estava lá, à sua espera.

Por sugestão de Micah, foram para a Plaza Mayor.

– Yonah Toledano, meu amigo Isaac Saadi acha que você tem reparado em sua filha mais nova – Benzaquen disse delicadamente.

– Inés. Sim, é verdade.

– Sim, Inés. Uma joia além de qualquer preço, não?

Yonah assentiu, aguardando.

– Bela, perfeita num balcão de vendas ou no lar. Seu pai Isaac sente-se honrado com o fato do filho de Helkias, ourives de Toledo, que descanse em paz, ter abençoado com amizade sua família. Mas o *señor* Saadi tem algumas perguntas para lhe fazer. Acha conveniente?

– É claro.

– Por exemplo. Família?

– Sou descendente de rabinos e eruditos tanto do lado materno quanto do lado paterno. Meu avô materno...

– É claro, é claro. Antepassados distintos. Mas me refiro a parentes *vivos*, talvez com algum negócio onde um jovem possa ingressar?

– Tenho um tio. Ele partiu na época da expulsão. Não sei onde...

– Ah, que pena.

Mas Benzaquen comentou que o tal jovem havia mencionado ao *señor* Saadi a profissão que tinha aprendido do pai ourives.

– Você então é um mestre ourives?

– Quando meu pai morreu, eu estava prestes a me tornar um artífice.

– Ah... meramente um *aprendiz*. Uma pena, uma pena...

– Aprendo facilmente. Posso aprender a negociar com a seda.

– Tenho certeza que sim. É claro que Isaac Saadi já tem um genro em seu comércio de seda – Benzaquen disse com voz fraca.

Yonah sabia que alguns anos antes teria sido um noivo extremamente auspicioso para a família Saadi. Todos teriam aplaudido, Isaac Saadi mais do que ninguém, mas a realidade era que se tornara um pretendente indesejável. E ainda nem sabiam que era um fugitivo não batizado.

Benzaquen fitava o nariz quebrado.

– Por que não vai à igreja? – perguntou, como se pudesse ler a mente de Yonah.

– Tenho andado... ocupado.

Benzaquen deu de ombros. Um olhar nas roupas surradas do rapaz tornava dispensável interrogá-lo sobre recursos pessoais.

– No futuro, quando emparelhar e conversar com uma moça solteira, deixe que ela carregue a sacola de compras – disse severamente. – Não queremos que pretendentes mais... *viáveis*... possam julgá-la fraca demais para corresponder aos extenuantes deveres de uma esposa.

Ele se despediu com um bom-dia em voz baixa.

Capítulo 20

O QUE MINGO FICOU SABENDO

Mingo passava cada vez mais tempo no Alhambra, só voltando às cavernas do Sacromonte uma ou duas noites por semana. Numa dessas vezes, abordou Yonah com notícias perturbadoras.

– Como os monarcas logo chegarão ao Alhambra para uma longa estada, a Inquisição está planejando investigar muito intimamente todos os marranos e mouriscos* na área ao redor da fortaleza. Não querem que nenhum indício de culto clandestino ofenda os olhos reais.

Yonah ouvia em silêncio.

– Buscarão heréticos até conseguir um bom suprimento deles. Sem dúvida, organizarão um auto de fé para demonstrar seu zelo e sua eficiência; talvez mais de um, com membros da corte, ou até mesmo a Coroa, assistindo.

Ele continuou num tom gentil:

– O que estou tentando lhe transmitir, meu bom amigo Yonah, é que seria prudente partir de imediato para outro lugar, onde a necessidade de examinar cada padre-nosso que você tenha dito seja menos urgente.

Cumprindo uma simples obrigação de homem decente, Yonah não poderia deixar de advertir os que recentemente tinham rezado com ele. Talvez, lá no fundo, ainda cultivasse a selvagem esperança de que a família de Isaac Saadi o visse como um salvador e passasse a julgá-lo sob um ângulo mais favorável.

Mas quando chegou à pequena casa no Albaicin, ela estava vazia.

E o mesmo acontecia com a casa vizinha, onde morava a família Benzaquen, e as casas dos outros cristãos-novos. As famílias de convertidos já tinham sabido da próxima chegada de Fernão e Isabel. Todos haviam compreendido nitidamente o perigo. Todos haviam fugido.

Parado na frente das casas abandonadas, Yonah se acocorou na sombra de um olmo. Com desânimo, traçou quatro pontos na terra. O primeiro representava os velhos cristãos da Espanha, o segundo, os mouros, o terceiro, os cristãos-novos. E o quarto ponto representava Yonah ben Helkias Toledano.

---

* *Mourisco* é o mouro espanhol; *marrano*, o judeu ou mouro cristianizado na Espanha do fim do século XV. (N. do T.)

Ele sabia que não era o tipo de judeu que o pai tinha sido ou que as gerações antigas tinham sido. No íntimo, ansiava por ser aquele tipo de pessoa, mas já se tornara algo diferente.

Sua verdadeira religião agora era manter-se como judeu vivo, representante isolado e solitário do seu grupo.

A poucos metros da casa deserta, encontrou a pedrinha vermelha que fora o brinquedo de Adriana. Yonah pegou a pedra e guardou-a em sua sacola. Uma lembrança da tia da menina, que certamente ia assediá-lo nos sonhos.

Mingo voltou às cavernas vindo do Alhambra para narrar urgentemente as novas informações que pudera captar.

– As ações contra os cristãos-novos serão postas em prática de imediato. Deve partir hoje, Yonah.

– E os seus romanis? – Yonah perguntou. – Acha que estarão a salvo?

– Meu povo é formado de criados e jardineiros. Não há nada entre nós tão ambicioso quanto os arquitetos ou os mestres de obras mouriscos, os financistas e os médicos judeus. Os *gadje* não têm por que nos invejar. Na realidade, a maioria deles raramente nos vê. Quando a Inquisição nos observa, enxerga apenas peões que são bons cristãos.

Mingo deu outra sugestão que deixou Yonah dolorosamente perturbado.

– E deve ir embora sem o burro. A vida da criatura está muito perto do fim e, se ela tiver de enfrentar os grandes estirões da estrada, logo vai ficar doente e morrer.

Intimamente, Yonah sabia que era verdade.

– Então eu lhe dou o burro – disse por fim, e Mingo assentiu.

Yonah levou uma maçã para o pasto e deu-a a Moisés, coçando carinhosamente o burro entre as orelhas. Não era fácil se afastar do animal.

Prestando-lhe um último favor, o homenzinho conseguiu que Yonah partisse com dois romanis, os irmãos Manigo, Eusabio e Macot, que iam entregar cavalos a negociantes de Baena, Jaén e Andujar.

– Macot Manigo também está levando uma encomenda destinada a Tânger, que deve seguir por um barco que ele encontrará em Andujar. O barco é de contrabandistas mouros com quem durante muitos anos fizemos negócios. Macot tentará colocar também você nesse barco, para descer o rio Guadalquivir.

Havia pouco tempo para despedidas. Mana deu-lhe pão e queijo embrulhados num guardanapo. Mingo deu-lhe dois belos presentes de despedida, um punhal de aço mourisco que era fácil manter sempre afiado e a guitarra que Yonah tocara e admirara.

– Por favor, Mingo, tome cuidado para não irritar demais os reis católicos.

– Não precisa se preocupar comigo. Que a vida lhe sorria, meu amigo.
Yonah caiu de joelhos e abraçou o *voivode* dos romanis.

Os irmãos Manigo eram homens de bom temperamento e pele morena. Tinham tanto jeito para lidar com animais que julgavam fácil entregar uma tropa de vinte cavalos. Yonah se familiarizara com eles no Sacromonte e agora eles se mostravam agradáveis companheiros de viagem. Macot era bom cozinheiro e levavam um bom suprimento de vinho. Eusabio tinha um alaúde e toda noite tocava em conjunto com Yonah, banindo com música as dores no corpo que as selas provocavam.

Durante as longas horas de viagem sob o sol quente, Yonah comparava mentalmente dois homens, ambos formados de maneira incomum pela natureza. Achava espantoso que Bonestruca, o frade belo e alto, tivesse se tornado odioso e maligno, enquanto Mingo, o anão cigano, conseguisse reunir tanta generosidade no pequeno corpo.

O corpanzil de Yonah doía pelo fato de ficar muito tempo na sela, mas sua alma doía por causa da solidão. Tendo saboreado de novo a cálida hospitalidade de uma família, era terrível voltar à infeliz vida de vagabundo.

Lembrou-se de Inés Saadi Denia. Foi forçado a aceitar o fato de que o caminho dela pela vida seria muito diferente do seu; acabou, no entanto, meditando ainda mais profundamente sobre outra perda. Durante mais de três anos, um animal de carga, que era dócil e nada exigia, fora sua única, sua constante companhia. E por um bom tempo, Yonah lamentaria amargamente a ausência do burro que ele chamava de Moisés.

PARTE CINCO
O ARMEIRO DE GIBRALTAR

Andaluzia
12 de abril de 1496

Capítulo 21

UM SIMPLES MARUJO

Os negociantes de cavalos que o acompanhavam demoraram-se muito em Baena, onde deixaram cinco animais com um intermediário cigano que lhes ofereceu um banquete. Também se demoraram em Jaén, onde deixaram outra meia dúzia de animais. Quando entregaram os últimos nove cavalos a um vendedor de gado em Andujar, já estavam com quase um dia de atraso. Yonah e os dois irmãos foram até a margem do rio achando que o navio africano já tivesse partido, mas o barco ainda estava lá, ancorado na doca. Macot foi recebido calorosamente pelo comandante, um berbere que usava um albornoz e tinha uma grande e espessa barba grisalha. Ele recebeu o pacote que Macot trouxera e explicou que o barco também se atrasara. Saíra de Tânger com uma carga de juta, que fora vendendo rio acima. Agora voltaria a Tânger, mas depois de carregar em Córdoba, Sevilha, nos pequenos portos do golfo de Cádiz e em Gibraltar.

Macot conversou animadamente com o comandante, virando-se e apontando para Yonah. Depois de ouvir algum tempo o que o outro dizia, o homem abanou entusiasmado a cabeça.

– Está resolvido – disse Macot a Yonah, abraçando-o juntamente com o irmão. – Vá com Deus.

– E vocês também fiquem com Deus – respondeu Yonah, observando com ar abatido os dois se afastando com o cavalo que ele montara. Sua vontade era voltar com eles para Granada.

Logo o capitão esclareceu que ele ia viajar como simples marujo, não como passageiro, e mandou-o ajudar a tripulação a embarcar o azeite que seria levado para a África.

Naquela noite, enquanto o comandante árabe deixava o pequeno calado do barco seguir a correnteza do canal estreito do alto Guadalquivir, Yonah sentou-se encostado num grande tonel de azeite. As margens sombrias iam passando e ele tocava baixo a guitarra, procurando esquecer que não tinha a menor ideia do rumo que sua vida ia tomar.

No barco africano, Yonah estava abaixo de todos, pois tinha de aprender tudo sobre a vida a bordo, desde suspender e enrolar a vela triangular até o modo mais seguro de arrumar a carga no convés aberto para que um caixote ou um tonel não tombassem durante uma tempestade, provocando danos na embarcação ou mesmo afundando-a.

O capitão, chamado Mahmouda, era um sujeito rude que batia com os punhos quando se aborrecia. A tripulação (dois negros, Jesus e Cristóbal, e dois árabes, Yephet e Darb, que dividiam o trabalho na cozinha) dormia onde quer que houvesse um canto vazio, sob as estrelas ou sob a chuva. Os quatro moravam em Tânger, peões fortes com quem Yonah se dava bem, pois eram jovens e engraçados. Às vezes, à noite, enquanto ele tocava guitarra, quem não estava de vigia cantava até Mahmouda berrar para taparem os focinhos e irem dormir.

O trabalho só ficava realmente duro quando chegavam a um porto. Nas primeiras horas da madrugada do terceiro dia de viagem, o navio atracou em Sevilha para embarque de carga. Yonah fez dupla com Cristóbal, cada qual pegando uma ponta dos caixotes grandes e pesados. Trabalhavam à luz de tochas de betume que desprendiam um tremendo mau cheiro. No outro lado da doca, um grupo cabisbaixo de prisioneiros em grilhões era levado para um barco.

Cristóbal sorriu para um dos guardas armados.

– Pegaram muitos criminosos.

– Convertidos – disse o guarda cuspindo.

Yonah observou-os enquanto trabalhava. Pareciam atordoados.

Alguns se moviam dolorosamente por causa dos ferimentos, arrastando as cadeias como gente muito velha que sofre para andar.

A carga do navio era constituída de cordas e fibras grossas para tecer, facas, punhais e azeite, que estava em falta naquele ano, quando também os estoques do vinho espanhol estavam baixos. Nos oito dias que levaram para atingir a foz larga e comprida do Guadalquivir, o capitão mostrou-se ansioso para obter mais azeite, pois era o que os mercadores de Tânger esperavam com mais avidez. Contudo, em Jerez de la Frontera, onde contava receber uma grande partida de excelente azeite de oliva, havia apenas um negociante com ar de escusas.

– Nenhum azeite? Merda!

– Em três dias chega. Sinto muito. Mas, por favor, espere. Em três dias terá a quantidade que quiser comprar.

– Vá se foder!

Mahmouda mandou a tripulação fazer pequenas tarefas no convés enquanto esperavam. No pior dos seus humores, bateu em Cristóbal, que não estaria se mexendo com a velocidade requerida.

Era para Jerez de la Frontera que tinham sido levados os prisioneiros que Yonah vira de relance em Sevilha. Ali se reuniriam a outro grupo de ex-judeus e ex-muçulmanos que haviam sido condenados em meia dúzia de cidades ribeirinhas por renegarem clandestinamente a devoção a Cristo. Um grande destacamento de soldados estava na cidade. O estandarte vermelho, prometendo iminente aplicação de pena capital, fora desfraldado e as pessoas começavam a chegar a Jerez de la Frontera para testemunhar um gigantesco auto de fé.

Quando o navio já estava há dois dias atracado na doca, o genioso Mahmouda explodiu. Yephet, empurrando a carga para dar espaço ao esperado azeite, fez tombar um barril. Não houve rachaduras, e o barril foi logo endireitado, mas Mahmouda ficou possesso.

— Miserável! — ele gritou. — Porco! Escória da terra! — Deu um soco em Yephet que o jogou no chão. Depois, pegou um pedaço de corda e começou a açoitá-lo.

Yonah sentiu uma súbita e poderosa onda de raiva crescer dentro dele e viu-se dar um passo à frente. Cristóbal, no entanto, agarrou-o pelo braço e o fez ficar parado até o fim do espancamento.

Naquela noite, o capitão deixou o barco para procurar um endereço na beira do rio, um lugar que oferecia bebida e mulheres, e a tripulação pôde esfregar um pouco do precioso óleo de cozinha no corpo moído de Yephet.

— Acho que você não precisa ter medo de Mahmouda — disse a Yonah. — Ele sabe que está sob a proteção dos romanis.

Yonah sabia que, num momento de raiva, Mahmouda era incapaz de ser racional. O que não sabia era se ia conseguir ficar parado vendo outros espancamentos. Por isso, quando a noite caiu, pegou suas coisas e pulou sem fazer barulho para o cais. Depois se afastou, sumindo no escuro.

Andou cinco dias com calma, pois não tinha destino. A estrada seguia o litoral e ele gostava de apreciar o mar. Às vezes, a estrada parecia estar guinando para o interior, mas após um curto trecho Yonah via novamente as águas azuis. Nas pequenas aldeias da costa havia barcos de pesca. O sol e o sal deixavam alguns mais prateados que outros, mas todos eram mantidos em boas condições por quem dependia deles para viver. Yonah viu homens da Andaluzia absortos em suas tarefas cotidianas, emendando enormes redes ou vedando e cobrindo de piche o fundo de algum barco. Às vezes, tentava puxar conversa, mas ninguém tinha muito a dizer quando ele perguntava onde podia arranjar trabalho. Ficou sabendo que as tripulações dos barcos de pesca geralmente eram ligadas por laços de sangue ou anos de amizade entre as famílias. Não havia lugar para um estranho.

Na cidade de Cádiz, sua sorte mudou. Quando estava parado à beira-mar, um dos homens que descarregava um paquete sofreu um acidente. Como o grande fardo de roupa que carregava lhe tapava a visão, ele pisou em falso, perdeu o equilíbrio e caiu do passadiço. A roupa bateu na areia macia, mas a cabeça do sujeito bateu com força num cabo de ferro.

Yonah esperou o ferido ser transportado para o consultório de um médico e os curiosos se dispersarem. Depois se aproximou do homem com um lenço amarrado na cabeça. Era o imediato do navio, um marujo de meia-idade, de cabelo grisalho e cara fechada, marcada por cicatriz.

– Eu me chamo Ramón Callicó e posso ajudar na carga.

Vendo o corpo alto e musculoso do rapaz, o imediato deixou que subisse a bordo, onde lhe disseram o que pegar e onde largar. Yonah começou a levar caixotes para o porão, onde dois tripulantes, Joan e César, trabalhavam quase nus por causa do calor. Geralmente Yonah conseguia entender as ordens, mas às vezes tinha de pedir que repetissem, pois falavam uma língua que parecia, mas não era, espanhol.

– Não escuta bem? – César perguntou num tom irritado.

– Que língua vocês falam? – Yonah perguntou e Joan sorriu.

– Catalão. Somos catalães. Como todo mundo neste barco.

Acabaram, no entanto, falando espanhol com Yonah, o que foi um alívio para ele.

Antes de o trabalho terminar, um moço de recados do médico veio dizer que o marujo acidentado estava gravemente ferido e teria de ficar em Cádiz para tratamento.

O capitão aparecera no convés. Mais novo que o imediato, era um homem de bom porte, cujo cabelo e barba rente ainda não possuíam qualquer toque grisalho. O imediato se aproximou dele, e Yonah, que trabalhava perto, pôde escutar a conversa.

– Josep tem de ficar aqui para um tratamento – disse o imediato.

– Hum... – O capitão franzia a testa. – Essa baixa na tripulação não me agrada.

– Eu sei. Mas veja o sujeito que entrou no lugar do nosso homem... Parece trabalhar com vontade.

Yonah percebeu que o capitão o examinava.

– Muito bem. Pode falar com ele.

O imediato foi até Yonah.

– Tem experiência no mar, Ramón Callicó?

Yonah não gostava de mentir, mas estava quase sem dinheiro e precisava de comida e abrigo.

– Tive experiência num barco de rio – disse, escolhendo um aspecto da verdade, um aspecto que também não deixava de ser mentira, pois não fazia menção ao pouco tempo que ele servira na embarcação. De qualquer modo, Yonah foi contratado. Pouco depois já puxava, ao lado dos outros, as cordas que içavam três pequenas velas triangulares. Quando o navio se afastou o suficiente da costa, o pessoal do convés ergueu uma grande vela mestra, que sacudiu barulhentamente ao ser desenrolada e logo foi inflada pelo vento, levando a embarcação para o mar.

Eram sete homens na tripulação e, após alguns dias, Yonah passou a conhecê-los bem: Jaume, o carpinteiro de bordo; Carles, que consertava cordas e estava sempre trabalhando nas amarras; Antoni, que preparava as refeições e perdera o dedo mínimo da mão esquerda. Mário, César, Joan e Yonah eram pau para toda obra. O contramestre, um homem pequeno, conseguia ter o rosto pálido quando todos à sua volta pareciam queimados de sol. Yonah sempre o ouvia ser chamado de *señor* Mezquida; nunca soube qual era seu primeiro nome. O nome do capitão era Pau Roure. Passava muito tempo na cabine, raramente sendo visto. Quando subia ao convés, não se dirigia à tripulação, dando sempre suas ordens através do imediato, cujo nome era Gaspar Gatuelles. Às vezes Gatuelles se expressava por meio de berros, mas ninguém era espancado.

O navio chamava-se *La Leona*, a leoa. Tinha dois mastros e seis velas, que Yonah logo aprendeu a identificar: uma grande vela quadrada, que era a vela mestra, a mezena, um pouco menor, duas gáveas triangulares, em cima de cada uma das outras velas, e duas pequenas bujarronas, esticadas sobre o gurupés, que tinha um corpo amarelado de leão com o rosto de uma mulher em alabastro. O mastro principal era mais alto que o mastro da mezena, na realidade tão alto que, desde o momento em que o barco começou a avançar sob uma brisa forte, Yonah teve medo de que o mandassem subir lá em cima.

Num dos finais de turno de sua primeira noite a bordo, em vez de dormir as quatro horas a que tinha direito, Yonah se aproximou da escada de corda e subiu até a metade do mastro principal. Só o brilho fraco das luzes de navegação iluminava o convés lá embaixo. Tudo ao redor do navio era mar sem limites, escuro como vinho tinto. Yonah não teve coragem de subir mais e desceu quase escorregando pela corda.

Informaram-no de que o navio era pequeno para uma embarcação de mar aberto, embora parecesse imenso em comparação com um barco de rio. Havia um porão úmido, que continha uma diminuta cabine com seis camas para passageiros, e uma cabine ainda menor, compartilhada pelos três oficiais. A tripulação dormia espalhada pelo convés. Yonah achou um lugar atrás do timão. Deitado lá, podia ouvir a água assobiando ao passar pela curvatura do casco e, sempre que o curso era alterado, sentia as vibrações do leme se deslocando.

O mar aberto era completamente diferente do rio. Yonah saboreava os sopros do ar refrescante, com seus gostos de umidade e sal, ainda que a marcha do barco mantivesse seu estômago embrulhado a maior parte do tempo. De vez em quando, para divertimento de quem apreciava, tinha espasmos e vomitava. Todos no navio contavam mais de dez anos de vida no mar e todos falavam catalão. Quando lembravam, falavam com Yonah em espanhol, mas era raro lembrarem; de qualquer modo, não falavam muito com ele. Desde que pusera os pés no navio, Yonah percebera que seria uma viagem solitária.

Sua inexperiência ficou logo patente para oficiais e marujos. Na maior parte do tempo, o imediato lhe atribuía os trabalhos de faxina de um peão marítimo. No quarto dia, sobreveio uma tempestade e o navio começou a jogar. No momento em que Yonah cambaleava para vomitar a sota-vento, o imediato ordenou que subisse no mastro principal. Por sorte, ao subir pela escada de corda, o medo fez com que se esquecesse do enjoo. Chegou mais alto que da outra vez, conseguindo ultrapassar o topo da vela mestra. Os cabos que mantinham esticada a gávea triangular haviam sido soltos do convés, mas mãos humanas tinham de puxar a vela para baixo e jogá-la sobre a vergôntea. Para fazer isso, era preciso passar da escada de corda para um cabo estreito, agarrando-se à vergôntea. Um marinheiro já começara a avançar pela escada de corda quando Yonah segurou a vergôntea. Quando Yonah hesitou, foi xingado por ele e por outros dois homens, que também tinham começado a subir. Agarrado à vergôntea, Yonah foi tirando os pés da corda oscilante e fazendo-os deslizar ao longo do frágil cabo. Finalmente, os quatro conseguiram se agarrar à vergôntea e puxar a vela pesada; os mastros balançavam, tremiam. O navio tombava para um lado, depois para o outro. Sempre que o convés atingia o máximo e vertiginoso limite de cada inclinação, a única coisa que se via do mastro era a espuma branca do mar furioso.

Quando finalmente a vela foi arrumada, Yonah encontrou de novo a escada de corda e foi descendo, trêmulo, até o convés. Não podia acreditar no que tinha feito. Por algum tempo ninguém reparou nele; depois o imediato mandou-o verificar o acondicionamento da carga no porão rangente.

Às vezes, golfinhos de lombo escuro e muito liso nadavam ao longo do navio e, um dia, apareceu um peixe tão grande que sua simples visão deixou Yonah apavorado. Ele era bom nadador, pois fora criado junto de rio, mas não eram infinitas as distâncias que podia nadar. E não havia terra alguma à vista; apenas mar em todas as direções. Mesmo que tivesse fôlego de nadar para terra, ia se transformar numa apetitosa isca de monstros. Recordando a história de seu xará bíblico, imaginou um Leviatã subindo do abismo sem fundo, atraído para aquele alimento que o esperava na superfície movimentando braços e pernas, assim como uma truta é atraída pelos movimentos da isca viva num anzol. O tombadilho, embaixo dos seus pés, parecia efêmero e frágil.

Foi mandado mais quatro vezes até o alto do mastro, mas não aprendeu a gostar da coisa; talvez nunca se tornasse um verdadeiro marujo, capaz de conviver com diferentes graus de enjoo. O navio continuou se aventurando para o norte através da costa, fazendo escalas para carregar, descarregar e apanhar passageiros em Málaga, Cartagena, Alicante, Denia, Valência e Tarragona. Dezesseis dias após terem partido de Cádiz, chegaram a Barcelona, de onde navegaram para sudeste, para a ilha de Menorca.

Menorca, bem no alto-mar e com um litoral bastante acidentado, era uma ilha de pescadores e granjeiros. Yonah gostava da ideia de viver num lugar tão cheio de escarpas. Ocorreu-lhe que talvez a ilha fosse suficientemente remota para escapar de olhos indiscretos. Mas em Ciutadella, um porto de Menorca, o navio pegou três frades dominicanos de capelos pretos. Um dos frades foi logo sentar-se num barril para ler seu breviário, enquanto os outros dois se encostaram na amurada do convés, conversando em voz baixa. De repente, um deles olhou para Yonah e fez um gancho com o dedo para chamá-lo.

Yonah obrigou-se a caminhar até lá.

– Sim, *señor*? – Achou que sua voz saía como um grasnido.

– Para onde o navio vai quando partir das ilhas?

O frade tinha pequenos olhos castanhos. Em nada se pareciam com os olhos cinzentos de Bonestruca, mas a túnica negra dos dominicanos era suficiente para encher Yonah de terror.

– Não sei, *señor*.

O outro frade deu uma risada e olhou severamente para Yonah.

– É um ignorante. Vai para onde for o barco. Deve perguntar a um oficial.

Yonah apontou para Gaspar Gatuelles, de pé na proa conversando com o carpinteiro.

– Ele é o imediato, *señor* – disse, e os dois frades foram falar com Gatuelles.

La Leona deixou aqueles dois numa ilha maior, Maiorca. O terceiro frade parou de ler seu breviário a tempo de desembarcar na pequena ilha de Ibiza, mais ao sul.

Yonah percebeu que, para sobreviver, teria de continuar a agir de um modo capaz de despistar as pessoas, porque a Inquisição estava por toda parte.

Capítulo 22

TRABALHO EM METAL

O navio retornou a Cádiz e, mal tinham começado a descarregar, o marinheiro cujo lugar Yonah tomara reapareceu. Estava em perfeita forma, tendo apenas uma cicatriz esbranquiçada na testa como lembrança do acidente.

Ele foi saudado pelos gritos do imediato e da tripulação ("Josep! Josep!") e ficou claro que o emprego de Yonah como tripulante do *La Leona* tinha chegado ao fim. Verdade seja dita, isso acabou sendo um evento feliz. Gaspar Gatuelles agradeceu-lhe, pagou o que lhe devia e Yonah desembarcou satisfeito por se ver outra vez em terra firme.

Seguiu a estrada costeira na direção sudeste. O tempo estava quente de dia e fresco à noite. Cada final de tarde, sempre antes do crepúsculo, ele tentava encontrar um monte de feno ou uma praia de areia macia para dormir. Às vezes, não havia nem uma nem outro e Yonah se arranjava como podia. Toda manhã, banhava-se no mar esplêndido, sob o sol quente, nunca nadando para longe porque tinha medo de cair repentinamente sob os dentes afiados ou os tentáculos de algum monstro. Quando chegava a um córrego ou a uma poça de água limpa, tirava um pouco do sal marinho que tivesse secado em seu corpo. Certa vez, um granjeiro lhe deu uma boa carona, levando-o no alto da carga de feno de seu carro de boi. No meio do caminho, o homem deteve os animais.

– Sabe onde está? – ele perguntou.

Yonah balançou a cabeça, confuso. Era apenas um ponto deserto numa estrada deserta.

– É aqui que a Espanha termina – disse o homem com satisfação, como se aquilo fosse uma realização pessoal. – O ponto mais meridional da Ibéria.

Yonah só ganhou mais uma carona ao longo do caminho, numa carroça cheia de bacalhau seco. Quando atingiram a vila de Gibraltar, que ficava aos pés de uma grande montanha rochosa, ele ajudou o condutor a descarregar.

Manusear o bacalhau sem comê-lo deixou-o faminto. Havia uma taberna na vila e, ao entrar, Yonah encontrou um salão de teto baixo cheirando a muitos anos de vinho derramado, lenha queimada e suor dos fregueses. Meia dúzia de homens bebiam em duas mesas compridas, alguns também se servindo do ensopado de peixe, que fervia numa panela na lenha do fogão. Yonah pediu uma caneca de vinho, que achou azedo, e uma tigela do ensopado, que achou bom, pois veio com bastante peixe, além de cebolas e nacos de legumes. Havia muitas espinhas afiadas, mas ele comeu devagar, com prazer. Quando acabou, pediu outra tigela.

Enquanto esperava que lhe servissem, um velho entrou na taberna e sentou-se no banco vazio ao lado dele.

– Quero um canecão de vinho, *señor* Bernaldo.

Despejando a concha de ensopado na tigela de Yonah, o proprietário sorriu.

– Só se encontrar, entre essa boa gente, alguém para pagar. – Os homens nas mesas começaram a rir, como se ele tivesse dito uma coisa muito engraçada.

O velho tinha ombros caídos e olhar simpático. O cabelo branco, muito fino, e um ar de mágoa e abatimento, fizeram Yonah lembrar-se imediatamente de Gerónimo Pico, o pastor que vira morrer e cujo rebanho herdara por vários anos.

– Dê uma bebida a ele – Yonah disse ao proprietário. Depois, subitamente consciente dos seus parcos recursos, acrescentou: – Uma caneca, não um canecão.

– Aí Vicente, você encontrou um mão-aberta! – disse um homem que estava sentado na outra mesa. As palavras tiveram um tom sarcástico e sem humor, mas provocaram riso. O homem era baixo e magro, com cabelo preto e um pequeno bigode. – Sempre querendo entornar mais um pouco, hein, Vicente, seu velho rato!

– Ô, Luis, feche essa maldita boca! – disse mais alguém num tom saturado.

– Que tal fechá-la para mim, José Gripo?

Esse comentário pareceu engraçado a Yonah, pois José Gripo era alto, parrudo, não jovem sem dúvida, mas muito mais jovem e forte que o outro; Yonah achou que Luis não teria a menor chance numa briga.

O problema é que ninguém riu. Yonah viu o homem sentado ao lado de Luis se levantar. Parecia mais novo, de altura média, mas firme e musculoso, realmente bem condicionado. Todos os traços de sua fisionomia eram ásperos, mesmo o nariz formava um ângulo agudo. O homem olhou José Gripo com interesse e deu um passo em sua direção.

– Sente agora ou tire seu rabo daqui, Angel – disse Bernaldo, o proprietário. – Seu patrão mandou que eu lhe comunicasse de imediato qualquer problema criado por você ou pelo Luis.

O homem se deteve e encarou o proprietário. Depois deu de ombros e sorriu. Pegou sua caneca, tomou de um só gole o resto do vinho e pousou a caneca na mesa com uma pancada.

– É melhor a gente sair, Luis. Não estou com vontade de acertar a cara do amigo de Bernaldo.

O proprietário viu-os deixar a taberna e, então, serviu a nova tigela de ensopado a Yonah. Pouco depois, trazia o vinho que o velho pedira.

– Aqui está, Vicente. Vai ser por minha conta. Aqueles dois não são flor que se cheire.

– Formam uma dupla bem estranha – disse José Gripo. – Já vi a coisa antes. Luis provoca, mas é Angel Costa quem se levanta e começa a briga.

– E Angel Costa sabe brigar – disse um homem na outra mesa.

– Sim, é um velho soldado e sabe lutar muito bem – disse Gripo –, mas é um desgraçado.

– Luis também não fica atrás – acrescentou Vicente. – Mas, verdade seja dita, é excelente no trabalho com metal.

A conversa interessou a Yonah.

– Sei trabalhar com metal e estou procurando emprego. Que tipo de peça de metal fazem aqui?

– Descendo um pouco a estrada, há uma oficina de armeiro – disse Gripo. – Tem experiência com armas?

– Sei usar o punhal.

Gripo sacudiu a cabeça.

– Estou me referindo à manufatura de armas.

– Não tenho experiência nisso. Mas fui aprendiz de ourives durante muito tempo e sei mexer um pouco com ferro e aço.

Vicente acabou de tomar seu vinho e suspirou.

– Então deve procurar um mestre de ofício chamado Fierro – disse ele –, que é o armeiro de Gibraltar.

Naquela noite, Yonah pagou alguns *sueldos* a Bernaldo e pôde dormir ao lado do fogão a lenha. A taxa também lhe deu direito a uma tigela de mingau no desjejum da manhã. E bem descansado e alimentado seguiu a estrada conforme as indicações do taberneiro. Uma caminhada breve. A curiosa montanha de pedra de Gibraltar se erguia na frente dos barracões compridos, de teto baixo, e dos terrenos da oficina de Manuel Fierro. Mais além ficava o mar. O armeiro era um homem baixo, de ombros largos, traços bem marcados e um áspero emaranhado de cabelos brancos. Fosse de nascença ou em virtude de algum acidente, o nariz parecia ligeiramente virado para a esquerda. Se isso estragava um pouco a simetria do rosto, era o detalhe que tornava sua expressão simpática, doméstica. Yonah contou-lhe uma história quase verdadeira. Chamava-se Ramón Callicó; fora aprendiz de Helkias Toledano, mestre ourives de Toledo, até a expulsão dos judeus despachar Toledano e pôr uma pá de cal nos serviços do seu aprendizado. Por alguns meses, trabalhara com metais na oficina de reparos dos romanis em Granada.

– Romanis?

– Ciganos.

– Ciganos!

Fierro tinha um ar mais divertido que desdenhoso.

– Preciso testá-lo.

Durante a conversa, o mestre estivera trabalhando num par de esporas de prata. Ele as pousou e pegou uma pequena chapa de aço.

– Faça o engaste como se esta chapa de aço fosse a espora de prata.

– Eu preferiria trabalhar com a espora – disse Yonah, mas o mestre sacudiu a cabeça. Fierro esperou sem comentários e visivelmente sem grandes expectativas.

Mas sua atenção cresceu quando Yonah executou sem problemas o engaste na chapa e depois, num segundo teste, soldou perfeitamente o aço das duas partes de um protetor de cotovelo.

– O que mais sabe fazer?

– Sei ler. E escrevo com uma boa letra.

– Fala sério? – Fierro se inclinou para a frente e estudou-o com interesse. – Não são talentos encontrados com frequência num aprendiz. Como os conseguiu?

– Meu pai me ensinou. Era um homem instruído.

– Posso oferecer um período de aprendizagem. Dois anos.

– Estou disposto.

– Mas é hábito em minha oficina o aprendiz pagar pela instrução. Tem meios para isso?

– Ai de mim, não tenho.

– Então, no final dos dois anos terá de trabalhar um ano com salário reduzido. Depois disso, Ramón Callicó, é que falaremos sobre sua entrada a meu serviço, em caráter permanente, como armeiro contratado.

– Concordo – disse Yonah.

A armaria correspondia às suas expectativas. Gostava de trabalhar novamente com metais. A única diferença era que a fabricação de armaduras e armas empregava técnicas que lhe eram totalmente desconhecidas. Com isso, Yonah ia aprendendo, sem deixar, no entanto, de utilizar os métodos que há muito dominava.

Gostava do lugar. Havia sempre o barulho dos martelos no metal, um tilintar, um clangor, às vezes ritmado, às vezes não. Em geral o barulho saía simultaneamente de vários barracões; uma espécie de música metálica. E Fierro era excelente instrutor.

– A Espanha tem muito do que se orgulhar no desenvolvimento do ferro – disse ele, iniciando uma lição. – Por milhares de anos o minério era colocado num fogo de carvão, um fogo intenso, não quente o bastante para fundir o ferro que resultava do processo, mas capaz de amolecê-lo para que ele pudesse ser moldado pelo martelo ou pela forja.

"Aquecer e martelar, aquecer e martelar, tirar as impurezas até obter um ferro resistente, era esse o método.

"Mas então nossos armeiros aprenderam a deixar o fogo mais quente soprando sobre ele através de um tubo oco e, mais tarde, usando foles. No século VIII, ferreiros espanhóis construíram uma fornalha melhor, que foi chamada de forja catalã. Minério e carvão eram misturados na fornalha e o ar soprado no fogo por meio de força hidráulica. Isso nos capacitou a produzir um ferro batido de melhor qualidade e produzi-lo muito mais depressa. Como você sabe, obtém-se o aço removendo as impurezas e a maior parte do carbono do ferro. Por mais perito que se julgue o armeiro, suas armaduras serão apenas tão boas quanto o aço do qual são fabricadas."

Fierro tinha aprendido a trabalhar o aço com um mouro que fazia espadas.

– Os mouros fazem o melhor aço e as melhores espadas. – Ele sorriu para Yonah. – Fui aprendiz de um mouro e você de um judeu.

Yonah concordou que era divertido e começou a limpar o local de trabalho. Queria pôr um ponto final na conversa.

No décimo quinto dia da aprendizagem de Yonah, Angel Costa se aproximou do banco onde ele estava sentado no barracão-refeitório, fazendo seu desjejum de mingau. Costa estava a caminho de uma caçada, carregando um arco comprido e um punhado de flechas. Parou diante de Yonah com os olhos brilhantes, contemplando-o sem dizer uma palavra. Yonah achou melhor assim e terminou tranquilamente a refeição.

Já tinha pousado a tigela na mesa e se levantado. Quando ia sair, Angel Costa lhe cortou o passo.

– O que é? – Yonah perguntou em voz baixa.

– É bom com uma espada, aprendiz?

– Nunca usei uma espada.

O sorriso de Costa não era mais agradável que seu olhar. Ele balançou a cabeça, depois foi embora.

O cozinheiro, a quem os homens se referiam como "o outro Manuel", pois compartilhava o primeiro nome com o mestre, tirou os olhos da vasilha que esfregava com areia e acompanhou a saída do mestre de armas.

– É fácil antipatizar com esse cara – disse depois de cuspir. – Diz que é o representante de Deus na Casa da Fumaça, o lugar onde moramos, e nos faz rezar de joelhos de manhã e à noite.

– E por que se submetem a isso?

O cozinheiro pareceu penalizado com a ignorância de Yonah.

– Temos medo dele – disse por fim o homem a quem chamavam de "o outro Manuel".

Yonah achava que a vantagem de ser aprendiz era que também o mandavam fazer pequenos serviços externos. Com isso, acabou circulando por lojas e armazéns de toda Gibraltar, tendo assim a oportunidade de aprender alguma coisa sobre seu novo refúgio. A comunidade estava alojada no sopé da grande rocha, espalhada pela encosta mais baixa. Fierro negociava com muitos fornecedores e alguns, orgulhosos de seus arrabaldes, respondiam de bom grado às perguntas de Yonah.

O funcionário de um atacadista de cobre contou-lhe que a exótica Gibraltar possuía um ar mourisco porque os mouros tinham vivido ali durante setecentos e cinquenta anos, até a Espanha reconquistar a cidade em 1462, "no dia da festa de São Bernardo". Na mercearia, o proprietário era o José Gripo, que Yonah conhecera na taberna. Gripo estava ocupado, mas enquanto media e enrolava alguns metros de corda revelou que o nome Gibraltar era uma corruptela de Jebel Tariq, ou seja, Rocha de Tariq, em árabe. E um velho empregado de Gripo, um homem magro, bem-apessoado, cujo nome era Tadeo Deza, acrescentou:

— Tariq foi o comandante mouro que construiu o primeiro forte na base da rocha.

Yonah aprendeu pouca coisa de Gibraltar com os que trabalhavam com ele na armaria. Eram seis peões, cuja principal tarefa era manter limpa a área e transportar o metal dos depósitos para as oficinas e vice-versa. Eles moravam com Angel Costa e com o outro Manuel num barracão que lembrava um celeiro, a Casa da Fumaça. Os dois artesãos, Luis Planas e Paco Parmiento, eram homens maduros, encarnando a aristocracia da armaria. Parmiento, um viúvo, era o mestre especializado na fabricação de espadas, enquanto Planas, que nunca se casara, era mestre em armaduras. Yonah foi morar num alojamento de trabalhadores com eles e com Vicente, o homem cuja bebida se oferecera para pagar na taberna. O velho Vicente tinha dificuldade em lembrar o nome do aprendiz.

— Como é mesmo que você se chama, moço estrangeiro? — ele perguntou mais uma vez, apoiando-se na vassoura com a qual varria o chão.

— Ramón Callicó, tio.

— Eu me chamo Vicente Deza e não sou seu tio, a não ser que seja algum bastardo que me tenham escondido. — Ele riu, saboreando a própria tirada. Yonah teve de sorrir.

— O senhor então é parente de Tadeo Deza da mercearia?

— Sim, sou primo de Tadeo, coisa que ele não gosta de confessar, pois às vezes o envergonho chamando-o para beber. — O velho riu de novo e olhou com curiosidade para Yonah. — Então viveremos aqui lado a lado, junto com Luis e Paco. Você teve sorte, pois este alojamento é à prova de som e à prova d'água, construído cuidadosamente por judeus.

– E por que foi construído por judeus? – Yonah perguntou, mantendo a voz descontraída.

– Antigamente havia muitos judeus aqui. Mas há cerca de vinte anos, talvez um pouco mais, católicos fiéis rebelaram-se contra aqueles que se autodenominavam cristãos-novos. Não eram verdadeiros cristãos. Judeus é o que eram. Centenas deles, vindos de Córdoba e Sevilha, acharam que Gibraltar, recentemente capturada dos mouros e com poucos habitantes, poderia ser um abrigo seguro e hospitaleiro. Eles negociaram a coisa com o duque de Medina Sidonia, senhor deste lugar.

"Deram dinheiro ao duque e concordaram em pagar uma força de cavalaria que ficaria aqui estacionada. Vieram centenas de colonos, que levantaram os alicerces das casas e pontos comerciais. Mas o custo da manutenção dos militares e das expedições contra os portugueses logo se tornou excessivamente pesado. Quando o duque soube que os recursos da comunidade estavam no fim, veio com soldados e eles tiveram de partir.

"Tinham construído esta cabana e a Casa da Fumaça, um local onde defumavam o peixe que era levado por mar para cidades portuárias. Se cheirar com atenção nos dias úmidos, ainda vai perceber a fumaça. Nosso mestre arrendou do duque a propriedade abandonada e levantou o celeiro e todos os barracões que agora você vê." O velho torceu a cara numa piscadela do olho esquerdo. "Deve me procurar sempre que quiser saber do passado, *señor*. Vicente Deza sabe de muita coisa."

No final daquele dia, Yonah levou suprimentos para a bancada dirigida por outro de seus companheiros de alojamento, Paco Parmiento, que fazia espadas. Ele teve a impressão de que seria fácil lidar com Parmiento. Era um homem calvo, já meio gordo. O rosto barbeado tinha uma cicatriz esbranquiçada do lado direito e os olhos às vezes pareciam distantes, pois estava sempre pensando em novas maneiras de conceber e modelar as espadas, o que o deixava um tanto alheio ao mundo à sua volta. Murmurou para Yonah que todos tinham obrigação de ajudar a manter o alojamento limpo e arrumado.

– Mas tivemos sorte, pois o velho Vicente Deza cuida sozinho dessas tarefas.

– Vicente faz armaduras? Ou trabalha com espadas, como você?

– Vicente Deza? Não, ele não faz qualquer trabalho com metal. Vive conosco por caridade do mestre. E não acredite em nada que ouvir do velho Vicente – disse o homem das espadas –, pois sua inteligência é reduzida. Ele tem a mente de uma criança obtusa. E frequentemente vê coisas que não existem.

Como a maioria dos locais pedregosos que Yonah conhecera na Espanha, Gibraltar possuía cavernas. A maior delas era a gruta espaçosa bem no topo da rocha. Fierro comprava a maior parte de seu aço dos mouros de Córdoba, mas sempre dispunha de um suprimento de minério de ferro extraído de uma pequena área da gruta. Chegava-se a esse lugar pela trilha estreita que subia por uma das encostas.

Três vezes o mestre seguiu o caminhozinho íngreme com Yonah, cada um montado num burro. Em todas as três ocasiões, Yonah imaginou como seria bom que seu animal fosse o Moisés, pois a trilha subia muito, realmente muito, chegando mais alto que a gávea de qualquer navio. O resultado de um passo em falso da montaria seria uma queda vertiginosa, fatal. Mas os burros estavam acostumados, não entrando em pânico sequer ao se verem bloqueados por um bando de macacos de pelo pardo.

Fierro se divertiu com o susto de Yonah. Eram seis macacos grandes, sem caudas, que apareceram de repente. Uma das fêmeas amamentava um pequeno filhote.

– Vivem nessa parte mais alta – disse Fierro, tirando frutas velhas e pão dormido de uma sacola e atirando-os na encosta, ao largo da trilha. Os animais, então, saíram correndo para pegar a comida, liberando a passagem.

– Nunca imaginei que esses animais existissem na Espanha.

– Diz a lenda que vieram da África através de um túnel natural que corre sob o estreito e termina numa das cavernas de Gibraltar – disse Fierro. – Mas acho mais provável que tenham fugido de algum barco em trânsito pelo nosso porto.

Do alto da trilha, a lenda soava menos absurda, pois a costa da África, pelo menos naquela manhã clara, parecia realmente muito perto.

– A que distância fica a África, *señor* Fierro?

– Meio dia por mar, com o vento ajudando. Estamos situados numa das lendárias colunas de Hércules – disse o mestre, apontando para a outra coluna de Hércules, uma montanha no Marrocos, do outro lado do estreito. A água que separava as colunas, brilhando sob o sol dourado, era azul, muito azul.

Cinco dias após o primeiro encontro dos dois, Angel Costa voltou a se aproximar de Yonah.

– Já passou muito tempo no lombo de um cavalo, Callicó?

– Não, não, muito pouco. Eu tinha um burro.

– Um burro combina com você.

– Por que perguntou? Está recrutando para uma expedição militar?

– Não exatamente – disse Costa indo embora.

Após dias levando recados, puxando minério, carregando aço, Yonah recebeu finalmente uma tarefa que lhe permitiria trabalhar com metal, embora fosse uma tarefa humilde. Estava nervoso por trabalhar sob as ordens de Luis Planas, cujo temperamento difícil e mau humor já lhe eram conhecidos. Para seu alívio, embora Luis se dirigisse a ele de modo rude, trabalhava com profissionalismo. Mandou Yonah vestir várias seções da armadura.

– Tem de estar atento às menores imperfeições na superfície do aço – dizia ele –, mesmo ao vestígio do mais leve arranhão. Se vir alguma coisa, precisa polir, polir cada vez mais, até o defeito desaparecer de todo.

Então Yonah polia com vontade e, quando mais de uma semana de fiel e dura esfregação transformou as peças em pura radiância, Yonah soube que havia trabalhado em partes da couraça, seções geminadas do peitoral.

– Cada peça tem de ser perfeita – dizia Luis severamente. – Faz parte da armadura esplêndida que as oficinas de Fierro vêm criando há mais de três anos.

– Para quem está sendo criada? – Yonah perguntou.

– Para um nobre de Tembleque. Um conde chamado Fernán Vasca.

O coração de Yonah começou a pular. Um ritmo mais pronunciado que os golpes do martelo de Luis Planas.

Não importava para onde fugisse. Era como se Toledo fosse atrás!

Lembrava-se muito bem do débito do conde Vasca de Tembleque para com o pai: sessenta e nove *reales* e dezesseis maravedis por um belo e artístico conjunto de peças de ourivesaria, entre as quais a notável rosa dourada com um caule de prata, diversos espelhos, pentes de prata, um aparelho com doze taças...

Não se tratava de uma soma insignificante e teria tornado sua vida consideravelmente mais fácil. Só era preciso cobrá-la.

O que Yonah ben Helkias sabia muito bem que não seria possível.

Capítulo 23

SANTOS E GLADIADORES

Quando Fierro percebeu que o novo aprendiz era confiável sob todos os aspectos, atribuiu-lhe a tarefa de gravar um desenho na couraça da armadura do conde Vasca. Isso requeria que Yonah fizesse pequenos entalhes no aço com um martelo e um picador, seguindo traços levemente marcados na superfície do metal por Fierro ou Luis Planas. Era muito mais fácil gravar prata que aço; em compensação, a maior dureza do metal protegia contra certos erros que teriam sido desastrosos em prata. No início, Yonah dava uma pancada leve para verificar se o picador estava corretamente colocado, depois uma pancada forte para completar o entalhe. À medida, porém, que continuava a gravar, o toque foi se tornando cada vez mais seguro. Logo os golpes rápidos e fortes do martelo revelavam sua autoconfiança.

– Manuel Fierro se preocupa em testar frequentemente as armaduras – Paco Parmiento disse uma manhã a Yonah. – Por isso temos torneios de vez em quando. O mestre gosta que seus trabalhadores se coloquem no lugar dos cavaleiros e descubram por si mesmos o que deve ser alterado no molde das armas. Ele queria que você participasse.

Pela primeira vez, as perguntas de Angel Costa assumiam um desagradável sentido.

– É claro, *señor*.

Então, no dia seguinte, parado numa grande arena redonda e vestindo roupas de baixo com forros de algodão, Yonah contemplava, meio apreensivo, as partes um tanto enferrujadas e maltratadas da armadura que Paco Parmiento ajustava a seu corpo. Na outra ponta da arena, Angel Costa estava sendo vestido pelo amigo Luis, enquanto os trabalhadores se agrupavam ao redor da arena como espectadores numa rinha de galos.

– Vicente, vá até o alojamento e pegue alguma coisa que sirva de maca para o garoto – Luis gritou. – Logo vamos precisar! – Houve apupos e risos.

– Não se importe com ele – disse Paco a Yonah. Gotas de suor escorriam pela cabeça calva de Paco Parmiento.

A couraça foi erguida sobre Yonah e logo fixada, protegendo-lhe o peito e as costas. Uma cota de malha cobria seus braços e pernas, enquanto a escarcela cercava-lhe as coxas. Protetores de aço foram colocados em seus ombros, cotovelos, joelhos e braços; nas pernas, prenderam-se placas de metal até as canelas. Yonah enfiou os pés em sapatos de aço laminado. Quando o elmo foi instalado na cabeça, Paco baixou a viseira.

– Não consigo respirar, não consigo enxergar – disse Yonah, procurando manter a voz calma.

– As perfurações vão deixá-lo respirar – disse Parmiento.

– Não estão deixando.

Irritado, Paco ergueu a viseira.

– Deixe levantada – disse ele. – É como todo mundo faz. – Yonah podia entender por quê.

Deram-lhe manoplas com protetores de aço para os dedos e um escudo redondo, que aumentava ainda mais o peso já suportado pelo corpo.

– A lâmina não tem gume e a ponta foi arredondada para a segurança de vocês – disse Parmiento passando a espada. – É mais um porrete que uma espada.

Yonah estranhou quando pegou a espada, pois sua mão tinha pouca flexibilidade dentro da manopla.

Angel Costa estava igualmente vestido com uma armadura e, daí a pouco, os dois caminharam trabalhosamente um para o outro. Yonah ainda não sabia muito bem como ia lutar quando viu a espada de Costa descendo sobre seu elmo. Ele mal conseguiu levantar o escudo.

Com o peso do escudo, o braço logo se tornou pesado como chumbo, mas Costa não parava. Os golpes eram tantos e tão velozes que Yonah, mesmo quando a espada chegou mais baixo, continuou incapaz de se defender. A pancada que Costa lhe deu nas costelas foi tão tremenda que teria partido ao meio seu corpo se a lâmina estivesse afiada e a armadura fosse menos resistente. Mesmo assim, embora protegido por roupa acolchoada e aço de boa qualidade, Yonah sentiu a espada vibrar nos seus ossos. E o ataque foi apenas o precursor de muitos outros, pois Costa aplicava uma saraivada de golpes, todos terríveis.

Yonah só conseguiu acertar Costa duas vezes antes de a luta ser interrompida pelo mestre, que pôs uma vara entre os dois. Ficou claro a todos que assistiam: se a batalha fosse a sério, Angel o teria matado quase instantaneamente. A qualquer momento, Costa poderia ter dado o golpe de misericórdia.

Yonah sentou-se num banco, com dores e sem fôlego, enquanto Paco o livrava da pesada armadura.

O mestre se aproximou e fez muitas perguntas. A armadura o constrangera em excesso? Algum encaixe emperrara? Teria Yonah alguma sugestão para tornar a armadura mais protetora e menos aprisionante? Yonah respondeu com sinceridade, dizendo que a luta fora tão diferente de todas as suas experiências passadas que ele nem se preocupara com esses detalhes.

O mestre só precisou encarar o rosto de Yonah para perceber a humilhação.

— Não pense que poderia ter sido melhor que Angel Costa nesse gênero de disputa – disse o armeiro. – Ninguém aqui seria capaz de superá-lo. Costa era sargento e passou dezoito anos provando o gosto de sangue num constante e árduo combate contra os sarracenos. Nesses jogos que fazemos para testar o aço, nosso mestre de armas gosta de imaginar que ainda precisa lutar até a morte.

Havia um grande hematoma roxo no lado esquerdo das costelas de Yonah e a dor era suficientemente forte para fazê-lo acreditar que pudesse haver alguma lesão mais séria. Por várias noites, só pôde dormir de costas e, no meio de uma dessas noites, a dolorida insônia permitiu que ouvisse resmungos de angústia vindos da outra ponta do alojamento.

Ele sufocou alguns de seus próprios gemidos e concluiu que o lamento rouco viera de Vicente Deza. Então se levantou no escuro e foi se aproximando do catre do velho, à beira do qual se ajoelhou.

— Vicente?

— Peregrino... Santo Peregrino...

Vicente estava tomado pelo choro.

— El Compasivo! Santo Peregrino, El Compasivo!

São Peregrino, o misericordioso. O que aquilo significava?

— Vicente – Yonah tornou a dizer, mas o homem mergulhara numa torrente de preces, invocando Deus e aquele santo peregrino. Yonah estendeu a mão e suspirou quando sentiu o calor na testa.

Ao se levantar, esbarrou na garrafa de água de Vicente, que caiu com um estrondo.

— Que porra é essa? – perguntou Luis Planas, acordado na outra ponta e acordando Paco Parmiento.

— Que foi? – disse Paco.

— É Vicente – respondeu Yonah. – Está ardendo em febre.

— Faça ele ficar quieto ou leve-o para morrer lá fora – disse Luis.

De início, Yonah não soube o que fazer. Mas se lembrou do que o abba fizera quando ele e Meir tiveram a febre. Saiu do alojamento e tropeçou pela noite escura até a forja. Inclinado como língua de dragão, o fogo lançava um clarão vermelho sobre bancadas e ferramentas. Ele acendeu um círio com as brasas e usou o círio para acender uma lamparina, graças à qual encontrou uma bacia. Encheu a bacia com água de uma moringa; depois pegou os trapos que estavam empilhados num monte e serviriam para polir os metais.

Yonah voltou ao alojamento, onde pousou a lamparina no chão.

— Vicente...

O velho Vicente se deitara vestido e Yonah começou a lhe tirar a roupa. Talvez tenha feito mais barulho do que devia ou talvez a luz trêmula da lamparina bastasse para arrancar novamente Luis Planas de seu sono.

– Maldição! – disse Luis se sentando na cama. – Não mandei que o tirasse daqui?

Safado cruel. Alguma coisa explodia dentro de Yonah.

– Escute aqui... – começou Luis.

Yonah se virou e deu um passo na direção dele.

– Vá dormir. – Procurava manter um tom de respeito, mas a raiva marcava de aspereza a sua voz.

Luis continuou algum tempo reclinado, encarando o aprendiz que falava daquele jeito com ele. Por fim, acabou se deitando de novo e virando a cara para a parede.

Paco também havia acordado. Ouvira a troca de palavras entre Luis e Yonah e estava rindo baixo em seu catre.

O corpo de Vicente parecia composto de pele suja sobre ossos, e a sujeira formava uma pasta nos pés. Yonah, porém, acabou lhe dando um banho caprichado, trocando duas vezes a água, esfregando-o cuidadosamente com trapos secos para protegê-lo da friagem.

De manhã, a febre tinha cedido. Yonah foi até a cozinha e pediu ao outro Manuel para diluir o mingau da manhã em água quente. Depois levou a tigela para o alojamento e, com uma colher, serviu o mingau ao velho Vicente. Enquanto isso, perdeu a hora de seu próprio desjejum. Quando corria para se apresentar ao trabalho na bancada de Luis, foi interceptado pelo mestre.

Sabia que Luis devia ter contado a Fierro sua desobediência e ficou à espera de encrenca, mas o mestre falou calmamente:

– Como está o Vicente?

– Acho que vai ficar bom. A febre passou.

– Ótimo. Sei que às vezes é difícil ser aprendiz. Lembro de meu aprendizado com Abu Adal Khira, em Málaga. Dentre os muçulmanos que fabricavam armaduras, ele era um dos primeiros. Já morreu e sua oficina acabou.

"Luis também foi aprendiz de Abu e, quando cheguei a Gibraltar e abri minha própria armaria, fui buscá-lo para trabalhar comigo. Sei que Luis tem um gênio muito difícil, mas é insuperável para fazer uma armadura. Preciso dele em minha oficina. Entende o que estou dizendo?"

– Sim, mestre.

– Cometi um erro colocando Vicente no mesmo lugar que Luis Planas – disse Fierro balançando a cabeça. – Conhece o pequeno barracão depois da forja?

Yonah assentiu.

– É bem construído. E só tem algumas ferramentas. Coloque as ferramentas em outro lugar e se mude para lá com o Vicente. Ele teve sorte por você querer ajudá-lo ontem à noite, Ramón Callicó. Fez bem. Mas um aprendiz sensato não vai esquecer que a desobediência a um mestre artesão não será tolerada duas vezes nesta armaria. Você compreendeu?

— Sim, *señor* – disse Yonah.

Luis ficou furioso, pois achava que Fierro devia ter batido no aprendiz e o mandado embora. Durante alguns dias, foi severo e frio com Yonah, que, tomando o maior cuidado para não dar motivo a queixas, polia interminavelmente a armadura. O traje de aço para o conde de Tembleque estava nos últimos estágios de acabamento e Yonah esfregava peça por peça até deixá-las realmente brilhantes, cintilantes, fazendo o próprio Luis reconhecer que não podiam ficar melhor.

Foi um alívio quando o mandaram pegar suprimentos com os mercadores da vila.

Conversando com Tadeo Deza na mercearia, enquanto o velho empregado ia aprontando a encomenda do armeiro, Yonah contou que Vicente, primo de Tadeo, estivera com muita febre.

Tadeo fez uma pausa no seu trabalho.

— Acha que a hora dele está chegando?

— Não. A febre cede e volta, cede e volta, mas mesmo assim parece estar melhorando.

— Não é impossível que tenha uma recaída fatal – Tadeo comentou num tom de desprezo.

Yonah já estava saindo com os suprimentos quando uma súbita lembrança o fez voltar.

— Tadeo, sabe alguma coisa do Santo Peregrino, El Compasivo?

— Sim, é um santo local.

— São Peregrino, o misericordioso. É um nome estranho.

— Viveu nesta região há várias centenas de anos. Dizem que era estrangeiro, talvez natural da França ou da Alemanha. De qualquer modo, tinha vindo a Santiago de Compostela para reverenciar as relíquias do apóstolo. Aposto que já fez a peregrinação a Santiago de Compostela.

— Ainda não, *señor*.

— Ah, tem de ir lá um dia. Tiago foi o terceiro apóstolo escolhido por Nosso Senhor e esteve presente na Transfiguração. O lugar é tão sagrado que o imperador Carlos Magno decretou que seus súditos deviam fornecer água, abrigo e fogo a todos os peregrinos que estivessem viajando para visitar as relíquias do santo.

"Seja como for, o peregrino estrangeiro de que estamos falando foi ele próprio transformado após dias de orações junto às relíquias do apóstolo. Em vez de voltar à vida que tinha levado antes da peregrinação, perambulou para o sul e terminou nesta região. Aqui passou o resto de sua vida, cuidando das necessidades dos doentes e dos pobres."

– Qual era seu nome de batismo?

– Não se sabe – disse Tadeo, dando de ombros. – Por isso ele foi chamado de São Peregrino, o misericordioso. Também não sabemos onde está enterrado. Alguns dizem que, já muito velho, simplesmente caminhou para longe, do mesmo modo como tinha chegado. Outros, no entanto, garantem que morava sozinho e que morreu sozinho, em algum lugar perto daqui. O fato é que, em cada geração, a procura de seu túmulo tornou-se uma peregrinação, sempre sem sucesso... Mas como soube de nosso santo local?

Yonah não quis mencionar Vicente e dar ao primo motivo para novas desfeitas.

– Ouvi alguém falando e fiquei curioso.

– Alguém na taberna, sem dúvida – disse Tadeo com um sorriso –, pois frequentemente a bebida agrava a nossa consciência do pecado e provoca o desejo de conquistar a graça salvadora dos anjos.

Yonah ficou feliz quando Fierro mandou-o ajudar no barracão de Paco Parmiento, o fabricante de espadas. Imediatamente, Paco pôs Yonah para trabalhar, afiando e polindo sabres curtos da cavalaria e as compridas e belas espadas de nobres e cavaleiros, armas que tinham gume duplo e iam se estreitando do cabo à ponta. Três vezes Paco devolveu a primeira espada que Yonah afiou.

– O braço do espadachim faz o trabalho, mas a espada tem de ajudar. Cada gume deve ser trabalhado com a perfeição máxima que o aço permite.

Embora Paco fosse um instrutor exigente, Yonah gostava dele. Se Luis parecia uma raposa, Paco lembrava um urso cordial, gentil. Longe da bancada de trabalho, Parmiento era negligente e estabanado, mas assim que começava a trabalhar tinha movimentos seguros, eficientes, e o mestre dissera que as lâminas de Parmiento eram muito procuradas.

Na bancada de Luis, Yonah tinha de se manter em silêncio praticamente total, mas logo descobriu que Paco, sem interromper o trabalho, respondia de bom grado às suas perguntas.

– Foi aprendiz com Luis e com o mestre?

Paco balançou a cabeça.

– Sou mais velho que os dois. Na época em que eles eram aprendizes eu já trabalhava em Palma. O mestre me encontrou e me trouxe para cá.

– O que Angel faz na armaria?

Paco deu de ombros.

– Manuel Fierro o conheceu quando ele deu baixa no exército e o contratou como mestre de armas, pois Angel é de fato um guerreiro, um perito em cada tipo de arma. Tentamos ensiná-lo a trabalhar com o aço, mas ele não tem jeito para isso. Então o *señor* Fierro encarregou-o de tomar conta dos peões.

Falavam menos quando o mestre estava presente, mas aquela bancada continuava sendo um lugar relaxante para trabalhar. Em seu posto na oficina das espadas, Manuel Fierro vinha cuidando pessoalmente de um projeto que tinha um significado especial para ele. O irmão, Nuño Fierro, médico de Saragoça, mandara através de caixeiros-viajantes uma série de desenhos de instrumentos cirúrgicos. Com o aço duro feito do minério especial que ele e Yonah tinham trazido da caverna de Gibraltar, Fierro ia modelando as ferramentas com suas próprias mãos. Eram bisturis, lancetas, serras, raspadores, sondas e tenazes.

Na ausência do mestre, Paco mostrou a Yonah os instrumentos, dizendo que representavam um padrão de excelência no trabalho com metal.

– Cada pequena peça recebe o mesmo cuidado que ele daria a uma grande espada ou lança. É um trabalho de amor.

Orgulhoso, contou a Yonah que ajudara a confeccionar a espada do próprio mestre, feita de aço especial.

– A lâmina tinha de ser soberba, pois devia estar à altura do dono. Manuel Fierro domina uma espada melhor do que qualquer outro.

Yonah parou de polir um instante.

– Melhor que Angel Costa?

– A guerra ensinou Angel a ser um matador insuperável. Ninguém se compara a ele no uso das armas em geral, mas no caso específico da espada, o mestre é melhor.

Mal as costelas de Yonah começaram a sarar, ele foi novamente instado a participar de uma disputa com Angel Costa. Desta vez, sempre com armadura completa, viu-se montado num cavalo árabe cinza, um animal de batalha. Levantava a lança com uma bola de madeira revestida de algodão na ponta e galopava na direção do adversário. Angel apontava uma lança semelhante e também avançava num cavalo de batalha, um lustroso animal de pelo castanho.

Yonah não estava acostumado a montar em cavalos bravos e se concentrou em não cair. A bola na ponta da lança movia-se descontrolada de um lado para o outro enquanto ele escorregava, pulava no lombo do animal.

Os cavalos estavam protegidos pelo tapume de madeira que separava os oponentes, mas os cavaleiros podiam se golpear por cima da barreira.

Não houve preparação, meramente um estrépito de cascos e os dois se cruzaram. Yonah viu a bola na lança de Costa se tornar cada vez maior, assumindo o tamanho de uma lua cheia e tomando, afinal, conta do mundo. Foi essa bola que o acertou, tirando-lhe o equilíbrio, jogando-o no chão em barulhenta e vergonhosa derrota.

Não gostavam de Costa e não houve grandes aplausos, mas Luis desfrutava cada momento. Quando Paco e outros libertaram o transtornado Yonah da armadura, ele viu Luis apontar em sua direção. O homem riu até o rosto ficar molhado de lágrimas.

Naquela tarde, Yonah tentou esconder um andar meio manco. Entrou na Casa da Fumaça e encontrou Angel Costa amolando pontas de flecha num esmeril.

– *Hola* – disse, mas Costa continuou a trabalhar e não respondeu.

"Não sei lutar."

– Não – Costa concordou com um riso que lembrava um latido.

– Gostaria de aprender a usar armas. Quem sabe não poderia me dar algumas aulas.

Costa olhou-o de lado.

– Não dou aulas. – Ele testou cuidadosamente a ponta de uma flecha com o dedo. – E vou lhe dizer o que tem de fazer para aprender o que eu sei. Tem de virar um soldado e passar vinte anos lutando contra os mouros. Tem de matar e matar, usando todo tipo de arma, às vezes as próprias mãos, e sempre que possível cortando o pau do morto. Quando tiver mais de cem paus circuncidados, volte e me desafie, apostando sua coleção de caralhos contra a minha. Aí, então, eu vou acabar rapidamente com você.

Yonah encontrou o mestre na frente do barracão e Fierro foi mais simpático.

– Um desastre, não, Ramón? – ele perguntou num tom cordial. – Está ferido?

– Só no meu orgulho, mestre.

– Vou lhe dar alguns conselhos. Desde o início do galope, tente agarrar a lança com mais firmeza, com as duas mãos, e com a parte de baixo enfiada com força entre o cotovelo e o corpo. Procure de imediato cravar os olhos no inimigo e não os desvie enquanto ele se aproxima. Siga-o com a ponta da lança. Ela encontrará o corpo dele, completando um movimento preestabelecido.

– Sim, *señor* – disse Yonah, mas tão resignadamente que Fierro sorriu.

– Você também cavalga sem confiança, mas pode-se dar um jeito nisso. Procure se tornar uma só coisa com o cavalo. Assim poderá soltar as rédeas e se concentrar inteiramente na lança. Nos dias em que não precisarem de você nas oficinas, tire o cavalo cinza do estábulo e faça exercício com ele. Escove-o, dê-lhe de comer e beber. Acho que tanto você quanto o animal serão beneficiados com isso.

Yonah estava cansado e dolorido quando voltou para o alojamento e caiu em seu catre.

Vicente olhou-o de longe.

– Pelo menos sobreviveu – disse. – Angel tem um íntimo ruim. – Vicente falava normalmente e parecia racional.

– A febre não voltou?

– Até agora não.
– Ótimo, Vicente, gosto disso.
– Obrigado por cuidar de mim, Ramón Callicó. – Ele tossiu e limpou a garganta. – Tive sonhos assustadores durante a febre. Cheguei a delirar?
– Só algumas vezes – disse Yonah com um sorriso. – Às vezes rezava para São Peregrino.
– São Peregrino? É mesmo?
Ficaram um instante em silêncio; depois Vicente fez força para se levantar.
– Tenho uma coisa para lhe contar, Ramón. Algo que quero compartilhar com você, que foi a única pessoa que se importou comigo.
Sentindo a tensão e uma certa estridência na voz dele, Yonah olhou-o com preocupação, achando que a febre tinha voltado.
– O que é, Vicente?
– Eu descobri.
– Descobriu o quê?
– Descobri o Santo Peregrino, El Compasivo – disse Vicente Deza. – Encontrei o santo das romarias.
– Vicente, o que está dizendo? – Yonah olhou aflito para o homem.
Só tinham se passado três dias desde a noite em que a febre o fizera delirar.
– Acha que não estou regulando bem? É compreensível.
Vicente tinha razão. Yonah achava que uma loucura mansa estava tomando conta do homem.
As mãos de Vicente tatearam embaixo da cama. Então, segurando alguma coisa, ele engatinhou como uma criança para perto de Yonah.
– Pegue – disse, e Yonah sentiu um objeto na mão. Era pequeno, fino. Ele o ergueu, tentando enxergar sob a luminosidade fraca.
– O que é?
– Um osso. Do dedo do santo. – Ele apertou o braço de Yonah. – Precisa vir comigo, Ramón, e ver por si mesmo. Vamos domingo de manhã.
Maldição. Nas manhãs de domingo os trabalhadores tinham folga para poderem comparecer à igreja. Yonah achou uma péssima ideia desperdiçar as poucas e preciosas horas que tinha para si mesmo. Queria seguir o conselho do mestre e pegar no estábulo o cavalo árabe cinza, mas desconfiava que não teria sossego se continuasse a ignorar a conversa de Vicente.
– Vamos no domingo se nós dois ainda formos capazes de andar – disse devolvendo o osso.

Estava preocupado com Vicente, que continuava a sussurrar febrilmente em seu ouvido sobre a descoberta. Sob todos os outros aspectos, no entanto, aparentava estar completamente restabelecido. Parecia até mesmo alerta, bem-disposto. O apetite para comer e beber tinha voltado de forma prodigiosa.

Yonah desconfiou que não teria sossego se continuasse a ignorar os apelos de Vicente.

Na manhã de domingo, os dois atravessaram a plana língua de terra que ligava Gibraltar à Espanha. E, uma vez na Espanha, depois de caminharem meia hora para o leste, Vicente levantou a mão.

– Chegamos.

Yonah só viu um lugar desolado, de solo arenoso, salpicado de numerosos afloramentos de rochas de granito. Não pôde detectar nada de incomum, mas foi atrás quando Vicente começou a saltar por algumas pedras. Ninguém acreditaria que há poucos dias estivera gravemente enfermo.

Então, bem próximo da trilha, Vicente encontrou as rochas que estava procurando e Yonah viu, no centro da formação, uma grande fissura. Uma rampa natural de rocha levava a uma abertura. Uma abertura que só se tornava visível quando a pessoa chegava quase ao topo da rampa.

Vicente trouxera carvão numa pequena caixa de metal e Yonah passou alguns segundos soprando para reavivar a brasa. Foi com ela que acendeu um par de velas pequenas e grossas.

A água da chuva seria desviada da abertura pela rampa de pedra, que terminava num trecho de areia na base da rocha. Ao entrar, Yonah viu que a caverna, mais ou menos do tamanho da gruta de Mingo no Sacromonte, estava realmente seca. Terminava numa fenda estreita que, de alguma forma, devia se conectar com a superfície, pois Yonah pôde sentir o ar fresco.

– Olhe aqui – disse Vicente.

No bruxuleio das velas, Yonah viu um esqueleto. Os ossos da metade superior do corpo pareciam estar intactos, mas os ossos de ambas as pernas e dos pés tinham sido deslocados um pouco para o lado. Ao se ajoelhar, Yonah reparou que haviam sido mordidos por algum animal. Das vestes que cobriam o corpo, só restava uma meia dúzia de tufos do tecido. Yonah calculou que a roupa devia ter sido consumida há muito tempo, pois os animais eram atraídos pelo sal do suor.

– E aqui!

Era um altar rústico, feito de galhos de árvores. Diante dele, havia três potes rasos de barro. Há muito seus conteúdos tinham sido comidos, talvez pela mesma criatura que mordera os ossos.

– Oferendas – disse Yonah. – Talvez para um deus pagão.

– Não – disse Vicente. Ele aproximou sua vela da parede oposta, onde tinham encostado uma grande cruz.

E então Vicente iluminou a parede ao lado da cruz, para que Yonah pudesse ver, rabiscada na pedra, a marca dos primórdios da cristandade, o desenho do peixe.

— Quando o encontrou? — Yonah perguntou no caminho de volta para as oficinas do armeiro.

— Talvez um mês após sua chegada. No mesmo dia em que achei, entre minhas posses, uma garrafa de vinho...

— Achou entre suas posses?

— Roubei o vinho da taberna quando Bernaldo estava ocupado. Mas certamente fui inspirado por anjos para agir assim, pois tive de me afastar com a garrafa. Queria beber sem ser incomodado e meus pés me transportaram àquele lugar.

— O que pretende fazer com o que descobriu?

— Há quem pague muito dinheiro por relíquias de santos. Eu gostaria que as negociasse para mim. Consiga o melhor preço.

— Não, Vicente.

— Vou lhe pagar muito bem, é claro.

— Não, Vicente.

Um ar de astúcia brilhou nos olhos de Vicente.

— Sei que está pensando no que pode realmente conseguir. Muito bem. Terá metade de tudo. Uma metade inteira.

— Não estou barganhando com você. Os homens que compram e vendem relíquias são perigosos. No seu lugar, eu iria à igreja de Gibraltar e traria o padre... Como ele se chama?

— Padre Vasquez.

— Sim. Eu traria o padre Vasquez até aqui e o deixaria determinar se os restos mortais são mesmo de um santo.

— Não! — Vicente parecia novamente febril e tinha o rosto vermelho de raiva. — Deus conduziu meus pés para o santo. Deus raciocinou:

"Tirando a fraqueza pelas bebidas fortes, Vicente não é um mau sujeito. Vou trazer-lhe alguma sorte, para que possa terminar seus dias com um pouco de conforto."

— Faça como achar melhor, Vicente. Mas não vou participar disso.

— Então fique de boca fechada sobre o que viu esta manhã.

— Praticamente já esqueci.

— E se tiver a ideia de vender as relíquias sozinho, me deixando de fora, vou fazer com que seja severamente punido.

Yonah olhou-o espantado. Vicente já esquecera quem tinha tratado dele durante a doença.

— Faça o que bem entender com essas relíquias e vá para o inferno — disse asperamente e, num silêncio pesado, os dois seguiram para Gibraltar.

Capítulo 24

O ELEITO

No domingo seguinte, na sombra do amanhecer, Yonah tirou do estábulo o cavalo árabe cinzento e partiu da armaria antes que os outros trabalhadores acordassem. No início, tentou apenas se acostumar ao fato de estar no lombo da criatura. Demoraria três semanas criando coragem para soltar as rédeas. O mestre lhe dissera que não bastava se manter em cima da sela; devia aprender a dar direções ao cavalo sem usar as rédeas ou as esporas. Um chute com os calcanhares, o animal galopava, uma pressão dos joelhos, parava, uma sucessão de pressões, recuava.

Para sua satisfação, descobriu que o cavalo fora bem treinado e era capaz de obedecer àquelas instruções. Yonah praticou-as várias vezes, aprendendo a flutuar nos altos e baixos do galope, a antecipar a parada brusca, a retroceder diante de um obstáculo.

Sentia-se um escudeiro treinando para cavaleiro.

Yonah já passara um final de verão, um outono e um inverno como aprendiz. Naquele ponto do sul, a primavera vinha cedo. Num dia de sol e ar fresco, Manuel Fierro examinou cada parte da armadura do conde Vasca e pediu que Luis Planas a montasse.

A armadura estava no pátio, ao lado de uma excelente espada feita por Paco Parmiento, e o sol transformava o metal polido num esplendor flamejante. O mestre disse que planejava mandar um grupo de homens entregar a armadura ao nobre em Tembleque, mas isso teria de esperar a conclusão de certos trabalhos mais urgentes.

Então a armaria transbordou de marteladas e sons metálicos ante a renovada energia de quem queria ser escolhido para a viagem. Estimulado pelas encomendas prontas e pela chegada da primavera, Fierro anunciou que, antes da partida da equipe de entrega, haveria outro jogo.

Nas manhãs dos dois domingos seguintes, Yonah foi para um campo deserto e praticou ataques com a lança na posição correta, a ponta firmemente em riste enquanto o cavalo árabe galopava para um arbusto que servia de alvo.

Em várias e diferentes noites, Vicente chegou muito tarde ao alojamento, onde se deixava cair no catre e, num estupor de bêbado, começava a roncar de imediato. Na mercearia, Tadeo Deza falava com desdém do primo Vicente.

– Fica bêbado muito depressa e se torna desagradável. Entope de histórias malucas quem bebe aquelas coisas baratas com ele ou quem está simplesmente por perto.

– Que tipo de histórias malucas? – Yonah perguntou.

– Fala que é um dos eleitos por Deus. Diz que encontrou os ossos de um santo. Diz que logo fará uma generosa doação à Santa Madre Igreja, mas não tem dinheiro sequer para pagar o vinho.

– Bem – disse Yonah pouco à vontade –, ele não prejudica ninguém, salvo, talvez, a si próprio.

– Acho que meu primo Vicente vai acabar se matando de tanto beber – disse Tadeo.

Manuel Fierro perguntou se Yonah não queria participar do novo jogo a cavalo, enfrentando outra vez Angel Costa. Ao concordar, Yonah achou que o mestre queria saber se ele estava aproveitando a autorização de praticar com o cavalo árabe.

Então, dois dias mais tarde, na friagem da manhã, Paco Parmiento ajudou-o mais uma vez a vestir a amassada armadura de testes, enquanto, na extremidade da arena de combate, Luis dava risadas e aprontava Costa, como se fosse seu escudeiro e camareiro.

– Ah, Luis! – Costa gritava, apontando para Yonah num falso pânico. – Vê o tamanho dele? Ai de mim, é um gigante. Que desgraça! O que vamos fazer? – E tremia de rir quando Luis Planas juntava as mãos e as erguia para o céu, como se pedisse misericórdia.

A fisionomia de Parmiento, geralmente tranquila, brilhava de raiva.

– São a escória – dizia.

Os oponentes subiram nas montarias. Costa primeiro, instalando-se rapidamente na sela. Yonah foi mais desajeitado. Achando difícil levantar a perna e passá-la pelo lombo do cavalo árabe, fez a observação mental de que devia descrever aquela dificuldade para o mestre, embora talvez isso fosse desnecessário, pois Fierro assistia à competição ao lado dos trabalhadores e era seu hábito reparar em muita coisa.

Depois de montar, cada um dos contendores virou o cavalo para encarar o outro. Yonah procurou parecer nervoso, agarrando as rédeas com a mão esquerda e segurando frouxamente a lança com a direita, deixando a ponta cair para o lado.

Mas quando o mestre deixou o lenço cair para dar início à disputa, Yonah largou as rédeas e agarrou a lança com toda a força. Nesse momento, o cavalo árabe se atirou para a frente. Yonah ainda não se acostumara de todo a correr para um alvo e era enervante ver que o alvo também corria em sua direção, mas conservou a lança na mira do cavaleiro que se aproximava. E, de repente, a bola na ponta da lança encontrou exatamente o centro do peitoral de Angel. A lança de Costa raspou sem causar dano pelo ombro de Yonah que, por um instante, acreditou que tinha vencido. A lança de Yonah, no entanto, vergou, quebrou, e Angel Costa, que continuou aprumado, passou a galope por ele.

Ambos viraram os cavalos na ponta do tapume que dividia as canchas. Como o mestre não deu sinal de que ia declarar o fim da competição, Yonah jogou no chão a haste da lança quebrada e avançou desarmado ao encontro de Angel.

A ponta da lança de Costa ia ficando maior à medida que eles se aproximavam, mas, quando Costa estava a dois passos de galope, Yonah pressionou os joelhos contra o lombo do cavalo cinzento e o árabe parou de imediato.

A lança errou o peito de Yonah por um palmo, ou seja, perto o bastante para ele poder agarrá-la e sacudi-la com força, enquanto seus joelhos davam ao bom animal o sinal de recuo. Angel Costa quase foi puxado da sela, só conseguindo se equilibrar porque soltou a lança e fez seu cavalo passar pelo outro. Yonah foi até a outra ponta da arena segurando com força a lança capturada. Quando os dois se viraram e ficaram de novo frente a frente, era ele quem estava armado; o indefeso era Angel.

Os gritos dos trabalhadores eram uma gostosa música nos ouvidos de Yonah, mas todo esse júbilo foi por água abaixo quando o mestre fez sinal para a disputa acabar.

– Você foi bem, incrivelmente bem! – disse Paco, ajudando Yonah a se livrar da armadura. – Acho que o mestre interrompeu para que seu campeão não fosse humilhado.

Yonah olhou para o outro lado da arena, onde Luis auxiliava Angel. E Angel Costa não estava mais rindo. Luis reclamava com o mestre, que se limitava a olhá-lo friamente.

– Oh, não foi um bom dia para nosso mestre de armas – disse Paco em voz baixa.

– Por quê? Ele não caiu do cavalo. O jogo terminou sem vencedor.

– É por isso que está furioso! Para um desgraçado selvagem como Angel Costa, não vencer é a mesma coisa que perder. Ele não vai esquecer tão cedo o trabalho que você lhe deu hoje.

Yonah não viu ninguém ao entrar no barracão para onde se transferira com Vicente. Estava decepcionado por não ter encontrado o velho entre os que assistiam à competição, mas pensava na alegria de contar a história em detalhes.

O peso da armadura e a tensão do combate tinham sido tremendos. A exaustão o mergulhou no sono assim que bateu no catre. Só acordou de manhã, ainda sozinho, deduzindo que Vicente passara a noite fora.

Paco e Manuel Fierro já estavam trabalhando quando ele se aproximou da bancada das espadas.

– Foi bem feito o que aconteceu ontem – disse o mestre sorrindo.

– Obrigado, *señor* – Yonah respondeu com prazer.

Mandaram-no amolar alguns punhais.

– Viram o Vicente?

Os dois sacudiram a cabeça.

– Ele não dormiu aqui.

– É um beberrão. Deve ter se embriagado e dormido atrás de alguma moita, de alguma árvore. – Paco logo se interrompeu, lembrando da estima que Fierro sentia pelo velho Vicente.

– Espero que a febre não tenha voltado – disse Fierro. – E que não tenha acontecido nada de mau.

Yonah assentiu, meio inquieto.

– Gostaria que me avisassem quando ele aparecer – disse o mestre e Yonah e Paco concordaram.

Se Fierro não tivesse ficado sem tinta de escrever ao fazer as contas da armaria, Yonah não estaria na vila quando Vicente foi encontrado. Ele se aproximava da mercearia quando um vozerio e um grito ergueram-se da doca que ficava no fim da rua principal.

– Um afogado! Um afogado!

Yonah juntou-se aos que corriam para a doca e chegou a tempo de ver as pessoas tirando Vicente do estreito. A água escorria do corpo dele.

Grudado na cabeça, o cabelo ralo revelava o couro cabeludo e um talho lateral. Os olhos se arregalavam para o vazio.

– A cara está tão machucada – disse Yonah.

– Sem dúvida ele foi jogado contra as pedras e os molhes – disse José Gripo em voz baixa.

Tadeo Deza veio da mercearia para ver que barulho era aquele. Pouco depois, caía de joelhos ao lado do corpo e punha a cabeça molhada de Vicente contra o peito.

– Meu primo... Meu primo...

– Para onde vamos levá-lo? – perguntou Yonah.

– O mestre Fierro gostava dele – disse Gripo. – Talvez deixe Vicente ser enterrado atrás da armaria.

Quando levaram Vicente, Yonah seguiu com Gripo e Tadeo atrás do corpo. Tadeo estava abalado.

– Brincávamos juntos quando éramos garotos. Éramos amigos inseparáveis... Um homem com seus defeitos, mas de bom coração. – O primo, que falara tão mal do Vicente vivo, agora irrompia em lágrimas.

Gripo calculara acertadamente que, graças à simpatia que tivera por Vicente, o mestre concordaria em fazer um último ato de caridade. Vicente foi enterrado num pequeno trecho gramado atrás do barracão das espadas. Liberados do serviço, os homens se reuniram sob o sol quente para ver o sepultamento e ouvir a oração fúnebre do padre Vasquez. Depois voltaram ao trabalho.

A morte deixou uma sensação no ar. O barracão onde Yonah dormia ficou vazio e silencioso com o desaparecimento de Vicente. Por várias noites, ele teve sonos agitados, acordando de madrugada, ficando deitado no escuro, atento à correria dos camundongos.

Antes da partida do grupo que ia a Tembleque entregar ao conde Vasca a armadura e uma nova espada, trabalhava-se duro para concluir algumas encomendas pendentes. Foi por isso que Manuel Fierro franziu a testa quando um menino trouxe o recado para Ramón Callicó. Um parente dele estava em Gibraltar e queria encontrá-lo na taberna.

– Você deve ir, é claro – disse Fierro a Yonah, que afiava espadas. – Mas volte assim que tiver falado com ele.

Yonah agradeceu com ar confuso e foi andando bem devagar para a vila, a cabeça rodando. Quem o esperava não era o tio Aron, isso estava claro. Ramón Callicó era um nome inventado, criado para atender a finalidades práticas. Seria possível que existisse *realmente* um Ramón Callicó nas redondezas e que Yonah Toledano estivesse prestes a se encontrar com um parente dele?

Dois homens esperavam na frente da taberna, juntamente com o menino que trouxera a mensagem. Yonah viu o garoto apontá-lo para a dupla, ganhar uma moeda e ir embora correndo.

Ao caminhar na direção deles, Yonah reparou que um estava vestido como cavaleiro, com um colete de malha sobre roupas de boa qualidade. Usava uma barba rente, muito bem cuidada. O outro tinha a barba revolta, roupas mais grosseiras, embora também carregasse uma espada. Uma parelha de bons cavalos fora amarrada no portão dos fundos da taberna.

– *Señor* Callicó? – disse o homem da barba rente.

– Sim.

– Vamos andar um pouco enquanto conversamos, pois estamos cansados da sela.

– Quem são os senhores? E qual dos dois é meu parente?

O homem sorriu.

– Todos sob a mão de Deus são como parentes, não é assim?

Yonah os encarou.

– Eu me chamo Anselmo Lavera.

Yonah lembrou-se do nome. Mingo tinha se referido a Lavera. Era o sujeito que controlava, no sul da Espanha, a venda de relíquias roubadas.

Lavera não apresentou o parceiro, que permaneceu em silêncio.

— O *señor* Vicente Deza nos pediu que falássemos com você.
— Vicente Deza está morto.
— Lamento. Algum acidente?
— Ele se afogou e acabou de ser enterrado.
— Uma fatalidade. Vicente nos disse que você conhecia a localização de uma certa caverna.

Então Yonah teve certeza de que haviam assassinado Vicente.

— Estão procurando uma das cavernas da rocha de Gibraltar?
— Ela não fica na rocha. Deduzimos a partir do que Deza nos contou que fica um tanto distante de Gibraltar.
— Não sei nada dessa caverna, *señor*.
— Ah, entendo, às vezes é difícil lembrar certas coisas. Mas vamos ajudar sua memória. E também vamos recompensar generosamente suas recordações.
— Se Vicente lhes deu o meu nome, por que não ensinou o caminho para a caverna?
— Como eu disse, a morte dele foi uma fatalidade. Estava sendo encorajado a lembrar e o encorajamento foi desastrado, entusiástico demais.

Yonah teve um calafrio ante a frieza com que Lavera admitia um fato tão horrível.

— Eu não estava aqui, percebe? – o homem continuou. – Se estivesse, o resultado seria melhor. Quando Vicente finalmente se dispôs ensinar o caminho, a morte o surpreendeu. Mas antes, ao ser estimulado a dizer quem mais podia ajudar, pronunciara seu nome.
— Será mesmo que alguém mais ficou sabendo dessa caverna que Vicente conhecia? – disse Yonah.

O homem com a barba rente sacudiu a cabeça e perguntou:
— Teve oportunidade de olhar para o Vicente antes do enterro?
— Sim.
— Pobre afogado. Estava com má aparência?
— Sim.
— Terrível. O mar não tem piedade.

Anselmo Lavera encarou Yonah.
— Somos esperados em outro lugar e estamos nos atrasando – disse –, mas em dez dias estaremos novamente aqui. Pense na recompensa e no que o pobre Vicente ia preferir que fizesse.

Yonah entendeu que precisaria estar longe de Gibraltar quando os dois voltassem. Sabia que, se não revelasse a localização da caverna do santo, eles o matariam. E se revelasse também ia morrer, pois não deixariam uma testemunha viva.

Ficou abatido porque pela primeira vez, desde que saíra de Toledo, gostava de onde estava e do que estava fazendo. Fierro era um homem bom, generoso, um tipo de mestre extremamente difícil de achar.

— Queremos que reflita um pouco, assim se lembrará do que precisamos saber. De acordo, amigo?

A voz de Lavera fora sempre agradável, mas Yonah tinha visto o ferimento na cabeça de Vicente e o terrível estado do rosto e do corpo.

— Vou fazer o possível para lembrar, *señor* – ele disse gentilmente.

— Falou com seu parente? – Fierro perguntou.

— Sim, mestre. Era um parente distante do meu lado materno.

— Família é importante. E é bom que tenha vindo neste momento, pois daqui a alguns dias não o encontraria mais. – Disse que decidira mandar Paco Parmiento, Luis Planas, Angel Costa e Ramón Callicó entregar a armadura do conde Vasca. – Paco e Luis tinham a competência necessária para fazer os ajustes de que a armadura precisasse após ser experimentada. Angel seria o chefe da pequena caravana.

Fierro queria que Ramón Callicó apresentasse a armadura ao conde porque falava um espanhol melhor que os outros e porque sabia ler e escrever.

— Quero que o conde de Tembleque me confirme por escrito o recebimento da armadura. Isso está claro?

Yonah demorou um pouco para responder, pois estava recitando uma oração de graças.

— Sim, *señor*, está claro.

Apesar do alívio ao saber que estaria bem longe de Gibraltar quando Anselmo Lavera voltasse, Yonah ficou um tanto apreensivo por viajar para o distrito de Toledo. Ponderou, no entanto, que saíra de Toledo quando menino e ia voltar como homem feito, os traços alterados pelo crescimento, pela maturidade, pelo nariz quebrado, sem falar na barba espessa e no cabelo comprido. Além disso, tinha outra identidade, conhecida por todos.

Fierro reuniu os quatro membros do grupo e procurou instruí-los com absoluta clareza.

— É perigoso viajar para lugares desconhecidos e ordeno que trabalhem em conjunto, não brigando um com o outro. Angel é o líder do grupo, encarregado da defesa e responsável perante mim pela segurança de cada um de vocês. Luis e Paco são responsáveis pela condição da armadura e da espada. Ramón Callicó entregará a armadura ao conde Vasca, verificando se ele ficou satisfeito com nosso trabalho e lhe pedindo um recibo por escrito das armas.

Perguntou a um por um se tinham compreendido suas instruções e todos responderam afirmativamente.

Fierro supervisionou os cuidadosos preparativos da viagem. A única coisa que levariam para comer eram alguns sacos de biscoito duro e ervilhas secas.

— Angel terá de caçar no caminho para conseguir carne fresca – disse o mestre.

Foi atribuído um cavalo a cada um, enquanto a armadura do conde Vasca seria transportada por quatro mulas de carga. Para que a aparência de seus trabalhadores não o envergonhasse, Fierro lhes deu roupas novas e fez severas recomendações de que só deveriam vesti-las quando estivessem se aproximando de Tembleque. Todas as quatro peças tinham bainhas para espadas, e as de Costa e Yonah eram cotas de malha. Costa amarrou grandes esporas enferrujadas nas botas, pegando também um arco e vários pacotes de flechas.

Paco sorriu.

– Angel vai andar de cara permanentemente feia para não haver dúvida sobre quem é o líder – ele sussurrou para Yonah, que achava uma sorte ter Paco a seu lado além dos outros dois.

Quando tudo estava pronto, os quatro subiram com os animais na prancha do primeiro navio costeiro a tocar em Gibraltar, que, para surpresa de Yonah, foi o *La Leona*. O comandante do barco saudou cada passageiro com uma palavra calorosa.

– Olá, é você! – disse para Yonah. Embora nunca tivesse falado com Yonah quando ele era membro da tripulação, o homem agora se inclinava e sorria. – Bem-vindo outra vez ao *Leona, señor*. – Paco, Angel e Luis viram com espanto os demais membros da tripulação cumprimentarem-no.

Os animais foram amarrados nas amuradas do convés de ré. Como aprendiz, era dever de Yonah pegar todo dia forragem no porão e alimentá-los.

Dois dias após a partida de Gibraltar, o mar ficou encapelado e Luis começou a enjoar e vomitar. Angel e Paco continuaram indiferentes ao jogo do barco e, para surpresa e prazer de Yonah, ele também. Quando o imediato gritou a ordem de recolher as velas, Yonah obedeceu ao impulso de sair correndo para a escada de corda do mastro principal. Foi subindo e logo ajudava, com movimentos ágeis, os marinheiros a puxar a vela. Quando desceu novamente para o convés, o homem chamado Josep, vítima do acidente que dera a Yonah oportunidade de juntar-se à tripulação, sorriu e deu-lhe um tapinha nas costas. Mais tarde, refletindo sobre o fato, ele percebeu que, se tivesse caído no mar, a cota de malha o carregaria para o fundo. E pelo resto da viagem se lembraria de que era apenas um passageiro.

Para os quatro que embarcaram em Gibraltar, os dias a bordo seriam de puro tédio. No terceiro dia, de manhã bem cedo, Angel desempacotou seu arco, pegou um pacote de flechas e se preparou para atirar nos pássaros. Os outros sentaram-se para ver.

– Angel é tão bom com o arco quanto um maldito inglês – disse Paco a Yonah. – Veio de uma aldeia da Andaluzia famosa por seus ótimos arqueiros e foi como arqueiro que entrou na milícia.

Mas Gaspar Gatuelles, o imediato, correu para Costa.

— O que está fazendo, *señor*?

— Vou matar alguns pássaros marinhos — disse Angel num tom descontraído, encaixando uma flecha.

O imediato estava horrorizado.

— Não, *señor*. Não vai matar nenhum pássaro do convés do *Leona*, pois isso traria desgraças para o barco e para nós.

Costa fechou a cara para Gatuelles, mas Paco correu para aplacá-lo.

— Logo vamos desembarcar, Angel, e você terá muito o que caçar. Precisamos de sua habilidade para nos abastecermos de carne. — Para alívio geral, Costa baixou e guardou o arco.

Então os quatro sentaram-se lado a lado, contemplando o mar e o céu.

— Conte alguma coisa da guerra, Angel — disse Luis. Costa ainda estava de cara feia, mal-humorado, mas Luis insistiu até ele concordar. No princípio, todos ouviram com interesse suas memórias de soldado, pois nenhum deles estivera na guerra. Logo, no entanto, cansaram-se de histórias de massacres, carnificinas, aldeias incendiadas, gado abatido e mulheres violadas. Deram-se por satisfeitos antes mesmo de Angel parar de falar.

Os quatro já estavam a bordo havia nove dias. A monotonia da viagem começou a afetá-los; às vezes a impaciência vinha à tona e explodia. Por acordo tácito, cada homem passava longas horas do dia isolado e Yonah não parou de revirar um problema em sua mente. Se voltasse para Gibraltar, era certo que Anselmo Lavera ia matá-lo. Contudo, o confronto entre Costa e Gaspar Gatuelles começara a lhe proporcionar uma nova visão do problema. A autoridade de Angel fora sobrepujada pela maior autoridade que o imediato detinha a bordo. Uma força fora mantida sob controle por uma força maior.

Yonah disse a si mesmo que precisava encontrar alguma força maior que Anselmo Lavera, uma força capaz de erradicar para sempre a ameaça do ladrão de relíquias. A princípio isto pareceu absurdo, mas enquanto continuava sentado no convés, olhando horas e horas o mar, um plano começou lentamente a tomar forma em sua cabeça.

Sempre que o navio se aproximava de um porto e atracava, eles desciam com os animais para exercitá-los. Quando finalmente *La Leona* avançou para as docas de Valência, os cavalos e as mulas de carga estavam saudáveis.

Yonah tinha ouvido histórias terríveis do porto de Valência durante os dias da expulsão. Soubera como o porto ficara repleto de navios, alguns em péssimo estado, equipados com vela somente para aproveitar a maré de altas tarifas pagas pelos deslocados. Soubera como homens, mulheres e crianças tinham se amontoado em cada porão. Soubera como, ao irromperem epidemias, os passageiros atingidos eram abandonados em ilhas desertas para lá morrer. Soubera que, assim que não eram mais vistos de terra, algumas tripulações tinham matado os passageiros e jogado os corpos no mar.

Contudo, no dia em que Angel tirou a comitiva do *La Leona*, o sol estava brilhando e o porto de Valência parecia tranquilo, silencioso.

Yonah sabia que a tia, o tio e o irmão caçula tinham ido para alguma pequena aldeia litorânea à procura de transporte. Talvez estivessem vivendo em solo estrangeiro. No íntimo, sentia que nunca mais ia encontrá-los, mas sempre que um garoto da idade que o irmão teria passava por ele, dava uma boa olhada, buscando os traços da fisionomia de Eleazar. O irmão estaria com treze anos. Se não tivesse morrido e ainda fosse judeu, já seria contado entre os homens do minyan.

Mas Yonah só via rostos desconhecidos.

Viajaram para oeste, deixando Valência para trás. Nenhum dos cavalos podia se comparar com o garanhão árabe que ele cavalgara nos torneios. Sua montaria era uma grande égua de cor parda, com orelhas chatas e uma cauda fina balançando entre imensas nádegas equinas. A égua realmente não possuía um porte vistoso, mas era esforçada, fácil de levar, e Yonah só tinha de lhe agradecer.

Angel ia na frente, seguido por Paco, que levava duas mulas, e Luis, levando as outras duas. Yonah ia na retaguarda, o que lhe agradava. Cada um desenvolvia seu próprio estilo na trilha. De vez em quando, Angel soltava alguns sons dissonantes, tão disposto a cantar um hino religioso quanto uma cantiga obscena. Paco juntava-se a qualquer música com uma retumbante voz grave. Luis cochilava na sela, enquanto Yonah passava o tempo pensando em muitas coisas. Às vezes ponderava longamente sobre o que devia fazer para colocar em prática seu plano contra Anselmo Lavera. Em algum lugar perto de Toledo havia homens que negociavam com relíquias roubadas, competindo com Lavera no comércio ilícito. Apegava-se à ideia de que, se conseguisse convencê-los a eliminar Lavera, estaria salvo.

Frequentemente ele passava o tempo procurando lembrar de trechos hebreus que havia esquecido. Após alguns poucos anos, a rica linguagem hebraica fugira de sua mente, levando palavras e melodias.

Foi capaz de recuperar alguma coisa, fragmentos que repetia, vezes sem conta, num silêncio imperfeito. Pôde lembrar, com rigorosa perfeição, um trecho curto do Gênesis 22, pois fora a passagem que cantara (como menino que se tornava homem) quando deixaram que lesse a Torá pela primeira vez: "Chegaram ao lugar do qual Deus falara e Abraão construiu o altar ali e pegou Isaac, seu filho, estendendo-o no altar, sobre a madeira. E Abraão esticou a mão e puxou a faca para matar seu filho." O trecho o assustara na época e continuava a assustá-lo agora. Como podia Abraão ter mandado o filho cortar madeira para o próprio sacrifício? Como podia ter concordado em matar Isaac e queimar-lhe o corpo? Por que não havia questionado a ordem de Deus, até mesmo discutido com ele? Abba não teria sacrificado um filho; abba sacrificara a si mesmo para o filho viver.

Mas Yonah foi acossado por outro pensamento. Se Deus era um Deus justo, por que estava sacrificando os judeus da Ibéria?

Sabia como o pai e o rabino Ortega responderiam a essa pergunta. Diriam que o homem não pode questionar as razões de Deus porque o homem não pode ver os desígnios mais abrangentes. Mas se os desígnios incluíam humanos usados em holocausto, Yonah questionava Deus. Não era por um Deus assim que continuava no jogo perigoso de ser dia após dia Ramón Callicó. Era pelo abba, pelos outros como o abba e pelas boas coisas que aprendera na Torá, visões de um Deus misericordioso e consolador, um Deus que forçava as pessoas a vagarem para o exílio, mas finalmente as entregava à terra que ele prometera.

Se fechasse os olhos era capaz de se imaginar como parte da caravana no deserto, como parte de uma hoste de judeus, de uma multidão de judeus. Via-os fazer toda noite uma pausa para levantar as tendas e os ouvia rezar em conjunto diante do santuário da arca e da sagrada aliança...

Os devaneios de Yonah foram interrompidos quando o alongamento das sombras informou a Angel que estava na hora de parar. Eles amarraram os oito animais sob algumas árvores e se permitiram uma folga para mijar, peidar e se verem livres da dureza da sela. Depois procuraram madeira, acenderam um fogo e, quando a papa da noite começou a ferver, Angel caiu de joelhos e ordenou que todos fizessem o mesmo para recitar o padre-nosso e a ave-maria.

Yonah foi o último a obedecer, mas ante o olhar febril do mestre de armas ajoelhou-se na terra e acrescentou um resmungo à voz alta, rude, de Angel Costa e aos murmúrios cansados de Paco e Luis.

À primeira luz da manhã, Costa saiu com seu arco. Quando os outros acabavam de carregar as mulas, ele já estava de volta com quatro pombos e duas perdizes. Os quatro depenaram as aves enquanto cavalgavam, seguindo devagar e deixando um rastro de penas. Depois pararam, limparam o alimento e puseram-no para assar num fogo de gravetos verdes.

Costa caçou todas as manhãs ao longo do trajeto, trazendo uma ou duas lebres e uma grande variedade de aves, de modo que nunca faltou comida. Viajavam quase continuamente. Nas poucas paradas, seguiam as ordens de Pierro e tomavam cuidado para não brigar.

Depois de onze dias na sela, num final de tarde, quando interrompiam a marcha para acampar, avistaram Tembleque, cujos muros começavam a mergulhar na escuridão. Na manhã seguinte, enquanto ainda estava escuro, Yonah saiu de perto do fogo e tomou banho num córrego. Depois vestiu as roupas novas que ganhara de Fierro. Meio angustiado, achou que nenhuma donzela esconderia a genitália com mais cuidado. Ao acordar, os outros zombaram de sua ânsia em se vestir com apuro.

Ele se lembrava da viagem que fizera com o pai até aquele castelo. Agora, ao se aproximar com os outros do portão, ouvia Angel responder à sentinela com um tom igualmente confiante e alto.

– Somos artesãos da armaria de Manuel Fierro, em Gibraltar. Trazemos a nova espada e uma armadura para o conde Fernán Vasca.

Ao serem introduzidos no castelo, Yonah constatou que o mordomo não era o mesmo de anos atrás, mas a informação que ele deu tinha um eco familiar.

– O conde Vasca está caçando nas florestas do norte.

– Quando vai voltar? – Angel perguntou.

– O conde volta quando quer – disse o homem de mau humor, mas, ao ver a expressão que brotava nos olhos de Angel, resolveu rapidamente acrescentar mais alguma coisa, pois seus próprios guardas tinham ficado inquietos em cima do muro. – Não acredito que vá demorar muitos dias – disse com relutância.

Costa se afastou para conferenciar com seus companheiros de viagem.

– Agora já sabem que as mulas carregam bens de valor. Se sairmos daqui com a espada e a armadura podemos ser atacados, podemos ser mortos por esses ou outros filhos da puta, e aposto que seriam sempre mais de quatro. Iam nos roubar a armadura e a espada. – Todos concordaram e Yonah se aproximou do mordomo.

– Conforme as ordens que recebemos, já que não encontramos o conde Vasca, devemos deixar a espada e a armadura nas dependências do castelo – disse ele. – Devemos também pegar um recibo escrito, atestando que a encomenda foi entregue em segurança.

O mordomo franziu a testa, um tanto irritado por receber ordens de desconhecidos.

– Tenho certeza de que o conde está esperando com impaciência a armadura feita pelo mestre Fierro – disse Yonah. Ele não precisou acrescentar: se por sua causa não receber a encomenda...

O mordomo conduziu-os até um recinto fortificado, onde abriu portas pesadas, os gonzos clamando por um pouco de óleo. Ele mostrou onde pôr a armadura e onde pôr a espada. Yonah redigiu o recibo, mas o mordomo era pouco letrado e foi muito demorado ajudá-lo a ler. Paco e Luis arregalavam os olhos, impressionados com a cena, mas Angel parecia desligado.

– Depressa, depressa – ele murmurava, ressentido da perícia de Yonah.

Finalmente o mordomo rabiscou sua assinatura.

Os homens que vieram de Gibraltar encontraram uma estalagem nas proximidades. Tinham os espíritos leves, pois a guarda das encomendas fora transferida para o castelo de Tembleque.

– Graças a Deus, entregamos tudo em ordem – disse Paco, e o alívio em sua voz falava por todos eles.

– Agora só quero relaxar e dormir – disse Luis.

– Agora só quero beber! – Costa declarou, batendo com a mão na mesa onde tinham sentado. Era um vinho amargo, muito forte, servido por uma mulher baixa e troncuda, de olhos cansados. Enquanto ela enchia os copos, Angel esfregou as costas da mão no avental manchado que lhe cobria as coxas e o traseiro; quando não houve objeções, a mão ficou mais arrojada.

– Ah, você é gostosa – disse ele, e a mulher forçou um sorriso. Estava acostumada aos homens que entravam na estalagem após longas semanas de viagem. Pouco depois, ela e Angel se afastavam dos outros para trocar algumas palavras, uma febril negociação seguida por um gesto de concordância.

Antes de saírem, Angel se virou para os companheiros.

– Então nos encontramos aqui, na estalagem, em três dias, para ver se o conde chegou.

E voltou rápido para junto da mulher.

Capítulo 25

A CIDADE DE TOLEDO

Paco e Luis ficaram contentes em conseguir camas na estalagem e procuraram curar pelo sono o cansaço da longa jornada. Então aconteceu que Yonah ben Helkias Toledano, ultimamente chamado Ramón Callicó, viu-se cavalgando sozinho, no sol do fim da manhã, como se estivesse num sonho.

Seguia a estrada entre Tembleque e Toledo. E cantava como o pai tinha cantado.

Oh, o cordeiro habitará com o lobo,
E com o menino o leopardo vai brincar,
E a vaca junto ao urso pastará,
Enquanto o leão come forragem como o boi...

À medida que Toledo se aproximava, cada novo panorama da estrada era uma coisa simultaneamente alegre e dolorosa. Às vezes ele e outros meninos vinham da cidade até aquele cenário para conversas sérias, de gente adulta. Falavam das lições do Talmud, da verdadeira natureza e variedade do ato sexual, do que iam ser quando crescessem e das razões para os diferentes formatos dos seios das mulheres.

Lá estava a rocha onde, apenas dois dias antes de ser assassinado, seu irmão Meir, que descansasse em paz, sentara-se com ele para se revezarem na guitarra mourisca.

Lá estava o caminho para a casa onde morava Bernardo Espina, antigo médico de Toledo, pudesse Deus também garantir um perfeito repouso à sua alma católica.

Lá estava a trilha que levava ao lugar onde Meir fora morto.

Ali era onde Yonah às vezes cuidava do rebanho do tio Aron, o fabricante de queijos. Lá estava a casa de fazenda onde Aron e Juana tinham morado, só que agora havia crianças desconhecidas brincando junto à porta.

Yonah atravessou correndo o rio Tejo, os cascos da égua molhando suas pernas ao explodir nos cintilantes, radiantes bancos de areia. Era um brilho muito forte de sol, que feria seus olhos.

Depois ele começou a seguir a trilha do rochedo, a trilha que Moisés, o burro, descera com tanta segurança na escuridão da noite e que agora, em plena luz do dia, a pobre égua subia desajeitada, nervosa.

No topo, nada mudara.

Deus, ele pensou, *Você nos dispersou e nos destruiu, mas deixou este lugar praticamente na mesma.*

Avançou lentamente pelo caminho estreito que margeava o rochedo. As casas correspondiam à lembrança que tinha delas. O velho vizinho, Marcelo Troca, ainda vivia. Lá estava ele, mourejando no jardim. Perto dele, outro burro comia apaticamente seu lixo.

A casa dos Toledano ainda estava de pé. Havia um mau cheiro no ar; quanto mais Yonah se aproximava, maior era o fedor. A casa tinha sido reformada. Só... se a pessoa soubesse para onde olhar e procurasse com muito cuidado seria possível ver alguns sinais do antigo incêndio.

Ele deteve a égua e saltou.

A casa estava ocupada. O homem de meia-idade atravessou a porta e assustou-se ao vê-lo parado ali, um desconhecido segurando as rédeas de um cavalo.

– *Buenos días, señor*. Precisa de alguma coisa?

– Não, *señor*, mas estou meio tonto, acho que é efeito do sol. Posso descansar um instante na sombra atrás da casa?

O homem examinou-o um tanto apreensivo, observando a montaria, a cota de malha, a faca do Mingo, a espada no lado esquerdo, o olhar aguçado no rosto estranho e barbado.

– Pode usar nossa sombra – disse com relutância. – Tenho água fresca. Vou lhe trazer um copo.

Atrás da casa, as coisas eram ao mesmo tempo iguais e extremamente diferentes. Yonah foi de imediato para o lugar secreto, procurando a pedra solta atrás da qual deixara a mensagem para o irmão Eleazar. Não havia mais uma pedra solta. A parede fora toda emboçada.

O cheiro vinha dos fundos, onde ficava antigamente a oficina do pai. Havia couros e peles de animais, alguns mergulhados em tinas para amolecerem e poderem ser raspados, outros secando no ar. Tentou identificar o ponto exato onde o pai fora enterrado e viu que um carvalho estava brotando lá, quase tão alto quanto ele.

O dono da casa voltou com uma caneca de madeira e, mesmo com a sensação de estar sorvendo também o mau cheiro, Yonah bebeu até a última gota.

– Estou vendo que é um curtidor.

– Encaderno livros e preparo meu próprio couro – disse o homem, examinando-o com atenção.

– Posso sentar mais um instante?

– Como quiser, *señor*. – Mas o homem permaneceu ali, vigilante. Talvez, pensou Yonah, com medo de que ele roubasse alguma pele molhada, fedorenta. Mais provavelmente temendo por livros valiosos que pudesse ter na oficina.

Quem sabe não teria ouro? Yonah fechou os olhos e recitou o kadish. Percebeu, com desespero, que jamais removeria o corpo do pai daquele lugar anônimo, que cheirava mal.

Nunca vou deixar de ser judeu. Eu juro, abba!

Quando abriu os olhos, o homem que encadernava livros ainda estava lá. Yonah percebeu que, ao entrar para pegar água, ele colocara uma coisa no cinto, uma faca afiada, de ponta curva, supostamente para cortar o couro. Mas Yonah não brigou com o homem. Ficando de pé, agradeceu a gentileza. Depois voltou para o cavalo e se afastou da casa onde havia morado.

A sinagoga tinha exatamente a mesma aparência, mas agora era uma igreja, com uma cruz alta de madeira brotando da crista do telhado.

O cemitério judeu desaparecera. Todas as lápides tinham sido levadas. Yonah tinha visto, em vários pontos da Espanha, pedras tumulares com inscrições em hebraico serem usadas em muros e na reparação de estradas. O cemitério fora transformado num campo de pastagem. Sem as lápides, só podia identificar aproximadamente as áreas das sepulturas de sua família, mas parou algum tempo ali, dizendo a prece dos mortos, consciente de como pareceria estranho no meio daquelas ovelhas e cabras.

Dirigindo-se ao centro da cidade, chegou aos fornos comunais, onde um grupo de mulheres brigava para o padeiro assar rapidamente seus pães. Yonah conhecia bem os fornos. Já tinham servido para preparar o alimento ritual. Quando garoto, toda sexta-feira levava o pão da família para assar ali. Naquele tempo, quem tomava conta dos fornos era um judeu chamado Vidal, mas agora o padeiro era um homem gordo, um sujeito infeliz no meio de tantos ataques.

– É um preguiçoso, sujeitinho sujo, maluco! – dizia uma delas. Era jovem e bonita, bem cheia de corpo. No momento em que Yonah olhava, ela tirou um dos pães de sua cesta e atirou-o perto do nariz do padeiro com uma expressão vingativa. – Acha que vim aqui para ver meu pão virar cocô de cachorro? Você é que devia comê-lo, seu asno!

Quando ela se virou, Yonah viu que era Lucía Martín, que amara quando garoto.

Os olhos da moça deslizaram por ele, passaram, retornaram. Mas ela nem chegou a parar, afastando-se com ar fatigado e com uma cesta de pão queimado.

Yonah foi descendo a rua estreita, lentamente, pois não queria emparelhar com Lucía. Contudo, mal ultrapassara as casas e os olhares dos curiosos, ela saiu detrás da árvore onde ficara à espera.

– Verdade mesmo? É você?

Aproximou-se do cavalo e ergueu a cabeça.

Yonah sabia o que tinha a fazer. Negar que a conhecesse, sorrir ante um engano de identidade, dar-lhe um adeus educado e se afastar. Mas ele desmontou.

– Como tem passado, Lucía?

Arregalando os olhos numa espécie de triunfo, ela segurou a mão de Yonah.

– Ô, Yonah! Não acredito que seja *você*. Para onde foi? Por que foi se podia se tornar filho do meu pai? Um irmão para mim.

Lucía fora a primeira mulher que vira nua. Era uma linda moça, ele se lembrava, e a memória agitou seu corpo.

– Eu não queria ser seu irmão.

Estava casada há três anos, ela contou rapidamente, mantendo a mão dele sob um forte aperto.

– Casei-me com Tomás Cabrerizo. A família dele tem vinhedos do outro lado do rio. Não se lembra de Tomás Cabrerizo?

Yonah tinha uma recordação muito vaga de um rapaz emburrado, atirador de pedras, que implicava com os judeus.

– Tenho duas filhas pequenas e estou com outra criança a caminho – disse Lucía. – Peço à Mãe Santíssima que seja um filho.

Ela o contemplou maravilhada, reparando no nariz, nas roupas, nos braços.

– Yonah. *Yonah!* Por onde você andou, Yonah? Como está vivendo?

– Melhor você não saber – ele disse gentilmente, mudando de assunto. – Seu pai vai bem?

– O pai morreu há dois anos. Parecia cheio de saúde, mas morreu de repente, num dia de manhã.

– Ah, que descanse em paz – disse Yonah, com sincero pesar. Benito Martín sempre fora um homem bom.

– Possa sua alma descansar com o Salvador – disse ela se benzendo. O irmão Enrique entrara para a ordem dos dominicanos, contou com evidente orgulho.

– E sua mãe?

– Minha mãe ainda vive. Mas nunca se aproxime dela, Yonah. Ela o denunciaria.

A religiosidade dela trouxe à tona os receios de Yonah.

– E você não vai me denunciar?

– Nem hoje nem nunca! – Os olhos de Lucía se encheram de lágrimas, mas ela o encarou com raiva.

– Que o Senhor a acompanhe, Lucía – disse ele, sucumbindo à necessidade de fugir.

– Vá com Deus, amigo da minha infância.

Ele soltou sua mão, mas não pôde resistir e se virou para uma última pergunta.

– Meu irmão Eleazar. Tornou a vê-lo por aqui?

– Nunca.

– Nunca soube de seu paradeiro, do que foi feito dele?

– Nunca tive notícias de Eleazar – disse ela balançando a cabeça. – Nem de qualquer um deles. Você foi o único judeu a voltar por aqui, Yonah Toledano.

Se queria realmente escapar de Lavera, ele sabia o que tinha a fazer e quem devia encontrar.

Avançou devagar pela parte central da cidade. O muro ao redor do bairro judeu ainda existia, mas os portões estavam abertos de par em par e em todas as casas moravam cristãos. A catedral de Toledo dominava o cenário.

Havia muita gente.

Sem dúvida naquele lugar, atrás da catedral da Plaza Mayor, alguém poderia reconhecê-lo, assim como Lucía o fizera. E Yonah percebeu que àquela altura ela já podia tê-lo traído. Talvez os dedos cruéis da Inquisição já estivessem se esticando em sua direção, assim como um homem se estica para bater numa mosca. Havia soldados na praça e membros da guarda. Yonah fez força para passar naturalmente por eles, mas nenhum dos homens dispensou-lhe mais que um olhar distraído.

Prometeu uma moeda a um garoto sem os dentes da frente. Queria que ele tomasse conta da égua.

Chamavam a porta que usou para entrar na catedral de Porta da Alegria. Quando criança, ele se perguntava se a porta cumpriria mesmo o que prometia seu nome, mas pelo menos naquele momento não sentiu qualquer espécie de júbilo. Na sua frente, um homem com roupas esfarrapadas mergulhou os dedos numa pia de água benta e se ajoelhou. Yonah esperou até não haver mais ninguém à vista e avançou pela nave.

O espaço era vasto, com um teto alto e abobadado, suportado pelas colunas de pedra que dividiam o salão em cinco alas distintas. O interior parecia quase vazio porque era muito grande, mas havia bastante gente espalhada pela igreja e um bom número de clérigos de batinas pretas. A mistura de suas preces ecoava, elevando-se para as alturas. Yonah achou que as vozes que se combinavam nas igrejas e catedrais, de uma ponta à outra da Espanha, podiam abafar sua voz assustada quando ele se dirigia a Deus.

Demorou um bom tempo para completar o caminho através do corpo central da nave, mas não viu a pessoa que estava procurando.

Ao sair, piscando os olhos sob o brilho do sol, deu ao garoto a moeda que prometera e perguntou se ele não conhecia um frade que se chamava Bonestruca.

O sorriso do garoto desapareceu.

– Conheço.

– Onde posso encontrá-lo?

O garoto deu de ombros.

– Há muitos deles na casa dos dominicanos.

Dedos encardidos fecharam-se sobre a moeda e logo, como se alguém o perseguisse, o garoto saiu correndo.

Sentado numa área improvisada para beber (três tábuas colocadas sobre barris), Yonah observava o prédio da ordem dominicana do outro lado da rua e tomava um vinho amargo. Finalmente viu sair um frade da casa e, um bom tempo depois, uma dupla que discutia febrilmente.

Quando frei Lorenzo de Bonestruca apareceu, estava se aproximando da casa, em vez de deixá-la. Yonah reconheceu-o de longe, logo que ele entrou no começo da rua, pois era fácil identificar o corpo alto.

O homem entrou na casa da ordem e demorou-se o suficiente para Yonah pedir um pouco mais de vinho ao dono da birosca. Assim que viu o frade sair, no entanto, Yonah não se importou de deixar a caneca cheia. Logo estava montado na égua, começando a descer lentamente a rua. Não queria perder Bonestruca de vista, mas procurava ficar bem atrás.

Finalmente Bonestruca cruzou a porta de uma pequena taberna, um lugar de peões. Quando Yonah, depois de amarrar a égua, penetrou no recinto escuro, o frade já se instalara nos fundos e já estava no meio de uma discussão com o proprietário.

– Talvez possa pagar ao menos uma pequena soma para diminuir a dívida?

– Como se atreve, seu miserável, safado!

O proprietário parecia totalmente acovardado. Aterrorizado, não conseguia sequer olhar para o inquisidor.

– Eu lhe imploro, frei, que não fique ofendido – disse ele num tom de desespero. – Seu vinho será servido, é claro. Não pretendi ser desaforado.

– Você é uma titica!

O frade engordara, mas suas feições tinham a beleza que Yonah não esquecera: uma expressão aristocrática com bochechas altas, nariz fino e longo, boca grande, de lábios grossos, queixo firme e quadrado. A fisionomia só era traída pelos olhos, grandes e opacos, cheios de fria aversão pelo mundo.

O dono do estabelecimento tinha disparado e já voltava com a caneca que pousou na frente de Bonestruca. Só depois se virou para Yonah.

– Uma caneca de vinho para mim. E mais uma caneca para o bom frade.

– Sim, *señor*.

Os olhos baços de Bonestruca focalizaram Yonah.

– Que Jesus o abençoe – ele murmurou, como se quisesse pagar a bebida com a bênção.

– Obrigado. O senhor permite que eu me sente ao seu lado? – ele perguntou e Bonestruca assentiu com indiferença.

Então Yonah sentou-se à mesa do homem que causara as mortes do seu pai, do seu irmão, de Bernardo Espina e, é claro, de muitos outros.

– Eu me chamo Ramón Callicó.

– Frei Lorenzo de Bonestruca.

O frade obviamente tinha sede. Esvaziou rapidamente a primeira caneca e a caneca que Yonah estava pagando. Depois concordou quando Yonah pediu mais duas.

– Desta vez canecões, *señor*!

– Tive o prazer de rezar na catedral, um lugar de que Toledo deve muito se orgulhar – Yonah arriscou e Bonestruca abanou a cabeça com relutância, como se deplorasse palavras inoportunas que tivessem invadido sua privacidade.

Os canecões foram servidos.

– Que tipo de trabalho vem sendo feito na catedral?

Bonestruca deu de ombros com ar fatigado.

– Acho que estão fazendo uma reforma nas portas – disse.

– Participa do culto na catedral, meu frade?

– Não. Participo do culto em outro lugar – respondeu o frade. Ele tomou um gole tão fundo que Yonah ficou em dúvida se as moedas que trazia na bolsa seriam proporcionais à sede do homem. Contudo, era um dinheiro bem empregado, pois sentia o frade se tornando mais volúvel, os olhos adquirindo uma nova vida, o corpo relaxando como flor que desabrocha após a chuva.

– E há muito tempo vem servindo a Deus, *señor*?

– Desde criança.

Com a língua mais quente e mais solta, o frade começou a falar sobre graça hereditária. E logo explicava a Yonah que era o segundo filho de uma família aristocrática de Madri.

– Bonestruca é um nome catalão. Há muitas gerações, minha família foi de Barcelona para Madri. Minha cepa é muito antiga, sem nenhuma gota de sangue ruim, entende? Completa limpeza de sangue. – Fora enviado aos dominicanos com doze anos de idade. – Felizmente não me mandaram para os franciscanos. Eu não suporto esses choramingas. Minha santa mãe tinha um irmão com os franciscanos em Barcelona, mas na família de meu pai só houve frades dominicanos. – Os penetrantes olhos castanhos de que se lembrava estavam cravados em seu rosto. Agora era Yonah quem sentia terror, certo de que Bonestruca podia enxergar seus segredos e transgressões.

– E você? De onde você vem?

– Venho do sul. Sou aprendiz de Manuel Fierro, o armeiro de Gibraltar.

– Gibraltar! Pelo amor de Deus, vem de bastante longe, aprendiz de armeiro. – Ele se inclinou para a frente. – Aposto que trouxe a armadura tão avidamente esperada há quatro anos por um ilustre nobre daqui. É preciso adivinhar o nome dele?

Yonah não confirmou se a suposição do frade estava correta, mas passou o recado quando, em vez de desmenti-la, tomou um gole do vinho e sorriu.

– Vim com um grupo de homens – explicou num tom gentil.

Bonestruca sacudiu os ombros e levantando o dedo comprido coçou o nariz com ar gozador. A reticência de Yonah o divertia.

Era tempo, Yonah disse a si mesmo, de atirar uma flecha e sentir onde ela ia cair.

– Estou procurando um homem da Igreja, alguém disposto a me dar um conselho.

Foi de tédio a expressão do frade. Ele ficou num silêncio impassível, interpretando a sugestão como prelúdio a mais uma daquelas confissões de consciência que empolgava alguns clérigos enquanto outros encaravam-nas como pragas.

– Se uma pessoa descobrisse... hum, alguma coisa de grande valor sagrado... Bem, para onde devia levá-la? De modo a garantir que... fosse devidamente avaliada e ocupasse seu lugar no mundo?

Os olhos castanhos tinham se arregalado e olhavam fixamente para Yonah.

– Uma relíquia?

– Bem. Sim. Uma relíquia – Yonah confirmou cautelosamente.

– Espero que não seja um pedaço da verdadeira cruz – disse o frade num tom gozador.

– Não é.

– Bom, então por que alguém se interessaria por ela? – disse Bonestruca (uma pequena piada) e pela primeira vez deu um sorriso curto, frio.

Yonah também sorriu e se virou para o lado.

– *Señor* – disse ele chamando o taberneiro. – Queria pedir mais dois canecões de vinho.

– Suponho que você acredite que seja o osso de algum santo – disse o frade. – Então escute. Se for um osso da mão, quase certamente saiu da mão de um pobre coitado assassinado por alguém, um pecador, talvez um cocheiro ou o dono de uma granja de porcos. E se for o osso de um pé, é provável que seja do pé de algum dos patifes que partiram da Espanha, um desgraçado que não poderia, de modo algum, ser considerado um mártir cristão.

– É possível, meu frade – disse Yonah humildemente.

Bonestruca deu uma risada.

– Mais que possível. É quase certo.

As novas canecas chegaram e Bonestruca continuou a beber. Mas era o tipo de beberrão que continua sóbrio e perigoso, como se o vinho não o afetasse. Yonah, contudo, tinha de refrear suas reações, por mais que fosse fácil matar, naquele momento, o frade assassino. Era preciso pensar claramente e Yonah sabia que só poderia voltar a Gibraltar e continuar vivo se Bonestruca também vivesse.

Pediu a conta ao taberneiro e, depois de acertado o débito, o homem serviu-lhes, a título de cortesia, um prato com pão e azeitonas no azeite. Yonah comentou a gentileza com o frade.

Bonestruca ainda estava furioso com o taberneiro.

– É um falso cristão que deve provar o gosto da justiça – resmungava. – Um monstruoso porco judeu!

Yonah carregou o terrível peso dessas palavras enquanto conduzia a égua pelas ruas sonolentas.

Capítulo 26

BOMBARDAS

O conde Vasca deixou os homens de Gibraltar esperando mais quatro dias. Yonah aproveitou o tempo procurando a viúva de Bernardo Espina. Queria entregar o breviário ao filho do médico, como prometera antes do auto de fé que dera fim à vida dele.

A busca, no entanto, terminou em decepção.

– Estrella de Aranda voltou para cá com os filhos – contou uma vizinha da antiga casa de Espina. – Após o marido ter sido queimado por heresia, nenhum parente quis ficar com eles. Nós demos abrigo, mas por pouco tempo. Então ela foi para o Convento de la Santa Cruz e ouvimos dizer que morreu pouco depois. A Madre Igreja também pegou as filhas, Marta e Domitila, para serem freiras. Francisco se tornou monge. Não, não sei onde estão agora.

Yonah esperava que o excesso de vinho não impedisse Bonestruca de lembrar o que ouvira sobre uma valiosa relíquia. Não havia dúvida de que o frade fazia parte de uma rede que comprava e roubava objetos sagrados, coisas que eram lucrativamente negociadas com o exterior. Bonestruca sabia que ele estava esperando para entregar a armadura do conde de Tembleque. Se tivesse mordido a isca, alguém ia abordá-lo para saber dos detalhes.

Contudo, vários dias se passaram e ninguém foi ao castelo perguntar por ele.

Quando finalmente o conde voltou da caçada, mostrou ser um homem grande o bastante para preencher o imenso espaço da armadura. Tinha barba, bigode e cabelo da cor do gengibre e uma grande área calva no meio da cabeça. Tinha ainda o olhar frio e dominador de alguém nascido e criado sob o princípio de que todas as pessoas que conhecia eram seres inferiores, gente que existia para servi-lo.

Os homens vindos de Gibraltar ajudaram-no a vestir a armadura e o viram andar desajeitado pelo pátio, segurando a espada. Ao sair das ferragens, estava visivelmente satisfeito com as coisas que recebera, embora se queixasse um pouco da falta de espaço no ombro direito. Uma forja foi de imediato improvisada no pátio. Luis e Paco começaram a trabalhar com vontade e com dois martelos.

Logo após ter sido feito o ajuste na ombreira, o conde Fernán Vasca mandou o mordomo convocar Ramón Callicó à sua presença.

– Ele deixou sua marca no recibo? – Yonah perguntou.

– Está esperando para falar com você – disse o mordomo e Yonah foi atrás dele para os aposentos do conde. Enquanto andavam, atravessando um certo número de cômodos, Yonah tentou descobrir alguns dos objetos de prata que o pai fizera, mas não viu nenhum. O castelo de Tembleque era grande.

Não entendia o que o conde queria conversar. Não precisava dar-lhe dinheiro; o pagamento da espada e da armadura seria feito através de mercadores de Valência que negociavam com Gibraltar. Yonah esperava que Fierro tivesse mais êxito na cobrança que seu pai.

O mordomo parou na frente de uma porta de carvalho e bateu.

– Excelência. O homem chamado Callicó está aqui.

– Mande-o entrar.

Era um aposento comprido e sombrio. Embora o dia não estivesse frio, havia um pequeno fogo na lareira e três galgos estendidos num tapete de junco. Dois deles fitaram o recém-chegado com olhos frios. O terceiro ficou bruscamente de pé e se aproximou de Yonah com um rosnado baixo, embora tenha recuado assim que foi chamado pelo dono.

– Meu senhor – disse Yonah.

Vasca cumprimentou-o com um gesto de cabeça e entregou-lhe o recibo assinado.

– Estou extremamente satisfeito com a armadura. Diga isso a seu mestre Fierro.

– Ele ficará feliz ao saber de seu contentamento, meu senhor.

– Sem dúvida. É sempre bom receber boas notícias. Por exemplo, fui informado de que descobriu uma relíquia sagrada.

Ah. Fora lá então que caíra a flecha atirada para frei Bonestruca, pensou Yonah com um calafrio.

– É verdade – disse cautelosamente.

– De que tipo é esta relíquia?

Yonah encarou o conde.

– Vamos, vamos – Vasca insistiu num áspero tom de impaciência. – É um osso?

– São muitos ossos. É um esqueleto.

– De quem?

– De um santo. Não um santo muito conhecido. Um santo local da região de Gibraltar.

– Acha que é o esqueleto do Santo Peregrino, El Compasivo?

Yonah olhou com mais respeito o conde.

– Sim. Conhece a lenda?

– Conheço todas as lendas acerca de relíquias – disse Vasca. – Por que acredita que seja o esqueleto de São Peregrino?

Então Yonah falou de Vicente, contou como Vicente o levara à caverna no sopé das rochas. Descreveu tudo que tinha visto e o conde o ouviu atentamente.

– Por que se aproximou de frei Bonestruca?

– Achei que ele podia conhecer alguém que... estivesse interessado.

– Por que essa suposição?

– Bebemos juntos. Achei melhor tocar no assunto com um frade bom de copo do que abordar algum padre moralista.

– A verdade, então, é que estava procurando alguém que negociasse com relíquias ou coisas parecidas, não simplesmente um homem da Igreja.

– Sim.

– Porque pretende vender a bom preço sua informação?

– Tenho um preço. É um alto preço para mim, mas talvez não para os outros.

O conde Vasca se inclinou para a frente.

– Mas por que andou todo esse chão desde Gibraltar para encontrar alguém que mexa com isso? Ninguém trabalha com relíquias no sul da Espanha?

– Anselmo Lavera trabalha. – *Como você bem sabe*, pensou Yonah. Falou ao conde do assassinato de Vicente e de sua própria experiência com Lavera. – Sei que se não levar Lavera e seus homens até a caverna, serei morto. E se levá-los, serei morto da mesma maneira. Sinto o impulso de fugir, mas gostaria muito de voltar para Gibraltar e trabalhar em paz com o mestre Fierro.

– Então, que preço está pedindo por sua informação?

– Minha vida.

Vasca assentiu. Se havia deboche da parte dele, pelo menos não era evidente.

– É um preço aceitável – disse, entregando pena, papel e tinta a Yonah. – Faça um mapa mostrando como achar a caverna do santo.

Yonah compôs o mapa, tomando o maior cuidado para ser fidedigno, procurando enchê-lo ao máximo de pontos de referência.

– A caverna fica num trecho árido de areia e pedra, sendo completamente invisível da estrada. Não há nada naquele lugar além de rochedos, arbustos mirrados e árvores anãs.

Vasca abanava a cabeça.

– Faça uma cópia deste mapa e leve-a com você para Gibraltar. Quando Anselmo Lavera procurá-lo de novo, diga que não saberia guiá-lo até a caverna, mas lhe dê o mapa. Eu repito: *Não vá até a caverna com ele*. Você entendeu?

– Sim, eu entendi – disse Yonah.

Ele não tornou a ver o nobre. Em nome do conde Vasca, o pouco simpático mordomo deu uma gratificação de dez maravedis a cada um dos armeiros.

Seguindo as instruções de Fierro, Angel Costa vendeu os burros em Toledo e os quatro voltaram para a costa sem terem de tomar conta de animais de carga.

Em Valência, enquanto esperavam para embarcar num navio, gastaram parte do dinheiro das gratificações em bebidas. Yonah teve vontade de se descontrair um pouco, mas o passado que devia esconder continuava vivo em sua memória. Aproximou-se da farra, mas bebeu com cautela, vigilante.

Tinham acabado de entrar em outra taberna quando Luis, após dar um encontrão num sujeito gordo que estava saindo, reagiu como se tivesse levado um soco.

– Sua vaca desastrada!

– Qual é o problema, *señor*? – disse o homem, virando-se espantado e falando com o sotaque de um franco. Mas o ar de divertimento nos olhos do desconhecido se transformou em prudência quando Angel deu um passo à frente, a mão na espada.

O franco estava desarmado.

– Desculpem a minha falta de jeito – ele disse friamente, deixando a taberna.

Yonah mal pôde acreditar no orgulho que viu no rosto de Luis e na satisfação de Angel.

– E se ele voltar armado, com amigos?

– Então brigamos. Tem medo de brigar, Callicó? – Angel perguntou.

– Não vou matar nem ferir ninguém só porque você e Luis procuram um pouco de diversão.

– Achei que tinha medo. Acho que pode aguentar um jogo, mas não uma verdadeira briga de homem.

Paco se aproximou, colocando-se entre os dois.

– Combinamos cumprir a tarefa do mestre sem criar problemas – disse ele. – Não pretendo ter de explicar algum ferimento ou alguma morte a Fierro. – Fez sinal para o taberneiro trazer as bebidas.

Beberam até tarde da noite e, de manhã, embarcaram num navio que zarpou com a primeira maré. Durante a viagem, por insistência de Angel, os quatro se encontravam de manhã e no final da tarde para rezar. Em outras ocasiões, Luis e Angel se isolavam e Yonah ia conversar com Paco. Na maior parte do tempo, porém, Yonah se conservava distante. Andava mal-humorado, triste. Tinha a sensação de ter feito um pacto com o diabo, de ter conspirado com os homens que quase certamente haviam trazido mortes horríveis para o pai e para o irmão. Ele se sentiu estranhamente feliz ao desembarcar em Gibraltar. Era bom voltar a um porto onde alguém o esperava.

Não houve um longo período de descanso após a chegada. Enquanto os quatro estiveram fora, várias encomendas, tanto de armaduras quanto de espadas, tinham vindo de membros da corte. Yonah foi designado para trabalhar na bancada de Paco, ajudando-o a fabricar um peitoral para o duque de Carmona. Por toda a armaria havia aquele clamor, aquele bater dos martelos no ferro aquecido.

Apesar das novas encomendas, Fierro continuou a trabalhar nos instrumentos médicos que estava fazendo para o irmão, Nuño Fierro, médico de Saragoça. Eram extremamente bonitos, cada um polido como uma joia e afiado como espada.

No fim do dia, quando acabava o trabalho, Yonah usava o clarão do fogo e a luz fraca das lamparinas para trabalhar num projeto seu. Pegara a lâmina de ferro de sua primeira arma, a enxada quebrada, e, depois de aquecê-la na forja, começara a modelá-la. Sem um plano ou real intenção (quase a despeito de sua vontade), o pesado martelo foi dando forma a um pequeno cálice.

Yonah trabalhou com ferro, não com prata nem ouro, e a taça não foi modelada com perfeição. Era, no entanto, uma réplica do relicário que o pai fizera para o Mosteiro da Assunção.

Ao acabar, ficara algum tempo apreciando a obra. Um estranho cálice, grosseiramente gravado com as principais figuras que adornavam o relicário. Pelo menos o ajudaria a conservar suas memórias, servindo também como uma taça de kidush para ajudá-lo a celebrar o Shabat e agradecer ao Criador pelos frutos da videira. Tentou encontrar consolo na ideia de que, se revistassem seus pertences, a cruz gravada no cálice ia se somar ao breviário de Bernardo Espina como evidência de cristandade.

Menos de quinze dias após a volta de Yonah, apareceu novamente um garoto trazendo um recado da vila. Um parente de Ramón Callicó estava à espera dele perto da taberna.

Desta vez Fierro franziu a testa.

– Estamos muito ocupados agora – ele disse a Yonah. – Mande o seu parente vir aqui, onde poderão conversar rapidamente.

Yonah passou o recado ao garoto e ficou à espera, de orelha em pé. Quando viu os dois homens entrarem a cavalo nos terrenos da armaria, saiu depressa da oficina para falar com eles.

Anselmo Lavera desceu do cavalo e jogou as rédeas para o capanga, que continuou montado.

– Olá. Viemos há alguns dias, mas disseram que tinha viajado.

– Sim. Fui entregar uma armadura.

– Bem, isso lhe deu tempo para pensar. Já se lembrou de onde estão os ossos do santo?

– Sim – disse Yonah olhando para ele. – Não há uma recompensa para uma notícia dessas, *señor*?

Ouviu o riso baixo do capanga no cavalo.

– Uma recompensa? É claro que sim. Leve-nos agora até o túmulo do santo e será de imediato recompensado.

– Não posso sair agora. Tenho muito trabalho. Não fui sequer autorizado a ir até a vila.

– Não acredito que ainda esteja se preocupando com trabalho. Vai ficar rico, por que tem de trabalhar? Vamos, estamos perdendo tempo.

Yonah olhou para um dos barracões. Fierro tinha parado de trabalhar e os observava.

– Não – disse ele –, e não seria nada bom para você me levar. Os homens da armaria iriam atrás. Não ia conseguir pegar os ossos. – Ele tirou da túnica a cópia do mapa que havia feito em Tembleque. – Aqui está. A caverna onde estão os ossos está claramente indicada. Fica para o interior, mas não muito longe da saída de Gibraltar.

Lavera estudou o mapa.

– Viro à direita ou à esquerda na estrada?

– À direita. A distância é muito pequena. – Yonah explicou como ele devia fazer.

– Vamos até lá – disse Lavera pegando o cavalo. – Depois voltamos para entregar sua recompensa.

O dia passou devagar para Yonah. Ele mergulhou no trabalho.

Os dois não voltaram.

Passou a noite sozinho no barracão que lhe servia de alojamento, sem conseguir dormir, atento ao barulho de algum cavalo se aproximando, ao ruído de passos.

Não escutou nada.

Passou mais um dia, e outro. E outro.

Logo completou uma semana.

Aos poucos Yonah foi percebendo que os dois não iam voltar, que o conde de Tembleque pagara o preço combinado.

As encomendas estavam quase prontas. Os dias se tornavam mais tranquilos e Fierro achou que os jogos podiam recomeçar. Pôs novamente Yonah com Angel na arena. Primeiro com armadura completa e espadas sem pontas; depois sem armadura, usando espadas menores de duelo, com a ponta arredondada.

Costa derrotou-o nas duas vezes. Na segunda vez, enquanto a luta se desenvolvia, Angel dava vazão à raiva.

– Lute, seu miserável, covarde! Lute, seu pica mole, seu pedaço de bosta! – O desprezo ficou óbvio para todos que assistiam.

– Se importa de lutar contra Costa? – o mestre perguntaria mais tarde. – Você é o homem mais jovem aqui. E o único que tem tamanho e força para enfrentá-lo. Acha ruim entrar com tanta frequência nesse jogo?

– Não, não acho ruim – disse Yonah. Contudo, tinha de ser honesto com Fierro. – Acredito até que podia vencer, pelo menos de vez em quando, se os torneios fossem de novo a cavalo.

– Você não é um escudeiro aprendendo a ser cavaleiro – disse Fierro balançando a cabeça. – De que ia servir aperfeiçoar suas habilidades com a lança? Programo luta de espadas para que possa aprender, pois é sempre muito bom ser um espadachim. Cada disputa é uma lição que você obriga Angel a lhe dar.

Yonah sempre se esforçava, e realmente era verdade que estava ganhando, graças à prática e imitação constantes, uma pequena experiência. Achou que, com suficiente treino, podia conseguir se defender e atacar melhor, podia aprender quando se esquivar e quando investir para dar a estocada. Mas o outro era mais rápido, mais forte, um verdadeiro mestre de armas. Yonah sabia que, por mais que se esforçasse, nunca poderia superar Angel Costa.

Às vezes, Angel fazia demonstrações com a besta, uma arma de que ele não gostava.

– Com a besta, mesmo um homem sem talento consegue atirar uma flecha atrás da outra na formação cerrada de um exército inimigo – dizia –, mas é uma arma pesada para carregar e o mecanismo estraga facilmente debaixo da chuva. E não tem o incrível alcance do arco comum.

De vez em quando, Angel dava aos peões da armaria uma rápida visão da guerra, um sopro do verdadeiro cheiro de sangue.

– Quando um cavaleiro cai do cavalo no meio de uma batalha, tem quase sempre de se livrar de uma parte da armadura. Senão seria deixado para trás pelos espadachins, arpoadores, lanceiros, arqueiros, homens que ficam menos protegidos que os cavaleiros, mas que, em compensação, não são estorvados pelo armamento. A armadura é feita para resistir a qualquer ataque, mas transforma o cavalo num elemento indispensável de quem a usa.

Um dia encheram de palha uma túnica velha, procurando deixar aberturas nos locais que uma armadura não protegia. Quase sempre, o arco de Angel atirava a flecha de muito longe e conseguia acertar um golpe mortal no "inimigo", atingindo uma daquelas fendas estreitas no simulacro de armadura. Sempre que o tiro era particularmente difícil, Fierro o recompensava com uma moeda.

Uma tarde o mestre reuniu-os na arena e ajudou dois peões a instalarem um pesado instrumento.

– O que é? – Luis perguntou.

– Uma bombarda francesa – respondeu Fierro.

– Para que serve? – disse Paco.

– Vocês vão ver.

Era um tubo de ferro reforçado por aros. O mestre o mandara prender no chão com estacas e correntes. Orientados por Manuel Fierro, eles carregaram o tubo com uma bola de pedra e um pozinho que o mestre disse combinar salitre, carvão e enxofre. Fierro mexeu algum tempo numa dobradiça que elevava o ângulo da bombarda e mandou os peões ficarem numa distância segura. Depois encostou a ponta flamejante de uma vareta no buraco que havia no fundo da bombarda.

Quando o salitre começou a arder, o mestre soltou a vareta e correu para perto dos outros.

Houve uma demora, enquanto a pólvora queimava, seguida de um estrondo terrível, como se Deus tivesse batido palmas.

A bola de pedra, que deslizou pelo ar com um assobio baixo, aterrissou bem além do alvo, atingindo um carvalho de bom tamanho e fendendo o seu tronco com um barulho de rasgar.

Todos deram gritos de apoio, mas houve risos, também.

– De que serve uma arma de guerra que nem chega perto do alvo? – Yonah perguntou.

Fierro não se ofendeu, compreendendo que era um problema realmente sério.

– Não atingiu o alvo porque eu não soube usá-la direito. Mas me disseram que não é difícil aprender a lidar com ela.

"A precisão não é tão importante", ele continuou. "Numa batalha, em vez de bolas de pedra, essas bombardas podem atirar metralhas, que são bolas feitas de pedaços de ferro e pedra unidos por uma massa que se fragmenta na descarga. Imaginem o estrago que várias bombardas podem fazer numa fileira de cavaleiros ou soldados a pé! Quem não foge cai como grama na frente da foice."

Paco encostou a mão no cano, mas retirou-a depressa.

– Está quente!

– Está. E me disseram que se atirarmos demais o ferro pode quebrar. Já tem gente pensando em moldar os canos em bronze.

– É incrível mesmo – disse Costa. – Isso torna as armaduras inúteis. Então... também vamos fazer essas bombardas, mestre?

Fierro contemplou a árvore partida, balançou a cabeça e respondeu em voz baixa:

– Acho que não.

Capítulo 27

OLHOS VIGILANTES

Numa ensolarada manhã de domingo, várias semanas depois de Lavera e seu capanga terem sido mandados para a caverna, Yonah galopou no cavalo árabe até o descampado rochoso, onde deixou o animal amarrado num arbusto.

Pegadas na terra pedregosa teriam sido há muito eliminadas pelo vento ou por qualquer chuvisco que tivesse caído.

O interior da caverna estava vazio.

Os ossos que restavam do santo tinham desaparecido. Assim como a cruz grosseira e os potes de barro. Na busca por objetos sagrados, os saqueadores tinham desfeito o altar. Os galhos secos espalhados e o desenho do peixe na parede constituíam a única evidência de que Yonah não havia simplesmente sonhado com a caverna em seu antigo estado.

Na parede, embaixo do peixe, havia uma nódoa cor de ferrugem e, ao se ajoelhar com sua vela, Yonah viu outras marcas idênticas no chão de pedra: grandes poças de sangue coagulado.

Os homens que ficaram ali de tocaia haviam feito um trabalho completo de limpeza das peças e, ao mesmo tempo, tinham se livrado de quem competia com eles no sul da Espanha.

Yonah sabia que, ao dar o mapa para Anselmo Lavera e respectivo capanga, executara-os tão certamente quanto se tivesse passado uma lâmina afiada em suas gargantas. Retornou a Gibraltar sentindo simultaneamente um alívio e o pesado fardo de saber que era um assassino.

Desde que voltara de Tembleque, Angel Costa se colocara mais que nunca como o piedoso soldado da Igreja em Gibraltar.

– Por que sai a cavalo nos domingos de manhã? – ele perguntou a Yonah.

– Mestre Fierro me deu permissão.

– Deus não deu permissão. As manhãs de domingo são para o culto da Santíssima Trindade.

– Eu rezo boa parte do tempo – disse Yonah, tentando mostrar uma devoção que sem dúvida não convenceu, pois Costa torceu a cara.

– Entre os armeiros, só você e o mestre não vão à igreja como deviam. É preciso assistir à missa cristã. Procure se arrepender dos caminhos que está seguindo, meu educado *señor*!

Paco tinha visto e ouvido aquilo. Quando Costa se foi, ele disse a Yonah:

— Angel é um matador, um pecador por quem o fogo do inferno seguramente espera. Mas é quem pretende velar pelas almas imortais dos que estão à sua volta.

Costa também falara com Fierro.

— E tenho sido advertido pelo amigo José Gripo que minha ausência da missa tem gerado comentários perigosos – o mestre disse a Yonah. – Então, eu e você temos de mudar nossos hábitos. Não saia mais a cavalo nas manhãs de domingo. É um tempo reservado para as orações. Seria muito conveniente que fosse à igreja neste fim de semana.

Assim, na manhã do domingo seguinte, Yonah foi até a vila e chegou cedo à igreja, ficando nos fundos. Costa chegou mais tarde e Yonah sentiu os olhos do mestre de armas cravados nele. Do outro lado da nave, mestre Fierro conversava descontraidamente com alguns conhecidos.

Yonah sentou-se e relaxou, observando Jesus pendurado na cruz sobre o altar. O padre Vasquez tinha uma voz alta, como o zumbido de um punhado de abelhas. Não era difícil para Yonah ficar de pé quando as pessoas ficavam de pé, ajoelhar-se quando elas se ajoelhavam e mover os lábios como se estivesse rezando. Acabou gostando do sonoro latim da missa, assim como sempre gostara de ouvir o hebraico.

Após o culto, formaram-se filas diante do confessionário e na frente do padre que distribuía as hóstias da eucaristia. Yonah ficou nervoso ao ver as hóstias, pois fora criado ouvindo histórias terríveis de judeus acusados de roubar e profanar hóstias.

Procurou sair de mansinho, esperando que ninguém desse conta de sua partida.

E ao se afastar da igreja, viu bem à sua frente, na rua estreita, o vulto de Manuel Fierro, que também ia embora.

Yonah foi à igreja por quatro domingos consecutivos.

A cada semana, mestre Fierro também estava lá. Numa dessas vezes, voltaram juntos à armaria jogando conversa fora, como garotos indo para casa depois da escola.

— Me conte sobre o judeu que o ensinou a trabalhar com prata.

Então Yonah falou sobre o abba, mas como um ex-aprendiz, não como filho. Não procurou, no entanto, eliminar o orgulho e o afeto da voz.

— Helkias Toledano era um sujeito incrível e um talentoso artesão de metais. Gostei muito de ser seu aprendiz.

Também estava gostando muito de ser aprendiz de Fierro, mas a timidez não o deixou dizer isso.

– Ele tinha filhos?

– Dois – disse Yonah. – Um morreu. O outro ainda era um menino. Levou o garoto com ele quando partiu da Espanha.

Fierro abanou a cabeça e passou a falar de redes de pesca, pois os barcos que zarpavam de Gibraltar estavam tendo uma boa temporada.

Após aquele dia, Manuel Fierro passou a observar Yonah ainda mais de perto. A princípio Yonah achou que fosse sua imaginação, pois o mestre sempre tinha sido gentil e sempre dirigia, a todo mundo, palavras de agrado e de encorajamento. Mas Fierro passou a conversar com ele mais frequentemente que antes, e por mais tempo.

Angel Costa também vinha vigiando Yonah. Frequentemente Yonah sentia os olhos de Angel sobre ele. Quando Angel não estava por perto, ele achava que havia outros que também o vigiavam.

Um dia teve certeza de que Luis o seguira até a vila.

Mais de uma vez, ao voltar a seu barracão, Yonah notou que tinham mexido em seus poucos pertences. Nada fora roubado. Ele tentava avaliar o risco a partir dos olhos de um bisbilhoteiro hostil, mas nada encontrava que pudesse incriminá-lo. Eram poucas peças de vestuário, a guitarra, o cálice de ferro que fizera na forja e o breviário do finado Bernardo Espina, que descansasse em paz.

Há décadas, Manuel Fierro era um homem bem-sucedido e influente em Gibraltar. Tinha um largo círculo de amigos e conhecidos; nas raras noites em que parava na taberna, quase nunca bebia sozinho.

Não viu nada de extraordinário quando José Gripo sentou-se em sua mesa e tomou um copo de vinho quase em silêncio. Conhecia Gripo desde que chegara a Gibraltar e o dono da mercearia nunca fora muito falador.

Mas quando Gripo, depois de sussurrar que queria encontrá-lo no cais, acabou prontamente o vinho e deu um sonoro boa-noite, Fierro desconfiou de alguma coisa. Em poucos minutos ele também esvaziava seu copo e, recusando a oferta de mais uma rodada, disse boa-noite a todos.

Caminhou até a beira-mar sem entender por que Gripo tivera medo de ser visto saindo da taberna em sua companhia.

O merceeiro estava esperando na metade da extensão escura do cais, atrás de um galpão que servia de depósito. Não perdeu tempo com amenidades.

– Você está marcado, Manuel. Devia ter se livrado daquele safado ingrato. Há muito ele devia ter sido posto no olho da rua com a espada e o arco.

– Quem? Angel Costa?

– Quem mais haveria de ser? É um invejoso, um homem que se ressente da prosperidade que você conseguiu com tanto esforço, Manuel – disse Gripo num tom amargo.

Denúncias anônimas haviam sido feitas à Inquisição, mas Fierro não perguntou como Gripo conhecia o denunciante. Sabia que uma meia dúzia dos parentes mais próximos de José Gripo eram padres que ocupavam boas posições.

– Mas com base em quê eu fiquei marcado?

– Ele disse aos inquisidores que você foi aprendiz de um feiticeiro muçulmano. E disse que o viu lançar uma maldição de sangue sobre cada peça de armamento vendida aos cristãos. Como lhe avisei, tem sido notado que não vai à missa.

– Ultimamente tenho ido.

– Ultimamente é tarde demais. Foi denunciado como servo de Satã e inimigo da Santa Madre Igreja – disse Gripo, e Fierro reconheceu a profundidade da tristeza em sua voz.

– Obrigado, José.

Ficou parado no escuro até José Gripo deixar o cais. Depois voltou à sua armaria.

Contou a Yonah no dia seguinte, na tarde ensolarada, de ar parado. Enquanto poliam os instrumentos fabricados para o irmão, o mestre Fierro falou em voz baixa, num tom insípido, desprovido de emoção, como se estivessem conversando sobre a modelagem de uma peça de metal. Fierro não deu o nome de Gripo, relatando apenas ter sabido que fora denunciado por Angel Costa.

– Se ele falou de mim aos inquisidores, tenho certeza de que também você foi denunciado e será preso – disse Fierro. – Devemos, portanto, ir embora daqui, e depressa.

– Sim, *señor* – disse Yonah, que podia sentir a própria palidez.

– Tem para onde ir?

– Não.

– E seus parentes? Os dois que vieram visitá-lo?

– Não eram parentes. Eram bandidos. Mas já foram.

Fierro balançou a cabeça.

– Então quero lhe pedir um favor, Ramón Callicó. Vou procurar meu irmão, Nuño Fierro, que é médico em Saragoça. Podia ficar como meu segurança até chegarmos à casa dele?

Yonah tentou pensar depressa.

– O senhor me tratou bem – disse por fim. – Vou com o senhor, para servi-lo.

Fierro assentiu com ar satisfeito.

– Então – disse ele – temos de nos preparar de imediato para ir embora de Gibraltar.

No meio da noite, enquanto os outros dormiam, Yonah, seguindo as instruções do mestre, foi até a casa dele e ajudou-o a reunir as coisas de que iam precisar para a viagem. Além de comida e ferramentas, botas resistentes, esporas e uma cota de malha para cada um. E também uma espada para Yonah. E uma espada para Fierro que deixou Yonah engasgado; não era cravejada de joias nem tinha o cabo trabalhado como a espada de um nobre, mas parecia muito bonita, pois fora forjada com um esplêndido equilíbrio de proporções.

Fierro enrolou em panos macios cada um dos instrumentos cirúrgicos que, com tanto cuidado, fizera para o irmão. Depois arrumou tudo num pequeno baú.

Ele e Yonah foram até o estábulo, pegaram uma boa mula e levaram-na para um dos barracões de suprimentos na extremidade dos terrenos da armaria. Estava trancado, como todos os barracões de suprimentos, e Fierro abriu a porta com uma chave. Na metade do barracão havia um amontoado de peças de ferro, além de uma armadura enferrujada e outros refugos de metal. A outra metade do espaço estava entulhada de lenha, o combustível da forja. O mestre pediu que Yonah o ajudasse a deslocar as toras e, quando uma boa parte da pilha foi removida, apareceu um pequeno baú forrado de couro.

Não era maior que o baú dos instrumentos cirúrgicos, mas Yonah se espantou ao suspendê-lo, pois pesava muito. Então ele compreendeu por que fora preciso trazer a mula.

Arrumaram o baú no lombo da mula e trancaram o barracão.

– A última coisa que vamos querer é um zurro para acordar todo mundo – disse Fierro. Enquanto Yonah puxava a mula para a casa, ele foi falando com o animal em voz baixa e fazendo festa em seu lombo. Quando o baú foi colocado no piso da casa, o mestre mandou Yonah devolver a mula ao estábulo e ir para o alojamento, o que ele fez. Yonah caiu de imediato na cama, mas, embora estivesse cansado e quisesse dormir, ficou rolando no escuro, agitado por pensamentos.

A despeito de todas as precauções, Costa soube na manhã seguinte que havia alguma coisa errada. Levantando-se ao raiar do dia para caçar, viu um esterco novo no terreno, mas reparou que todos os animais estavam no estábulo, cada um devidamente instalado em sua baia.

– Alguém pegou um cavalo ou um animal de carga esta noite? – ele perguntou olhando para todos, mas num tom casual. Não recebeu resposta.

Paco deu de ombros.

– Sem dúvida um cavaleiro se perdeu durante a noite e, vendo que o estreito é um beco sem saída, voltou pelo mesmo caminho em que havia vindo – disse ele bocejando.

Costa assentiu, com relutância.

Yonah tinha a impressão de ver os olhos de Angel sempre que erguia a cabeça. Estava impaciente para ir embora, mas Fierro não partiria antes de acertar um último ponto. O mestre levou um pacote para um velho amigo, juiz de paz na vila. O pacote, que devia ser aberto numa quinzena, continha dinheiro para ser dividido entre seus artesãos de acordo com o tempo de serviço de cada um. Continha ainda uma carta, concedendo-lhes propriedade coletiva de todas as benfeitorias e formulando votos de que continuassem produzindo armas ou o que mais dependesse de suas consideráveis habilidades.

– Está na hora – Fierro exclamou no dia seguinte e Yonah sentiu um grande alívio. Esperariam até a maior parte da noite passar para que tivessem claridade quando começassem a pisar em solo desconhecido. O mestre foi até o estábulo e tirou da baia a montaria habitual, uma égua negra que diziam ser o melhor de seus animais.

– Pegue o árabe cinza para você – disse ele, e Yonah obedeceu com grande alegria. Selaram os cavalos e levaram-nos de volta para as baias. Depois conduziram a mula para a casa de Fierro pela última vez.

Vestiram-se, pegaram as armas e carregaram a mula com as coisas que tinham reunido. Quando voltaram ao estábulo, pegaram os cavalos e, sob o nascer cinzento de uma nova manhã, atravessaram com os três animais os terrenos da armaria.

Não falavam.

Yonah lamentava não ter conseguido se despedir de Paco.

Sabia o que era deixar uma casa e podia imaginar o que Fierro estava sentindo. Quando ouviu o gemido baixo, achou que o mestre se permitira uma manifestação de pesar, mas virando a cabeça viu uma flecha emplumada brotar da garganta de Manuel Fierro, logo acima da cota de malha. Sangue muito vermelho escorria do ferimento para a roupa e depois para o cavalo.

Distante cerca de quarenta passos, Angel Costa fizera o lançamento na penumbra, o que teria lhe rendido uma moeda de ouro num dia de torneio.

Yonah percebeu que Angel atirara primeiro em Fierro por temer sua espada. Não tinha medo, porém, das habilidades de Yonah e logo baixou o arco, puxou a espada e avançou.

A primeira reação de Yonah foi de pânico e seu primeiro pensamento, que sufocou todos os outros, foi pular no cavalo e fugir. Mas talvez pudesse fazer alguma coisa por Fierro... Não lhe sobrou tempo para refletir, só para sacar a espada e dar um passo à frente. Costa caía sobre ele e as lâminas colidiam com ruídos metálicos.

Yonah tinha pouca esperança. Afinal, fora sempre sobrepujado por Angel Costa. A expressão de bestialidade e desprezo do mestre de armas era sua velha conhecida. Para acabar rapidamente com a luta, Costa estaria procurando definir o golpe, escolher o movimento mais eficiente dentre a dúzia de movimentos que tinham funcionado no passado.

Com uma energia nascida do desespero, Yonah imobilizava a espada de Costa a cada estocada, a cada golpe, a cada vez que o punho de um forçava o do outro. Era como se ouvisse a voz de Mingo em sua cabeça, dizendo-lhe precisamente o que fazer.

Então a mão esquerda de Yonah foi descendo para a cintura e puxou o pequeno punhal.

Ataque para acertar. Vá de rasgada para cima.

Um olhou para o outro com a mesma estupefação, ambos conscientes de que não era para acabar assim. Costa cambaleava.

Fierro estava morto quando Yonah chegou perto. Tentou remover a flecha, mas ela entrara fundo e a ponta resistia. Então quebrou a haste o mais rente possível da pobre garganta ensanguentada.

Não podia deixar que encontrassem Fierro ali, pois sabia que o cadáver seria condenado e, como derradeira indignidade, queimado junto às vítimas vivas no próximo auto de fé.

Ergueu o mestre e carregou-o bem para o lado da trilha. Depois usou a espada para cavoucar um túmulo raso no solo arenoso, extraindo a terra solta com as mãos.

A terra estava cheia de pedras, e usar a espada como pá estragara a lâmina, inutilizando a arma. Yonah, então, resolveu trocá-la pela esplêndida espada de Manuel Fierro. Deixou as esporas de prata nas botas do mestre, mas pegou sua bolsa e tirou-lhe do pescoço o cordão com as chaves dos baús.

Gastou tempo e energia cobrindo o corpo de Fierro com pedras pesadas, para protegê-lo de animais. Depois, cobriu as pedras com um pouco de terra e espalhou cascalho, gravetos e uma pequena pedra redonda na superfície do túmulo. Queria que, visto da trilha, o solo parecesse normal.

Algumas moscas já tinham pousado no corpo de Costa e daí a pouco haveria um enxame, mas, após se certificar de que ele estava realmente morto, Yonah abandonou Angel Costa com o rosto atolado no chão.

Finalmente, levando também a mula e a égua negra de Fierro, Yonah se afastou no lombo do cavalo árabe. Foi um trote vigoroso na luz movediça do início da manhã e ele só afrouxou a marcha depois de cruzar o istmo estreito que ligava Gibraltar com o resto da Espanha. Passou, sem olhar, pela caverna saqueada do Santo Peregrino. Quando o sol ficou a pino, viu-se mais uma vez na solitária segurança das altas montanhas. Não parou, mas começou a chorar como uma criança. E não era só o pesar pela morte do mestre, havia outra coisa. Tinha mandado dois homens para a morte e agora roubara uma vida humana com suas próprias mãos. Sem dúvida, o que perdera com isso pesava mais que qualquer fardo levado pela mula.

Quando teve certeza de não estar sendo seguido, deu uma folga nos animais, conduzindo-os a pé durante cinco dias por trilhas pouco usadas das montanhas e sempre a passo lento. Depois se virou para o norte, continuando nos protegidos caminhos dos morros até os arredores de Múrcia.

Só abrira uma vez o baú de couro. Pelo peso, só poderia conter uma coisa, por isso a visão das moedas de ouro meramente confirmou que ali estava o capital que o mestre acumulara depois de duas décadas forjando as armas que os ricos e poderosos tanto desejavam. Ele nem chegou a pôr os dedos naquela riqueza fantástica. Fechou o baú e tornou a enfiá-lo no grande saco de roupas. As moedas de Fierro estavam sob sua responsabilidade.

Seu cabelo e sua barba logo ficaram grandes, malcuidados; as esporas e a cota de malha adquiriram marcas, meio barrentas, do mato úmido onde dormia. Parou duas vezes em aldeias remotas, que pareciam seguras, para comprar suprimentos, mas evitou qualquer contato menos superficial. Na verdade, a maioria das situações garantia a sua privacidade, pois Yonah lembrava o perfeito cavaleiro errante, cuja excelente espada e cavalos de batalha, somados à aparência temível, não encorajavam ataques nem convivência social.

Passando Múrcia, virou-se imediatamente para o norte, viajando através de Valência e Aragão.

Deixara Gibraltar no final do verão, mas agora os dias já se tornavam frescos e as noites frias. Um pastor vendeu-lhe um cobertor de couro de ovelhas, onde ele passou a se enrolar para dormir. Fazia frio demais para tomar banho, e o cheiro dos couros mal preparados adicionava-se ao seu fedor.

Na manhã que alcançou Saragoça, estava entorpecido com a fadiga da viagem.

– Conhece o médico deste lugar? – perguntou ao homem que carregava lenha num carro de boi na Plaza Mayor. – Um homem chamado Fierro?

– Sim, é claro – disse o desconhecido, que o contemplava meio nervoso. Yonah foi orientado a sair de novo da cidade e se dirigir a uma pequena fazenda, meio escondida, por cuja trilha de entrada ele passara sem reparar.

Havia um estábulo entre as benfeitorias da *hacienda*, mas o único animal à vista era um cavalo que pastava na grama seca e cinzenta do inverno. A mulher que atendeu à sua batida na porta da casa-sede transmitia um cheiro de pão recentemente assado. Ela só abriu um pouco a porta, não mostrando mais que metade de um rosto doce de camponesa, o contorno de um ombro, o volume de um seio.

– Quer falar com o doutor?

– Sim.

Nuño Fierro era um homem calvo, barrigudo, de olhar introspectivo e calmo. Embora o dia estivesse nublado, ele apertou os olhos como se estivesse olhando para o sol. Era mais velho que o mestre. Tinha o nariz reto e, sob vários outros aspectos, lembrava o irmão, que no entanto fora mais vigoroso, mais robusto. Quando ele saiu de dentro da casa, Yonah reparou no modo como mexia a cabeça, no andar, nas diferentes emoções que irrompiam em seu rosto.

O homem ficou silencioso e abatido quando Yonah lhe disse que o irmão estava morto.

– Morte natural?

– Não. Ele foi atacado.

– Assassinado, não é o que está querendo dizer?

– Sim. Assassinado e... roubado – Yonah acrescentou de repente.

Não premeditara a decisão de não entregar àquele homem o dinheiro do irmão, mas teve a súbita e ofuscante certeza de que não o faria. Foi até a mula e soltou o baú dos instrumentos médicos.

Nuño Fierro abriu o baú e examinou os bisturis, as sondas, os grampos.

– Trabalhou pessoalmente em cada instrumento. Deixou-me polir alguns, mas fez todos eles.

O médico ia pegando com carinho aqueles poucos produtos do trabalho do irmão, mas sua expressão era muito tensa. Ergueu os olhos para Yonah, sem dúvida observando as marcas da longa viagem. Provavelmente sentindo também o cheiro do viajante.

– Entre, por favor.

– Não.

– Mas precisa...

– Não, obrigado – disse Yonah num tom meio áspero. – Felicidades para o senhor.

Ele caminhou até o cavalo cinzento e pulou na sela. Depois procurou manter os animais num passo lento, para escapar devagar. Na poeira da estrada, Nuño Fierro tinha um olhar confuso.

Yonah seguiu mais para o norte, sem saber muito bem para onde ia.

O médico era um homem velho, disse a si mesmo, e sem dúvida estava bem de vida. Não precisava da fortuna do irmão.

Percebia agora que, sem ter consciência da tentação, ficara pensando muito naquele dinheiro. Imaginando o que significaria dispor de recursos financeiros praticamente ilimitados.

Por que não? Obviamente fora obra de Deus. O Indizível Uno mandava-lhe uma celestial mensagem de esperança.

Após algum tempo, instalado na sela que passara a sentir como outra camada de pele no rabo, ficou tonto de tanto pensar nas opções que se abririam diante dele com aquele ouro. Pensar para onde devia ir. Pensar onde poderia comprar uma nova vida.

Quando se deu conta, estava chegando às encostas, satisfeito por viajar para o reconfortante refúgio das montanhas. Naquela noite, porém, não dormiu. Havia uma casquinha fina de lua e as mesmas estrelas que brilhavam quando era pastor. Fizera uma fogueira na pequena clareira de uma encosta arborizada e ficou sentado diante dela, contemplando as labaredas, onde via muitas coisas.

Dinheiro era poder.

O dinheiro lhe compraria um certo nível de segurança. Um mínimo de segurança.

Na luz fria do início da manhã, ele se levantou e, murmurando um xingamento de peão, jogou terra sobre o que restara do fogo.

Voltou lentamente a Saragoça.

Quando Nuño Fierro abriu a porta da casa-sede da fazenda, Yonah estava pegando o baú das moedas. Logo depois tirava a espada da cinta para colocá-la sobre o baú.

– Isto também era dele, assim como os animais.

Os olhos inteligentes de Fierro se arregalaram, compreendendo tudo.

– Foi você que o matou?

– Não, não!

Seu horror seria reconhecido como sincero.

– Eu gostava muito dele. Era... o mestre! Era bom e justo. Muita gente gostava dele.

O médico de Saragoça abriu sua porta de par em par.

– Vamos entrar.

Capítulo 28

LIVROS

Por mais difícil que fosse, antes de descansar ou tomar um banho ele contou em detalhes a Nuño Fierro o que acontecera naquela manhã. Explicou como Manuel Fierro morrera com a flecha de Angel Costa espetada na garganta e como conseguira acabar com Angel. Nuño Fierro ouviu com os olhos fechados. Era uma terrível narrativa e, quando Yonah chegou ao fim, ele abanou a cabeça e se afastou para ficar sozinho.

A criada do médico era uma pessoa calada e atenta, uma mulher forte de uns quarenta anos – mais velha do que Yonah imaginara quando a vira pela primeira vez através da fenda da porta. Seu nome era Reyna Fadique. Cozinhava bem, esquentou a água do banho sem se queixar e, durante um dia e meio, ele não fez nada além de dormir, acordar para comer ou usar o penico e dormir outra vez.

Quando se levantou na tarde do segundo dia, encontrou suas roupas lavadas, coradas no sol. Ele se vestiu e saiu. Pouco depois, Nuño Fierro viu-o se ajoelhar na margem do córrego, contemplando pequenas trutas voarem sobre as águas.

Yonah agradeceu pela hospitalidade.

– Já descansei e estou pronto para pegar de novo a estrada – disse ele, e seu rosto adquiriu uma expressão meio sem jeito. Não tinha dinheiro para fazer uma oferta pelo cavalo cinzento, mas achava que talvez pudesse comprar a mula. A possibilidade de ser obrigado a viajar a pé era terrível.

– Abri o baú de couro – disse o médico.

Algo que Yonah detectou na voz do homem ergueu de repente sua cabeça.

– Está faltando alguma coisa?

– Pelo contrário. Eu não esperava encontrar o que vi ali. – Nuño Fierro estendeu um pequeno pedaço de papel, rasgado sem muito cuidado de um pedaço maior. Nele, numa tinta onde ainda havia alguns grãos de areia, estava escrito: "Acredito que o portador é um cristão-novo."

Yonah estava assombrado. Então tinha havido pelo menos um homem que ele não conseguira enganar com seu falso nome e modos cristãos! O mestre pensara que fosse um convertido, é claro, mas percebera que Yonah era judeu. A nota mostrava que ele acreditara que Yonah entregaria o dinheiro ao irmão na eventualidade de sua morte. Era um testemunho de confiança que partia do túmulo, uma homenagem que quase não fora merecida.

Estava, porém, desapontado por Manuel Fierro ter julgado necessário avisar o irmão de que tinha um judeu em casa.

Nuño Fierro viu a confusão em sua fisionomia.

– Venha comigo, por favor.

No interior da casa, num escritório, Nuño puxou uma tapeçaria, revelando um nicho na parede de pedra. Dentro do nicho havia dois objetos muito bem envolvidos em panos brancos. Cada pano fora cuidadosamente amarrado com tiras de tecido. Nuño abriu os panos e apareceram dois livros.

Em hebraico.

– Fui aprendiz de Gabriel ben Nissim Sporanis, um dos mais renomados médicos de toda a Espanha, e tive a honra de praticar medicina com ele. Era judeu. Tinha perdido um irmão para a Inquisição. Graças à misericórdia de Deus, morreu naturalmente, na cama, com idade muito avançada, dois meses antes do edito de expulsão.

"Na época da expulsão, seus dois filhos e sua irmã tinham poucos recursos para viajar para um lugar seguro. Comprei deles esta casa e esta terra, assim como estes livros.

"Disseram-me que um se chama *Comentário dos aforismos médicos de Hipócrates*, e foi escrito por Moisés ben Maimon, que sua gente chama de Maimônides. O outro é o *Cânon de medicina*, de Avicena, que os mouros conhecem como Ibn Sina. Numa carta a meu irmão Manuel, eu disse que tinha esses livros e que gostaria muito de descobrir seus segredos. E ele me manda um cristão-novo."

Yonah suspendeu um dos livros e apreciou as letras que há muito não via. Pareciam estranhas, insólitas. No meio da alegria nervosa que tomou conta dele, transformaram-se em cobras se contorcendo.

– Tem outros livros escritos por Maimônides? – ele perguntou com voz rouca. O que não daria por uma cópia da Mishné Torá, pensou; o abba tivera o livro, onde Maimônides comentava toda a prática religiosa judaica, descrevendo em detalhe tudo que Yonah havia perdido.

Infelizmente, Nuño Fierro sacudira negativamente a cabeça.

– Havia outros livros, mas foram levados pelos filhos de Gabriel Sporanis. – Olhou ansioso para Yonah. – É capaz de traduzir estes aqui?

Yonah contemplou uma página escrita. De novo as serpentes eram apenas as bem-amadas letras, mas...

– Eu não sei – disse num tom de dúvida. – Antigamente eu dominava com facilidade a língua hebraica, mas há muito tempo não leio hebraico nem uso a língua para nada. Já se passaram nove anos.

– Quer morar comigo e tentar?

Ficou espantado ao ver como o hebraico do pai entrava de novo em sua vida.

– Fico por algum tempo – disse.

Se a escolha fosse dele teria começado com o livro de Maimônides, pois o exemplar era muito velho e as páginas estavam secas e se esfarelando, mas Nuño Fierro estava ávido para ler Avicena, por isso Yonah começou daí.

Não tinha certeza se conseguiria fazer a tradução. Trabalhou com grande afinco, uma palavra de cada vez, um pensamento de cada vez, e lentamente as letras que já tinham sido tão familiares tornaram-se outra vez familiares.

– Bem? O que acha? – o médico perguntou após o primeiro dia.

Yonah só pôde dar de ombros.

As letras hebraicas liberaram recordações do pai a ensiná-lo, discutindo com ele os significados das palavras, ensinando como funcionavam nas relações do homem com outros homens e nas relações do homem com Deus e com o mundo.

Lembrou-se das vozes velhas e pouco firmes, das vozes jovens e fortes, todas bem ou mal cantando juntas. Lembrou-se do júbilo das canções e do pesar do kadish. Trechos dos cultos, fragmentos dos versos que julgava esquecidos para sempre começaram a rodopiar das profundezas de sua memória. Vinham como flores no vento. As palavras hebraicas que traduzia falavam de tétano e pleurisia, tremores de febres, poções para abrandar a dor; não obstante, traziam-lhe a música, a poesia, o fervor que tinham se perdido na forma brutal como amadurecera para a vida.

Algumas palavras ele simplesmente não conhecia e a única solução era conservar o nome hebraico na sentença em espanhol. Mas já fora muito familiarizado com o hebraico e, aos poucos, tudo ia voltando.

Nuño Fierro pairava bem próximo dos limites de sua emoção.

– Como vai o trabalho? – perguntava no final de cada dia.

– Começo a sentir um progresso – Yonah foi finalmente capaz de dizer.

Nuño Fierro era um homem honesto e logo advertia Yonah de que, no passado recente, Saragoça fora um lugar perigoso para judeus.

– A Inquisição chegou cedo aqui, e com severidade – disse.

Torquemada havia nomeado dois inquisidores para Saragoça em maio de 1484. Esses clérigos estavam tão impacientes para liquidar judeus recalcitrantes que organizaram o primeiro auto de fé sem emitir sequer o Edito de Graça, que poderia permitir aos cristãos-novos transgressores confessar voluntariamente, com isso adquirindo o direito a um pedido de clemência. Em 3 de junho, os primeiros dois convertidos já tinham sido executados e o cadáver de uma morta fora exumado e queimado.

– Havia bons homens em Saragoça, membros da Diputación de Aragón, que funcionava como um conselho de ministros. Eles ficaram chocados, escandalizados, e se dirigiram ao rei. Disseram que as nomeações e execuções de Torquemada eram ilegais e que seus confiscos de propriedades violavam os *fueros* do reino de Aragão. Não faziam objeções ao julgamento dos hereges – continuou Nuño Fierro –, mas queriam que a Inquisição se esforçasse para trazer os pecadores de volta ao seio da Santa Madre Igreja por meio de conselhos e educação religiosa ou recorrendo no máximo a penas suaves. Diziam que não deviam ser levantadas calúnias contra gente boa e piedosa, e reafirmavam que não havia heréticos notórios em Aragão.

Fernão demitira aqueles homens de imediato.

– Se havia tão poucos heréticos em Aragão, dizia ele, por que vinham incomodá-lo com aquele medo da Inquisição?

Na noite de 16 de setembro de 1485, Pedro Arbués, um dos inquisidores, foi assassinado enquanto rezava na catedral. Não houve testemunhas do crime, mas as autoridades fizeram a imediata suposição de que fora morto por cristãos-novos. Como já acontecera nos casos de outras fictícias insurreições de convertidos, puseram de imediato na prisão o líder da população de cristãos-novos. Ele era um distinto e idoso jurista, chamado Jaime de Montesa, subsecretário de justiça da municipalidade.

Alguns conhecidos de Montesa também foram presos, homens profundamente envolvidos na vida cristã, pais e irmãos de monges, gente cujos ancestrais já eram convertidos. Entre eles havia pessoas que ocupavam altos postos no governo e no comércio, várias delas condecoradas. Um por um foram declarados *judio mamas*, isto é, "essencialmente judeus". Terríveis torturas engendraram confissões de um complô. Em dezembro de 1485, mais dois convertidos foram queimados no poste e, a partir de fevereiro de 1486, encenaram-se mensalmente autos de fé em Saragoça.

– Como você vê, devemos ter cuidado, muito cuidado – Fierro advertiu Yonah. – Ramón Callicó é seu verdadeiro nome?

– Não. Sou procurado como judeu sob meu verdadeiro nome.

Nuño Fierro estremeceu.

– Então não me diga qual é seu verdadeiro nome. Quando alguém perguntar, diremos simplesmente que se chama Ramón Callicó e que é um cristão-velho de Gibraltar, sobrinho da esposa de meu falecido irmão.

A coisa provou ser fácil. Yonah não via soldados nem padres. Vivia na fazenda, que o médico judeu Gabriel ben Nissim Sporanis, que fora o antigo proprietário, escolhera com habilidade, pois ficava longe o bastante da cidade e suficientemente fora da estrada principal para que somente os que necessitassem de cuidados médicos se preocupassem em ir até lá.

A propriedade de Fierro estendia-se por três lados de um morro comprido e íngreme. Sempre que a fadiga transformava novamente as letras em cobras e Yonah não conseguia mais traduzir, ele largava os livros e caminhava pela terra. Havia sinais de que aquela já fora uma boa fazenda, mas era óbvio que

Nuño não sabia cuidar da propriedade. Havia um campo de oliveiras e um pequeno pomar, ambos saudáveis, mas precisando urgentemente serem podados. Então, como o bom peão que tinha sido, Yonah não tardou a encontrar uma pequena serra no estábulo e podou várias árvores, empilhando os ramos cortados e queimando-os, assim como tinha feito nas fazendas por onde passara. O esterco de cavalo que saía das baias estava se acumulando atrás do estábulo e Yonah misturou-o com as cinzas das fogueiras. Em seguida espalhou a mistura sob uma meia dúzia de árvores.

Passando a crista do morro, no lado norte, havia um campo abandonado que Reyna chamava de "lugar dos perdidos". Era um cemitério sem lápides, destinado aos infelizes que acabavam com as próprias vidas, pois a Igreja dizia que os suicidas eram amaldiçoados e não podiam ser enterrados em solo cristão.

Logo acima da fazenda ficava a encosta meridional do morro, a melhor parte da propriedade, com uma terra escura, muito adubada e bem exposta ao sol. Reyna mantinha ali uma pequena horta para a cozinha, mas a maior parte do que brotava era mato e folhagem. Yonah percebeu que aquela terra oferecia muitas possibilidades, bastava que alguém se preocupasse em trabalhar seriamente.

Não sabia muito bem por quanto tempo ia ficar ali, mas se surpreendeu com a redescoberta do hebraico e, à medida que as semanas passavam, foi achando quase normal morar de novo numa casa. Uma casa repleta dos aromas de assados e cozidos e do calor do grande fogão. Yonah conservava sempre cheio o compartimento da lenha, o que deixava Reyna muito grata, pois aquela fora uma de suas muitas tarefas. O andar térreo era constituído por um salão, onde se cozinhava e se faziam as refeições, e onde havia duas confortáveis poltronas perto do fogo. Yonah dormia no andar de cima, num pequeno depósito, entre o quarto grande do dono da casa e o quarto menor de Reyna, cada um com uma cama.

As paredes eram finas. Ele nunca a ouviu rezar e sabia que, quando alguém acordava para mijar no penico, o barulho era ouvido por todos. Uma vez ouviu-a dar um pequeno gemido ao bocejar e imaginou como ela seria esticada na cama, desfrutando o luxo das poucas horas em que ficava livre do trabalho. Durante o dia, Yonah a observava furtivamente, tomando cuidado para ela não dar conta, pois desde o início percebera que Reyna estava comprometida.

Deitado no escuro, escutou-a, em diferentes noites, abrir a porta e ir para o quarto de Nuño. Às vezes dava para ouvir os sons abafados dos dois tendo relações.

Divirta-se, doutor!, pensava ele, sentindo-se tolhido pelo próprio desejo não satisfeito.

Reparou que, no dia a dia, Nuño e Reyna comportavam-se como patrão e empregada, sendo gentis um com o outro, mas nunca íntimos.

Tinham relações menos frequentemente do que Yonah previra. Sem dúvida, as necessidades de Nuño Fierro já não seriam tão urgentes. Yonah, que sabia descobrir regularidades, percebeu que, às vezes, após o jantar, Nuño dizia a Reyna que gostaria de comer uma galinha ensopada no dia seguinte. Ela inclinava a cabeça. Era sempre nessas noites que Reyna ia para o quarto de Nuño. Então, quando ouvia aquele código secreto, a encomenda do ensopado de galinha, Yonah não conseguia dormir antes de ouvir Reyna saindo para o quarto do médico.

Uma tarde, ao se levantar da pequena mesa onde fazia sua tradução, Yonah viu o médico sentar-se lentamente nos degraus mais baixos da escada. Foi a primeira vez que percebeu que Nuño não estava bem. Fierro parecia pálido e tinha os olhos fechados.

– Precisa de ajuda, *señor*? – disse Yonah, caminhando rápido em sua direção, mas Nuño Fierro ergueu a mão.

– Deixe-me ficar aqui. É um pouco de tontura, nada mais.

Yonah balançou a cabeça e voltou à sua escrivaninha. Pouco depois ouvia Fierro ficar em pé e ir para o quarto.

Várias noites mais tarde, quando ventos muito fortes acompanhavam a chuva grossa, persistente, que interrompera uma longa estiagem, os três foram acordados antes do amanhecer por batidas na porta e a voz de um homem chamando alto pelo *señor* Fierro.

Reyna desceu correndo e gritou sem abrir a porta.

– Sim, sim! O que houve?

– Eu me chamo Ricardo Cabrera. Por favor, precisamos do *señor*! Meu pai sofreu uma queda terrível.

– Estou indo – Nuño gritou do alto da escada.

Reyna, que estava de camisola, só abriu um pouco a porta.

– Onde é sua fazenda?

– Ao lado da via Tauste.

– Mas é do outro lado do Ebro!

– Atravessei o rio sem dificuldade – o homem disse num tom suplicante.

Não pela primeira vez, Yonah ouviu a estranha barulheira da criada discutindo com Nuño Fierro como se fosse esposa dele.

– Não vá arrumando instrumentos e remédios com tanta calma na sacola! Fica muito longe, e do outro lado do rio. Não pode sair numa noite assim.

Pouco depois houve outra batida, desta vez na porta de Yonah. Reyna entrou e se aproximou no escuro.

– Ele não é um homem forte. Vá para ajudá-lo. Traga-o de volta em segurança.

Nuño era menos arrojado do que aparentava e pareceu aliviado quando Yonah, que se vestira correndo, desceu a escada.

– Por que não pega um dos cavalos de seu irmão? – Yonah perguntou.

O médico balançou a cabeça.

– Tenho meu próprio cavalo, que já cruzou muitas vezes o Ebro.

Yonah, então, selou o cavalo marrom de Nuño e o cavalo árabe cinzento. Seguiram o pônei desajeitado do filho do granjeiro através da chuva forte. O córrego se transformara num pequeno rio e o barulho da água estava por toda parte enquanto abriam caminho entre a lama. Yonah levava a sacola de Nuño, permitindo que ele segurasse as rédeas com as duas mãos.

Estavam inteiramente molhados quando atingiram o Ebro. Não havia passagem calma nem pontos adequadamente rasos no meio daquela chuva. A água corria impetuosa pelos estribos quando eles vadearam, mas até o pequeno pônei fez a travessia sem incidentes. Chegaram à propriedade ensopados e com muito frio, mas não tiveram tempo de se preocupar com o conforto próprio.

Pascual Cabrera jazia no chão do estábulo. Perto dele, sua mulher levava um pouco de feno para os animais. Pascual gemeu quando o médico se curvou sobre ele.

– Caí do alto do rochedo – murmurou. Parecia ter dificuldades para respirar e a esposa resumiu a história.

– Anda um lobo por aqui e, há quinze dias, pegou-nos uma ovelha que tinha acabado de parir. Ricardo tem preparado armadilhas e vai matar o animal, mas, até isso acontecer, toda noite trazemos nossas poucas ovelhas e cabras para cá. Meu marido já tinha trazido quase todas. Só faltava aquela cabra – disse ela indicando uma cabra negra que comia forragem. – A maldita tinha subido no alto da rocha que fica no canto do pasto. Cabras gostam muito de subir em pedras e ela não parecia disposta a descer.

O marido disse alguma coisa com voz fraca e Nuño teve de pedir-lhe para repetir.

– A cabra... nossa melhor cabra leiteira.

– Exatamente – disse a mulher. – Então ele foi até o alto da rocha e conseguiu tocá-la. Ela desceu e veio logo para cá. Mas as pedras ficaram escorregadias com a chuva; ele derrapou e caiu direto. Ficou algum tempo estirado no pasto antes de conseguir se arrastar até aqui. Quando vi o que tinha acontecido, tirei as roupas dele e cobri-o com uma manta, mas ele não me deixou enxugá-lo por causa da dor.

Yonah contemplava um Nuño diferente daquele que vira em casa. O médico parecia ágil e autoconfiante. Removeu o cobertor e pediu que Yonah trouxesse uma das duas lamparinas que havia no local. As mãos do médico moveram-se suavemente sobre o corpo de Pascual, avaliando as lesões. Uma dupla de bois espreitava das baias.

– Você quebrou várias costelas. E talvez tenha um osso rachado no braço – disse Nuño por fim. Entre os gemidos de Pascual, ele apertou-lhe o tronco em ataduras de pano e logo o *señor* Cabrera suspirava, sentindo um abrandamento da dor.

– Oh, ficou bem melhor – disse tomando fôlego.

– Seu braço também precisa de ajuda – disse Nuño e, enquanto instalava o braço numa tipoia, pediu que Yonah e Ricardo amarrassem o cobertor entre duas vigas compridas que estavam jogadas num canto do estábulo. Pouco depois Cabrera era deitado na padiola improvisada e carregado para a cama.

Só se despediram após Nuño ter dado à senhora pós para infusões que permitiriam que o marido dormisse. Ainda chuviscava quando iniciaram a volta, mas o temporal acabara e o rio estava mais sereno. Antes de eles chegarem, a chuva parou de todo e um amanhecer ensolarado foi se aproximando do horizonte. Em casa, Reyna tinha o fogo aceso, vinho quente e começou de imediato a ferver água para o banho do médico.

Na penumbra de seu pequeno quarto, Yonah tremia esfregando o corpo gelado com um saco de aniagem. Ficou pensativo ouvindo as repreensões que a mulher fazia ao dono da casa. Era uma voz doce, mas ansiosa como o arrulhar de uma pomba.

Yonah gostou quando, alguns dias mais tarde, Nuño pediu que ele o acompanhasse de novo. Na semana que se seguiu, fizeram sete visitas a gente doente ou machucada. Logo ficou tacitamente aceito que, quando o médico fosse à casa de algum paciente, Yonah iria junto. Foi durante a visita a uma mulher com muita febre e tremores de frio que Yonah ouviu um relato do que acontecia nas vidas dos judeus espanhóis que tinham fugido para Portugal. Enquanto Nuño cuidava da mulher, seu marido, um negociante de tecidos que fora a Lisboa em viagem de negócios, sentou-se para conversar com Yonah. Começou falando do vinho e da comida portugueses.

– Como todos os países – dizia ele pouco depois –, Portugal tem problemas com os infames judeus.

– Ouvi dizer que foram transformados em escravos do estado.

– Foram escravos até dom Manuel ascender ao trono e declará-los livres. Mas quando ele quis desposar a jovem filha de Fernão e Isabel, nossos monarcas reprovaram seu coração excessivamente brando e ele prometeu agir com mais firmeza. Havia, no entanto, um problema. Dom Manuel queria acabar com a judiaria no reino, mas não podia se dar ao luxo de perder os judeus, que são odiosamente bons no comércio.

– Já ouvi dizer isso – comentou Yonah. – Acha que é mesmo verdade?

– Oh, sim. É verdade, em meu próprio comércio de panos e em muitas outras áreas. De qualquer modo, por ordem de dom Manuel, todas as crianças judias entre os quatro e os catorze anos de idade ficaram obrigadas a se batizar. Um batismo em massa. Numa fracassada experiência, cerca de setecentas dessas crianças recém-batizadas foram mandadas para uma vida cristã na ilha de São Tomé, perto da costa da África, onde quase todas morreriam rapidamente por causa das febres. A maioria das crianças, no entanto, pôde continuar com suas famílias, e aos judeus adultos foi dada a opção de se tornarem católicos ou abandonarem o país. Como na Espanha, alguns se converteram, embora nossa experiência mostre como é duvidoso que um *judio mamas*, um judeu de verdade, possa se transformar num bom e honesto cristão, não acha?

– Para onde foram os outros? – Yonah perguntou.

– Não faço ideia nem me importo, desde que eles nunca voltem para cá – disse o negociante, e um surto de gemidos da esposa deslocou-o de Yonah para a cabeceira dela.

Certo dia, uma dupla de coveiros passou pela estradinha que dava acesso à fazenda de Nuño. O burro que levavam tinha uma forma reclinada no lombo. Quando pararam na fazenda para pedir água, Reyna perguntou se precisavam dos serviços do médico e os dois riram, dizendo que era tarde demais. O burro carregava o corpo de um homem não identificado, de pele negra, um vagabundo que em plena luz do dia cortara a própria garganta na Plaza Mayor. Os coveiros agradeceram gentilmente a água e continuaram a lenta caminhada para o lugar dos perdidos.

Naquela noite, Nuño acordou Yonah de um sono profundo.

– Preciso que me ajude.

– É claro, *señor* Fierro. O que devo fazer?

– Saiba que é uma coisa que a Igreja considera feitiçaria e pecado mortal. Se me ajudar e formos descobertos, será queimado como eu.

Yonah concluíra há muito tempo que Nuño Fierro era um homem em quem podia confiar.

– Já sou procurado para a fogueira, mestre. Não podem me queimar duas vezes.

– Então vá buscar uma pá e ponha uma rédea num burro.

A noite estava clara, mas Yonah não deixou de sentir um certo mal-estar. Os dois levaram o burro até o cemitério dos suicidas. Nuño fora até lá antes do escurecer para identificar o túmulo e agora o encontrara facilmente sob o brilho da lua.

Pôs de imediato Yonah para cavar.

– É um túmulo raso. Os coveiros são dois preguiçosos meio palermas e estavam um tanto embriagados quando Reyna falou com eles.

Yonah não teve de fazer grande esforço para tirar o corpo amortalhado do solo. Com a ajuda do burro, levaram o corpo pela crista do morro até o celeiro, onde a mortalha foi removida e o cadáver nu ficou estendido numa mesa cercada por brilhantes lampiões.

Era um corpo e um rosto de alguém de meia-idade, com pequenos anéis de cabelo preto, braços e pernas finos, canelas machucadas, uma variedade de cicatrizes de antigos ferimentos e o desagradável corte no pescoço que o levara à morte.

– Não precisamos fazer conjecturas sobre a cor da pele – disse Nuño Fierro. – Em climas de grande calor, como os da África, os homens desenvolveram peles escuras ao longo dos séculos. Assim ficariam protegidos dos raios abrasadores do sol. Em lugares setentrionais, como a terra dos eslavos, o clima frio produziu peles completamente brancas.

Ele pegou um dos bisturis que o irmão fizera.

– Isto vem sendo feito desde que surgiram as artes da cura – disse ele, enquanto a reta e firme incisão abria o corpo do esterno ao púbis. – Seja a pele clara ou escura, a carne que fica embaixo sempre contém diferentes tipos de glândulas. Essas glândulas são os agentes das funções do corpo.

Yonah respirou fundo e virou a cabeça ante o cheiro da decomposição.

– Sei o que está sentindo – disse Nuño –, porque senti a mesma coisa na primeira vez que vi Sporanis fazer isto.

Suas mãos trabalhavam com habilidade.

– Sou um simples médico, não um padre nem um demônio. Não sei o que acontece com a alma. Mas sei, com toda a certeza, que não permanece aqui, nesta morada de carne, nesta morada que procura, após a morte, tornar-se imediatamente terra.

Mencionava o que sabia sobre os órgãos que ia tirando e mandou que Yonah registrasse as dimensões e o peso de cada um num caderno com capa de couro.

– Isto é o fígado. A nutrição do corpo depende dele. Acho que é onde nasce o sangue.

"Isto é o baço... Isto, a vesícula biliar, regula a temperatura."

O coração... Quando foi removido, Yonah se viu com o coração de um homem na palma da mão!

– O coração aspira sangue e o envia para outras partes do corpo. A natureza do corpo é complicada, mas é claro que o coração é o órgão da vida. Sem ele, o homem seria uma planta. – Nuño mostrou que era como uma casa com quatro cômodos. – É num desses cômodos, talvez, que está o meu ponto fraco.

Acho que foi onde Deus errou quando me fez. A não ser que o problema esteja nos guinchos dos pulmões.

– Isso não é bom, hã? – Yonah não pôde deixar de comentar.

– Às vezes, não. Causa problemas de respiração, pontadas.

Nuño mostrou-lhe como os ossos, as membranas e ligamentos suportavam e protegiam o corpo. Ele serrou o topo da cabeça e mostrou a Yonah o cérebro; depois mostrou como o cérebro se conectava à medula espinhal e a certos nervos.

Ainda estava escuro quando tudo foi posto no lugar e as incisões suturadas com o cuidado de uma costureira. A mortalha foi recolocada e o homem instalado no burro que os dois conduziram de novo pelo morro.

Desta vez, Yonah enterrou o homem numa cova mais profunda, concedendo-lhe a homenagem de duas preces, uma cristã e uma judaica. Quando a luz do dia se derramou pelas encostas, cada um já estava em sua cama.

Na semana seguinte, uma curiosa inquietação tomou conta de Yonah. Tinha traduzido as palavras de Avicena: "A medicina é a preservação da saúde e a cura das doenças que se originam de causas que existem dentro do corpo." Quando ia ver pacientes com Nuño, olhava-os de uma maneira nova, percebendo em cada um o esqueleto e os órgãos que vira no homem que desenterrara.

Levou a semana inteira para ter coragem de levar ao médico a sua proposta.

– Gostaria que fizesse um acordo comigo. Gostaria de ficar como seu aprendiz de medicina.

Nuño olhou-o calmamente.

– Não será um capricho repentino, um pouco de neblina no vento?

– Não, tenho pensado muito. Acho que o senhor faz uma obra de Deus.

– Uma obra de Deus? Vou lhe dizer uma coisa, Ramón. Geralmente eu creio em Deus. Mas às vezes não.

Yonah ficou em silêncio, sem saber o que dizer.

– Seu pedido tem alguma outra motivação?

– Um médico dedica a vida a ajudar os outros.

– Então você se sacrificaria pelo bem da humanidade?

Yonah sentiu que Nuño brincava e ficou irritado.

– Sim, eu faria isso.

– Sabe quanto tempo seus deveres como aprendiz poderiam durar?

– Não.

– Quatro anos. Seria seu terceiro aprendizado e não posso garantir que conseguisse concluí-lo. Não sei se Deus me dará mais quatro anos para fazer sua obra.

A honestidade forçou Yonah a outro tipo de admissão.

– Preciso pertencer a alguma coisa. Ser parte de alguma coisa boa.

Nuño franziu os lábios e o encarou.
– Eu meteria a cabeça no trabalho – Yonah insistiu.
– Você já faz isso – disse Nuño num tom gentil.
Daí a um instante, porém, ele abanou a cabeça.
– Bem. Vamos tentar.

PARTE SEIS
O MÉDICO DE SARAGOÇA

Aragão
10 de fevereiro de 1501

Capítulo 29

O APRENDIZ DE MEDICINA

Agora, quando saía com Nuño, Yonah já não ficava ocioso esperando que as consultas acabassem. Postava-se, ao contrário, à cabeceira dos doentes enquanto o médico falava em voz baixa do exame e do tratamento.

– Sente a umidade dos lençóis? É capaz de detectar a acidez da respiração?

Yonah ouvia atentamente quando Nuño, depois de dizer à esposa de algum paciente que o marido sofria de febre e cólica, prescrevia uma dieta leve, sem condimentos, e infusões a serem tomadas durante sete dias.

Cobriam em silêncio a distância entre uma casa e outra, num meio galope profissional, mas na lenta volta para casa Yonah geralmente tinha uma ou duas perguntas motivadas pelo trabalho do dia.

– Como são os sintomas da cólica?

– Às vezes a cólica é acompanhada de febre e suor, mas nem sempre. A febre e o suor podem ser causados por prisão de ventre aguda, para a qual um bom remédio é figo cozido em azeite de oliva e mel, até formar uma pasta grossa. Se forem causados por diarreia, pode-se tostar o arroz na panela até ele ficar bastante marrom, depois fervê-lo até secar. O paciente deve comê-lo lentamente.

Também Nuño costumava ter as suas perguntas.

– Como podemos combinar o que vimos hoje com o que Avicena diz sobre a detecção das doenças?

– Ele escreveu que frequentemente a doença pode ser reconhecida pelo que o corpo produz e expele, como escarro, fezes, suor e urina.

Yonah continuou a trabalhar em sua tradução do livro de Avicena, o que reforçava as lições de Nuño:

> Os sintomas são obtidos através do exame físico do corpo. Há os visíveis, como a icterícia e o edema; há os que são perceptíveis à audição, como o gorgolejar do abdômen na hidropisia; há os odores fétidos, que atingem o sentido do olfato, como por exemplo o cheiro das úlceras purulentas; há alguns acessíveis ao paladar, como a acidez da boca; o tato também reconhece alguns, como a solidez do...

Quando encontrava uma palavra que não conseguia identificar, Yonah procurava Nuño.

– Diz aqui: a solidez do... A palavra hebraica é *sartán*. Sinto muito, mas não sei o que sartán significa.

Nuño leu a passagem e sorriu.

– Quase certamente significa câncer. O tato reconhece a solidez do câncer.

Em si mesmo, o processo de traduzir um tal livro já era educativo, mas Yonah descobriu que tinha um tempo limitado para devotar a Avicena, pois Nuño Fierro era um instrutor exigente e sempre o mandava ler outros livros. O médico possuía várias obras clássicas de medicina em língua espanhola e Yonah teve de se inteirar do conhecimento transmitido pelos escritos de Teodorico Borgognoni sobre a cirurgia, do trabalho de Isaac sobre as febres e de Galeno sobre a circulação.

– Não apenas leia – Nuño advertia. – Aprenda e tente memorizá-los o mais completamente possível, para não precisar consultá-los no futuro. Um livro pode ser queimado ou perdido, mas, se você realmente absorve o que existe nele, o livro se torna parte de você e o conhecimento o acompanhará até o fim da vida.

As oportunidades de executar dissecações no celeiro eram raras, extremamente espaçadas, mas estudaram o cadáver de uma mulher da cidade que se atirara no Ebro e morrera afogada. Depois de cortar o útero, Nuño mostrou um feto a Yonah, não inteiramente formado e do tamanho de um peixe, mas um peixe que qualquer pescador teria jogado fora.

– A vida se engendra do esperma, a emissão do pênis – disse Nuño. – Não se sabe o que ocorre no corpo da mulher para fazer a transformação. Alguns acreditam que as sementes que existem no líquido expelido pelo macho são estimuladas a se desenvolver pelo calor natural do túnel da fêmea. Outros sugerem que o processo pode ser ajudado pelo calor adicional da fricção durante repetidas incursões do membro masculino.

Dissecaram um seio e Nuño assinalou que o esponjoso tecido interior era um local onde às vezes nasciam tumores.

– Além de passarem o leite da mãe para o bebê, os mamilos são também áreas sexualmente sensíveis. Na realidade, uma mulher pode ser preparada para o intercurso por meio da estimulação de diferentes pontos pelas mãos ou pela boca do macho, mas é um segredo ignorado até mesmo por anatomistas que o centro da excitação da fêmea está aqui. – Ele mostrou a Yonah o minúsculo órgão, do tamanho de uma pequena ervilha, escondido no alto da vagina entre duas dobras de pele, como uma joia.

Isso fez Nuño se lembrar de outra lição que queria transmitir.

– O número de mulheres que há na cidade é mais que suficiente para satisfazer discretamente as necessidades de qualquer um. Mas fique longe das prostitutas, pois muitas têm sífilis, uma doença que deve ser evitada por causa de suas terríveis consequências.

Uma semana depois, ele fixou essa lição firmemente na cabeça de Yonah ao levá-lo à casa de Lucía Porta, no centro da cidade.

— *Señora*, sou o médico que veio ver os meninos José e Fernando — Nuño se anunciou e uma mulher veio até a porta arrastando os pés. — Como vai?

Ela olhou para os dois sem cumprimentá-los, mas mandou-os entrar. Havia um menino encostado na parede, que os contemplava com ar estúpido.

— Como vai, Fernando? — disse Nuño. — Fernando tem nove anos.

Yonah sentiu uma certa pena, pois o menino parecia ter quatro ou cinco anos de idade. Suas pernas eram atrofiadas e terrivelmente arqueadas. Ele não protestou quando o examinaram. Nuño mostrou as marcas de quistos escuros no saco escrotal e no ânus, lembrando pequenas uvas.

— Às vezes encontramos isto, mas não é frequente. — Levando Fernando até a janela, onde a luz era melhor, abriu a boca da criança para mostrar a Yonah como o céu da boca era perfurado. Havia também grandes fendas entre os dentes superiores da frente, que eram mais estreitos embaixo que no alto. — O buraco no céu da boca é muito frequente, assim como os dentes malformados.

Uma criança chorava num berço de palha e Yonah se ajoelhou com Nuño para examiná-la.

— Olá, José — Nuño murmurou. O bebê tinha feridas e bolhas na boca e em volta do nariz.

— Tem bastante unguento, *señora*?

— Não. Acabou tudo.

— Passe na venda de Medina. Vou pedir que lhe forneça mais um pote.

Yonah ficou satisfeito quando se viu de novo sob o sol forte, afastando-se de lá.

— O unguento não adiantará quase nada — disse Nuño. — Nem qualquer outro medicamento. As feridas do bebê vão cicatrizar, mas sem dúvida os dentes da frente nascerão como os do irmão. E podem ocorrer complicações, coisas piores. Notei que, dentre os meus pacientes, aqueles que enlouqueceram, dois homens e uma mulher, tiveram sífilis quando jovens. — Ele deu de ombros. — Não posso provar a associação entre as duas enfermidades, mas é interessante que a combinação apareça. — Por um longo tempo, isso foi tudo que Nuño ensinou a Yonah sobre a sífilis.

Nuño disse que o aprendiz teria de frequentar regularmente a igreja, embora a princípio Yonah tivesse lutado contra esta regra. Uma coisa fora simular uma devoção cristã em Gibraltar, onde estava sob constante vigilância, mas se rebelava contra se submeter hipocritamente à mecânica do catolicismo vivendo na propriedade de Nuño Fierro, onde sentia que não pairava ameaça para um não crente.

Mas Nuño estava obstinado.

— Quando completar seu aprendizado, vai comparecer diante de funcionários da prefeitura como candidato a licenciamento em medicina. Terei de ir com você. A menos que o identifiquem como cristão praticante, não será licenciado. – Então expôs o argumento decisivo. – Se for descoberto e destruído, eu e Reyna seremos destruídos com você.

– Só assisti algumas vezes aos serviços de uma igreja, quando fui obrigado. Sou capaz de imitar quem está do meu lado, ajoelhar quando eles se ajoelham, sentar quando sentam. Mas ir à igreja é perigoso para mim, pois não estou acostumado às sutilezas de comportamento num culto cristão.

– Isto se aprende com facilidade – Nuño respondeu calmamente e, durante algum tempo, as lições de medicina foram acompanhadas de instruções sobre quando se levantar e quando se ajoelhar na missa, quando recitar preces em latim como se fossem tão familiares quanto o shemá e como, ao entrar na igreja, vergar um joelho com a naturalidade de quem fez isso desde o nascimento, todos os domingos e dias santos.

A primavera chegou a Saragoça mais tarde do que era costume em Gibraltar, mas enfim os dias ficaram mais longos e mais quentes. As árvores que Yonah havia podado e adubado floresceram prodigiosamente. Ele viu caírem pétalas perfumadas e viu as flores, semanas depois, serem substituídas pelos primeiros frutos – maçãs, pêssegos – ainda duros e verdes.

Num dia de chuva fina, uma viúva chamada Loretta Cavaller entrou no consultório se queixando de que, nos últimos dois anos, as regras mensais tinham simplesmente desaparecido, dando lugar a cólicas severas. Pequena e de pele bem clara, com o cabelo da cor de um pelo de camundongo, descreveu os problemas num tom hesitante, seus olhos pequenos só olhando para a parede, nunca para Yonah ou Nuño. Já estivera em duas parteiras que lhe haviam dado unguentos e remédios caseiros, mas nenhum dera resultado.

– Seus intestinos estão abertos? – Nuño perguntou.

– Às vezes não estão.

Para quando não estivessem, Nuño receitou linhaça em água fria a ser bebida com as sementes. Na porta do consultório esperavam-na um cavalo e uma charrete, mas Nuño mandou que, durante algum tempo, deixasse a charrete em casa quando saísse para cumprir alguma incumbência. Devia viajar no lombo do cavalo. Para estimular o sangramento mensal, instruiu-a a ferver casca de cerejeira, beldroega e folhas de framboesa, tomando a infusão quatro vezes ao dia. O tratamento devia continuar até trinta dias após a regularização do fluxo.

– Não sei se vou encontrar os ingredientes – disse ela e Nuño informou que podiam ser adquiridos no boticário de Saragoça.

Mas na tarde seguinte, Yonah tirou as lascas da casca de uma cerejeira, colheu a beldroega e as folhas novas de uma framboesa. Levou-as à noite, juntamente com uma garrafa de vinho, para a casinha da mulher na margem do rio Ebro. Ela estava descalça quando atendeu às batidas na porta, mas convidou-o a entrar e agradeceu-lhe pela casca e pelas folhas. Depois lhe serviu uma caneca do vinho, encheu outra para si e sentou-se com ele perto do fogo, em duas bonitas cadeiras de madeira trabalhada. Quando Yonah elogiou as cadeiras, ela disse que tinham sido feitas pelo finado marido, Jiménez Reverte, que fora mestre carpinteiro.

– Seu marido morreu há muito tempo? – Yonah quis saber e a mulher disse que há dois anos e dois meses. Fora atacado por uma inflamação que lhe tiraria a vida, mas ela rezava diariamente por sua alma imortal.

Como não se sentiam inteiramente à vontade um com o outro, a conversa ficou um tanto encabulada, entrecortada de silêncios. Yonah sabia o que queria que acontecesse mas fugia do tipo de assunto que pudesse levar a isso. Finalmente, quando ele se levantou, ela fez o mesmo. Yonah sabia que teria mesmo de ir a não ser que agisse depressa; por isso pôs o braço em volta dela e curvou-se para encostar os lábios em sua boca.

Depois de ficar um instante imóvel, Loretta Cavaller se afastou, pegou o candeeiro e conduziu Yonah pela sala e por uma escada íngreme, estreita, os pés descalços indicando o caminho. No quarto, ele só teve uma brevíssima oportunidade de ver que Jiménez trabalhara a cabeceira da cama ainda mais primorosamente que as cadeiras, enchendo-a de uvas, figos e romãs em relevos de carvalho. Logo ela tirava o candeeiro do quarto para pousá-lo no assoalho do corredor. Quando Loretta voltou, Yonah ouviu um roçar de tecido sendo puxado pelo corpo e viu a roupa caindo no chão.

Abraçaram-se como uma dupla de viajantes sedentos, num deserto seco, esperando encontrar água um no outro. A relação, no entanto, trouxe apenas alívio a Yonah, não o intenso prazer pelo qual ansiara. Pouco depois, jazendo no quarto escuro, entre o cheiro do que haviam feito, ele explorou com as mãos os seios flácidos, os quadris pontudos, os calombos dos joelhos.

Ela se vestiu antes de pegar o candeeiro. Yonah nem chegou a vê-la despida. Embora tenha voltado mais três vezes à casa de Loretta, faltava paixão nesses encontros. Era como se estivesse cometendo um ato de onanismo com o corpo dela. Não tinham quase nada a dizer um ao outro e a frágil conversa era mecanicamente seguida pelo desafogo na bela cama. Depois havia meia dúzia de palavras desajeitadas e a despedida. Na quarta vez que ele a procurou, Loretta atendeu à porta mas não o convidou a entrar. No fundo da sala, Yonah pôde ver Roque Arellano, o açougueiro de Saragoça. Estava sentado sem sapatos à mesa, tomando o vinho que ele trouxera.

Alguns domingos mais tarde, Yonah estava na igreja quando os proclamas do casamento de Loretta Cavaller e Roque Arellano foram lidos pelo padre. Depois das bodas, Loretta passou a trabalhar no açougue do marido, que estava indo muito bem. Nuño tinha galinhas na fazenda, mas não bois nem porcos e, de vez em quando, Reyna pedia que Yonah fosse ao açougue comprar carne ou peixe, que Arellano também costumava vender. Loretta se tornara uma profissional. Era admirável a rapidez, a destreza com que cortava e limpava a carne. Os preços de Arellano eram altos, mas Loretta sempre cumprimentava Yonah amavelmente, sorrindo com os olhos pequenos e, em geral, lhe dando de graça os ossos com tutano que Reyna usava quando fazia sopa ou ensopava uma galinha.

Nuño e Reyna tinham passado a viver na *hacienda* quando o dono da propriedade ainda era Gabriel ben Nissim Sporanis. O médico judeu tinha por hábito banhar-se antes do pôr do sol de cada sexta-feira, preparando-se para o Shabat, e Nuño e Reyna também acabaram se acostumando a tomar banho toda semana; Nuño às segundas e Reyna às quartas, pois assim não era preciso aquecer a água para dois banhos no curso de uma mesma noite. O banho era tomado numa tina de cobre colocada diante do fogo, onde uma chaleira com água adicional era mantida aquecendo.

Yonah considerava um grande luxo poder se banhar às sextas-feiras como fizera o médico, mesmo que tivesse de comprimir seu corpanzil nos estreitos limites da tina. Nas quartas à noite, ele às vezes saía enquanto Reyna se banhava, embora fosse mais frequente ficar em seu quarto tocando guitarra ou trabalhando, sob a luz do lampião, na obra de Avicena. Nessas ocasiões era difícil se concentrar para memorizar as drogas que tinham uso curativo (por exemplo, nos ferimentos) ou as que não purgavam quando aquecidas. Ele não parava de imaginar como Reyna seria sem roupa.

Quando a água esfriava, ouvia Nuño se aproximar, tirar a chaleira do fogo e despejar água quente na tina, o mesmo que ela fazia para o mestre nas segundas-feiras. Nuño também repetia o ato de cortesia com seu aprendiz, nas sextas-feiras, respirando com dificuldade ao mover devagar a chaleira, com cuidado, mandando Yonah tirar as pernas do caminho para não se queimar.

– Ele trabalha demais e não é mais jovem – disse Reyna uma manhã, quando Nuño estava ocupado no celeiro.

– Tenho procurado aliviar sua carga – disse Yonah, sentindo-se culpado.

– Eu sei. Um dia perguntei por que tinha de despender tanta energia para instruí-lo – ela argumentou com franqueza. – Ele respondeu: "Faço isso porque vale a pena." – Reyna deu de ombros e suspirou.

Yonah não pôde consolá-la. Nuño queria ir sempre pessoalmente à casa do doente, mesmo quando o caso era tão comum que o aprendiz poderia atender perfeitamente sozinho. Não bastava que Yonah tivesse lido Rhazes e aprendido que o corpo eliminava venenos e substâncias supérfluas quando emitia a urina; o mestre tinha de mostrar, na cabeceira de algum paciente, a cor limão que o líquido adquiria numa febre demorada, a cor rosada do início das febres da malária (que se repetiam a cada setenta e duas horas) e a urina branca e espumante que às vezes acompanhava furúnculos cheios de pus. Queria que Yonah aprendesse a detectar o variado odor da doença presente na urina.

Nuño também demonstrava um excelente domínio da arte e da ciência dos boticários. Sabia como secar e transformar ervas em pó, como fazer unguentos e infusões, mas sacrificou a conveniência de preparar seus próprios remédios. Em vez disso, era freguês de um idoso franciscano, frei Luis Guerra Medina, boticário habilidoso que já fornecia os medicamentos na época de Sporanis.

— Há muita suspeita de envenenamento, especialmente quando morre um membro da realeza. Às vezes a suposição é bem fundamentada, mas frequentemente não é – disse Nuño a Yonah. – Durante muito tempo, a igreja proibiu os cristãos de tomar remédios preparados por judeus, com medo de que estivessem envenenados. Mesmo assim, alguns médicos judeus preparavam e administravam seus próprios medicamentos. Aconteceu, porém, que um certo número de médicos, e não só judeus, mas também cristãos-velhos, acabaram acusados de tentativa de envenenamento por pacientes que não desejavam quitar seus débitos. Gabriel Sporanis sentiu-se mais seguro com um boticário que era frade e eu também fiquei freguês de frei Guerra. Tenho certeza de que ele sempre saberá distinguir muito bem um trevo cervino de um cinamomo.

Yonah percebeu o risco que correra ao levar ervas medicinais para Loretta Cavaller e decidiu que nunca mais faria isso. Assim ia aprendendo as lições de Nuño Fierro, que procurava lhe transmitir tanto o conhecimento profissional quanto certos cuidados corriqueiros que deviam fazer parte de uma prática bem-sucedida.

Yonah era aprendiz do médico há pouco mais de um ano quando percebeu que onze pacientes tinham morrido nesse período de tempo.

Já estudara o bastante de medicina para saber que Nuño Fierro era um médico excepcionalmente bom e para reconhecer que tivera muita sorte por estar nas mãos de um tal professor; contudo, achava terrível estar entrando numa profissão onde a prática frequentemente falhava.

Nuño Fierro avaliava o discípulo como um bom treinador de cavalos estuda um animal promissor. Via Yonah se ressentir duramente da insuficiência do conhecimento médico quando um paciente morria e notava a gravidade que cada morte ia acrescentando ao rosto do rapaz.

Nuño esperou até a noite em que ele e Yonah sentaram-se perto do fogo num merecido descanso, as canecas de vinho na mão.

— Você matou o homem que assassinou meu irmão. Tirou outras vidas além dessa, Ramón?

— Sim.

Nuño tomou um gole do vinho, ouvindo o aprendiz contar como encaminhara para a morte dois traficantes de relíquias.

– Se esses fatos se repetissem, você agiria de modo diferente? – Nuño perguntou.

– Não, porque todos os três homens iam me matar. Mas a ideia de que tirei vidas humanas pesa na consciência.

– E tem vontade de praticar a medicina pela chance de salvar outras vidas, compensando assim as vidas que tirou?

– Não foi por isso que lhe pedi para me ensinar a ser médico, mas talvez, ultimamente, eu venha tendo esse tipo de pensamento – ele admitiu.

– Então deve entender com mais clareza as limitações da arte médica. Um médico é capaz de aliviar o sofrimento de um pequeno número de pessoas. Enfrentamos suas doenças, cuidamos de suas feridas, juntamos os ossos quebrados e ajudamos as crianças a nascer. Contudo, toda criatura viva acabará chegando ao fim. Portanto, a despeito de nosso conhecimento, nossa técnica e dedicação, alguns de nossos pacientes morrem, e não devemos pranteá-los abertamente ou nos sentirmos culpados pelo fato de não sermos deuses capazes de conceder a eternidade. Devemos nos contentar em ajudá-los a usar bem o tempo que lhes cabe, agradecidos por vê-los experimentar a bênção da vida.

Yonah abanou a cabeça.

– Eu entendo.

– Espero que sim – disse Nuño. – Se não tiver esse entendimento, será sem dúvida um péssimo médico, pois ficará louco.

Capítulo 30

O TESTE DE RAMÓN CALLICÓ

Pelo final do segundo ano do aprendizado de Yonah, seu rumo na vida parecia claro e determinado. Cada novo dia continuava a ser uma empolgante oportunidade de absorver novos ensinamentos de Nuño. A área de trabalho dos dois compreendia uma boa extensão rural ao redor de Saragoça. Estavam frequentemente ocupados no consultório, mas também saíam bastante para atender os doentes que não podiam ir lá. A maioria dos pacientes de Nuño era gente comum da cidade e das granjas, mas de vez em quando um nobre precisando de assistência médica mandava chamá-lo. Ele sempre atendia, embora tivesse comentado com Yonah que os pacientes nobres eram arrogantes e propensos à hesitação na hora de pagar; preferia não tê-los. Contudo, a 20 de novembro do ano de 1504, recebeu um convite que podia ignorar ainda menos que os outros.

No final daquele verão, tanto o rei Fernão quanto a rainha Isabel tinham sido acometidos de uma debilitante enfermidade. O rei, um homem robusto, cuja constituição física estava condicionada por anos de caçadas e guerras, logo se recuperara, mas a esposa fora ficando cada vez mais fraca. E então, durante uma visita à cidade de Medina del Campo, o estado de Isabel começou a piorar ostensivamente, obrigando Fernão a convocar, do dia para a noite, meia dúzia de médicos, incluindo Nuño Fierro, o médico de Saragoça.

— Sem dúvida o senhor não está em condições de ir — Yonah protestou timidamente. — São dez dias de viagem até Medina del Campo; oito se quiser se matar. — Ele encarava com seriedade o que estava dizendo, pois sabia que Nuño não era um homem forte e não devia se aventurar numa viagem dessas.

Mas o médico continuou inflexível.

— Ela é minha rainha. Um monarca em dificuldades tem de ser atendido tão fielmente quanto um homem ou uma mulher comuns.

— Pelo menos me deixe ir com o senhor — disse Yonah, mas Nuño recusou.

— Tem de ficar aqui para cuidar dos nossos pacientes.

Quando Yonah e Reyna se uniram para insistir que ele devia ter alguém para ajudá-lo no caminho, Nuño acabou cedendo e contratou um morador da cidade, chamado Andrés de Ávila, para acompanhá-lo. Os dois partiram no início da manhã seguinte.

Voltaram cedo demais, enfrentando um terrível tempo chuvoso. Yonah teve de ajudar Nuño a descer do cavalo e, enquanto Reyna fazia o médico entrar imediatamente num banho quente, Ávila contou a Yonah o que tinha ocorrido.

A jornada correspondera exatamente aos temores de Yonah. Já viajavam há quatro dias e meio quando passaram por uma estalagem, pouco depois da cidade de Atienza, e Ávila achou que Nuño estava fatigado demais para prosseguir.

– Convenci-o a fazer uma parada. Precisava descansar e comer alguma coisa. Mas dentro da estalagem encontramos gente bebendo à memória de Isabel.

Ávila disse que Nuño, com a voz rouca, perguntou se tinham mesmo certeza de que Isabel morrera. Um grupo de viajantes, vindos do oeste, garantiu que naquele momento o corpo da monarca estava sendo levado para Granada, onde seria enterrado no túmulo real.

Nos alojamentos da estalagem, Nuño e Ávila passaram a noite em claro, mordidos pelos piolhos. Na manhã seguinte tomaram o rumo leste, voltando para Saragoça.

– Já então viajamos num passo mais lento – disse Ávila –, mas a jornada foi muito deprimente e, durante todo o último dia, enfrentamos o frio e uma chuva torrencial.

Yonah ficou alarmado ao ver como Nuño parecia fraco e pálido, mesmo depois do banho. Levou-o de imediato para a cama, onde Reyna cumulou o médico de bebidas quentes e comida nutritiva. Após uma semana de repouso, ele se recuperou um pouco, mas a inútil jornada para atender uma agonizante rainha da Espanha tinha minado e limitado dolorosamente suas energias.

Certo dia, Nuño experimentou um tremor nas mãos que o impossibilitaria de usar os instrumentos cirúrgicos feitos pelo irmão. A partir daí, foi Yonah quem passou a lidar com eles, ainda que sempre com o médico do lado. Nuño instruía, explicava, levantava questões que desafiavam e ensinavam o aprendiz.

Na hora de amputar um dedo mínimo que fora esmagado, mandou Yonah tocar no próprio dedo com as pontas dos dedos da outra mão.

– Está sentindo a área, a pequena fenda onde um osso encontra o outro? É aí que o dedo esmagado deve ser seccionado, mas sempre deixando um grande pedaço de pele, bem mais comprido que o ponto onde fará o corte. Sabe por quê?

– Vamos precisar de uma aba para fechar o lugar – disse Yonah, e o homem mais velho balançou satisfeito a cabeça.

Embora Yonah lamentasse profundamente o infortúnio de Nuño, via também naquilo uma vantagem de treinamento, pois do início ao fim de seu último ano de aprendizado executou um número de cirurgias bem maior do que seria habitual.

Sentia-se culpado vendo como Fierro canalizava toda a sua energia para ensiná-lo, mas agora, ao tocar no assunto com Reyna, ela própria balançou a cabeça.

– Acho que é a necessidade de ensiná-lo que o mantém vivo.

De fato, quando o quarto ano do aprendizado chegou ao fim, havia um brilho de triunfo nos olhos de Nuño Fierro. E de imediato ele tomou as providências para comparecer com Yonah diante dos examinadores médicos do distrito. Todo ano, três dias antes do Natal, os funcionários municipais elegiam dois médicos para avaliar os candidatos ao licenciamento em medicina. Nuño já atuara como examinador e conhecia bem o processo.

– Seria melhor que você esperasse a partida de Pedro de Calca, um dos atuais examinadores, para fazer o teste – ele disse a Yonah. Há muitos anos Calca tinha inveja e ressentimentos do médico de Saragoça. Mas a intuição de Nuño dizia-lhe para não demorar. – Não, não posso esperar mais um ano. E creio que você está preparado.

No dia seguinte, ele foi até o prédio da administração de Saragoça e marcou o exame de Yonah.

No dia do teste, aluno e mestre saíram cedo da fazenda, conduzindo em passo lento os cavalos pela manhã ensolarada e quente. Falaram pouco e estavam nervosos. Nuño sabia que era tarde demais para trabalhar o intelecto de Yonah; tivera quatro longos anos para fazê-lo.

O prédio da administração cheirava a poeira e a séculos de tráfego humano. Naquela manhã, porém, apenas Yonah, Nuño e os dois examinadores estavam lá.

– Cavalheiros – disse calmamente o velho médico –, tenho a honra de submeter o *señor* Ramón Callicó à sua avaliação.

Um dos examinadores era Miguel de Montenegro, um homem baixo, de ar grave. Tinha cabelo prateado, barba e bigode. Nuño o conhecia há muitos anos e garantira a Yonah que Montenegro, um homem justo, desempenharia com seriedade e consciência seus deveres de examinador.

O outro examinador, Calca, era um sujeito sorridente, de ar cordial. Tinha cabelo ruivo e uma pequena barba pontuda. Usava uma túnica com incrustações de sangue coagulado, pus e muco. Nuño já descrevera desdenhosamente a túnica como "espalhafatoso reclame que o homem fazia de sua ocupação" e advertira Yonah de que as leituras de Pedro de Calca praticamente se limitavam a Galeno, por isso era de Galeno que haveriam de sair a maioria de suas perguntas.

Os quatro sentaram-se à mesa. Yonah disse a si mesmo que há duas décadas e meia Nuño Fierro sentara-se naquela mesma sala para fazer seu exame e, várias décadas antes disso, numa época em que um médico podia dizer que era judeu, Gabriel ben Nissim Sporanis fizera o mesmo.

Cada examinador faria dois módulos de perguntas; e foi Montenegro, o médico mais velho, quem começou:

– Por favor, *señor* Callicó, gostaria que nos falasse das vantagens e desvantagens de receitar triaga como antídoto para as febres.

– Vou começar com as desvantagens – disse Yonah –, pois são poucas e podem ser rapidamente contornadas. O remédio é de preparo complexo, contendo setenta ervas em sua fórmula, sendo por isso difícil de aviar e de custo elevado. A principal vantagem é ser um agente de eficácia comprovada contra febres, males intestinais e mesmo alguns tipos de envenenamentos... – Ele se sentia à vontade passando de um ponto a outro, procurando tornar a exposição completa, ainda que não excessiva. Montenegro parecia estar satisfeito.

– Minha segunda pergunta diz respeito às diferenças entre febres quartãs e terçãs.

– As febres terçãs ressurgem a cada três dias, contando como dia inicial o dia da primeira ocorrência. As febres quartãs ressurgem a cada quatro dias. Essas febres ocorrem com extrema frequência em lugares onde o clima é quente e úmido, sendo em geral acompanhadas de calafrios, suores e grande prostração.

– Dê uma resposta rápida e sucinta: para curar hemorroidas, você as removeria com uma faca?

– Só se nada mais funcionasse. Frequentemente a dor e o mal-estar podem ser controlados por uma dieta que evite sal, temperos ou muito açúcar nas comidas. Se houver sangramento abundante, podemos aplicar uma medicação adstringente. Se as hemorroidas incham, mas não sangram, podem ser lancetadas ou drenadas com ventosas.

Montenegro balançou a cabeça e recostou-se, indicando que era a vez de Pedro de Calca.

Calca coçou a barba ruiva.

– Fale-nos, por favor, do sistema galeniano de patologia humoral – disse ele, também se recostando.

Yonah estava preparado e respirou fundo.

– O sistema se originou de algumas ideias expressas pela escola hipocrática, mas foi sendo modificado por outros médicos-filósofos, em especial Aristóteles. Galeno baseou suas ideias numa teoria segundo a qual todas as coisas são compostas de quatro elementos, terra, fogo, água e ar, que produzem as quatro qualidades, ou seja, frio, quente, molhado e seco. A comida e a bebida introduzidas no corpo são cozidas pelo calor natural e transformadas em quatro humores: o sangue, a fleugma, a bílis amarela e a bílis preta. O ar corresponde ao sangue, que é molhado e quente, a água à fleugma, que é molhada e fria, o fogo à bílis amarela, que é seca e quente, e a terra à bílis preta, que é seca e fria.

Ele continuou:

— Galeno salientou que uma determinada quantidade dessas substâncias é levada pelo sangue para nutrir os vários órgãos do corpo, enquanto o resto é excretado como resíduo. Disse também que são muito importantes as proporções em que as qualidades se combinam no corpo. Uma mistura ideal das qualidades produz uma pessoa num estado de bem-estar. O excesso ou a falta de algum humor compromete o equilíbrio, resultando em doença.

Calca mexeu de novo com a barba: coçando, coçando.

— Fale-nos sobre o calor congênito e o pneuma.

— Hipócrates, Aristóteles e depois Galeno escreveram que o calor dentro do corpo é a substância da vida. Este calor interno é nutrido pelo pneuma, um espírito que é formado no sangue puríssimo que brota no fígado e que as veias conduzem. Contudo, não podemos ver isso...

— Como sabe que não podemos ver? — Calca interrompeu e Yonah sentiu a advertência na forte pressão que o joelho de Nuño fez contra o seu.

Porque já dissecamos as veias e os órgãos de três cadáveres e Nuño só me mostrou tecido e sangue, destacando que parecia impossível identificar qualquer coisa que pudesse ser vinculada ao pneuma.

Fora um estúpido. Calca ia perceber que só uma pessoa que tivesse aberto um corpo seria capaz de dizer uma coisa daquelas. Por um instante, o terror tomou conta de suas cordas vocais.

— Foi uma coisa que eu... li.

— Onde, *señor* Callicó? Pois não tenho lembrança de alguém afirmando que o pneuma pode ou não ser visto.

Yonah fez uma pausa.

— Não foi em Avicena nem em Galeno — disse ele, como se estivesse tentando se recordar. — Acho que foi em Teodorico Borgognoni.

Calca o observava.

— Exatamente, tem razão — disse Miguel de Montenegro. — Eu também me lembro de ter lido isso em Teodorico Borgognoni.

Nuño Fierro também concordou com a cabeça, e Calca acabou assentindo.

— Borgognoni, é claro.

Em sua segunda rodada de perguntas, Montenegro pediu que Yonah comparasse o tratamento de um osso fraturado com o tratamento de um osso deslocado. Os dois ouviram a resposta sem comentários e então Montenegro lhe pediu que enumerasse os fatores necessários à saúde.

— Ar não contaminado, comida e bebida; sono para restaurar as forças, vigília para ativar os sentidos; exercício físico moderado para expelir resíduos e impurezas; eliminação das excreções e suficiente alegria para ajudar no florescimento do corpo.

— Diga-nos. Como a doença se espalha durante uma epidemia? — Calca perguntou.

– Os miasmas venenosos formam-se nos cadáveres em decomposição ou nas águas fétidas dos pântanos. Ar úmido e quente impregnado de corrupção emite odores nocivos que, quando inspirados pelas pessoas, podem infectar e adoecer os corpos. Durante as epidemias, é correto encorajar a fuga, a ida para lugares onde os miasmas carregados pelo vento não possam nos alcançar.

A resposta foi seguida por rápidos afagos da barba ruiva de Calca e uma rápida sabatina sobre a urina:

– Uma urina meio amarela, o que significa?

– Que contém uma certa quantidade de bílis.

– E quando é cor de fogo?

– Que contém uma grande quantidade de bílis.

– Urina vermelho-escura?

– Numa pessoa que não andou comendo açafrão, indica a presença de sangue.

– E sedimentos na urina, o que eles nos dizem?

– Indicam a fraqueza interna do paciente. Se os sedimentos parecem farelo e têm mau cheiro, é sinal de ulceração no interior dos canais. Se os sedimentos apresentam vestígios de sangue, devemos suspeitar de um tumor flegmonoso.

– E se observamos areia na urina? – Calca perguntou.

– Estamos em presença de um cálculo, de uma pedra.

Houve um instante de silêncio.

– Estou satisfeito – disse Calca.

– Eu também – disse Montenegro, começando a tirar de uma prateleira o grande livro com capa de couro do registro municipal. – Um ótimo candidato que reflete a excelência do mestre.

Miguel de Montenegro anotou os nomes dos examinadores e do proponente do candidato. Fez também saber que o *señor* Ramón Callicó, de Saragoça, fora examinado e devidamente aceito e licenciado como médico no dia 17 de outubro de 1506, ano do Senhor.

A caminho de casa, mestre e discípulo relaxaram nas selas, rindo de vez em quando como crianças ou gente de porre.

– Acho que li em Teodorico Borgognoni! – Nuño gozava. – Em Teodorico Borgognoni!

– Mas o *señor* Montenegro?... Por que ele me deu força?

– Miguel de Montenegro é um bom e ilustre católico, o médico favorito da Igreja, o homem que é sempre instado a viajar para onde quer que tenha adoecido um bispo ou um cardeal. Contudo, é um verdadeiro cientista e tem suas próprias ideias sobre o que é ciência e o que é pecado. Quando éramos mais moços, eu e o Miguel de Montenegro fizemos algumas dissecações. Tenho certeza de que percebeu de imediato por que você atestou com tamanha autoconfiança a aparência de uma coisa que fica dentro do corpo.

– Fico muito agradecido a ele e à minha boa sorte.
– É, você teve sorte, mas sem dúvida a apresentação foi digna de louvores.
– Graças àquele que me ensinou, mestre!
– Agora somos colegas e não deve mais me chamar de mestre – disse Nuño, mas Yonah balançou a cabeça.
– Dois homens terão sempre a minha gratidão – ele insistiu. – Ambos chamados Fierro. Um ou outro será sempre um mestre para mim.

Capítulo 31

UM DIA DE TRABALHO DURO

Poucas semanas após o exame, Nuño transferiu um certo número de pacientes para Yonah que, à medida que os dias passavam, começava a se sentir cada vez mais médico e menos aprendiz.

No final de fevereiro, Nuño informou que o encontro anual dos médicos de Aragão seria realizado em Saragoça.

– Seria muito bom se você fosse ao encontro para ficar conhecendo alguns de seus colegas – disse ele, e os dois mexeram em suas agendas de compromissos até arranjar tempo.

No dia da reunião, ao entrarem na pousada onde ela teria lugar, encontraram outros sete médicos tomando vinho e comendo um pato assado no alho. Foram cumprimentados por Pedro de Calca e Miguel de Montenegro, e Nuño sentiu um evidente prazer ao apresentar Yonah a outros cinco indivíduos, que clinicavam na periferia do distrito. Quando acabaram de comer, Calca fez um comunicado sobre o papel da pulsação na doença, mas Yonah achou a pequena palestra muito malpreparada. Parecia realmente chocante que uma autoridade médica, um homem que há tão pouco tempo fora seu examinador, pudesse fazer uma exposição tão precária. No entanto, quando Calca terminou, os outros médicos bateram os pés em ostensiva aprovação e quando Pedro de Calca perguntou se alguém tinha alguma pergunta, ninguém se aventurou.

Yonah ficara espantado ouvindo Calca dizer que havia três tipos de pulso: forte, fraco e latejante. *Mas quem se atreveria a contradizê-lo?* Ele? O problema é que Yonah, com a incômoda sensação de ser um médico novo, não conseguiu resistir e levantou a mão.

– *Señor* Callicó? – disse Calca, com uma evidente expressão divertida.

– Eu gostaria de acrescentar... de lembrar... o que Avicena escreveu – disse Yonah. – Ele fala em nove tipos de pulso. O primeiro regular e amplo, sinal de saudável equilíbrio. Depois uma pulsação firme, ainda mais forte que a primeira, indicando força no coração. Na outra ponta, um pulso fraco, denotando debilidade interna. Entre um extremo e outro, diferentes níveis de pulsação: um pulso longo, um medianamente fraco, um pulso cheio, um pulso fino, um pulso profundo, um pulso superficial.

Viu, abatido, como Calca o olhava de cara feia. E viu Nuño, ao lado de Calca, esforçando-se para ficar de pé.

— Acho ótimo – disse o velho mestre – que tenhamos em nosso encontro tanto o médico novato, que mal fechou os livros de estudo, quanto o profissional maduro, competente, que sabe como os cânones de nossa arte são simplificados pela experiência, pela sabedoria a custo adquirida no tratamento diário dos doentes.

Houve alguns risos e um novo bater aprovador dos pés. Apaziguado, Calca sorria e Yonah só pôde sentir o sangue lhe subir no rosto enquanto se sentava.

Yonah explodiu quando chegaram a casa:
— Como teve coragem de falar daquele jeito? Sabia muito bem que eu tinha razão e que Calca estava errado!
— Falei daquele jeito porque Calca é exatamente o tipo de homem capaz de ir até a Inquisição para acusar um rival de heresia. Basta ser provocado da maneira certa. Foi isto que cada médico ali presente entendeu perfeitamente. – Nuño fez uma pausa. – Espero e rezo para que um dia, na Espanha, um médico possa discordar livremente de certas opiniões e discutir em público sem se sentir ameaçado. Esse dia, é claro, ainda não chegou, nem chegará amanhã de manhã.

De imediato, percebendo como fora idiota, Yonah murmurou um pedido de desculpas e um agradecimento. Contudo, Nuño não parecia querer deixar o incidente passar em branco.

— Quando começou a ser meu aprendiz, você tinha plena consciência dos perigos que o ameaçavam. Precisa estar sempre atento porque certos detalhes de nossa profissão podem desencadear catástrofes.

Deu um sorriso amarelado para Yonah.
— Além disso, seu comentário não foi dos mais exatos. Nas páginas do *Cânon* que você me traduziu, Avicena diz que existem *dez* diferentes tipos de pulso... e só enumera nove! Ele também escreveu que sutis diferenças de pulso seriam úteis para médicos habilidosos. Tem de admitir que poucos dos que hoje palestraram conosco poderiam ser incluídos nesta categoria.

Três semanas mais tarde, Nuño teve um severo ataque. Começara a subir a escada do quarto quando a dor brotou de modo selvagem e inesperado em seu peito. Ele ficou ofegante, sem forças. Teve de se sentar para evitar uma queda grave. Yonah tinha saído para visitar alguns pacientes e ainda estava no estábulo tirando a sela do árabe cinzento quando Reyna, aflita, apareceu na porta.

— Nuño está passando mal! – disse ela. Yonah entrou correndo e, ajudado por Reyna, conseguiu levar Nuño para a cama.

Suando por todos os poros, foi recitando os sintomas. Era como se estivesse na cabeceira de um paciente dando instruções a um aprendiz.

– Uma dormência... Não, uma dor... aguda. Sim... pronunciada. Muito pronunciada...

Quando verificou o pulso, os batimentos estavam tão irregulares que Yonah se assustou. Era uma pulsação aos trancos, sem qualquer ritmo perceptível. Fez Nuño tomar um pouco de cânfora dissolvida num licor de maçã, mas a dor continuou muito forte por quase quatro horas. À noite ela abrandou um pouco e depois cessou de todo, deixando o mestre estirado na cama, completamente exausto.

Mas Nuño estava calmo e conseguia falar. Mandou Reyna matar uma galinha para servir uma canja no jantar e caiu num sono profundo. Yonah ficou algum tempo a observá-lo, consciente das limitações de um médico. Queria ajudar Nuño, mas não tinha a menor ideia do que fazer.

Três dias depois, com a ajuda de Yonah, Nuño conseguiu descer lentamente a escada e sentar-se em sua cadeira. Por mais dez dias, Yonah agarrou-se à ideia de que havia alguma esperança, mas no final da segunda semana ficou claro que o problema era sério. O peito de Nuño estava congestionado, as pernas tinham começado a inchar. A princípio, Yonah o levava toda noite para cima, onde o recostava em travesseiros na cabeceira da cama para manter a cabeça e o peito erguidos. Mas logo tanto os inchaços quanto a respiração pioraram e Nuño não quis mais sair da cadeira junto ao fogo. Yonah passava as noites deitado no chão, a poucos metros dele, atento aos roncos em sua respiração.

Pela terceira semana, os indícios de doença terminal eram incontestáveis. O líquido que gorgolejava nos pulmões de Nuño parecia ter impregnado todos os tecidos do corpo, de modo que ele estava com uma aparência obesa, as pernas lembrando postes sob o abdome saliente que pendia acima delas. Nuño procurava não falar, pois até respirar lhe era difícil, ainda que por fim, em arquejos quase sufocados, tenha dado instruções a Yonah.

Queria ser enterrado na propriedade, na crista do morro. E não queria lápide.

Yonah só pôde abanar a cabeça.

– Meu testamento... Por favor, anote.

Yonah foi buscar tinta, papel e uma pena. Nuño ditou em espasmos.

Para Reyna Fadique deixava as economias que fizera ao longo de sua carreira na clínica médica.

Para Ramón Callicó, deixava a fazenda, os livros, os instrumentos médicos e o baú de couro do falecido irmão Manuel Fierro com tudo que havia nele.

Yonah foi incapaz de aceitar sem protesto.

– É demais. Não preciso de...

Mas Nuño fechou os olhos.

– Não tenho parentes... – disse. Com a mão fraca, fez um gesto encerrando o assunto e esticou os dedos para a caneta. Sua assinatura foi um rabisco embaixo do testamento.

– Mais... uma coisa. Quero que... me estude.

Yonah sabia o que Nuño pretendia dizer, mas achou que não ia conseguir. Uma coisa era abrir a carne de desconhecidos enquanto a voz do mestre o introduzia nos segredos da anatomia. Outra coisa era mexer com *Nuño*.

Os olhos do velho médico se inflamaram.

– Deseja ser... como Calca... ou como eu?

O que desejava era agradecer o que aquele homem tinha feito por ele.

– Como o senhor. Gosto muito do senhor. Obrigado. E eu prometo.

Sentado em sua cadeira, Nuño morreu entre a noite chuvosa de 17 de janeiro de 1507 e o amanhecer escuro do dia 18.

Yonah ficou um bom tempo parado, contemplando o mestre. Depois beijou a testa dele, que ainda estava quente, e cerrou seus olhos.

Embora fosse um homem alto e forte, Yonah cambaleou sob o peso do corpo que levou até o celeiro, onde começou a cumprir a derradeira vontade do morto, como se ainda o ouvisse falar.

Primeiro apanhou a pena e tomou nota do que observara até então. Registrou a tosse que produzia um escarro manchado de sangue. Falou da pele que adquirira manchas roxas. Das veias do pescoço, que tinham se alargado e pulsavam muito. Dos suores que ensopavam o corpo, do coração que parecia bater tão depressa e tão aleatoriamente quanto um camundongo correndo. Falou da respiração acelerada, barulhenta e difícil, e da pele ligeiramente inchada.

Quando encerrou as anotações, pegou um dos bisturis feitos por Manuel Fierro e, por um instante, examinou friamente o rosto deitado na mesa.

Quando abriu o peito, viu que o coração tinha uma aparência diferente dos outros corações que ele e Nuño haviam observado. Havia uma área preta na superfície, como se o tecido tivesse sido queimado. Quando o órgão foi aberto, as quatro câmaras pareciam ter problemas. Do lado esquerdo, a parte escura e corroída de uma das câmaras prolongava a área preta. Yonah usava panos para enxugar o sangue, mas achou que não estava conseguindo drená-lo com eficiência, pois ele tornava sempre a brotar no mesmo ponto, entupindo as duas câmaras do lado esquerdo e algumas veias. Yonah aprendera no *Cânon* de Avicena que, para manter a vida, o sangue tem de ser bombeado pelo coração e se espalhar por todo o corpo. Ele circulará através de grandes artérias e de uma rede de veias que, cada vez mais finas, vão se transformar em canais da grossura de fios de cabelo, chamados capilares. O coração defeituoso de Nuño destruíra todo esse sistema de distribuição sanguínea, o que lhe custara a vida.

Ao abrir o tecido inchado do abdome, viu que estava molhado lá dentro, assim como estavam molhados os pulmões. Nuño se afogara nas próprias secreções, sem dúvida, mas de onde vinha toda aquela umidade?

Yonah não tinha a menor ideia.

Continuou, então, seguindo o procedimento que aprendera. Depois de pesar os órgãos e fazer as anotações, pôs as coisas no lugar e costurou o cadáver. Depois lavou o morto com uma barra de sabão, usando o balde de água que Nuño o ensinara a deixar ao lado da mesa. Só quando viu tudo pronto, dispôs-se a entrar em casa.

Reyna preparava calmamente um caldo, mas desde que vira a cadeira vazia percebera que Nuño estava morto.

– Onde ele está?

– No celeiro.

– Acha que devo ir até lá?

– Acho que não – disse Yonah. Ela respirou fundo e se benzeu, mas não fez objeções. Nuño dissera a Yonah que Reyna estava naquela fazenda há quase três décadas, sempre a serviço de médicos, e tinha plena consciência do que acontecia lá. Segundo ele, era pessoa de total confiança. Ainda assim, Yonah, que a conhecia há poucos anos, tinha receio de que ela pudesse denunciá-lo.

– Vou lhe dar um pouco de caldo.

– Não. Estou sem fome.

– Ainda tem muito trabalho hoje – disse Reyna em voz baixa, enchendo duas tigelas.

Os dois se sentaram e comeram juntos, calados. Quando acabaram, Yonah perguntou se havia mais alguém que Nuño gostaria que estivesse presente ao enterro, mas ela balançou negativamente a cabeça.

– Somos só nós – disse, e Yonah saiu para cumprir suas obrigações.

Na baia de um dos animais, havia algumas tábuas, velhas mas ainda utilizáveis. Yonah mediu Nuño com um pedaço de corda e serrou as tábuas no tamanho certo. Levou quase a manhã inteira para fazer o caixão. Teve de perguntar a Reyna se ela sabia onde havia pregos. Reyna encontrou alguns.

Então, pegando uma picareta e uma pá, foi até o alto do morro e cavou o buraco. O inverno chegara a Saragoça, mas a terra não estava congelada e o túmulo foi ganhando forma. Há anos, porém, ele não trabalhava como peão e sabia que seu corpo o lembraria disso no dia seguinte. Cavando devagar e com cuidado, conseguiu abrir uma sepultura com paredes lisas, retilíneas, suficientemente funda para obrigá-lo a certo esforço físico na hora de subir. Seus pés só saíram de lá jogando uma chuva de terra e pedrinhas no fundo da cova.

No celeiro, enrolou os panos ensanguentados num pano limpo, que enfiou no caixão ao lado do corpo. Era o modo mais seguro de se livrar deles e era exatamente o que Nuño o mandaria fazer. Contudo, resolvido este problema, ainda teve de enfrentar uma difícil limpeza do celeiro, pois não devia haver traço da dissecação.

O trabalho ocupou-o o dia inteiro. O crepúsculo se aproximava quando atrelou à carroça da fazenda o cavalo marrom de Nuño e o cavalo árabe cinzento. Reyna teve de ajudá-lo a tirar a pesada carga do celeiro.

Foi tremendamente difícil para os dois enterrar o caixão. Ele esticou duas cordas através do buraco e amarrou as pontas nas fortes estacas de madeira que cravara no chão. Quando o caixão foi empurrado por sobre o buraco, as cordas o sustentaram, mas ele e Reyna tiveram de ir soltando aos poucos os nós que prendiam as cordas nas estacas, trabalhando e fazendo deslizar uma corda de cada vez, para que o caixão fosse sendo abaixado devagar. Reyna lutou com um dos nós. Era uma mulher forte, calejada pelo trabalho físico, mas, quando conseguiu soltar o nó, perdeu bruscamente o controle da corda, fazendo uma quina do caixão se inclinar e bater numa das paredes do buraco.

– Puxe a corda com força – disse Yonah, procurando se controlar e manter a voz calma. Mas antes mesmo de ele falar, Reyna tinha começado a fazer isso.

O caixão ainda não estava totalmente nivelado, mas não houve desastre.

– Dê um passo à frente sem soltar a corda – disse ele, e foi assim, passo a passo, que foram trabalhando as cordas e arriando o caixão até senti-lo encostar no fundo.

Ele foi capaz de puxar uma das cordas do buraco, mas a outra agarrou em alguma coisa embaixo do caixão. Talvez a laçada tivesse prendido numa raiz. Após alguns fortes puxões, Yonah desistiu e deixou a corda na sepultura.

Reyna disse um padre-nosso e uma ave-maria, agora chorando baixo, como se tivesse vergonha de sua dor.

– Leve a carroça para o celeiro, está bem? – ele disse suavemente. – Depois entre e fique em casa. Eu acabo as coisas aqui.

Reyna era uma mulher do campo que sabia conduzir uma carroça, mas Yonah esperou que ela chegasse à metade da descida antes de se aproximar da pá. Jogou o primeiro punhado de terra atrás da pá, um costume judeu simbolizando como era ingrato o dever de enterrar uma pessoa cuja falta seria dolorosamente sentida. Depois suspendeu a pá e, com um grunhido, enfiou-a com força na pilha de terra. A princípio a chuva de terra fazia um cavernoso som de chocalho ao bater no caixão, mas logo o barulho ficou mais abafado, pois já era terra caindo sobre terra.

Só metade da cova tinha sido tapada quando a noite chegou, mas havia uma lua branca no céu. Yonah enxergava o suficiente para trabalhar com firmeza, com poucas pausas.

Estava quase no fim quando viu Reyna subindo novamente o morro. Ela, no entanto, parou antes de chegar ao topo.

– Ainda vai demorar?

– Só mais um pouco – disse ele, e Reyna, sem dizer mais nada, virou as costas e voltou para casa.

Ao acabar de alisar o máximo que pôde a superfície do túmulo, Yonah pôs a mão na cabeça descoberta e disse o kadish pelo morto. Depois carregou a pá e a picareta de volta ao celeiro. Ao entrar em casa, percebeu que Reyna já fora para o quarto. E que a banheira de cobre fora colocada de frente para o fogo. A água ainda estava quente e havia mais duas chaleiras. Reyna também pusera vinho, pão, azeitonas e queijo na mesa.

Ele se despiu junto do fogo que estalava, fazendo uma pilha com a roupa suada, suja de terra. Depois se comprimiu na tina com um pedaço do grosso sabão escuro que Reyna usava. Então pensou em Nuño, em sua sabedoria e tolerância, em seu amor pelas pessoas de quem havia tratado, em sua dedicação pelo exercício da medicina. Pensou na generosidade do velho médico para com um rapaz desnorteado com quem esbarrara por acaso. Pensou na diferença que Nuño Fierro fizera na vida de Yonah Toledano. Pensamentos demorados, demorados... até perceber que a água estava ficando cada vez mais fria, daí começou a se lavar.

Capítulo 32

O PROFISSIONAL SOLITÁRIO

Na manhã seguinte, Yonah subiu o morro e alisou o túmulo à luz do dia. O pequeno carvalho que viu nas proximidades lembrou-o da árvore que brotara espontaneamente no lugar que servira de túmulo para o pai. Ele removeu com cuidado o carvalho e transplantou-o na terra macia do túmulo de Nuño. Era uma árvore ainda muito nova, desprovida de folhas; com o tempo mais quente, no entanto, ia desabrochar.

– Deve informar os padres e dar uma esmola à igreja para que possam dizer uma missa por sua alma imortal – falou Reyna.

– Primeiro vou panteá-lo por sete dias dentro de casa – disse Yonah. – Depois informo os padres e assisto com você à missa na igreja.

A devoção de Reyna não era das mais fortes e só a solenidade da morte conseguira trazê-la à tona. Ela deu de ombros e disse que Yonah fizesse como bem entendesse.

Yonah tinha consciência de que não observara adequadamente as regras de sua religião com relação à morte do pai. Nuño fora como um segundo pai, e ele queria prestar as homenagens da melhor maneira possível. Rasgou, então, uma de suas roupas, andou descalço, cobriu com um véu o único espelho, um espelho pequeno, que havia na casa e começou a recitar o kadish. Orava toda manhã e toda noite, exatamente como um filho faria por um pai.

Três vezes, durante aquela semana, alguém bateu na porta à procura de um médico. Numa dessas vezes, Yonah levou um homem para o espaço que servia de consultório no fundo do celeiro e pôs no lugar um pulso destroncado; nas duas outras teve de ir às casas dos doentes. Também visitou quatro pacientes antigos, que precisavam de sua atenção. Após cada consulta voltava logo à fazenda para retomar o ritual do luto.

Depois de ter observado a semana de shiva e após a missa pela memória de Nuño ter sido celebrada, Yonah passou a viver de uma maneira que lhe parecia estranha. Uma existência nova, que precisava de novas regras.

Reyna esperou uma semana para perguntar por que ele ainda dormia no catre do pequeno quarto que fora depósito, quando agora era o dono da casa. O quarto de Nuño era sem dúvida melhor, com duas janelas, uma para o sul, outra para o nascente. A cama era grande e confortável, feita de cerejeira.

Examinaram juntos os pertences do antigo patrão. A roupa de Nuño era de boa qualidade, mas Nuño era mais baixo que Yonah e mais gordo que magro. Reyna, que sabia mexer com uma agulha, disse que reformaria algumas peças de roupa para Yonah.

– Seria muito bom se vestisse, de vez em quando, alguma coisa de Nuño e se lembrasse dele.

Ela separou as peças que seria impossível reformar, dizendo que ia levá-las para sua aldeia e dá-las a quem precisasse.

Yonah se instalou no quarto que fora de Nuño. Desde a fuga de Toledo, era a primeira vez que dormia numa cama de verdade e, quinze dias depois, já experimentava uma sensação de posse. A casa-sede e as terras iam se tornando parte dele, que começava a gostar do lugar como se tivesse nascido ali.

Alguns pacientes falavam com tristeza do falecimento de Nuño.

– Foi sempre um bom médico, consciencioso, que merecia todo o nosso afeto – disse Pascual Cabrera. Mas o *señor* Cabrera e esposa, assim como a maioria dos antigos pacientes, já tinham se acostumado a conviver com Ramón Callicó durante os longos anos de seu treinamento e pareciam estar muito satisfeitos com ele. Na realidade, foi mais fácil para Yonah passar a funcionar como um profissional solitário do que encarar com naturalidade sua nova cama. E no fundo não se sentia sozinho como médico. Ao atender um ou outro caso mais complicado, ouvia algumas vozes em sua mente. A de Avicena, a de Galeno, a de Borgognoni. Mas havia, por sobre todas elas, a voz de Nuño, uma voz que parecia dizer: "Lembre-se do que os grandes médicos escreveram e das coisas que lhe ensinei. Depois observe o paciente com seus próprios olhos, cheire-o com seu próprio nariz, sinta-o com suas mãos e use o seu bom senso para decidir o que deve ser feito."

Yonah e Reyna entraram numa rotina tranquila, onde não deixava de haver um certo embaraço mútuo. Quando estava de folga, Yonah escolhia alguma coisa para ler na pequena biblioteca médica que herdara de Nuño ou trabalhava na tradução. Nesses períodos, Reyna fazia o possível para cumprir as tarefas domésticas sem incomodá-lo.

Certa noite, vários meses após a morte de Nuño, quando Yonah instalou-se na cadeira dele ao lado do fogo, Reyna tornou a encher-lhe o copo de vinho e perguntou:

– Vai querer alguma coisa especial para o jantar de amanhã?

Yonah sentia o calor do vinho e o calor do fogo. Observou Reyna ali parada, uma boa criada, e era como se tivesse sido sempre o dono daquelas terras e ela nunca o tivesse conhecido desesperado e sem teto.

– Gostaria que preparasse uma galinha ensopada.

Os dois se entreolharam. Yonah achou impossível adivinhar o que Reyna estava pensando, mas ela inclinou a cabeça. Naquela noite, foi para o quarto dele pela primeira vez.

Era mais velha, talvez uns vinte anos mais velha. O cabelo tinha fios brancos, mas o corpo era firme, pois a vida de exercícios físicos que levava retardaria o envelhecimento de qualquer mulher. Estava mais que disposta a compartilhar a cama dele. De vez em quando, uma observação distraída fazia Yonah acreditar que, na juventude, ela também compartilhara a cama do mestre judeu de Nuño, Gabriel Sporanis. Reyna não fazia parte da propriedade, é claro, mas ter o corpo de um homem sem dúvida a faria sentir-se mais viva. O fato é que o acaso a fizera trabalhar sozinha para três médicos, pelos quais desenvolvera grande afeição, um de cada vez.

De manhã, assim como acontecera no tempo de Nuño, ela se tornava uma discreta e respeitosa governanta.

Logo Yonah sentiu-se muito satisfeito com a situação. Tinha um trabalho que amava ao extremo, boa comida e o prazer que, regularmente, repartia com Reyna na cama de madeira do quarto maior.

Quando caminhava pela propriedade, Yonah percebia que a terra não era adequadamente utilizada, mas, assim como os anteriores proprietários médicos, não planejou tomar qualquer providência para sanar o problema: não seria bom ter peões no local para observar que o celeiro ao lado da casa, além de abrigar um consultório e uma mesa cirúrgica, era de vez em quando usado para estudos de anatomia que muitos não hesitariam em qualificar de feitiçaria.

Quando a primavera chegou, Yonah só levou adiante o que podia fazer com suas próprias mãos e seu tempo livre. Organizou três colmeias para o mel, podou oliveiras e algumas árvores frutíferas, adubando-as com o esterco dos cavalos. No final do ano, o pomar proporcionou a primeira boa colheita para a cozinha e, no decorrer do ano seguinte, rendeu-lhe diferentes frutos com o correr das estações.

Não correria o risco de se manifestar abertamente como judeu mas, nas vésperas do Shabat, acendia sempre duas velas no quarto e sussurrava a prece: "Bendito sois Vós, Senhor nosso Deus, Rei do Universo, que nos santificastes com Vossos mandamentos e nos mandastes acender as velas do Shabat."

A medicina, como se fosse uma religião que pudesse praticar em público, tornava sua vida muito rica, mas Yonah se esforçava para manter viva a chama de uma existência interior como judeu. As traduções tinham lhe devolvido boa parte de sua vivência do idioma hebreu, embora tivesse perdido a capacidade de rezar conforme a tradição paterna. Lembrava-se, apenas, de fragmentos de preces. O próprio desenrolar do serviço do Shabat escapara de sua memória. Conseguia, por exemplo, se lembrar de que a parte do serviço que devia ser rezada de pé – a amidá – era constituída de dezoito bênçãos. Por mais que tentasse, só lhe ocorriam dezessete, o que o deixava angustiado, frustrado. Além disso, das preces que lhe vinham à memória, uma delas, a décima segunda bênção, o perturbava tremendamente. Tratava-se de uma oração pela destruição dos hereges.

Na época em que decorara as preces, era apenas um menino na casa paterna e não meditara muito profundamente sobre os significados. Mas agora, vivendo sob a sombra escura de uma Inquisição que pretendia destruir os hereges, a prece lançava uma flecha em seu coração.

Então se os judeus, e não a Igreja, estivessem no poder, também recorreriam a Deus para destruir os não crentes? Seria axiomático que o poder religioso absoluto vem sempre acompanhado de crueldade absoluta?

Há-Rakhaman, Nosso Pai que estais no Céu, Deus único dentre todos, por que permitis que as matanças sejam feitas tão impunemente em Vosso nome?

Yonah tinha certeza de que os antigos, os que compuseram as dezoito bênçãos, eram homens piedosos, sábios piedosos. Mas o autor da décima segunda bênção não escreveria aquilo se fosse o último judeu da Espanha.

Um dia, no meio das porcarias que enchiam a barraca de um mascate cego de um olho, que mais parecia um mendigo, Yonah encontrou um objeto que o deixou sem fôlego. Tratava-se de um pequeno cálice. O tipo de cálice usado no kidush para abençoar o vinho, como aqueles que o pai fizera para tantos clientes judeus. Para não dar na vista, começou demonstrando interesse por outras coisas: um freio de ferro, tão amassado que nem entraria na boca do cavalo, uma bolsa de pano, muito suja, um ninho de vespas ainda preso numa ponta de galho.

Quando finalmente pegou o cálice e virou-o, percebeu que não fora feito pelo pai, pois não havia a marca HT que Helkias Toledano sempre deixava no fundo. Provavelmente era obra de algum ourives da região de Saragoça. Devia ter sido abandonado ou negociado na época da expulsão e, ao que parecia, não recebera nenhum polimento desde essa época. Estava preto com o pó, as nódoas dos anos; também estava muito riscado.

Contudo, era um cálice de kidush e Yonah queria realmente ficar com ele. Mesmo assim o medo foi tanto que desistiu de comprá-lo. Era um objeto que só poderia interessar a judeus. Talvez tivesse sido colocado como isca entre as quinquilharias. Talvez houvesse alguém por perto, de olhos acusadores, prontos a gravar a identidade do comprador.

Despediu-se com um aceno do mascate e começou a circundar vagarosamente a praça. Examinou cada porta, cada telha, cada janela em busca de uma testemunha incriminadora.

Quando se certificou de que ninguém parecia interessado nele, voltou à barraca, onde começou a revirar as coisas com ar distraído. Escolheu meia dúzia de objetos que lhe pareciam inteiramente inúteis e depois pegou o cálice, tendo o cuidado de incluí-lo na costumeira barganha sobre o preço.

Chegando a casa, poliu com carinho o cálice do kidush. Embora a superfície tivesse arranhões profundos que nenhuma carga de polimento conseguiria remover, o cálice logo se tornou um objeto de grande estima para Yonah.

O outono de 1507 foi chuvoso e frio. O som das tosses era ouvido em todos os lugares públicos e Yonah teve muito trabalho. Ficou também boa parte do tempo afligido pela mesma tosse que atormentava seus pacientes.

Em outubro, foi chamado à casa de *doña* Sancha Berga, uma senhora idosa, cristã-velha, que morava num casarão finamente mobiliado, situado num bairro elegante de Saragoça. Seu filho, dom Berenguer Bartolomé, e a filha Monica, esposa de um nobre de Aragão, ficaram esperando Yonah examinar a mãe. Ela tinha outro filho, Geraldo, comerciante na cidade.

Doña Sancha, viúva do famoso cartógrafo Martín Bartolomé, era uma mulher de setenta e quatro anos, esbelta e inteligente. Não parecia estar muito doente, mas devido à idade Yonah receitou vinho com água quente, a ser tomado quatro vezes por dia, e pequenos tragos de mel.

– Tem mais alguma queixa, *señora*?

– Só meus olhos. Minha visão está ficando cada vez mais embaçada – disse *doña* Sancha.

Yonah empurrou as cortinas da janela, deixando a luz fluir para o quarto. Depois se colocou bem em frente à *señora* e, levantando uma pálpebra de cada vez, pôde ver a leve opacidade nos cristalinos.

– É uma doença chamada catarata.

– Cegueira em idade avançada é uma herança de família – disse *doña* Sancha com ar resignado. – Minha mãe morreu cega.

– Nada se pode fazer? – o filho perguntou.

– Sim, existe um tratamento cirúrgico em que a parte embaçada é removida. Em muitos casos, a visão melhora um pouco.

– Acha que devo fazer a operação? – *doña* Sancha perguntou.

Yonah se inclinou de novo sobre ela para examinar os olhos. Já fizera três vezes a cirurgia, uma num cadáver e duas com Nuño a seu lado, acompanhando todo o procedimento. Além disso, vira Nuño fazer duas vezes a operação.

– Ainda consegue ver bem?

– Sim – disse ela. – Mas sinto que a cada dia a vista piora e tenho medo da cegueira.

– Acho que podemos fazer a cirurgia, embora não se deva contar com grandes resultados em operações desse tipo. E, enquanto houver alguma visão, mesmo que defeituosa, vamos esperar. É mais fácil remover a catarata quando ela está madura. Por isso é preciso paciência. Vou acompanhar seu caso e direi quando a intervenção deve ser feita.

Doña Sancha agradeceu e dom Berenguer convidou-o para tomar um copo de vinho na biblioteca. Yonah hesitou. Em geral procurava evitar contatos sociais com cristãos-velhos. Preferia se precaver de situações onde pudesse ser interrogado sobre família, contatos dentro da Igreja e amigos comuns. Mas teria sido difícil recusar um convite tão amistoso e cortês e logo se viu sentado junto ao fogo, num magnífico aposento, onde havia uma prancheta de desenho e quatro grandes mesas cobertas com gráficos e mapas.

Dom Berenguer estava entusiasmado e esperançoso com a possibilidade de uma melhora na visão da mãe.

– Pode nos indicar um cirurgião de confiança quando a catarata estiver no ponto?

– Eu mesmo posso fazer a cirurgia – disse Yonah com cautela. – Ou, se preferir, penso que o *señor* Miguel de Montenegro seria uma excelente escolha.

– Então é cirurgião além de médico? – perguntou dom Berenguer, espantado, inclinando uma pesada garrafa de vidro para servir o vinho.

– Assim como Montenegro – disse Yonah sorrindo. – É verdade que a maioria dos clínicos se concentra na cirurgia ou na medicina. Mas alguns são competentes nas duas áreas e podem combinar as duas profissões. Meu falecido mestre, *señor* Nuño Fierro, que também era meu tio, acreditava que com muita frequência os cirurgiões se equivocam ao achar que a verdadeira cura é feita com a faca, enquanto muitos médicos insistem em confiar exclusivamente nos medicamentos em casos onde a cirurgia seria indispensável.

Dom Berenguer assentiu com ar pensativo e passou o copo a Yonah. Era um vinho bem envelhecido e bastante saboroso, o tipo de safra que, no entender do médico, uma família aristocrática devia oferecer. Ele relaxou, começando a se sentir realmente bem, pois seu anfitrião não iniciara qualquer sabatina sobre temas que pudessem lhe causar mal-estar.

O nobre revelou que era cartógrafo, assim como o pai e o avô.

– Blas Bartolomé, meu avô, criou as primeiras cartas científicas das águas costeiras da Espanha – disse. – Meu pai concentrou-se nos mapas de rios, enquanto eu tenho me contentado com incursões em nossas cadeias de montanhas para mapear altitudes, trilhas e passos.

Dom Berenguer mostrou-lhe inúmeros mapas e, enquanto conversavam, Yonah esqueceu os velhos medos. Revelou que, por um curto período de tempo, fora um marujo comum e mostrou o rio e os mares por onde viajara. Sentia-se estimulado pelo excelente vinho e a companhia de um homem interessante que, a intuição lhe dizia, podia se tornar seu amigo.

Capítulo 33

A TESTEMUNHA

Na primeira semana de abril, apareceu na fazenda um homem do gabinete do alguazil de Saragoça. Ele informou que Yonah fora intimado a prestar depoimento como testemunha no fórum municipal, "num julgamento que teria lugar daí a quinze dias, uma quinta-feira".

Na noite anterior à audiência, Yonah desceu quando Reyna estava se refrescando em seu banho diante do fogo. Ele tirou a chaleira do suporte sobre as chamas e, enquanto derramava água quente na tina, falou sobre sua convocação ao tribunal.

– É sobre os dois garotos.

O caso estava sendo fartamente comentado no distrito. Numa certa manhã, durante o inverno, dois rapazinhos, ambos de catorze anos e grandes amigos desde pequenos, tiveram uma desavença sobre um cavalo de pau. Os garotos, Oliverio Pita e Guillermo de Roda, vinham brincando há anos com o cavalo, que às vezes era mantido na casa de um, às vezes na casa do outro. Era um brinquedo grosseiramente fabricado, pouco mais que um pedaço de madeira, mas naquele dia os dois discutiram sobre quem era o dono do cavalo.

Cada qual alegava que o cavalo era seu, dizendo que apenas fora generoso compartilhando o brinquedo com o amigo.

Como frequentemente acontece quando se trata de garotos, a discussão evoluiu para o confronto físico. Tivessem os dois alguns anos a mais, a altercação podia ter resultado num desafio e num duelo, mas eles se contentaram com os punhos e os xingamentos. As coisas ficaram piores quando o pai de cada um disse ter a vaga lembrança de que o cavalo sempre estivera na família.

Na próxima vez que os garotos se cruzaram, atiraram pedras um no outro. Oliverio foi de longe o melhor atirador; não foi atingido e vários dos petardos que lançou chegaram a Guillermo, um deles acertando sua têmpora direita. Quando Guillermo entrou em casa com a cara cheia de sangue, a mãe ficou em pânico e mandou chamar imediatamente o médico. Yonah foi até a casa da família Roda e tratou do rapaz. O incidente podia ter se evaporado com o correr do tempo se Guillermo não tivesse contraído uma febre e morrido pouco depois.

Yonah explicara aos pais enlutados que Guillermo morrera de uma enfermidade contagiosa, não do ferimento leve que sofrera semanas atrás. Mas em sua dor, Ramiro de Roda procurara o alguazil para dar queixa de Oliverio Pita, afirmando que a doença resultara do golpe na cabeça e que, por conseguinte, Oliverio causara a morte de Guillermo. O alguazil marcara uma audiência para determinar se o rapaz seria ou não acusado de homicídio.

– É uma tragédia – disse Reyna –, e agora o médico de Saragoça foi envolvido nela. – Ela tinha percebido que a coisa conseguira realmente perturbar Yonah. – Mas o que tem a temer nessa história?

– Vou contrariar uma poderosa família de Saragoça. Como nós dois sabemos, os médicos podem ser denunciados anonimamente à Inquisição. Não tenho nenhuma vontade de transformar os Roda em meus inimigos.

Reyna abanou a cabeça.

– Mas é claro que não poderia ignorar uma ordem partida do alguazil.

– Não. E há um problema de justiça que tem de ser esclarecido, o que só me deixa uma alternativa.

– Que alternativa? – Reyna perguntou ensaboando o braço.

– Comparecer ao fórum e dizer a verdade.

A audiência teve lugar no prédio da administração municipal, na pequena sala de reuniões do segundo andar. O lugar já estava cheio de gente quando Yonah chegou.

José Pita e a esposa, Rosa Menendez, encararam Yonah quando ele entrou na sala. Ao ser procurado pelo casal logo após o garoto ter sido denunciado, Yonah explicara o que lhe parecia ser a verdade.

Oliverio Pita, o garoto, sentou-se sozinho, de olhos muito abertos. Na frente dele, o juiz de cara fechada, mas fisionomia neutra, deu início à sessão batendo seu grande anel de magistrado no tampo da mesa.

Alberto Porreño, o promotor real, com quem Yonah tinha uma relação cordial, era um homem franzino, mas com uma grande cabeleira negra que aumentava sua cabeça. Como primeiro depoente, chamou Ramiro de Roda.

– *Señor* Roda, seu filho Guillermo de Roda, de catorze anos de idade, morreu no dia catorze de fevereiro do ano de Nosso Senhor de 1508?

– Sim, *señor*.

– Do que ele morreu, *señor* Roda?

– Foi atingido na cabeça por uma pedra atirada com raiva contra ele. O ataque criminoso levou a uma terrível doença que provocou sua morte. – Olhou para onde Yonah estava sentado. – O médico não pôde salvar Guillermo, meu único filho.

– Quem atirou a pedra?

– Ele! – O homem estendeu o braço com o dedo apontado. – Oliverio Pita! Muito pálido, o garoto Pita cravava os olhos na mesa à sua frente.

– Como sabe que foi ele?

– A cena foi presenciada por um vizinho nosso, *señor* Rodrigo Zurita.

– O *señor* Zurita está presente?

O promotor caminhou na direção do homem muito magro, de barba branca, que levantara a mão.

– Como pôde ver os garotos atirando pedras um no outro?

– Estava sentado na frente da minha casa, aquecendo os ossos no sol. Via tudo que se passava.

– O que viu exatamente?

– Vi o filho de José Pita, o rapaz que está ali, atirar a pedra que atingiu o pobre Guillermo, aquele bom garoto.

– Reparou onde a pedra bateu?

– Sim, bateu na cabeça – disse ele apontando para a testa, entre os olhos. – Vi claramente. Foi atingido de forma tão cruel que vi o sangue e o pus brotarem do ferimento.

– Obrigado, *señor*.

Agora o *señor* Porreño se aproximava de Yonah.

– *Señor* Callicó, foi o senhor quem tratou do menino depois do incidente?

– Fui eu.

– E o que descobriu?

– Que ele não podia ter sido atingido com muita força pela pedra – disse Yonah, pouco à vontade. – Fora apenas arranhado na região da têmpora direita, logo acima e na frente do ouvido direito.

– Não foi... aqui? – O promotor encostou o dedo no centro da testa de Yonah.

– Não *señor*, foi aqui – disse Yonah tocando no lugar.

– Podia nos dar mais detalhes sobre o ferimento?

– Não era grave. Só uma escoriação. Tirei o sangue pisado do rosto e do arranhão. Esses machucados geralmente saram ao serem banhados com vinho, por isso molhei um pano e limpei o lugar, mas foi a única coisa que fiz.

Yonah continuou:

– Na época, achei que Guillermo tivera sorte, pois se a pedra o tivesse acertado um pouco mais à esquerda, o ferimento seria muito mais sério.

– Será que não podemos considerar como sério um ferimento de onde brotam sangue e pus?

Em seu íntimo, Yonah suspirou, mas não havia meio de fugir da verdade.

– Não havia pus – disse, observando os olhos furiosos do *señor* Zurita. – O pus não é uma coisa que exista dentro da pele dos seres humanos, algo que possa esguichar quando a pele é perfurada. O pus costuma aparecer *após* o surgimento da ferida, sendo engendrado quando a pele, rompida pelo ferimento, fica exposta aos odores fétidos do ar, ao fedor, por exemplo, de coisas como excremento ou carne podre. Não havia pus no machucado quando o vi pela primeira vez, assim como não havia qualquer tipo de secreção três semanas mais tarde, quando voltei a examinar Guillermo. O arranhão tinha desenvolvido uma casca. Estava frio ao toque e sua aparência não era ruim. Considerei que o garoto já tinha sarado quase completamente.

– No entanto, duas semanas depois ele morre – disse o promotor.

– Sim, mas não por causa do ferimento superficial em sua cabeça.

– Do que então, *señor*?

– De uma tosse seca e da mucosidade nos pulmões que acompanharam uma febre fatal.

– E o que provocou esta enfermidade?

– Não sei, *señor*. Quem dera soubesse. Os médicos encontram a moléstia com deprimente regularidade e alguns dos atingidos morrem.

– Tem certeza de que a pedra atirada por Oliverio Pita não provocou a morte de Guillermo de Roda?

– Tenho certeza.

– Poderia jurar sobre a bíblia, *señor* doutor?

– Posso.

Quando trouxeram a bíblia do tribunal, Yonah pôs a mão sobre ela e jurou que o testemunho fora verdadeiro.

O promotor abanou a cabeça e mandou o acusado se levantar. O juiz advertiu o jovem de que o faria enfrentar imediata e severa punição se alguma de suas ações o trouxesse de novo ante as barras da justiça. Batendo pela última vez na mesa com seu pesado anel, declarou Oliverio Pita em liberdade.

– *Señor* – disse José Pita, ainda abraçando o filho que chorava. – Estaremos a vida inteira em débito com o senhor.

– Eu apenas testemunhei o que era verdade.

Yonah saiu de imediato do fórum e, tentando esquecer a aversão que vira nos olhos de Ramiro de Roda, começou a afastar-se do centro da cidade. Sabia que a família Roda e amigos acreditariam até a morte que o jovem Guillermo fora assassinado pelo golpe de uma pedra, mas ele dissera a verdade e estava satisfeito por ter feito isso.

Foi então que, na outra ponta da rua, viu três homens a cavalo vindo em sua direção. Pouco depois, Yonah viu que eram dois homens armados e um clérigo de batina preta.

Um frade. Alto.

Deus, não.

À medida que eles se aproximavam, Yonah teve certeza. Quando passavam ao seu lado, ele viu que o frade engordara, havia veias escuras em seu nariz e seus cabelos estavam grisalhos.

– Um bom dia para os senhores – disse polidamente Yonah ao grupo e Bonestruca balançou ligeiramente a cabeça.

Mas antes que o cavalo de Yonah tivesse dado mais meia dúzia de passos, ele escutou a voz.

– *Señor!*

Foi obrigado a dar meia-volta no cavalo árabe cinzento.

– Acho que conheço o senhor – disse o frade.

– Sim, me conhece, frei Bonestruca. Estivemos juntos há alguns anos em Toledo.

Bonestruca sacudiu a mão.

– Sim, em Toledo. Mas... seu nome...?

– Ramón Callicó. Eu tinha ido entregar uma armadura ao conde de Tembleque.

– É claro! Pela fé de quem sou, o aprendiz de armeiro de Gibraltar! Gostei muito da armadura do conde Vasca, uma armadura da qual ele se orgulha até hoje. Veio cumprir uma missão semelhante em Saragoça?

– Não, moro aqui. Depois que meu tio e mestre, o armeiro Manuel Fierro, faleceu, vim para Saragoça, onde me tornei aprendiz do irmão dele, um médico chamado Nuño.

Bonestruca abanou a cabeça com ar de interesse.

– Sem dúvida não lhe faltaram bons instrutores.

– Tem razão. Infelizmente, Nuño também descansou e agora sou o médico do lugar.

– O médico... Bem, então nos veremos de vez em quando, pois estou aqui para ficar.

– Tenho certeza de que vai gostar de Saragoça. É uma cidade de boa gente.

– Sério? Boa gente é um tesouro que não tem preço. Mas há muito descobri que, não raramente, sob uma aparência de retidão existem coisas sombrias e nada benignas.

– Tenho certeza de que sim.

– É bom encontrar um conhecido quando nos vemos desarraigados, transferidos da terra natal. Temos de nos encontrar de novo, *señor* Callicó.

– Temos, sem dúvida.

– Que Cristo esteja contigo.

– E com o senhor também, frei Bonestruca.

Yonah perdeu-se em seus pensamentos enquanto se afastava. A meio caminho de casa, as rédeas soltaram-se de suas mãos e o cavalo árabe saiu da trilha, procurando a sombra de uma árvore para pastar, enquanto seu cavaleiro permanecia na sela, pensativo. Yonah não conseguira matar Bonestruca uma vez, quando ele era mais moço e a oportunidade se apresentou. Depois, ele havia se utilizado do frade para livrar-se dos inimigos que queriam matá-lo.

Agora o inquisidor estaria próximo dele. Todos os dias.

Yonah percebeu, surpreso, que jamais atentaria outra vez contra a vida de Bonestruca. Ele agora era médico, não um assassino. Se cometesse um crime, mesmo que ninguém viesse a saber, isto o arruinaria como médico. Durante seu aprendizado com Nuño Fierro, ele havia se comprometido com um novo caminho em sua vida – lutar contra a morte. A profissão de médico agora o ancorava na terra. Era um ofício que substituíra a religião, a cultura e a família; vingar-se seria uma satisfação amarga que não traria de volta seus entes queridos.

Ainda assim ele odiava Bonestruca e o conde Vasca, e não havia em seu coração como perdoá-los pelas mortes de seu pai e irmão. Yonah disse a si mesmo que se Bonestruca viera para ficar, ele ficaria de olho no frade, à espera de que as circunstâncias lhe permitissem fazer justiça.

Aliviado e resoluto, ele recolheu de novo as rédeas e conduziu o cavalo de volta à trilha que os levaria para casa.

Capítulo 34

A CASA DO FRADE

Frei Lorenzo de Bonestruca não fora transferido para Saragoça como recompensa ou promoção, mas como manifestação de censura e castigo. As fontes de seus problemas tinham sido a falecida rainha Isabel da Espanha e o arcebispo Francisco Jiménez de Cisneros. Quando Cisneros tornou-se arcebispo de Toledo, em 1495, conseguiu que a rainha se tornasse sua aliada numa campanha para reformar o clero espanhol, que entrara num período de vício e corrupção. Os clérigos tinham se acostumado a um estilo de vida opulento, mantendo vastas extensões de terra como posse particular, assim como servos, amantes e as mordomias dos ricos.

Cisneros e Isabel dividiram as células da igreja entre si. Isabel viajou para os conventos, onde faria uso de sua posição, de seus poderes de persuasão, adulando ou ameaçando até as freiras concordarem em voltar ao estilo de vida simples que caracterizara os primórdios da Igreja. O arcebispo, vestindo uma batina marrom e conduzindo uma mula, visitou cada mosteiro e cada abadia, catalogando suas riquezas, insistindo para os frades e monges doarem aos pobres tudo que não fosse essencial à sua vida diária. Cisneros restabeleceu a exigência da tonsura no cabelo. Fora ele quem aparara com as próprias mãos a cabeleira de Bonestruca, só lhe deixando um estreito anel de cabelo para formar a tonsura de São Pedro, aquela que representava a coroa de espinhos usada por Jesus.

Frei Bonestruca caíra na teia da reforma.

Só quatro anos durara seu celibato. Assim que seu corpo experimentou a doçura de se fundir com a carne feminina, Bonestruca passou a sucumbir com facilidade e frequência à paixão sexual. Nos últimos dez anos, conservara uma amante chamada María Juana Salazar, com quem tivera filhos. Embora não usasse o nome dele, a mulher era de fato sua esposa e Bonestruca nunca tentara fazer grande segredo disso. Não era preciso, pois agia apenas como muitos outros. Quando o movimento de reforma ganhou força, recrutaram o idoso padre que fora durante anos confessor de Bonestruca para adverti-lo de que os dias de relaxamento estavam no fim, que arrependimento e mudança autêntica seriam agora as chaves da sobrevivência. Quando Bonestruca ignorou a advertência, foi convocado à arquidiocese para uma entrevista com Cisneros. O arcebispo não perdeu tempo com cortesias.

– Tem de se livrar dela. Tem de fazer isso de imediato. Se desobedecer, sentirá a força de minha ira.

Então Bonestruca decidiu recorrer ao sigilo e ao subterfúgio. Levou em segredo María Juana e as crianças para uma pequena aldeia, a meio caminho entre Toledo e Tembleque. Comportava-se discretamente ao visitá-los e às vezes ficava semanas longe deles. Conseguira assim ganhar mais seis anos de convivência com sua pequena família. Um dia, porém, foi informado de que devia comparecer novamente à arquidiocese. E, desta vez, o padre dominicano que o recebeu informou-o que, devido à sua desobediência, seria transferido para a sucursal da Inquisição na cidade de Saragoça, para onde devia partir imediatamente.

– E sozinho – acrescentara o padre num tom sarcástico.

Bonestruca obedecera e, no fim dos longos dias de viagem, já compreendera que a punição que tentavam lhe aplicar trazia, de fato, uma oportunidade de conquistar a privacidade de que tanto precisava.

Mais de duas quinzenas após ter cruzado na rua com o inquisidor, Yonah foi visitado por um noviço de batina marrom. O rapaz disse que frei Bonestruca estava à espera dele na Plaza Mayor, para conversarem. Yonah atendeu ao pedido e encontrou o frade sentado à sombra da única árvore da praça.

– Quero que vá até minha casa. Eu e María tivemos cinco filhos. Um morreu ao nascer, outro com seis semanas de vida. Os três que sobraram são muito preciosos para mim.

O frade abanou a cabeça e se levantou do banco.

– Não conte a ninguém o que vai ver ou o que vai fazer. Pois tenha certeza de que meu braço cairá sobre o senhor se houver comentários. Entendeu bem?

Yonah lutou para manter a calma.

– Sim, entendi.

– Venha atrás de mim.

O frade começou a caminhar e Yonah foi seguindo a cavalo. Bonestruca se virou para trás várias vezes, olhando além de Yonah. Queria ter certeza de que ninguém mais os acompanhava. Quando chegaram ao rio, o frade levantou a batina preta para cruzar a corrente de águas rasas. A propriedade ficava na outra margem. Era uma pequena granja, mas em boa condição, com a madeira nova num postigo de janela dando provas de recentes reparos. Bonestruca abriu a porta e entrou sem bater. Yonah viu um caixote de madeira, várias bolsas de couro e sacolas de pano. Ainda nada fora aberto. Havia uma mulher com um bebê no colo e duas crianças do lado, agarradas à sua roupa.

– Esta é María Juana – disse Bonestruca.

– *Señora* – cumprimentou Yonah, tirando o chapéu.

Era uma mulher um tanto gorda, de pele morena. O rosto parecia simpático, com grandes olhos negros e lábios grossos e vermelhos. Seu leite manchara a fazenda que cobria a forma redonda dos seios.

— É Callicó, um médico – disse Bonestruca. – Vai examinar Filomena.

Filomena era o bebê, que estava febril e mostrava feridas ao redor da boca. A filha mais velha, Hortensia, tinha sete anos e aparentava ser saudável; havia um menino de cinco, chamado Dionisio. Yonah sentiu-se pesaroso ao ver o menino. Ele parecia ser fraco e retardado. Uma de suas pernas era deformada e, ao examiná-lo, Yonah descobriu que tinha o céu da boca perfurado e possuía as típicas falhas entre os dentes que Nuño o ensinara a reconhecer. Devido a uma deficiência de visão, a criança apertava os olhos e Yonah viu áreas de opacidade nos dois olhos.

Bonestruca disse que as crianças estavam exaustas, irritadas, pois tinham chegado de Toledo com a mãe há apenas dois dias.

— Sei que as feridas de Filomena vão passar. Minhas outras crianças também tiveram isso.

— Até Hortensia?

— Sim, Hortensia também.

— É o pai das crianças, frei Bonestruca?

— Claro que sim.

— Quando era rapaz... o senhor teve a *malum venereum*, a sífilis?

— A maioria dos homens acaba sentindo mais cedo ou mais tarde o gosto da sífilis, não é? Eu fiquei coberto de feridas. Pareciam escamas. Mas pouco depois me curei e os sintomas nunca retornaram.

Yonah abanou discretamente a cabeça.

— Bem... o senhor passou a sífilis para sua... para María Juana.

— É verdade.

— E ela transmitiu a doença para cada filho, logo ao nascer. Foi a sífilis que deformou a perna e embaçou os olhos do seu filho.

— Então por que os membros de Hortensia são perfeitos e os olhos dela brilham?

— A doença não afeta as pessoas da mesma maneira.

— Bem, mas as feridas de Filomena vão passar!

— Vão – concordou Yonah. Só que a perna e os dentes do garoto não sofrerão alterações, ele pensou. E quem sabe que tragédias a sífilis ainda poderia trazer.

Terminou de examinar as crianças e receitou uma pomada para as feridas do bebê.

— Volto numa semana para ver como ela está.

Quando Bonestruca perguntou quanto era, Yonah pediu o que normalmente cobrava para ir à casa de um doente, sempre tomando cuidado para manter um tom profissional. Não queria estimular uma amizade com frei Bonestruca.

No dia seguinte, um homem chamado Evaristo Montalvo levou a esposa idosa, Blasa de Gualda, ao consultório.

– Está cega, *señor*.

– Vou examinar – disse Yonah, aproximando a mulher da luz forte perto da janela.

Os dois olhos pareciam embaçados. Mais embaçados que os olhos de *doña* Sancha Berga, a mãe de dom Berenguer Bartolomé, que ele examinara recentemente. Tão madura estava a catarata que a brancura dos cristalinos parecia ter adquirido um tom amarelado.

– Vai poder me ajudar?

– Não posso prometer nada, *señora*. Mas posso tentar, se for o seu desejo. Será preciso fazer uma cirurgia.

– Cortando os meus olhos?

– Sim, cortando. O que a senhora tem nos olhos chama-se catarata. Os cristalinos ficaram nublados e bloqueiam sua visão, assim como uma veneziana bloqueia a luz que entra pela janela.

– Quero enxergar de novo.

– Nunca voltará a enxergar como enxergava quando era moça – ele disse suavemente. – Mesmo se a operação for bem-sucedida, não conseguirá fixar os olhos em objetos distantes. Só poderá ver o que estiver mais perto.

– Eu poderia cozinhar. Talvez até costurar, hã?

– Talvez... Mas se fracassarmos, ficará permanentemente cega.

– Bem, já estou cega agora, *señor*. Gostaria muito que tentasse esta... cirurgia.

Yonah mandou o casal voltar no dia seguinte, de manhã cedo. Naquela tarde, preparou a mesa de operações e reuniu as coisas de que ia precisar. Depois sentou-se ao lado do lampião de azeite e, até a hora de dormir, leu e releu o que Teodorico Borgognoni escrevera sobre cirurgia na vista.

– Vou precisar de sua ajuda – disse a Reyna. Depois ergueu as próprias pálpebras, mostrando como os olhos da paciente deviam ser segurados. Ela não podia piscar.

– Não sei se vou conseguir ver o corte nos olhos.

– Se quiser vire a cabeça para o lado, mas mantenha as pálpebras firmemente erguidas. É capaz de fazer isso?

Reyna assentiu com hesitação, dizendo que ia tentar.

Na manhã seguinte, quando Evaristo Montalvo chegou com Blasa de Gualda, Yonah mandou o homem dar um longo passeio. Depois deu a Blasa dois cálices cheios de bebida forte, onde tinham sido dissolvidos alguns pós soporíficos.

Ele e Reyna ajudaram a senhora a deitar-se na mesa. Depois pegaram tiras de pano forte, largas o bastante para não cortar a pele, e amarraram-lhe os pulsos, os tornozelos e a testa, para ela não poder se mexer.

Yonah tirou da coleção de Fierro o bisturi menor e fez sinal para Reyna.

– Vamos começar.

Quando as pálpebras de Blasa foram erguidas, ele fez diminutas incisões ao redor do cristalino do olho esquerdo.

A paciente respirou fundo e estremeceu.

– Não vai demorar – disse Yonah, usando a pequena lâmina afiada como pinça para tirar a parte embaçada do cristalino, fazendo-a desaparecer no interior do olho. Depois repetiu o processo no olho direito.

Feito isto, agradeceu a Reyna, dizendo que ela podia soltar as pálpebras. Em seguida, desamarrou Blasa, cobrindo-lhe os olhos com umas compressas úmidas e frias.

Pouco tempo depois, removeu as compressas para examiná-la. Os olhos fechados lacrimejavam, como se ela estivesse chorando, e Yonah enxugou-lhe suavemente o rosto.

– Abra os olhos, *señora* Gualda.

As pálpebras foram se abrindo. Piscando por causa da luz, a mulher tentou olhar para cima.

– O senhor tem o rosto de um homem bom – disse.

Como era estranho descobrir que um homem que ele odiava e desprezava como assassino e ladrão fosse um pai tão amoroso, tão dedicado!

Teve esperanças de Bonestruca não estar em casa quando foi de novo à granja na beira do rio, mas só lhe restou disfarçar o mal-estar quando o frade veio cumprimentá-lo na porta. Descansadas dos rigores da viagem, as três crianças pareciam mais fortes, mais bem-humoradas. Yonah discutiu a dieta deles com a mãe, que mencionou com indisfarçável orgulho que os filhos estavam acostumados a carne e ovos em abundância.

– E eu estou acostumado a um excelente vinho – disse Bonestruca de passagem –, que insisto agora em compartilhar com o senhor.

Era evidente que não admitiria recusa e Yonah deixou-se levar até um escritório onde teve de lutar para não perder o controle, pois o lugar estava cheio dos troféus que o frade obtivera na guerra contra os judeus: um conjunto de filactérios, um barrete e – visão inacreditável para Yonah – um rolo da Torá.

O vinho *era* bom. Procurando tomá-lo sem olhar para a Torá, Yonah contemplou seu anfitrião e inimigo, perguntando-se até quando teria de ficar na casa dele.

– Conhece o jogo de damas da Turquia? – Bonestruca perguntou.

– Não. Nunca ouvi falar.

— É um jogo extraordinário que usa a mente. Vou ensiná-lo a jogar. – Para consternação de Yonah, o frade se levantou e tirou da prateleira um tabuleiro quadrado. Pousou o tabuleiro na pequena mesa que havia entre eles; depois pegou dois saquinhos de pano.

No tabuleiro havia quadrados pretos e brancos que se alternavam, sessenta e quatro segundo Bonestruca. Cada saco continha doze pedrinhas lisas; as pedras de um saco eram pretas enquanto as do outro eram cinza-claro. Bonestruca passou-lhe as pretas e mandou que ele as colocasse nos quadrados pretos das primeiras duas colunas do tabuleiro, enquanto o frade arrumou as claras do seu lado.

— Então temos quatro fileiras de soldados e estamos em guerra, *señor*!

O frade mostrou-lhe que o jogo consistia em mover cada pedra para a frente, mas sempre na diagonal, para um quadrado vizinho.

— As pretas se movem primeiro. Se o quadrado vizinho está ocupado por um soldado meu, mas o quadrado seguinte está vazio, o soldado deve ser capturado e removido. O movimento dos soldados é sempre para a frente, mas, quando um herói atinge a primeira coluna do oponente, nós o coroamos como monarca, isto é, colocamos em cima dele outra peça da mesma cor. Tal peça dupla pode ir para a frente ou para trás, pois ninguém pode proibir um rei de ir para onde bem entender.

Bonestruca continuou:

— Um exército é conquistado quando os soldados do adversário são todos capturados ou bloqueados, ficando impedidos de se mover. — Bonestruca devolveu algumas peças às suas posições iniciais. — E agora, doutor, pode atacar!

Jogaram cinco partidas. As duas primeiras acabaram rapidamente para Yonah, mas pelo menos lhe ensinaram que as pedras não podiam ser deslocadas de qualquer maneira. Várias vezes Bonestruca o induzira a movimentos desastrados, sacrificando um soldado para derrubar vários de Yonah. Por fim, Yonah já era capaz de reconhecer uma armadilha e tentar se esquivar.

— Ah, aprendeu depressa! – disse o frade. – Sei que vai se transformar num adversário muito sério.

O que Yonah logo percebeu é que o jogo exigia uma constante inspeção do tabuleiro para antecipar os movimentos do inimigo e avaliar as possibilidades de avanço. Observou como Bonestruca trabalhava continuamente para fazê-lo cair nas armadilhas. Pelo fim da quinta partida, já descobrira alguns dos possíveis movimentos de defesa.

— Ah, o senhor é esperto como uma raposa ou um general – disse Bonestruca, embora a agilidade mental do frade tivesse derrotado Yonah com facilidade.

— Preciso ir – disse Yonah com relutância.

— Então tem de voltar para jogar de novo. Amanhã à tarde ou depois de amanhã?

— Não dá. Estou sempre com os pacientes na parte da tarde.
— Entendo, um médico ocupado. O que acha, então, de nos encontrarmos aqui na quarta-feira à noite? Combinado? Venha o mais cedo que puder, estarei esperando.

Por que não?, pensou Yonah.
— Sim, está bem.
Seria interessante, a partir do jogo de damas, entender como funcionava a mente de Bonestruca.

Na quarta-feira à noite, ele voltou à granja na beira do rio e sentou-se com Bonestruca no escritório. Tomaram daquele bom vinho, abriram amêndoas e comeram as polpas enquanto estudavam o tabuleiro e faziam seus movimentos.

Yonah prestava atenção nas pedras e no rosto do adversário, procurando perceber o modo de o padre raciocinar, mas a fisionomia de Bonestruca nada revelava.

A cada partida, aprendia um pouco mais sobre o jogo, mas muito menos sobre Bonestruca. Naquela noite jogaram cinco partidas, exatamente como tinham feito da primeira vez.

— O jogo agora está demorando mais — Bonestruca comentou.
Quando ele sugeriu que se encontrassem na próxima quarta-feira à noite, Yonah concordou tão depressa que fez o frade sorrir.
— Ah! Estou vendo que o jogo se apossou de sua alma.
— Só de minha mente, frei Bonestruca.
— Então trabalharei sua alma nas próximas partidas, *señor*.

Yonah demorou mais duas quartas-feiras para conseguir vencer a primeira partida. Depois passou várias semanas sem ganhar de novo. Após essa fase, no entanto, passou a ganhar de vez em quando e, à medida que ia descobrindo as estratégias de Bonestruca, o jogo se tornava mais duro, mais demorado.

Achava que Bonestruca se conduzia no jogo como se conduzia na vida em geral: enganando, trapaceando, divertindo-se à custa de seus oponentes. O frade geralmente o recebia com um ar de verdadeira amizade, como se quisesse fazê-lo abrir as defesas. Yonah, porém, nunca relaxava na presença dele, consciente das emboscadas que podiam se esconder no escuro daquelas noites.

— Achei que fosse mais inteligente, doutor — disse Bonestruca depois de vencer um jogo fácil. Cada vez que a partida acabava, insistia para Yonah jogar imediatamente outra.

Yonah se concentrava em descobrir como sobrepujá-lo. Desconfiava que Bonestruca não passava de um fanfarrão, tornado poderoso pelo medo dos outros. Talvez o frade ficasse realmente vulnerável se alguém tivesse coragem de enfrentá-lo.

— Estou há pouco tempo em Saragoça, mas já desmascarei um judeu – disse o frade uma quarta à noite, avançando com um de seus soldados.

— Sim? – exclamou Yonah num tom casual, movendo uma de suas pedras para repelir o ataque.

— Sim, um judeu clandestino, que fingia ser cristão-velho.

Seria Bonestruca a sua ruína?

Yonah manteve os olhos firmes no tabuleiro. Moveu um soldado para um quadrado onde uma pedra sua fora comida e comeu duas pedras do frade.

— Sua alma vibra em pegar um judeu, não é? – disse Yonah, surpreso com a frieza que conseguia manter. – Sinto em sua voz.

— Pense: não está escrito que quem semeia vento colhe tempestades?

Para o diabo com ele, pensou Yonah, tirando os olhos do tabuleiro para enfrentar o frade.

— Também está escrito bem-aventurados os misericordiosos, porque eles alcançarão misericórdia.

Bonestruca sorriu. Estava se divertindo.

— Sim, está escrito. Foi escrito por Mateus. Mas... observe: "Eu sou a ressurreição e a vida. O que acredita em mim, embora pareça morto, viverá. E quem vive e acredita em mim jamais morrerá." Não será um ato de misericórdia salvar uma alma imortal do inferno? Pois é exatamente o que fazemos quando reconciliamos as almas judias com Cristo diante das chamas. Damos fim a tristes existências vividas no erro, proporcionando-lhes paz e glória eternas.

— E o que me diz dos que recusam a reconciliação?

— Fomos advertidos por Mateus: "Se teu olho direito é motivo de escândalo, arranca-o e joga-o fora. Pois é preferível que um de teus membros pereça do que teres o corpo inteiro atirado no inferno."

Sorrindo, disse que o judeu, que fingia ser cristão-velho, seria preso de uma hora para outra.

Yonah mergulhou numa agonia de apreensão que o fez passar a noite em claro e se prolongou pelo dia seguinte. Estava disposto a fugir para salvar a vida mas, pelo que já aprendera do modo de Bonestruca pensar, a menção de um falso cristão-velho podia perfeitamente ser apenas uma armadilha. Não era possível que Bonestruca estivesse à espreita para ver se ele mordera a isca, se tentaria, por exemplo, fugir? Se o inquisidor tivesse apenas uma suspeita, o melhor a fazer seria continuar seguindo sua rotina.

Naquela manhã, trabalhou normalmente no consultório e, à tarde, fez os atendimentos em domicílio. Tinha acabado de chegar e estava tirando a sela do cavalo quando viu uma dupla de soldados do alguazil descendo a estrada.

Tinha esperado por uma coisa dessas e estava armado. Não havia sentido em se render a quem ia apenas entregá-lo à Inquisição. Se tentassem pegá-lo, talvez sua espada conseguisse mantê-lo em liberdade ou, se fosse morto, pelo menos teria uma morte melhor do que nas chamas.

Mas um dos soldados apenas se inclinou respeitosamente.

– *Señor* Callicó, o alguazil pede que nos acompanhe imediatamente até a prisão de Saragoça, onde estão precisando de um profissional como o senhor.

– Por que estão precisando? – Yonah perguntou, não de todo convencido.

– Um judeu tentou cortar o pau – disse cruamente o soldado e seu companheiro abafou o riso.

– Qual é o nome do judeu?

– Bartolomé.

Teve a sensação de ser atingido por um golpe quase físico. Lembrou-se da bela casa, do homem aristocrático que conversara com tanta inteligência no escritório elegante, cheio de gráficos e mapas.

– Dom Berenguer Bartolomé? O cartógrafo?

O soldado deu de ombros, mas seu parceiro abanou a cabeça e cuspiu.

– Ele mesmo – disse.

Na prisão havia um padre jovem, de batina preta, sentado atrás de uma mesa, provavelmente encarregado de anotar os nomes de todos os que entrassem para ver os prisioneiros.

– Trouxemos o médico – disse o soldado.

O padre abanou a cabeça.

– Dom Berenguer Bartolomé quebrou o copo onde bebia água e usou um caco para se circuncidar – ele disse a Yonah, fazendo sinal para o guarda destrancar a porta de ferro. O guarda conduziu Yonah por um corredor até a cela onde Berenguer jazia no chão. Depois abriu a porta da cela para Yonah entrar e trancou-o lá dentro.

– Quando estiver pronto para sair, é só gritar que eu venho abrir a porta – disse o guarda se afastando.

A calça de Berenguer estava engomada de sangue. Um dom, um descendente de homens com o título de dom, Yonah pensou, um homem distinto cujo avô mapeara o litoral da Espanha. Caído no chão da cela, ele fedia a sangue e urina.

– Sinto muito, dom Berenguer.

Berenguer abanou a cabeça e gemeu quando Yonah lhe arriou a calça.

Yonah trazia sempre um frasco de bebida forte na bolsa médica. Berenguer pegou-a com avidez e, sem precisar de qualquer estímulo, tomou-a quase de uma vez.

O estado do pênis era péssimo. Berenguer cortara a maior parte do prepúcio, mas alguma coisa ficara e as incisões tinham sido feitas de qualquer maneira. Yonah achou incrível que Berenguer tivesse conseguido chegar até aquele ponto usando apenas um caco afiado. Sabia que a dor era muito forte e lamentava ter de aumentá-la mas, pegando um bisturi, aparou o tecido dilacerado, completando a circuncisão. Caído no chão, Berenguer gemia, sugando o resto da bebida como uma criança sedenta.

O pior já havia passado, mas ele continuou ofegante enquanto Yonah aplicou uma pomada para aliviar a dor e pôs uma atadura fina.

– Não vista a calça. Se tiver frio, pode se cobrir, mas proteja o ferimento com as duas mãos para o cobertor não encostar.

Eles se olharam.

– Por que fez isto? – Yonah perguntou. – Para que isto serviu?

– O senhor não compreenderia – disse Berenguer.

Yonah suspirou e abanou a cabeça.

– Volto amanhã se me derem permissão. Posso ajudar em mais alguma coisa?

– Se pudesse levar umas frutas para minha mãe...

– *Doña* Sancha Berga está aqui? – Yonah perguntou num tom chocado.

Berenguer abanou a cabeça.

– Todos nós. Minha mãe, minha irmã Monica e o marido Andrés, e meu irmão Geraldo.

– Farei o que puder. – Atordoado, Yonah chamou o guarda para sair da cela.

No saguão de entrada, antes que tivesse tempo de perguntar sobre a condição dos outros membros da família Bartolomé, o padre perguntou se ele não poderia examinar *doña* Sancha Berga.

– Ela tem extrema necessidade de um médico. – O padre parecia um homem decente, constrangido com o que via.

Yonah foi conduzido até a cela de *doña* Sancha, onde encontrou a idosa, mas bela mulher, como uma flor murcha. Com olhos arregalados, ela olhava sem ver, e Yonah percebeu que as cataratas tinham amadurecido. O desenvolvimento era quase suficiente para permitir uma cirurgia, mas ele sabia que nunca operaria aqueles olhos.

– Sou Callicó, *señora*, o médico – disse em voz baixa.

– Estou... machucada, *señor*.

– Como se machucou?

– Me colocaram na roda.

Yonah pôde ver que a tortura deslocara seu ombro direito. Teve de chamar o guarda para ajudá-lo a pôr o ombro no lugar enquanto *doña* Sancha dava gritos agudos. Depois disso, ela não conseguia mais parar de chorar.

– O ombro não melhorou, *señora*?

– Até meus filhos queridos eu acusei.

* * *

– Como ela está? – o padre perguntou.
– É uma senhora idosa, de ossos fracos, quebradiços. Com certeza tem fraturas múltiplas – disse Yonah. – Acho que está morrendo.
Ele saiu da prisão e, desesperado, voltou para casa.

Ao voltar no dia seguinte, trazendo uma boa quantidade de passas, tâmaras e figos, encontrou dom Berenguer sentindo ainda muitas dores.
– Como está minha mãe?
– Estou fazendo o que posso.
– Eu lhe agradeço.
– Como uma coisa dessas pôde acontecer? – perguntou Yonah.
– Somos cristãos-velhos e sempre declaramos isso. Meu pai tem uma família católica muito antiga. Os pais de minha mãe eram judeus convertidos e ela foi criada respeitando certos rituais inofensivos que acabaram se tornando hábito de toda a família. Ela nos contava histórias de sua juventude e sempre acendia velas ao crepúsculo das sextas-feiras. Não sei por quê, talvez em memória dos que partiram. Também gostava de reunir os filhos toda noite de sexta para um farto jantar. Havia preces de agradecimento pela comida e pelo vinho.
Yonah abanou a cabeça.
– Alguém a denunciou – disse Berenguer. – Ela não tinha inimigos, mas... recentemente despedira uma criada que vivia se embriagando. É possível que a moça, que era copeira, seja a fonte dos problemas. Tive de ouvir os gritos de minha mãe sendo torturada. Pode imaginar o horror? Mais tarde fui informado pelos interrogadores que nossa mãe acabou implicando todos nós, meus irmãos e irmãs, mesmo a memória de nosso pai, num complô judaizante.
Ele continuou:
– Percebi, então, que todos nós estávamos perdidos. Os membros de nossa família sempre se reconheceram como cristãos-velhos. Mas *temos* uma parte judia. Como se não pudéssemos ser plenamente católicos, como se vivêssemos à deriva entre dois portos. Em meu desespero, achei que se vou ser queimado no poste como judeu, devia comparecer como judeu diante do meu Criador. Foi por isso que quebrei o copo e me cortei com um dos pedaços.
Ele concluiu repetindo o que já dissera na noite anterior:
– Sei que o senhor não pode compreender.
– Está enganado, dom Berenguer – disse Yonah. – Eu compreendo muito bem.

Quando estava deixando a prisão, Yonah ouviu a voz de um guarda.
– Está bem, padre Espina – dizia o homem.
Yonah se virou.
– Ele o chamou de Espina, padre?
– É o meu nome.

– Posso perguntar o nome completo?
– Francisco Rivera de la Espina.
– E o nome de sua mãe não seria Estrella de Aranda?
– Sim, Estrella de Aranda foi minha mãe. É falecida e peço a Deus por sua alma. – Ele firmou os olhos. – Será que o conheço, *señor*?
– Não nasceu em Toledo?
– Sim – o padre respondeu com relutância.
– Tenho uma coisa que lhe pertence – disse Yonah.

Capítulo 35

UM DEVER CUMPRIDO

Quando Yonah chegou à prisão com o breviário, o jovem padre conduziu-o por um úmido corredor de pedra até um cubículo onde puderam se sentar sem serem observados. Espina pegou o breviário como se estivesse recebendo um objeto encantado. Yonah viu-o abrir o livro e ler o que estava escrito atrás da capa.

"Para meu filho Francisco Rivera de la Espina, estas palavras de prece diária para Jesus Cristo, nosso divino Salvador, com o amor imperecível de seu pai sobre a terra. Bernardo de la Espina."

– Que estranho sentimento de um herege condenado!

– Seu pai não era um herege.

– Meu pai *era* um herege, *señor*, e por isso foi queimado no poste. Em Ciudad Real. Aconteceu quando eu era menino, mas me contaram. Estou a par da história.

– Então recebeu informações erradas e incompletas, padre Espina. Eu me encontrava em Ciudad Real. Fiz contato diário com seu pai nos dias que precederam o auto. Quando o conheci, eu era apenas um rapaz e ele um homem maduro, um médico muito competente, dedicado. Às vésperas da morte, e sem a presença de nenhum amigo, pediu-me que tentasse encontrar o menino que era seu filho, a quem devia entregar o breviário. Por onde passei, durante meus muitos anos de viagem, sempre procurei o senhor.

– Tem certeza do que acabou de me dizer?

– Absoluta. Seu pai estava inocente das acusações pelas quais foi morto.

– Tem isso por absolutamente verdadeiro? – insistiu o padre em voz baixa.

– Sem a menor dúvida, padre Espina. Era deste livro que ele tirava suas orações diárias e foi este o livro que usou até o momento da execução. Quando o dedicou ao senhor, estava lhe deixando sua fé.

Talvez o padre Espina estivesse acostumado a controlar as emoções, mas foi traído pela palidez.

– Fui criado pela Igreja e meu pai foi a vergonha de minha vida. Minha cara tem sido esfregada em sua suposta apostasia. É como se esfregassem o focinho de um cachorro na urina para ele não repetir.

Não era muito parecido com o pai, Yonah pensou, mas tinha os olhos de Bernardo de la Espina.

– Seu pai foi decididamente o cristão mais devoto que conheci – disse ele. – Um dos melhores homens que encontrei.

Sentaram-se e conversaram por muito tempo, as vozes baixas, mas firmes. O padre Espina disse que, após a morte do pai na fogueira, sua mãe, Estrella de Aranda, entrara para o Convento de la Santa Cruz, entregando os três filhos à caridade de diferentes famílias de primos em Escalona. Um ano depois já tinha morrido de uma febre maligna. Quando ele fez dez anos, os parentes entregaram-no aos dominicanos. As duas irmãs, Marta e Domitila, viraram freiras, desaparecendo no vasto mundo da Igreja.

– A última vez que vi as duas foi na casa de nossos primos em Escalona. Não sei do paradeiro de Domitila, nem mesmo sei se ainda está viva. Soube há dois anos que Marta está num convento em Madri. Gostaria muito de visitá-la.

Yonah falou um pouco de si. Contou como fora servente na prisão de Ciudad Real, como depois fora aprendiz de um armeiro chamado Manuel Fierro e em seguida de um médico, Nuño Fierro. Contou que acabara ficando como médico em Saragoça.

Havia coisas, é claro, que deixava em silêncio, mas sentia que também o jovem padre Espina se mantinha muito reticente sobre certos assuntos. Yonah percebeu que ele fora designado apenas temporariamente para o gabinete da Inquisição, e que não tinha muito estômago para tal incumbência.

Tinha sido ordenado há oito meses.

– Em alguns dias saio daqui – disse o padre. – Um de meus professores, o padre Enrique Sagasta, foi nomeado bispo auxiliar de Toledo e conseguiu me colocar como seu assistente. É um destacado estudioso, um historiador católico, e está me estimulando a seguir os seus passos. Acho que vou começar um aprendizado, assim como o senhor.

– Seu pai ficaria orgulhoso, padre Espina.

– Não sei como lhe agradecer, *señor*, por ter me devolvido um pai.

– Por que não me deixa voltar amanhã para visitar meus pacientes?

O padre estava visivelmente constrangido. Yonah percebeu que ele não queria parecer ingrato, mas tinha medo de enfrentar problemas se começasse a facilitar as coisas.

– Pode vir de manhã. Mas escute bem: com toda a certeza, será a última visita que poderá fazer.

Ao chegar na manhã seguinte, Yonah soube que *doña* Sancha Berga morrera durante a noite.

Dom Berenguer recebeu estoicamente a notícia da morte da mãe.

– Estou satisfeito por ela agora estar livre – disse.

Naquela manhã, cada membro da família fora notificado da acusação formal de heresia e da execução, em futuro próximo, num auto de fé. Yonah percebeu que não havia modo delicado de abordar o que sobrecarregava seu espírito.

— A fogueira, dom Berenguer, é a pior maneira de se morrer.

Entre eles lampejou a ideia comum da dor lancinante, terrível, e da carne tostando, do sangue fervendo.

— Por que está me dizendo uma coisa tão cruel? Acha que eu não sei?

— Há um modo de escapar. Pode se reconciliar com a Igreja.

Berenguer o encarou, julgando ver em seus olhos, pela primeira vez, uma espécie de complacência católica.

— Será que posso mesmo me reconciliar, *señor*? – perguntou friamente. – É tarde demais, não é? A sentença já foi proferida.

— É tarde demais para salvar sua vida, mas não para comprar um fim rápido através do garrote.

— Acha que cortei minha carne por um capricho ocioso? Acha que quis me comprometer com a antiga fé de minha mãe para logo renunciar a ela? Não lhe disse que estava determinado a morrer como judeu?

— O senhor *pode* morrer intimamente como judeu. Mas acho que deve se livrar da fogueira, dizendo que se arrepende. Será, sem dúvida, para sempre judeu, pois pela lei judaica a consagração na fé passa de mãe para filho. Se sua mãe nasceu de mãe judia, o mesmo aconteceu com o senhor. Nenhuma declaração vai alterar esse fato. Pela antiga lei de Moisés, o senhor é judeu. Só que, ao recitar o que eles estão ansiosos para ouvir, ganhará um estrangulamento rápido, evitando a tortura de uma morte lenta, horrível.

Berenguer fechou os olhos.

— É uma covardia que vai me privar de um momento nobre, que vai me roubar a satisfação de morrer sem curvar a cabeça.

— Não é covardia. A maioria dos rabinos concorda que não é pecado aceitar a conversão na ponta de uma espada.

— O que o senhor sabe de rabinos e da lei de Moisés? – Berenguer o encarou e Yonah viu a percepção que se manifestava naqueles olhos. – Meu Deus!

— Pode entrar em contato com os outros da família?

— Às vezes somos levados à mesma hora para fazer exercício no pátio e dá para trocar algumas palavras.

— Diga para aceitarem Jesus, obtendo assim a misericórdia de um final mais rápido.

— Mónica, minha irmã, e o marido Andrés são cristãos praticantes. Mas vou avisar o meu irmão Geraldo para ele fazer o que o senhor está sugerindo.

— Não vão me dar permissão para voltar aqui. – Ele se aproximou de Berenguer, abraçou-o e beijou-o nos dois lados do rosto.

— Que possamos nos encontrar num lugar mais feliz – disse dom Berenguer. – Vá em paz.

— Que a paz fique convosco – disse Yonah, chamando o guarda.

Na noite daquela quarta-feira, no meio de um jogo de damas que o médico estava ganhando, frade Bonestruca se afastou do tabuleiro e começou a pular na frente dos filhos. Por um instante, foi engraçado. Fazia caretas, dizia upa-upa, dava risadinhas saltando de um lado para o outro. As crianças riam, apontavam. Dionisio correu para o pai, jogando uma bolinha de madeira em sua direção.

O frade continuava pulando, mas o sorriso foi desaparecendo e os upas foram ficando cada vez mais roucos, embora ele não parasse. Daí a pouco, no entanto, seu rosto ficou vermelho de esforço; depois roxo, amargurado. E enquanto o corpo pesadão rodopiava como num carrossel, enquanto a batina preta ondulava, seu rosto se contorceu de raiva.

As crianças ficaram caladas, com medo. E saíram de perto dele, arregalando os olhos, Hortensia de boca aberta como num grito mudo. María Juana, a mãe, falou baixinho com elas e tirou-as do escritório. Yonah também teve vontade de ir embora, mas não podia. Sentado à mesa, viu a terrível dança ir cessando aos poucos. Quando finalmente parou, Bonestruca caiu exausto de joelhos.

Pouco depois María Juana voltou, enxugou o rosto do frade com um pano úmido e saiu de novo, desta vez para retornar com vinho. Bonestruca tomou dois copos; depois deixou a mulher ajudá-lo a sentar-se.

Demorou um pouco para erguer os olhos.

— Às vezes tenho desses acessos.

— Sei como é – disse Yonah.

— Sabe? E o que é que o senhor sabe?

— Nada. Foi só uma maneira de falar.

— Já me aconteceu na companhia dos padres e frades com quem faço meu serviço. Estão me vigiando.

Yonah se perguntou se a vigilância não viria apenas da imaginação do homem doente.

— Me seguiram até aqui. Sabem de María Juana e das crianças.

Provavelmente era verdade, pensou Yonah.

— O que eles vão fazer?

Bonestruca sacudiu os ombros.

— Acho que estão esperando para ver se os acessos passam. – Franziu a testa. – O que acha que está causando isso?

Era uma forma de loucura. Foi o que Yonah pensou, e o que não pôde dizer. Um dia, quando conversava com Nuño sobre insanidade, o velho médico confidenciara que havia observado certas constantes no histórico de alguns pacientes insanos. O fato comum era terem contraído *malum venereum* na mocidade e terem enlouquecido anos depois. Nuño não formulara qualquer teoria a partir dessa constatação, mas achou que valia a pena comentá-la com seu aprendiz.

– Não tenho certeza, mas... talvez tenha relação com a sífilis.

– A sífilis, não me diga! Está errado, doutor, pois há muito tempo não apresento qualquer sintoma da sífilis! Acho que é Satã, que vem atentar contra minha alma. Porque é tarefa ingrata combater o demônio, embora eu sempre tenha conseguido rechaçá-lo.

Yonah não soube o que dizer, mas foi salvo pelas pedras do tabuleiro, que reclamaram a atenção de Bonestruca. Ele perguntou:

– Eram os seus soldados ou os meus que atacavam?

– Era a sua vez, *señor*.

Yonah ficara transtornado, jogando mal o resto da noite. Bonestruca parecia de cabeça fresca, mente clara. Fez a partida terminar rapidamente e ficou muito animado e contente com a vitória.

Apesar da advertência do padre Espina, Yonah foi à prisão no dia seguinte e tentou falar com dom Berenguer. No lugar de Espina havia um padre mais velho. O homem o olhou e limitou-se a sacudir a cabeça, mandando-o embora.

O auto de fé foi realizado seis dias depois. Na manhã das execuções, o médico Callicó viajou para bem longe de Saragoça. Foi visitar pacientes nos confins do distrito, uma jornada que o obrigaria a ficar alguns dias afastado de casa.

Achou que podia ter falado demais. Achou que, sob tortura, Berenguer poderia ter revelado a presença e a identidade de outro judeu clandestino. Isto, porém, não aconteceu. Quando Yonah voltou a Saragoça, alguns pacientes se apressaram a descrever os detalhes do auto de fé, que como sempre tivera bom público. Todos os membros da família do judeu Bartolomé haviam morrido em estado de graça, beijando a cruz suspensa na frente dos lábios, estrangulados, antes do fogo, por rápidas rotações do parafuso que apertava o garrote de aço.

Capítulo 36

JOGOS DE DAMAS

Na próxima vez que foi à granja na beira do rio para outra noite de jogos de damas, Yonah percebeu que o olho esquerdo de María Juana estava inchado e que, embaixo dele, cobrindo quase toda a face, havia uma grande e recente mancha escura. Também viu as contusões no braço da menininha chamada Hortensia.

O frade cumprimentou-o com um movimento da cabeça e pouco falou. Parecia tão concentrado no jogo que, após meia dúzia de movimentos, ganhou a partida inicial. Em compensação, durante o segundo jogo, mostrou-se emburrado e jogou muito mal. Logo ficou claro que ia perder.

Quando Filomena, o bebê, começou a gritar, Bonestruca se levantou num pulo.

— Quero *silêncio*!

María Juana pegou as crianças, levando-as rapidamente para outro cômodo. Os dois homens continuaram jogando e só o bater das pedras no tabuleiro quebrava o silêncio.

Pouco depois, durante a terceira partida, María Juana apareceu para servir um prato de tâmaras e encher os copos de vinho. Bonestruca acompanhou-a sombriamente com o olhar até ela sair. Depois encarou Yonah.

— Onde mora?

Quando Yonah respondeu, o frade abanou a cabeça.

— É onde vamos jogar na semana que vem. A ideia lhe agrada?

— Sim, é claro.

A ideia foi menos do que agradável para Reyna, que reconheceu o visitante assim que ele apareceu na porta da frente. Todos em Saragoça conheciam o frade e sabiam quem ele era.

Reyna o introduziu na casa e mandou-o sentar-se. Depois foi anunciá-lo a Yonah. Ao servir os dois de vinho e petiscos, mantinha os olhos baixos, retirando-se o mais depressa possível.

Era óbvio que estava assustada vendo Yonah jogando com Bonestruca. No dia seguinte, o médico viu o espanto em seu rosto, embora ela não tenha feito perguntas. Reyna nunca deixara a menor dúvida sobre o modo como encarava a relação que tinha com Yonah. Sabia que a casa era dele, uma casa onde seria sempre, excluindo os momentos em que os dois passavam na cama, apenas uma criada. Uma semana depois, Reyna saiu e ficou três dias na cidade. Ao voltar, informou que comprara uma casa e que deixaria o emprego.

– Quando? – Yonah perguntou com ar abatido.

– Não sei, mas não vai demorar.

– E por que isso?

– Quero ter minha própria casa. Pelos padrões da minha aldeia, o dinheiro que Nuño me deixou transformou-me numa pessoa muito rica.

– Vou sentir bastante a sua falta – ele disse com sinceridade.

– Nem tanto assim. Para você, sou apenas um utensílio. – Reyna ergueu a mão quando ele começou a protestar. – Tenho idade, Yonah, para ser sua mãe. Gosto quando estamos na cama, mas na maioria das vezes vejo você como um filho ou um sobrinho por quem me afeiçoei.

Pediu-lhe que não ficasse aborrecido.

– Vou lhe mandar uma moça forte para ficar em meu lugar. Uma moça jovem, uma boa criada.

Dez dias depois chegou uma carroça à casa de Yonah. O rapaz que a conduzia ajudou Reyna a carregar suas coisas. Os pertences que ela acumulara trabalhando para três patrões couberam facilmente na pequena carroça.

– Tem certeza, Reyna, de que é isso o que quer?

Pela primeira e única vez, ela rompeu a convenção patrão-empregada sob a qual tinham vivido. Esticando o braço, encostou a palma quente da mão no rosto de Yonah. O olhar que lhe dispensou mostrava ternura e respeito, mas tinha também um indisfarçável adeus.

E, depois que ela partiu, um silêncio tomou conta de tudo, deixando Yonah com a sensação de viver numa casa abandonada.

Ele já tinha esquecido o gosto amargo da solidão e, por não querê-lo de volta, atirou-se furiosamente ao trabalho, atendendo pacientes em locais cada vez mais distantes, demorando-se nas casas para ter mais alguns minutos de contato humano. Passou também a discutir demoradamente com vendeiros sobre o andamento dos negócios ou a conversar com granjeiros sobre as colheitas. Podou mais uma dúzia de velhas oliveiras e ficou mais tempo traduzindo Avicena; já traduzira a maior parte do *Cânon de medicina*, fato que o entusiasmava, que o estimulava a prosseguir.

Fiel à sua palavra, Reyna mandou uma moça, chamada Carla Santella, para servi-lo como criada. Era uma moça atarracada, que trabalhava sem reclamar e mantinha a casa limpa, mas que nunca falava. Além disso, Yonah não gostava de sua comida. Após algumas semanas, mandou-a embora. Reyna, então, enviou Petronila Salva para substituí-la. Uma viúva com muitas verrugas que cozinhava bem, mas que o incomodou falando demais. Yonah só ficou quatro dias com ela.

Depois disso Reyna não mandou mais ninguém.

Ele estava começando a temer as batalhas que travava semanalmente com Bonestruca no tabuleiro de damas. Nunca sabia quando o frade ia se comportar como um oponente brilhante ou como um homem de mau gênio, alguém que parecia estar perdendo rapidamente a razão, o equilíbrio.

Numa noite de quarta-feira, ao ir jogar outra vez na granja do padre, foi nervosamente recebido por María Juana, que logo o introduziu no escritório. Bonestruca estava sentado diante da mesa, onde não havia mais um tabuleiro de damas e sim um livro aberto. Segurando um pequeno espelho, o frade examinava o rosto.

Por um instante nem reagiu ao cumprimento de Yonah. Depois falou sem tirar os olhos do espelho:

– Vê o diabo quando me olha?

– Vejo um bom rosto – disse Yonah escolhendo cada palavra.

– Um rosto de belos traços, é isso?

– Um rosto dos melhores.

– A fisionomia de um justo?

– Uma fisionomia que tem permanecido incrivelmente inocente e inalterada através dos anos.

– Conhece *A divina comédia*, um poema comprido escrito por um florentino chamado Dante Alighieri?

– Não, *señor*.

– Uma pena.

Ele virou os olhos para Yonah.

– A primeira parte do poema, que se chama *Inferno*, é o retrato de um monstro deformado, repelente, nas profundezas do inferno.

Yonah não sabia o que dizer.

– O poeta florentino morreu há muito tempo, não?

– Sim... ele está morto... – Bonestruca continuou a espreitar o espelho.

– Não é melhor pegar o tabuleiro e arrumar as pedras? – Yonah sugeriu, dando um passo à frente e reparando pela primeira vez nas costas do pequeno espelho. Estava muito manchado, mas era de prata. E pôde ver, junto do cabo, a marca inconfundível do ourives: HT. Percebeu, então, que era um dos espelhos que o pai fizera para o conde de Tembleque.

– Frei Bonestruca – disse, achando que sua voz adquirira uma tensão que poderia traí-lo. O padre, no entanto, certamente nem o ouvira. Seu olhar aparecia no espelho, mas sem direção, como o olhar de um cego ou de alguém dormindo de olhos abertos.

Yonah foi incapaz de resistir à temeridade de examinar um objeto feito pelo pai, mas ao tentar puxá-lo descobriu como as mãos do frade estavam irremovíveis. Por um instante, fez força para se apoderar do espelho, mas logo lhe ocorreu que Bonestruca podia muito bem estar apenas se fazendo passar por louco. Aterrorizado, deu meia-volta e caminhou para a porta.

– *Señor?* – disse María Juana quando ele saiu do escritório, mas Yonah, perturbado, passou por ela sem responder e fugiu da granja.

Na tarde do dia seguinte, ao voltar das visitas aos pacientes, encontrou María Juana à sua espera junto do celeiro. Estava com o bebê no colo, tentando abrigá-lo na sombra do jumento que a levara até lá.

Yonah perguntou se ela queria entrar, mas María recusou, dizendo que tinha de voltar depressa por causa das outras crianças.

– O que vai ser feito dele?

Yonah só pôde sacudir a cabeça. Na realidade, sentia muita pena de María Juana. Conseguia imaginar a moça assustada e bonita que ela tinha sido. Será que Bonestruca conseguira apaziguar seus medos e seduzi-la? Ou a teria simplesmente forçado? Teria sido uma leviana que achara muito divertido deitar com um clérigo tão esquisito, uma tola incapaz de imaginar o tipo de existência que estava se abrindo para ela?

– Quando o conheci, ele me batia. Ficou anos sem fazer isso de novo, mas agora, a cada dia que passa, está mais desequilibrado.

– Quando a coisa começou?

– Começou há alguns anos e foi sempre piorando – disse ela. – O que causa isso?

– Não sei. Talvez haja alguma relação com a sífilis que contraiu quando era moço.

– Mas há muito tempo ele não sentia nada.

– Eu sei, mas a doença é assim. Talvez só agora esteja retornando.

– E não tem remédio?

– Na verdade, *señora*, não posso lhe dizer praticamente nada sobre desequilíbrio mental, nem tenho qualquer colega mais capaz do que eu nessa área. Para nós, médicos, a loucura continua sendo mistério, magia. Quanto tempo, ontem à noite, ele ficou parado segurando o espelho?

– Muito tempo, até quase meia-noite. Dei-lhe vinho quente. Depois de beber, caiu na cama e dormiu.

Yonah dormira muito pouco naquela noite, porque ficara lendo até tarde, à luz de velas, sobre o tema da insanidade. No ano anterior, acrescentara à biblioteca médica que herdara de Nuño um tratado intitulado *De parte operativa*. Neste livro, que lhe custara o ganho de dois meses, Arnau de Vilanova escrevera que as manias ocorrem quando uma superabundância de bílis se resseca no corpo, aquecendo o cérebro e resultando em agitação, alarido e agressão.

– Quando o frade ficar... nervoso, dê-lhe uma infusão de tamarindo e borragem, sempre em água fresca.

Para momentos como os da véspera, quando Bonestruca entrara quase num estado de letargia – Vilanova dizia que os franceses chamavam tais episódios de *folie paralitica*, Avicena afirmava que o paciente devia ser aquecido, por isso Yonah receitara um pó de pimenta-do-reino para ser misturado ao vinho quente.

María Juana parecia desesperada.

– Ele vem agindo realmente de modo estranho. Pode cometer atos... imprudentes. Tenho muito medo do nosso futuro.

Seria uma dura provação para qualquer mulher estar tão intimamente ligada a Lorenzo de Bonestruca. Também seria duro para os filhos. Yonah passou a receita e mandou-a comprar os medicamentos na loja de frei Medina. Pouco depois, enquanto tirava a sela do cavalo, viu o jumento levá-la embora.

Sua vontade era ficar vários dias sem aparecer na granja à beira do rio, mas, com medo do que poderia acontecer a María Juana e às crianças, foi lá na manhã seguinte.

Encontrou Bonestruca sentado passivamente no quarto dos fundos da casa. María disse em sussurros que ele tinha chorado. O frade moveu a cabeça respondendo ao cumprimento de Yonah.

– Como está se sentindo hoje, frei Bonestruca?

– Nada bem. E o cocô que eu faço me queima como fogo.

– É o efeito do tônico que receitei. A sensação vai desaparecer.

– Quem é o senhor?

– Sou Callicó, o médico, não se lembra?

– Não.

– E do seu pai, o senhor se lembra?

Bonestruca o encarou.

– Nem da sua mãe? Tudo bem, não importa, vai acabar se lembrando deles. Acho que está triste, não é?

– É claro que estou triste. Andei a vida inteira assim.

– Por que razão?

– Porque Ele foi morto.

– É um bom motivo para estar triste. E quem sabe também não se tenha afligido por outros que morreram?

O frade olhou-o, mas não respondeu.

– Está lembrado de Toledo?

– Toledo, é...

– Se lembra da Plaza Mayor? Da catedral? Dos rochedos na beira do rio?
Bonestruca o contemplava em silêncio.
– Não está lembrado daquela cavalgada à noite?
Continuava o silêncio.
– Não se lembra? – Yonah repetiu. – Com quem saiu naquela noite?
Bonestruca o contemplava.
– Quem foi seu parceiro quando saiu naquela noite?
O quarto estava silencioso. O tempo passava.
– O conde – disse Bonestruca.
– Vasca? – repetiu Yonah, embora tivesse ouvido claramente.
Bonestruca tornou a mergulhar no silêncio.
– Não está se lembrando do garoto que levava o cibório para o mosteiro? O garoto que foi assaltado e morto no campo de oliveiras?
Bonestruca virou a cabeça. Estava falando sozinho, falando tão baixo que Yonah teve de se inclinar para ouvir.
– Estão por todo lado, os judeus. Malditos sejam.

No dia seguinte, María Juana foi sozinha à casa de Yonah. Chegou quase descontrolada, montada no jumento que mostrava sinais de ter sido chicoteado.
– Ele foi levado para a prisão menor, onde ficam os loucos e os indigentes.
Explicou que deixara as crianças com uma moça da vizinhança, e Yonah mandou-a voltar para junto dos filhos.
– Vou até a prisão para ver o que posso fazer – disse ele, virando-se de imediato para selar o cavalo no estábulo.
A prisão de loucos e indigentes tinha a reputação de fornecer uma comida extremamente má e em quantidade mínima, por isso ele parou no caminho para comprar duas broas de pão e dois pedaços de queijo de cabra. Quando chegou à prisão sentiu um aperto no coração, pois o lugar afrontava todos os sentidos. Antes mesmo de passar sob a porta de ferro que se elevara para deixá-lo entrar, sentiu o tremendo fedor, no qual se misturavam fezes e outras imundícies. O cheiro agitava suas entranhas, enquanto a cacofonia de gritos e urros, maldições e palavrões, lamentos e risos, orações e cochichos contribuíam para formar um único e grande rumor, como afluentes desaguando no ronco de um grande rio – o som da casa de loucos.
A Inquisição não se interessava por aquele lugar e bastou Yonah dar uma moeda ao guarda para ficar autorizado a ver o prisioneiro.
– Quero falar com frei Bonestruca.
– Bem, terá de encontrá-lo entre esse monte de gente – disse o guarda. Era um homem de meia-idade com olhos inexpressivos e o rosto pálido, marcado pela varíola. – Se me der a comida, tento fazê-la chegar até ele. Vai desperdiçá-la se quiser entregar diretamente. Os outros se jogam em cima e tiram tudo.

O homem fulminou-o com o olhar quando ele abanou negativamente a cabeça.

Não havia celas, só um muro com as mesmas grades fortes do portão de entrada. De um lado estavam o guarda e Yonah; do outro, havia um grande espaço aberto, o mundo habitado pelas almas perdidas.

Yonah parou junto às grades, contemplando a enorme jaula de corpos. Não podia distinguir os indigentes, pois todos pareciam loucos.

Finalmente descobriu o frade. Estava sentado no chão de terra, quase encostado no muro dos fundos.

– Frei Bonestruca!

Gritou várias vezes o nome dele, mas sua voz se perdia na grande confusão. O frade não levantou a cabeça, mas os gritos de Yonah atraíram a atenção de um homem esfarrapado, que olhou faminto para os pães. Yonah tirou um pedaço de uma das broas e atirou-o pela grade, onde ele foi rapidamente agarrado e devorado.

– Traga o frade – disse Yonah, apontando – e terá metade da broa.

O homem obedeceu de imediato, conseguindo colocar Bonestruca de pé e carregando-o para perto do visitante que esperava do outro lado das grades. Yonah entregou a metade da broa que tinha prometido, mas o sujeito continuou parado, de olho nas outras provisões que havia nas mãos do médico.

Uma considerável multidão de prisioneiros se reunira ali.

Não foi de todo vazio o olhar que frei Bonestruca atirou a Yonah. Havia uma certa inteligência, uma certa consciência e algum sentimento de horror. Mas o frade não parecia o estar reconhecendo.

– Sou Callicó – disse Yonah. – Não está lembrado de Ramón Callicó, o médico? Eu lhe trouxe algumas coisas.

Yonah passou os dois pedaços de queijo por um quadrado que havia na grade e Bonestruca aceitou-os sem dizer uma palavra.

Mas quando Yonah tentou conduzir a conversa com ele, Bonestruca virou o rosto e Yonah percebeu que seria inútil interrogá-lo.

– Não posso conseguir que o soltem – ele se sentiu impelido a esclarecer – enquanto sua sanidade não voltar.

Vendo, ouvindo, cheirando o lugar, não gostou de dizer aquilo, apesar do ódio que uma parte dele sempre sentiria por Bonestruca, autor de crimes terríveis contra os Toledano e contra tantos outros.

Passou a metade restante da broa pelo portão e depois a outra broa inteira. Para pegá-los, Bonestruca transferiu os dois queijos da mão direita para a esquerda e perdeu o controle de um deles. O queijo que caiu foi agarrado pelo sujeito em farrapos, enquanto um rapaz sem roupa puxava os pães. Então muitas mãos se voltaram contra o rapaz, e o deslocamento, a agitação dos corpos, fez Yonah se lembrar do movimento frenético dos cardumes para abocanhar seu alimento no mar.

Uma mulher idosa e calva atirou-se contra a grade, as mãos como garras para o braço de Yonah, procurando uma comida que ele já não tinha. No momento em que recuava para escapar, para se livrar do mau cheiro e das imprecações daquele lugar terrível, Yonah teve consciência do grande punho de Bonestruca atacando violentamente quem estava à sua volta. Finalmente o frade ficou sozinho, com a boca aberta. O grito que saiu dele, o grito de feroz desespero, parte uivo e parte ronco, pareceu ir atrás do médico que fugia.

Yonah tomou o caminho da granja na beira do rio e teve de revelar a María Juana sua sensação de que a loucura de Bonestruca ia para pior, não para melhor. Ela escutou sem chorar, pois já estava esperando por isso, por aquelas notícias que a enchiam de medo.

— Três homens da igreja estiveram aqui. Voltarão esta tarde para pegar a mim e às crianças. Prometeram nos levar para um convento, não para um asilo.

— Sinto muito, *señora*.

— Não sabe de alguma casa onde precisem de uma criada? Não tenho medo de trabalho duro e as crianças comem muito pouco.

Yonah sabia apenas de uma casa, a sua. Pensou em como seria, o tempo passando, ele devotando a vida à pobre mulher condenada com seus pobres filhos. Pensou também que não era bom o bastante, nem forte o bastante, nem santo o bastante para aquele gesto.

Tirou a ideia da cabeça e recorreu à coleção de objetos judeus de Bonestruca. Os filactérios. A Torá!

— Talvez queira me vender alguns pertences do frade?

— Levaram tudo hoje de manhã. — Ela o conduziu até o cômodo vizinho. — Está vendo?

Só havia sobrado o tosco tabuleiro e as pedras do jogo de damas. Também tinham levado o livro com o poema de Dante, mas com tanta pressa que várias páginas soltas ficaram sob o tabuleiro. Quando as pegou e começou a ler a página de cima, Yonah percebeu que era uma descrição do inferno:

Ouvimos as pessoas gemendo no abismo, debatendo-se, surrando umas às outras com as palmas abertas, o choro lhes sacudindo os rostos como nas convulsões. O vapor que passava pelas beiradas da cova incrustava-se nelas. Era um limo que revoltava meus olhos, que martelava em meu nariz. Tanto mergulhava o abismo que só se podia ver o fundo avançando até a borda mais debruçada da encosta de rocha. Cheguei até lá e vi, lá embaixo, compridas fileiras de gente num rio de excrementos, como o despejo de todas as latrinas do mundo. E entre os condenados dessa cova havia um espectro, alguém que podia ter sido tonsurado ou não. Era impossível dizer, porque estava muito lambuzado de merda.

De repente Yonah entendeu que nenhuma punição imaginada por Deus ou pelo homem podia ser pior que a existência oferecida a Lorenzo de Bonestruca. Cheio de terror, aceitou o jogo de damas que María pôs em sua mão, largou sobre a mesa todo o ouro e prata que trazia na bolsa e foi embora, pedindo a proteção do Senhor para a mulher e para os filhos dela.

Capítulo 37

VIAGEM A HUESCA

As febres eram sempre um problema. No final do inverno, um grande número delas, sempre acompanhadas de tosse, mantiveram-no extremamente ocupado. Nas visitas aos doentes, as queixas se repetiam.

"*Señor* Callicó, tenho uma dor nos ossos (tosse). As aftas também estão me incomodando demais, não posso engolir. A dor (tosse)..."

"Às vezes me sinto pegando fogo, de repente fico tremendo de frio (tosse)."

Tinham morrido um homem de idade, um rapaz, duas senhoras e uma criança. Yonah achava terrível não ter conseguido salvá-los, mas a voz de Nuño lhe dizia para pensar nos sobreviventes. Ia de uma casa a outra receitando bebidas quentes e mel com vinho aquecido. Contra a febre, triaga.

Não se tratava, de modo algum, de uma epidemia universal ou mesmo de um surto localizado realmente grave, mas havia muitas visitas a serem feitas. Achava que como o período crítico dos seus pacientes não era coincidente, ele seria capaz de dar conta de todos. Prometia que, se cada um seguisse sua orientação por dez dias, a doença ia sumir como mágica. Na maioria das vezes, era assim mesmo.

Costumava chegar a casa cansado demais para arrumar alguma coisa ou preparar algo para comer. Às vezes colocava as pedras no tabuleiro de damas e tentava jogar sozinho, fazendo também os movimentos do adversário. Não era, é claro, muito divertido jogar desse jeito. Passou a sentir uma inquietação, uma insatisfação generalizada. Quando as febres finalmente diminuíram e as tosses tiveram alívio, ele decidiu tirar um dia de folga para visitar Reyna.

O lugar onde ela vivia não passava de um conjunto de pequenas granjas e casas de lenhadores, uma viagem de meia hora a contar da periferia de Saragoça. Não tinha nome nem governo, mas as pessoas que moravam lá compartilhavam há gerações de um senso de comunidade e tinham se acostumado a chamar o lugar de El Pueblecito, isto é, a pequena aldeia.

Chegando ao lugarejo, Yonah detêve o cavalo ao lado de uma mulher idosa, que estava sentada tomando sol. Ao perguntar por Reyna, ela apontou para uma casa ao lado de uma serraria. Perto das paredes da casa, havia dois homens de calções, um deles com cabelo comprido e branco, o outro jovem e mais forte. Empurravam uma serra comprida para a frente e para trás, cortando uma tora de pinheiro. A serragem grudava nas peles suadas.

Entrando na casa, Yonah encontrou Reyna sem sapatos e ajoelhada no chão, esfregando as lajotas. Parecia saudável como sempre, apenas um pouco mais velha que a lembrança que guardara dela. Quando viu quem havia chegado, Reyna parou de trabalhar e sorriu, esfregando as mãos no vestido, ficando de pé.

– Trouxe um vinho, do tipo que você gosta – disse ele, e Reyna pegou o jarro com um agradecimento.

– Vamos sentar à mesa, por favor. – Ela apanhou dois cálices e seu próprio jarro de bebida. Havia conhaque nele.

– Saúde! – disse Yonah.

– Saúde.

Era bom. Tão forte que Yonah piscou.

– Já encontrou alguém para cuidar da casa?

– Ainda não.

– Mandei duas boas mulheres, Carla e Petronila. Elas disseram que foram despedidas.

– Acho que estava acostumado ao modo como você cuidava da casa.

– Tem de aceitar as mudanças; tudo muda na vida – disse Reyna. – Se quiser, posso mandar outra pessoa. Na primavera vai estar na hora de uma boa limpeza.

– Eu mesmo posso limpar a casa.

– Pode? Não devia perder seu tempo desse jeito – disse ela num tom severo. – Tem suas ocupações de médico.

– Encontrou uma casa muito boa, Reyna – ele comentou para mudar de assunto.

– Sim, dará uma boa estalagem. Não há ninguém que alugue quartos por aqui e estamos à beira da estrada para a Catalunha. Passam muitos viajantes. – Disse que ainda não recebia hóspedes, pois a casa precisava de algumas reformas de carpintaria antes de poder começar a funcionar como estalagem.

Continuaram tomando o conhaque enquanto ela descrevia a vida no povoado e ele a colocava em dia com as novidades e os boatos de Saragoça. Do lado de fora, vinha o barulho em surdina da serra na madeira.

– Quando comeu pela última vez?

– De manhã cedo.

– Vou lhe preparar uma refeição – disse ela se levantando.

– Uma galinha ensopada?

– Não faço mais esse prato.

Reyna tornou a sentar-se e olhou para ele.

– Viu os dois homens cortando madeira lá fora?

– Vi.

— Logo estarei me casando com um deles.

— Ah. O mais novo?

— Não, o outro. Chama-se Álvaro. — Ela sorriu. — Tem o cabelo branco, mas é muito forte. E ótimo serralheiro.

— Desejo-lhe a boa sorte que você merece, Reyna.

— Obrigada.

Sem dúvida, Reyna sabia que o médico viajara até a aldeia para persuadi-la a voltar, mas apenas trocaram um sorriso. Logo ela se levantava para servir a comida: uma broa de pão fresco, ovos bem cozidos, pasta de alho, metade de um queijo prato, cebola, azeitonas muito saborosas.

Tomaram alguns goles do vinho que Yonah trouxera e ele foi embora. Do lado de fora, os homens encaixavam uma nova tora no cavalete.

— Boa-tarde — disse Yonah.

O mais novo não respondeu, mas o que se chamava Álvaro acenou com a cabeça ao pegar a serra.

Yonah sabia que a Páscoa dos judeus estava se aproximando, embora não tivesse certeza da data, e iniciou a faxina da primavera. Varreu, espanou, esfregou, abriu as janelas para o ar fresco, bateu e arejou os tapetes, trouxe novas esteiras de palha para estender nos pisos de pedra. Aproveitando seu isolamento, criou uma versão convincente do pão sem fermento, batendo porções irregulares de massa numa chapa de metal suspensa sobre o fogo. O pão saiu um tanto queimado e um tanto macio demais, mas sem a menor dúvida era um pão ázimo. Comeu-o triunfante em sua ceia de um homem só, para a qual também cozinhara um pernil do cordeiro pascal e preparara ervas amargas para lembrar-se das tribulações dos filhos de Israel na fuga do Egito.

— Por que esta noite é diferente de todas as outras? — perguntou na casa vazia. Não houve, é claro, resposta; só um silêncio mais ácido que as ervas. Como não tinha certeza das datas, repetiu a ceia toda noite, durante uma semana, aquecendo o pernil por três noites. Depois que ele ficou com mau cheiro, Yonah enterrou a sobra no pomar da encosta do morro.

Por alguns dias o inverno parecera ter ido embora, mas de repente voltou, gelado e chuvoso, transformando as estradas em rios de uma lama funda e fria. Yonah ficava horas sentado à mesa, mergulhado em pensamentos. Era um homem rico, médico respeitado, vivendo numa casa com paredes de pedra, uma casa cercada pela boa terra que possuía. Em certas noites, porém, julgava ouvir no meio da insônia uma voz mais alta que o uivo estridente das chuvas de vento. Era a voz do pai opinando que Yonah só estava vivo pela metade.

Estava cansado de ser seu próprio rabino, farto de viver preso numa jaula, mesmo que a jaula fosse do tamanho de toda a Espanha. Pensou em partir para a França ou Portugal. Mas não sabia o idioma francês ou português. Embora pudesse escapar por uma das fronteiras, se alguém pedisse provas de seu batismo, na França podia acabar na fogueira e em Portugal seria certamente escravizado. Pelo menos em Saragoça era conhecido e aceito como cristão-velho. Seu trabalho como médico compensava em grande parte o que a vida estava lhe negando.

De fato, Yonah nutria um anseio por algo sem nome, por alguma coisa que não sabia identificar. Quando dormia, sonhava com os mortos ou com mulheres que tiravam sêmen de seu corpo adormecido; às vezes, acreditava que ia ficar louco como o frade. Quando chegaram os dias quentes e ensolarados, encarou a nova estação com suspeita, incapaz de acreditar que o mau tempo tinha realmente acabado.

Por sorte as febres não voltaram, pois ao conversar com frei Luis Guerra Medina, o boticário, ficou sabendo que não havia triaga em parte alguma do distrito.

– Como vamos conseguir mais? – perguntou Yonah.

– Não sei – respondeu o velho franciscano num tom preocupado. – Só quem vende triaga de boa qualidade é a família Aurelio, de Huesca. Eu costumava ir a Huesca uma vez por ano para comprar a triaga dos Aurelio. Mas é uma jornada de cinco dias e fiquei velho demais. Já não posso ir.

– Por que não manda alguém em seu lugar? – Yonah perguntou encolhendo os ombros.

– Não posso. Se mandar uma pessoa que não esteja familiarizada com a triaga, vão lhe dar um composto velho, inútil como remédio. A triaga tem de ser comprada por alguém que inspire respeito, alguém que conheça a aparência e as características do bom produto. Ela deve ter sido recentemente preparada e deve ser comprada numa quantidade que possa ser consumida no prazo máximo de um ano.

A casa de Yonah tornara-se uma prisão e ali estava uma possibilidade de alívio.

– Está bem – disse ele. – Vou até Huesca.

Seis meses antes, Miguel de Montenegro havia sido chamado a Montalvan, onde o bispo de Teruel padecia de uma febre violenta, e Yonah ficara encarregado de cuidar dos pacientes de Montenegro. Agora este e um outro médico chamado Pedro Palma, indicado por Montenegro, concordaram em cuidar da clientela do *señor* Callicó, pois eles e seus próprios pacientes também se beneficiariam da triaga. Yonah pegou o cavalo árabe cinza e um burro de carga. Como costumava acontecer, seu estado de espírito melhorou muito quando começou a percorrer os campos. O tempo estava bom e teria sido possível acelerar o passo, mas, como a pressa era desnecessária, Yonah resolveu poupar o cavalo árabe, já um tanto velho. O caminho não parecia difícil. Nos sopés dos morros havia vales, onde o gado pastava, e pequenas granjas, onde os porcos adubavam a terra que logo seria cultivada com grãos ou vegetais. À noite, Yonah sempre conseguia um lugar bonito para acampar. Então as colinas foram dando lugar a grandes montes e a grandes montanhas.

Quando ele chegou a Huesca, foi logo procurar a família Aurelio, encontrando-a num estábulo reformado, cheio dos aromas das ervas. Três homens e uma mulher pulverizavam e misturavam as plantas secas para fazer a triaga. Reinaldo Aurelio, mestre herbalista, era um sujeito simpático, de olhar atento. Usava um avental grosseiro, coberto de palha.

– Que posso fazer pelo *señor*?

– Preciso da triaga. Sou Ramón Callicó, médico de Saragoça. Venho a mando de frei Luis Guerra Medina.

– Ah, frei Luis! Por que ele próprio não veio? Não está bem de saúde?

– Está bem, mas um pouco velho. Por isso me mandou em seu lugar.

– Oh, sim, posso fornecer-lhe a triaga, *señor* Callicó.

O homem foi até uma prateleira e abriu uma arca de madeira.

– Posso examinar? – pediu Yonah.

Ele esmigalhou um pouco entre os dedos, cheirou, e balançou a cabeça.

– Não – disse em voz baixa. – Se levasse isto para frei Luis, ele ia querer me castrar. Com toda a razão.

– Frei Luis é muito exigente – disse o herbalista sorrindo.

– Pelo que nós, médicos, estamos muito gratos. Precisamos de uma boa quantidade de triaga fresca, o suficiente para frei Luis suprir um certo número de clínicas nos distritos ao redor de Saragoça.

– Não há problema – disse o *señor* Aurelio, abanando a cabeça. – Sem dúvida, é claro, levaremos algum tempo para preparar toda essa triaga.

– Quanto tempo?

– Uns dez dias pelo menos. Talvez um pouco mais.

Yonah não tinha alternativa a não ser concordar. Na realidade, a situação não lhe desagradava, pois o deixava com tempo livre para continuar o passeio até os Pireneus. Calcularam o preço e ele pagou adiantado. Frei Luis tinha dito que se podia confiar cegamente na palavra da família Aurelio e Yonah não queria ficar mais tempo com as moedas de ouro no bolso. Pediu para deixar o burro de carga com eles e prometeu que não voltaria em menos de quinze dias, de modo que teriam tempo de sobra para fazer o trabalho.

Seguiu direto para o norte, cruzando os sopés dos morros. Ouvira dizer que entre Huesca e a fronteira com a França as montanhas eram tão altas que pareciam alcançar as nuvens. Na verdade, não precisou chegar muito longe para ver as montanhas, algumas com picos nevados. Num prado florido, havia um córrego onde cintilavam cardumes de pequenas trutas. Yonah tirou da bolsa uma linha com anzol e a latinha com as minhocas de sua pilha de esterco em Saragoça. Como os peixes se atiraram avidamente nas iscas, logo conseguiu sua refeição. Cada truta fornecia pouca carne, mas bastava puxar um filamento verde e ficava limpa. Yonah juntou uma certa quantidade delas e assou-as num pequeno fogo, comendo as espinhas finas e moles juntamente com a carne.

Deixou que o cavalo comesse um pouco de capim e algumas flores, para variar a dieta. Depois tocou o animal pela trilha que subia as montanhas. As áreas mais baixas pareciam densamente arborizadas com castanheiros, faias e carvalhos; mais acima, havia abetos e pinheiros. Yonah sabia que as árvores iriam ficando cada vez mais ralas até desaparecerem nas altitudes elevadas, onde mesmo as pequenas plantas seriam poucas. O sol quente trazia a neve derretida para os terrenos mais baixos, engrossando e tornando barulhentas as águas de um pequeno rio.

Quando a tarde chegou, encontrou a primeira neve sólida junto a um arvoredo de abetos. Havia pegadas de urso, muito nítidas, obviamente recentes. O ar ficara mais cortante e ia esfriar bastante à noite.

Resolvendo dormir na temperatura menos severa das encostas mais baixas, Yonah fez o cavalo dar meia-volta e desceu até um ponto que lhe pareceu aconchegado, pois ficava sob a proteção de um grande pinheiro, que forneceria inclusive galhos secos para o fogo. Ele estava preocupado com as pegadas do urso e manteve uma fogueira acesa a noite inteira. De vez em quando, acordava para tirar mais madeira da árvore, quebrando os galhos secos com estalos um tanto fortes, certamente capazes de chamar atenção para sua presença. Logo, porém, dormia de novo, enquanto o fogo queimava alto.

Foi então que uma tarde, passados três dias da partida de Huesca, viu-se bloqueado num dos altos passos da montanha por um trecho de neve profunda. Yonah procurava alguma trilha lateral por onde pudesse circundar aquele ponto, quando sentiu o cavalo fazendo força para a margem da estrada. O animal descobrira um caminho quase imperceptível no meio das árvores. Havia também um córrego, cujo curso devia ter fendido durante séculos a dureza dos paredões de rocha e agora se projetava montanha abaixo.

Yonah começou a avançar pela trilha pedregosa que acompanhava o córrego.

Foi uma longa descida. De repente, sentiu o cheiro de fumaça de lenha e, pouco depois, emergindo das árvores, viu-se num pequeno vale, de frente para uma aldeia. Pôde contar talvez uma dúzia de casinhas de pedra com íngremes telhados de ardósia. Havia também, no horizonte, o telhado e a cruz de uma igreja. Viu cavalos e vacas num pasto e vários campos cultivados, campos de terra negra.

Ultrapassou duas casas sem encontrar ninguém. Uma moça, no entanto, fora apanhar água no córrego e agora voltava com o balde carregado. Ao vê-lo, começou a correr, entornando água. Yonah alcançou-a antes que ela chegasse à metade de sua carreira para a porta da terceira casa.

– Um bom dia. Como se chama esta aldeia, por favor?

A moça ficou imóvel, com se tivesse congelado.

– Chama-se Pradogrande, *señor*. – Era uma voz clara, mas reservada, e, quando o cavalo cinzento chegou mais perto, a visão do rosto dela impressionou extremamente Yonah, a ponto de ele ouvir a própria respiração.

– Inés, é você?

Ele desmontou atabalhoadamente, e ela recuou com medo.

– Não, *señor*.

– Não é Inés Saadi Denia, filha de Isaac Saadi? – ele perguntou, meio atordoado. A moça o olhava espantada.

– Não, *señor*. Sou Adriana. Sou Adriana Chacon.

É claro, que tolice, Yonah percebeu. Quem estava na frente dele era uma mulher jovem. Quando vira Inés pela última vez, ela era pouco mais nova que aquela moça, mas já tinham se passado muitos anos, muitos anos difíceis.

– Inés era minha tia, que sua alma descanse na paz eterna.

Ah, estava morta! Yonah sentiu uma pontada de angústia ao saber que Inés se fora: outra porta se fechara.

– Que descanse em paz – ele murmurou. – Eu me lembro de você – disse de repente.

Yonah percebeu que a mulher era a criança de quem Inés tinha cuidado, a filhinha de Felipa, irmã mais velha de Inés. Lembrava-se do passeio com Inés em Granada, a menina no meio, cada um segurando uma das mãos dela.

A moça o olhava com ar desconfiado e Yonah se virou. Um grito dizia que sua presença fora descoberta por mais alguém.

Um grupo de homens corria desesperadamente em sua direção, três de um lado, dois de outro. As ferramentas de trabalho que seguravam podiam servir de armas para matar um invasor.

Capítulo 38

A GRANDE CAMPINA

Antes que os camponeses conseguissem alcançá-lo, um homem robusto, que parecia estar descansando, saiu de uma das casas. Tinha envelhecido, mas não a ponto de impedir que Yonah o reconhecesse de imediato: Micah Benzaquen, que fora amigo e vizinho dos Saadi em Granada. Naquela época, Benzaquen era um homem de meia-idade; agora ainda parecia forte, embora não desse para esconder a marca dos anos. Ficou um bom tempo observando Yonah; depois sorriu, e Yonah teve certeza de que também fora reconhecido.

– Amadureceu bastante – disse Benzaquen. – Quando o vi pela última vez era um rapaz grandalhão, um pastor com roupas surradas, com o cabelo e a barba muito grandes. Era como se tivesse uma moita em volta da cabeça. Mas como é mesmo o seu nome? Sei que é parecido com o nome de uma bela cidade...

Yonah sentiu que, durante o breve tempo que ia permanecer naquele lugar remoto, seria impossível dar o nome de Ramón Callicó.

– Eu me chamo Toledano.

– Sim, Toledano, por minha alma!

– Yonah Toledano. É bom encontrá-lo, *señor* Benzaquen.

Para seu pesar, enquanto ele e Benzaquen trocavam cumprimentos, a moça pegara o balde de água e escapara.

– Onde está morando agora, *señor* Toledano?

Yonah não queria correr o risco de associar o nome Toledano a Saragoça.

– Em Guadalajara – disse Yonah.

Sempre segurando as ferramentas de trabalho com as quais o intruso podia ter sido golpeado, talvez chacinado, o grupo de homens continuava se aproximando, só que agora num passo normal. Certamente teriam notado que Yonah não puxara a espada nem a faca. Ao contrário, parecia bem à vontade na frente de Benzaquen, conversando amigavelmente.

Benzaquen apresentou Pedro Abulafin, David Vidal e Durante Chazan Halevi; depois um segundo grupo formado por Joachim Chacon, Asher de Segarra, José Díaz e Fineas ben Portal.

Alguns homens cuidaram do cavalo de Yonah, que foi levado para a propriedade de Benzaquen. Leah Chazan, esposa de Benzaquen, era uma senhora simpática, de cabelo grisalho, com todas as virtudes das mães espanholas. Trouxe um pano e uma vasilha de água quente para Yonah, indicando-lhe a privacidade do celeiro. Quando ele estava acabando de se lavar, a casinha começou a se encher do aroma do pernil fresco que assava. Seu anfitrião o esperava com um jarro de bebida e dois copos.

– Em nosso pequeno vale, as visitas são extremamente raras; esta é uma grande ocasião – disse Benzaquen servindo o conhaque. Um bebeu à saúde do outro.

Benzaquen tinha reparado no cavalo árabe de Yonah e na excelente qualidade de suas roupas e armas.

– Não é mais um pastor de roupas sujas – comentou sorrindo.

– Sou médico.

– Médico? Mas é incrível!

Durante a excelente refeição que a esposa não demorou a servir, Benzaquen contou o que havia acontecido com os convertidos depois que eles e Yonah seguiram caminhos distintos.

– Saímos de Granada em caravana. Eram trinta e oito carroças, todas com destino a Pamplona, a principal cidade de Navarra. Chegamos após uma viagem extremamente lenta e árdua.

Ficaram dois anos em Pamplona.

– Alguns se casaram por lá. Incluindo Inés Denia, que se tornou esposa de Isadoro Sabino, um carpinteiro.

Benzaquen falara com cautela, pois se lembrava da desagradável conversa que tivera com Yonah acerca de Inés Denia.

– Pobres dos que contavam com dias felizes – ele continuou. – Nossa vida em Pamplona foi grandemente marcada pela tragédia.

Um em cada cinco cristãos-novos vindos de Granada morrera com febres malignas e sangramentos. Figuravam quatro membros da família Saadi entre os cruel e rapidamente vitimados no terrível mês de Nisan.

– Isaac Saadi e a esposa Zulaika Denia morreram com diferença de horas um do outro. Depois a filha Felipa adoeceu e também faleceu. Finalmente foi a vez de Inés e seu novo marido, Isadoro Sabino. Estavam casados havia menos de três meses.

Benzaquen continuou:

– As pessoas de Pamplona começaram a acusar os recém-chegados de trazer morte para a cidade. Quando a pestilência cumpriu sua obra, os que tinham sobrevivido acharam que estava na hora de fugir outra vez.

"Após muita discussão, decidimos cruzar a fronteira da França para tentar a vida em Toulouse, embora fosse uma decisão controvertida. Eu, por exemplo, condenava tanto o trajeto quanto o destino. Lembrei que, durante séculos, Toulouse tivera como tradição permitir atos violentos contra os judeus. Além disso, estávamos separados da França pelas altas montanhas dos Pireneus, por onde teríamos de atravessar em nossas carroças, uma perspectiva que parecia inviável."

Mas alguns dos convertidos que viajavam com Benzaquen zombaram de seus medos, dizendo que chegariam à França como católicos e não como judeus. Quanto a cruzar as montanhas, sabiam que na aldeia de Jaca, que ficava à frente, havia guias montanheses profissionais, convertidos como eles, homens que podiam ser contratados para conduzi-los através dos passos. Se as carroças não conseguissem fazer a viagem, levariam os pertences mais valiosos nos lombos de animais de carga. E foi assim que a fileira de carroças acabou na trilha para Jaca.

– Como acharam este vale? – Yonah perguntou.

– Por acaso – disse Benzaquen sorrindo.

Nas extensas encostas cobertas de florestas era difícil achar bons lugares de acampamento para um grupo tão grande de pessoas. Com frequência, os viajantes enfileiravam as carroças na margem da trilha e dormiam nos próprios veículos. Numa dessas noites, enquanto todos dormiam, um dos cavalos de tração de Benzaquen – um animal caro e necessário – arrebentou a corda e fugiu.

– Logo que amanheceu, quando dei pela falta dele, saí com quatro homens para procurá-lo, xingando o animal.

Seguindo as folhagens e os galhos quebrados, alguma marca ocasional de cascos ou de excrementos, foram dar numa espécie de trilha natural, de solo pedregoso, uma descida que acompanhava um riacho de forte correnteza. Finalmente emergiram do bosque e viram o cavalo comendo capim num pequeno vale.

– Ficamos impressionados pelas águas, pela relva. Voltamos à caravana e trouxemos os outros. Achamos que era um lugar seguro, um lugar abrigado para descansarmos. Só tivemos de alargar a trilha natural em dois lugares e retirar algumas pedras maiores para descer com as carroças. Pensávamos em ficar quatro ou cinco dias ali, o tempo suficiente para homens e animais restaurarem suas forças...

Mas Benzaquen explicou que todos foram afetados pela beleza do vale e pela evidente fertilidade do solo. E que ninguém deixou de notar como o lugar era esplendidamente remoto. Para leste, dois dias de difícil viagem até a aldeia mais próxima, Jaca, ela própria uma comunidade isolada, por onde passavam poucos viajantes. Para sudeste, três dias igualmente difíceis até a cidade mais próxima, Huesca.

– Alguns dos nossos cristãos-novos acharam que aqui as pessoas podiam viver em paz, sem jamais encontrar um inquisidor ou um soldado. Ocorreu-nos, em suma, que talvez não devêssemos ir mais longe, mas ficar no vale, transformando-o em nosso lar.

E Benzaquen continuou:

– Nem todos concordaram. Após uma boa dose de falatório e argumentação, das vinte e seis famílias que tinham deixado Pamplona, dezessete decidiram ficar no vale. Todos procuraram ajudar as nove famílias que iam seguir para Toulouse. Perdemos a manhã e a maior parte da tarde para pôr suas carroças de novo na trilha. Após os abraços e algumas lágrimas, eles desapareceram na montanha e nós voltamos ao vale.

Entre os colonos, havia quatro famílias cujos membros costumavam ganhar a vida na agricultura. Durante as transferências de Granada para Pamplona e depois para Toulouse, esses agricultores tinham se mantido na sombra, deixando o planejamento e as decisões para os comerciantes, cuja experiência de viagens e sofisticação foram muito úteis ao grupo.

Mas naquele momento os agricultores se tornaram os líderes do núcleo de povoação, explorando, identificando as diferentes partes do vale, determinando o que podia ser plantado e onde. Por todo vale crescia um capim muito verde, suculento, e desde o início chamaram o lugar de Pradogrande, a Grande Campina.

Os homens de cada família dividiram o vale em dezessete lotes equivalentes, dando a cada lote um número e tirando os números de um chapéu para definir a quem cada um caberia. Todos, no entanto, concordaram em trabalhar em conjunto no plantio e na colheita, fazendo inclusive uma rotação de terras entre as diferentes áreas, de modo a nenhum proprietário ter vantagem permanente sobre qualquer outro. Os quatro agricultores sugeriram onde as casas deviam ser construídas e como deviam se situar com relação ao sol e aos ventos. Fizeram uma de cada vez, sempre trabalhando juntos. Havia muita pedra nas encostas e foram erguidas sólidas casas de fazenda, com estábulos e celeiros nas partes de várzea.

No primeiro verão que passaram no vale conseguiram levantar três casas, onde mulheres e crianças se alojaram comunitariamente durante o inverno, enquanto os homens acampavam nas carroças. Nos cinco verões seguintes, construíram as outras casas e a igreja.

Os quatro lavradores experientes transformaram-se num comitê de compras para a comunidade.

– Primeiro viajaram para Jaca – disse Benzaquen –, onde adquiriram algumas ovelhas e sementes. Jaca, no entanto, era pequena demais para satisfazer suas necessidades e na próxima saída andaram a distância extra até Huesca, onde encontraram uma variedade maior de sortimentos. Trouxeram sacos de boas sementes, um bom número de ferramentas, mudas de árvores frutíferas, mais ovelhas e cabras, além de porcos, galinhas e gansos.

Um dos homens trabalhara com couro, outro fora carpinteiro, e suas habilidades foram uma bênção para a nova comunidade.

— Mas a maioria tinha sido comerciante – continuou Benzaquen. – Quando resolvemos ficar em Pradogrande, sabíamos que teríamos de mudar nosso ganha-pão e nosso estilo de vida. A princípio, foi desagradável, foi difícil acostumar corpos de negociantes às exigências mais rudes do trabalho na terra, mas estávamos entusiasmados com as perspectivas do futuro e ávidos para aprender. Gradualmente, ao longo dos onze anos em que estamos aqui, fomos endurecendo os músculos, fomos roçando os campos, criando lavouras e pomares.

— Fizeram um bom trabalho – disse Yonah, realmente impressionado.

— Logo vai escurecer, mas amanhã daremos um passeio para que possa ver por si mesmo.

Yonah abanou a cabeça com ar distraído.

— A moça chamada Adriana... O marido é agricultor?

— Todos em Pradogrande são agora agricultores, mas o marido de Adriana Chacon não está mais conosco. Ela é viúva. – Benzaquen cortou outra fatia de pernil e insistiu para o convidado aproveitar a oportunidade de comer boa carne.

— Diz que se lembra de mim de quando eu era criança – Adriana Chacon comentou com o pai naquela noite. – É curioso, pois não me recordo absolutamente dele. O senhor o reconheceu?

— Não – disse Joachim Chacon balançando a cabeça. – Mas talvez já o tenha encontrado algum dia. Seu avô Isaac conhecia muita gente.

Parecia estranho que aquele recém-chegado evocasse memórias que ela não podia compartilhar. Pensar em seus anos de menina era como apreciar uma vasta paisagem do alto de uma montanha. Havia alguns detalhes mais próximos, que se mantinham nítidos, claros, mas havia uma porção de coisas que ficavam atrás e acabavam se dissipando na distância. Não tinha recordações de Granada e não se lembrava de muita coisa de Pamplona. Lembrava de viajar um longo tempo numa carroça. As carroças tinham lonas que protegiam do sol, mas ficavam tão quentes que a caravana fazia a maior parte da viagem de manhã cedo e no final da tarde. Os cocheiros detinham os cavalos na hora do sol forte e procuravam uma sombra para descansar. Ela se lembrava do duro e constante solavanco da carroça nos trechos difíceis, do chiado dos arreios de couro, da batida pesada dos cascos. Da eterna poeira cinza que às vezes chegava aos seus dentes. Dos excrementos com cheiro de mato que caíam continuamente atrás dos cavalos e dos burros, sendo logo amassados pelas rodas.

Adriana tinha então oito anos e viajava sozinha, extremamente infeliz, suspirando pelos entes queridos que recentemente haviam morrido. Às vezes o pai, Joachim Chacon, lhe dirigia palavras de carinho, mas na maior parte do tempo ele conduzia os cavalos em silêncio, quase entorpecido com sua própria dor. As lembranças que Adriana guardara do que acontecera após entrarem nas montanhas eram confusas; lembrava-se apenas de que um dia haviam chegado àquele vale, e que ficara contente por pararem de viajar.

O pai, que em outros tempos comprara e vendera tecidos de seda, cumpria agora suas obrigações para com a comunidade, o que para ele, nos primeiros anos passados em Pradogrande, significara trabalhar na construção das casas. Tinha se transformado num bom pedreiro, capaz de fazer as pedras se ajustarem com precisão umas às outras em paredes firmes. As casas, construídas de pedras do rio e madeira, foram atribuídas primeiro às famílias mais numerosas. Assim, Adriana e o pai tiveram de morar nas casas dos outros por cinco anos, pois a casa deles foi a última a ficar pronta. Era a casa menor, ainda que tão sólida quanto as demais. Adriana, no entanto, achou-a até muito grande quando puderam finalmente se mudar para lá. Aquele ano – o ano em que fez treze anos – foi seu tempo mais feliz em Pradogrande. Tomava conta da casa do pai e estava, como todo mundo, fascinada pelo vale. Cozinhava e fazia a limpeza feliz da vida, cantando a maior parte do tempo. Foi o ano em que os seios começaram a aparecer, o que era um tanto assustador, embora parecesse natural, pois por todo lado havia coisas brotando, florindo. Tivera a primeira menstruação aos onze anos, e Leona Patras, uma mulher idosa, esposa de Abram Montelvan, fora muito atenciosa com ela, explicando-lhe como devia se cuidar durante as regras.

No ano seguinte a comunidade sofreu a primeira morte quando uma doença de pulmão vitimou Carlos ben Sagan. Três meses depois do enterro de Sagan, o pai de Adriana contou-lhe que ia se casar com Sancha Portal, a viúva de Carlos. Joachim explicou que os valorosos homens de Pradogrande não queriam trazer ninguém do mundo lá fora, mas sabiam que nos anos vindouros iam precisar de cada par de mãos que pudessem conseguir. Todos concordavam que grandes famílias eram a chave para o futuro, e adultos sozinhos estavam sendo encorajados a se casar o mais depressa possível. Sancha Portal tinha concordado em desposá-lo; era ainda uma mulher bonita e robusta, e ele estava decididamente animado para cumprir seu dever. Disse a Adriana que ia morar na propriedade de Sancha, mas ela tinha cinco filhos e a casa já estava amontoada de gente. Por isso Adriana teria de ficar morando sozinha na casa paterna, embora se reunindo com sua nova família aos domingos e dias santos, para almoçar.

Depois que uma pequena igreja e uma casa para o padre foram erguidas no centro do vale, Joachim fez parte da delegação que viajou a Huesca para pedir que nomeassem um padre para a nova comunidade. Pedro Serafino, o calado e tímido padre de batina preta que voltou com eles, permaneceu tempo suficiente em Pradogrande para fazer o casamento de Joachim e Sancha. Voltando a Huesca, falou com seus superiores da nova igrejinha e da bem construída, mas vazia, casa de padre. Alguns meses mais tarde, Pedro Serafino saiu da floresta e anunciou aos habitantes do vale que fora permanentemente indicado como seu pastor.

Os aldeões ficaram maravilhados em poder assistir à missa, sentindo-se tão católicos quanto qualquer bispo.

– Agora, se olhos inamistosos bisbilhotarem nossa comunidade – Joachim dissera à filha –, mesmo a Inquisição terá de reconhecer a importância que damos à paróquia. E vendo nosso padre cruzar constantemente o vale em seu pequeno burro, serão forçados a concluir que Pradogrande é uma comunidade de verdadeiros cristãos.

Naquela época Adriana gostou de morar sozinha. Era fácil manter a casa arrumada e limpa quando só havia uma pessoa. Mesmo assim vivia ocupada, fiando a lã das ovelhas, fazendo pão, cultivando legumes no jardim para ajudar a alimentar a grande família do pai. No início todos sorriam ao vê-la, tanto as mulheres quanto os homens. Seu corpo experimentava a última mudança da adolescência. Os seios não ficaram grandes mas eram belamente redondos; o corpo era alto e forte, mas muito feminino. Logo as mulheres casadas repararam no modo como os homens a olhavam, e algumas começaram a se mostrar frias e irritadas quando os maridos se dirigiam a ela. Adriana era inocente em termos de experiência, não de conhecimento; já vira cavalos cruzando – um garanhão relinchando, subindo pelas costas da égua com um membro que parecia um grande bastão. Já tinha visto carneiros com ovelhas. Sabia, porém, que o acasalamento humano era feito de modo um pouco diferente e se perguntava sobre os detalhes do ato praticado entre homens e mulheres.

Ficou aflita quando Leona Patras adoeceu naquela primavera. Visitou-a e tentou retribuir as atenções que recebera dela. Cozinhava para Abram Montelvan, o marido idoso, fervia vasilhas de água para que o vapor ajudasse na respiração da enferma, passava cânfora e gordura de ganso em seu peito. Mas a tosse aumentou e, pouco antes do início do verão, Leona estava morta. Adriana chorou no enterro; parecia que a morte carregava todas as mulheres que queriam ajudá-la.

Antes do funeral, ajudara a lavar o corpo sem vida. Depois continuou limpando a casa de Leona e levando algumas refeições para a mesa de Abram Montelvan.

No verão, o vale parecia ter exagerado em sua beleza: a relva alta, as árvores muito copadas, os passarinhos cantando e voando com belas plumagens, o ar impregnado do aroma das flores. Às vezes, o cenário parecia embriagá-la e ela se distraía mesmo no meio de uma conversa. Por isso achou que tinha ouvido mal quando o pai disse que queria casá-la com Abram Montelvan.

Dentre as famílias com quem ela e o pai tinham ficado hospedados antes de receberem a última casa construída em Pradogrande, figurava o casal Abram

Montelvan e Leona Patras. O pai sabia que Abram Montelvan era um homem velho, mal-humorado, de temperamento difícil e olhos inchados, mas mesmo assim falou duramente com ela.

– Abram está disposto a ficar com você e não há mais ninguém para fazer isso. Somos dezessete famílias. Excluindo a mim e ao falecido Carlos ben Sagan, cuja família é agora a minha, sobram apenas quinze famílias de onde tirar um marido. O problema é que todos os homens já são maridos e pais. Você teria de esperar a morte de alguma outra esposa.

– Vou esperar – ela disse asperamente, mas Joachim balançou a cabeça.

– Tem de cumprir seu dever para com a comunidade. – Estava inflexível. Disse que Adriana o envergonharia se não obedecesse e ela acabou cedendo.

Abram Montelvan parecia distraído no casamento. Durante a missa nupcial, não falou com a noiva nem a olhou. Após a cerimônia, houve estridentes celebrações em três casas, com três espécies diferentes de carne – carneiro, cabrito, frango –, e danças até as primeiras horas da manhã. Adriana e o noivo passaram parte da noite em todas as três festas, terminando na casa de Sancha Portal, onde padre Serafino sentou-se com eles, tomou um copo de vinho e falou-lhes repetidamente da santidade do casamento.

Abram estava embriagado quando sob vivas e risos saiu da casa de Sancha Portal. Tropeçou várias vezes antes de chegar à carroça. Depois, sob o frio do luar, levou Adriana para casa. Despida no quarto, deitada na mesma cama onde morrera sua amiga Leona Patras, Adriana estava assustada, mas resignada. O corpo dele era feio, com uma barriga caída e braços muito magros. Mandou-a abrir as pernas e colocou a lamparina numa posição melhor para apreciar sua nudez. Sem dúvida o acasalamento era mais difícil para os seres humanos que para os cavalos e carneiros. Ele montou em seu corpo mas não conseguiu penetrá-la com o bastão mole, embora desse pinotes e xingasse, borrifando-a com a respiração. Finalmente, rolou para longe dela e dormiu, deixando-a sozinha para se levantar e apagar a lamparina. Quando voltou para a cama, Adriana deitou-se bem na beirada, sem sono, o mais longe dele possível.

Na manhã seguinte, Abram tentou de novo, gemendo com o esforço, mas só conseguindo produzir o jato de alguma coisa que colou nos pelos mais finos que ela tinha perto da virilha. Depois saiu de casa e ela pôde esfregar toda a sujeira.

Abram se mostrou um marido rude, que Adriana passou a temer. No primeiro dia de casados, assustou-a com um berro: "Chama isso de ovo estrelado?" Naquela tarde mandou-a cozinhar uma refeição decente para nove pessoas, que viriam no dia seguinte. Adriana matou duas galinhas, depenou-as e assou-as, bateu a massa do pão e foi buscar água fresca para servir na mesa. O pai e a madrasta estavam entre os convidados para jantar, assim como Anselmo, filho de Abram, acompanhado da esposa Azucena Aluza e dos três filhos. Eram duas meninas, Clara e Leonor, e um garotinho chamado Joseph, crianças que tinham agora, em Adriana, uma avó de catorze anos. Enquanto ela servia a comida, ninguém lhe dirigiu a palavra, nem mesmo o pai, que ria com a descrição que Anselmo fazia das manias das cabras.

Para consternação de Adriana, o marido continuou dormindo a seu lado e um dia, cerca de três semanas após o casamento, conseguiu a rigidez necessária para se introduzir dentro dela. Adriana chorou baixo com a dor do defloramento e, ressentida, ouviu o grasnido de triunfo de Abram. Fazendo quase de imediato uma retirada pegajosa, Abram pegou um trapo e capturou rapidamente a pequena mancha de sangue, prova do feito.

Depois disso, deixou-a algum tempo em paz, como se já tivesse escalado a montanha e não fosse preciso ficar repetindo a coisa. Mesmo assim, em muitas manhãs, Adriana era acordada por uma detestável mão dentro da roupa branca com que dormia. O modo como Abram mexia entre suas pernas não poderia, em nenhuma hipótese, ser descrito como carícia. Na maioria do tempo, porém, Adriana conseguia ignorá-lo, embora ele tivesse adquirido o hábito de lhe bater com vontade e com frequência.

As mãos manchadas tinham punhos duros e certa vez, quando ela deixou o pão queimar, Abram açoitou-lhe as pernas com uma chibata.

– Por favor, Abram! Não, por favor! Não! Não! – ela gritara, chorando, mas o marido, respirando fundo a cada vergastada, não lhe dava resposta.

Abram disse ao pai que era obrigado a bater para corrigir seus defeitos e o pai foi conversar com ela.

– Pare de agir como uma criança mimada e aprenda a ser uma boa esposa, como foi sua mãe. – Adriana não conseguiu olhá-lo de frente, mas prometeu que ia melhorar.

Quando aprendeu a fazer as coisas como Abram queria, as surras eram menos frequentes, mas ainda assim continuavam. Na realidade, a cada mês ele ficava mais agitado e também mais desconjuntado. Ficar deitado lhe doía. Andava com o corpo duro, arquejando com a dor do movimento. Nas situações onde antes tinha pouca paciência, agora não tinha nenhuma.

Certa noite, quando estavam casados há mais de um ano, a vida de Adriana se modificou. Ela havia cozinhado o jantar, mas não chegou a servi-lo, pois derramou água na mesa quando ia encher o copo de Abram, que se levantou e esmurrou-a no seio. Embora a ideia nunca lhe tivesse ocorrido antes, Adriana se virou e investiu contra a cara dele, esbofeteando-o duas vezes. Foram tapas tão fortes que Abram podia ter caído se não tivesse conseguido se estatelar na cadeira.

Adriana continuou em pé diante do marido.

– Não vai mais encostar a mão em mim, *señor*. Nunca mais!

Atônito, Abram ergueu os olhos e começou a chorar de raiva reprimida e humilhação.

– Entendeu o que eu disse? – ela perguntou, mas ele não respondeu.

Ao olhá-lo através das próprias lágrimas, Adriana viu um sujeitinho infame, mas também um velho fraco e maluco, não alguém a temer. Deixou-o sentado na cadeira e foi para cima. Daí a pouco ele também subiu, tirou devagar a roupa, deitou e ficou bem na beirada, o mais longe dela possível.

Certa de que o marido ia se queixar ao padre ou a seu pai, Adriana esperou com resignação o castigo que eles podiam determinar, quem sabe um chicoteamento ou coisa pior. Quando não ouviu sequer uma palavra de condenação, foi gradualmente percebendo que Abram não se queixara por causa do ridículo a que poderia se expor. Afinal, era melhor ser visto pelos outros homens como um velho e potente leão, alguém que sabia manter na rédea curta uma esposa tão jovem.

Depois disso, ela passou a jogar toda noite um cobertor na sala do andar de baixo e a dormir no chão. Diariamente trabalhava na horta, cozinhava para o marido, lavava as roupas dele e cuidava da casa dele. Quando faltavam poucos dias para completarem dois anos de casados, Abram começou a tossir e deitou-se na cama, de onde nunca mais iria se levantar. Adriana tratou dele por nove semanas, aquecendo o vinho e o leite de cabra, dando-lhe comida na boca, trazendo o penico, limpando seu traseiro, lavando-lhe o corpo.

Quando Abram morreu, caiu sobre ela um enlevo de eterno agradecimento e o primeiro sentimento de paz de sua vida adulta.

Durante algum tempo, tiveram a decência de deixá-la sozinha, pelo que ela ficou ainda mais agradecida.

Contudo, menos de um ano após a morte de Abram, o pai levantou o tema de sua condição de viúva em Pradogrande.

– Nossos homens decidiram que uma propriedade só pode ser mantida no nome de um homem que participe do trabalho na terra.

Ela o observou com atenção.

– Vou participar do trabalho.

Ele sorriu.

– Não será capaz de contribuir com trabalho suficiente.

– Negociantes de seda não aprenderam a fazer trabalho braçal? Eu também posso aprender. Sou capaz de cuidar muito bem de uma horta. Trabalharei melhor numa lavoura que Abram Montelvan.

O pai continuou a sorrir.

– Mas não pode ser. Para conservar a propriedade terá de ser desposada por alguém. Caso contrário, sua terra será repartida por cada um dos outros lavradores.

– Nunca mais quero me casar.

— Anselmo, filho de Abram, deseja manter esta propriedade intacta e dentro da família.

— Como ele acha que seria possível? Me tomando como segunda mulher?

O pai franziu a testa ante o tom, mas mostrou paciência.

— Propõe que você aceite ficar noiva de seu filho mais velho, Joseph.

— Filho mais velho! Joseph é um menino de sete anos!

— Não importa. O noivado serviria para conservar intacta a propriedade. Não há mais ninguém disponível. — No mesmo clima em que pedira para ela se casar com Abram, o pai deu de ombros. — Você diz que não quer mais se casar, mas pense que talvez Joseph morra antes de se tornar adulto. Na pior das hipóteses, vai demorar anos para crescer. E quem sabe ele se desenvolva de um modo que você goste e a deixe muito feliz quando for um homem feito.

Adriana nunca percebera o quanto antipatizava com o pai. Viu-o remexer na sua cesta de vegetais, tirando as cebolas que ela colhera de manhã cedo.

— Vou levar estas comigo. Sancha diz que suas cebolas são sempre as melhores.

Sorridente, ele se despediu para sair.

O segundo noivado lhe proporcionara um período de tempo sem aborrecimentos. Passaram-se três semeaduras e três colheitas desde a morte de Abram Montelvan. Os campos férteis foram semeados a cada primavera, o feno cortado e armazenado a cada verão, o trigo com pragana colhido a cada outono, ouvindo-se poucas queixas. Algumas esposas do vale passavam de novo a encarar Adriana com hostilidade. Alguns maridos tinham ido um pouco além dos simples olhares, indicando seu interesse com palavras doces. O leito nupcial, contudo, ainda estava desagradavelmente nítido em sua mente e ela não queria nada com homens; aprendeu a despachá-los com um gracejo de pouco caso ou um pequeno sorriso que os acusava de tolos.

Às vezes, quando deixava sua propriedade e cruzava os campos, via o menino com quem se comprometera. Joseph Montelvan era pequeno para a idade dele mas, com um grande cacho de cabelo preto e crespo, parecia um verdadeiro rapazinho correndo pelas lavouras. Estava com dez anos. Quantos anos seriam suficientes para um amadurecimento? Um menino devia ter pelo menos catorze ou quinze anos, ela supunha, antes de servir ao acasalamento.

Um dia, ao passar perto dele, Adriana viu seu nariz escorrendo. Ela parou, tirou um lenço do bolso e, para espanto do garoto, limpou-lhe o nariz.

— Nunca me venha para a cama de nariz escorrendo. Tem de me prometer isso! — Adriana deu uma boa risada quando Joseph correu como um coelho assustado.

Dentro dela um vácuo de frieza ia crescendo como uma criança indesejada. Adriana não tinha meios de escapar mas começou a pensar em virar as costas para o vale e subir cada vez mais a montanha, até não conseguir mais andar. A ideia, no entanto, a assustava, pois, se não temia a morte, não suportava a possibilidade de ser comida por animais selvagens.

Tinha aprendido que não fazia sentido esperar coisas boas do mundo. Na tarde em que o desconhecido, como algum cavaleiro assombrado, saíra do bosque numa cota de malha e ferro e num bonito cavalo cinzento, ela teria fugido se fosse possível. Por isso não ficou nada feliz quando, na manhã seguinte, Benzaquen bateu à sua porta para perguntar humildemente se ela podia tomar o lugar dele e mostrar o vale ao visitante.

– Minhas ovelhas começaram a parir uma atrás da outra e algumas vão precisar de minha ajuda – ele disse, não lhe deixando nenhuma escolha.

Ele contou a ela o que sabia do médico que chegara de Guadalajara.

Capítulo 39

O MÉDICO VISITANTE

Yonah dormira confortavelmente no celeiro de Benzaquen. Não querendo ser um peso para a esposa dele, entrou furtivamente na casa enquanto todos dormiam, pegou uma brasa do fogão, tornou a sair e fez uma pequena fogueira perto do riacho que corria ao lado. Usando seus próprios e já bastante exíguos suprimentos, cozinhou um caldo de ervilha. Estava alimentado e descansado quando Adriana Chacon se aproximou e disse que lhe mostraria a aldeia no lugar de Benzaquen.

Pediu que ele não selasse o cavalo.

– Hoje vou mostrar a parte oriental do vale. É melhor irmos a pé. Talvez amanhã alguém lhe queira mostrar a outra parte, onde poderá ir a cavalo – disse ela, e Yonah concordou.

Ainda acreditava, fascinado, que a moça era muito parecida com Inés, embora ele próprio reconhecesse que Adriana tinha certos traços bem diferentes. Era mais alta, de ombros mais largos e seios mais delicados. O corpo era esguio, tão atraente quanto o rosto; quando caminhava, as coxas redondas desenhavam-se no tecido cinzento e justo. Ela, contudo, transmitia a sensação de não perceber como era bonita e certamente não tinha consciência de sugerir qualquer sensualidade.

Yonah pegou a pequena cesta que Adriana tinha trazido, coberta por um guardanapo, carregando-a enquanto caminhavam. Passaram por um campo onde havia homens trabalhando e Adriana ergueu a mão para cumprimentá-los, embora não apresentasse Yonah para não interromper o trabalho deles.

– Quem está distribuindo as sementes é meu pai, Joachim Chacon – disse ela.

– Ah, eu já o tinha visto ontem. Foi um dos que correram para protegê-la.

– Ele não se lembra de o ter visto em Granada.

– Não há o que lembrar. Na época em que estive em Granada ele andava pelo sul, comprando seda.

– Micah Benzaquen me disse que o senhor quis se casar com minha tia.

Micah Benzaquen falava demais, ele pensou torcendo um pouco a cara, mas afinal a verdade era para ser dita.

– Sim, eu quis me casar com Inés Saadi Denia, e Benzaquen era amigo íntimo de seu avô. Serviu como intermediário, conversando comigo a mando de

Isaac Saadi para sondar minhas perspectivas financeiras. Eu era muito moço e muito pobre, com poucas esperanças para o futuro. Pensei que Isaac Saadi poderia me ensinar o negócio da seda, mas Benzaquen me disse que Isaac já tinha um genro trabalhando com ele, que era seu pai. Disse também que Inés devia desposar alguém que tivesse um comércio ou uma profissão, deixando claro que seu avô não aceitaria um genro que fosse precisar de assistência financeira. Foi assim que me mandou pôr os pés a caminho.

– E o senhor ficou muito sentido com isso? – ela disse num tom ligeiro, talvez querendo indicar que, após tantos anos, aquela rejeição certamente deixara de ser um problema sério.

– De fato fiquei chateado, e não só pela perda de Inés, mas também por perder a amizade de uma criança. Queria me casar com Inés e estava fascinado por sua pequena sobrinha. Mais tarde, encontrei a pedrinha vermelha com que você costumava brincar. Peguei-a como recordação e fiquei mais de um ano com ela.

– Verdade? – Adriana exclamou olhando-o de relance.

– Deus é testemunha. Foi terrível Isaac não me querer na família. Eu podia ter sido seu tio e ter ajudado a criá-la.

– Ou podia ter morrido com Inés, em Pamplona, no lugar de Isadoro Sabino.

– Já vi que é uma pessoa muito prática. Realmente podia ter sido assim.

Chegaram a um chiqueiro fedorento, onde uma grande quantidade de porcos se refestelava em seu pequeno mar de lama. Além do cheiro forte, havia um defumadouro e um criador magricela, chamado Rudolfo García, a quem Yonah foi apresentado.

– Já tinha ouvido dizer que viera alguém de fora – disse García.

– Estou aqui para mostrar a ele o orgulho do vale – disse Adriana, explicando que os porcos também pastavam nos capinzais da encosta da montanha. García levou os dois até a casa que servia de defumadouro, onde grandes pernis muito rosados pendiam dos beirais. – Depois de temperados com ervas e especiarias, os pernis são lentamente defumados. O resultado é uma carne tostada, mas sem gordura, com um sabor excelente.

García também possuía campos de lavoura, onde os brotos das verduras já furavam a terra.

– Suas colheitas são sempre as primeiras a brotar na primavera – disse Adriana, e o lavrador explicou que era por causa dos porcos.

– Uma vez por ano mudo o chiqueiro de lugar. Onde eles ficam, os cascos pontudos e os focinhos abertos vão revirando a terra, misturando-a com seus dejetos, criando um campo muito fértil para a semeadura.

Deram-lhe adeus e retomaram a caminhada, agora seguindo um regato que descia o campo e a mata até uma serraria com aroma de lascas de madeira. Ali, um homem chamado Jacob Orabuena fazia móveis resistentes e utensílios de madeira, fornecendo também toras de lenha.

– A madeira que há nessa montanha é suficiente para me manter a vida inteira ocupado – ele disse a Yonah –, mas formamos um pequeno grupo, onde as necessidades das coisas que eu fabrico são satisfeitas rapidamente. O isolamento deste vale, embora seja ótimo para nossa segurança, torna impossível vender o que produzimos. Os pontos de feira ficam longe demais. E embora pudéssemos encher uma ou duas carroças e fazer a difícil jornada para levar nossas coisas a Jaca ou Huesca, não seria bom estimular as pessoas a virem aqui para comprar os excelentes pernis do Rudolfo ou os móveis feitos por mim. Não queremos chamar atenção. Então, quando não tenho trabalho em minha oficina, dou uma ajuda nas lavouras.

Disse que precisava de um favor de Yonah.

– A *señora* Chacon me disse que é médico.

– Sou.

– Minha mãe tem muita enxaqueca. E é sempre uma dor terrível.

– Terei prazer em atendê-la – disse Yonah, pensando um pouco mais além. – Diga a ela... ou a quem quiser se consultar... que posso ser encontrado amanhã de manhã no celeiro de Micah Benzaquen.

Orabuena sorriu e abanou a cabeça.

– Vou levar minha mãe.

Seguiram o regato e chegaram a um pequeno lago, onde havia sombra e em cuja margem podiam descansar. A cesta coberta pelo guardanapo, que Yonah se oferecera para levar, continha pão, queijo de cabra, cebolas e passas. Os alimentos foram acompanhados da água gelada do regato, que pegaram fazendo concha com as mãos. Seus movimentos assustaram trutas de bom tamanho, que tentaram se abrigar entre as raízes por baixo das margens.

– É um lugar esplêndido para se viver, este vale de vocês – disse Yonah.

Adriana não respondeu, mas sacudiu o guardanapo sobre a água, espalhando migalhas de pão para os peixes.

– Acho que está na hora da *siesta* – disse ela, recostando-se no tronco de uma árvore e fechando os olhos. Yonah seguiu-lhe o sábio exemplo.

Era um mundo de pássaros cantando e barulhos de água, uma real bonança. Ele realmente cochilou um pouco num descanso sem sonhos. Quando abriu os olhos, viu que Adriana ainda estava adormecida e contemplou-a com atenção e com liberdade. Tinha o rosto de Saadi, o nariz comprido, reto, a boca grande, com lábios finos e cantos sensíveis que logo revelavam as emoções. Era muito provavelmente uma mulher capaz de fortes paixões, embora não parecesse preocupada em seduzir alguém, particularmente não a ele. Não deixara escapar qualquer indício que sugerisse, ainda que ligeiramente, uma disponibilidade feminina. Talvez simplesmente por ele não despertar seu interesse. Talvez ainda chorasse a morte do marido, ponderou

Yonah, chegando a invejar, por um momento irracional, o falecido parceiro amoroso de Adriana.

O corpo dela era esguio, mas forte, os ossos eram ótimos, ele pensou.

Foi nesse momento que Adriana abriu os olhos e deparou com Yonah, que examinava, extasiado, sua constituição.

– Vamos continuar, está bem? – disse ela.

Yonah assentiu e se levantou, estendendo o braço para ajudá-la também a ficar de pé; em sua mão, os dedos de Adriana eram frios e secos.

À tarde, quando foram conhecer rebanhos de cabras e ovelhas, Yonah ficou conhecendo um homem que passava os dias andando nos córregos. Seu trabalho era encontrar e armazenar pedras que pudessem ser usadas em novas construções. Ele as empilhava como marcos ou monumentos perto de sua casa e ficava à espera do dia em que alguém precisasse edificar alguma coisa.

Estavam ambos cansados quando, não muito antes do anoitecer, Adriana levou-o de volta à casa de Benzaquen. Tinham dito boa-noite e já se haviam distanciado um pouco, quando Adriana se virou para trás:

– Quando não estiver dando consultas, terei prazer em lhe mostrar o resto do vale.

Yonah tornou a agradecer pela gentileza e disse que gostaria muito.

No início da manhã seguinte, a primeira pessoa a procurar o médico visitante foi uma mulher chamada Viola Valenci.

– O diabo entrou em meu dente canino – disse ela.

Quando Yonah deu uma olhada em sua boca, o problema se esclareceu de imediato, pois um dos caninos estava manchado e a gengiva ao redor esbranquiçada.

– Queria ter visto isto há mais tempo, *señora* – ele murmurou, mas pegou o alicate em sua maleta médica e o dente logo saiu. Como temia, já estava podre, quebrando durante a extração. Embora tivesse sido difícil extrair todas as raízes inflamadas, no final elas podiam ser vistas caídas no chão, aos pés da *señora* Valenci. Depois de cuspir o sangue, ela foi embora elogiando muito o médico.

A essa altura, já chegara muita gente e ele teve de trabalhar a manhã inteira, atendendo um paciente de cada vez, pedindo que os outros esperassem um pouco afastados para haver privacidade nas consultas. Desencravou a unha do pé de Durand Chazan Halevi e ouviu Asher de Segarra descrever o fluxo de bílis que periodicamente lhe causava incômodos no estômago.

– Não trouxe remédios comigo e o senhor está longe dos boticários – disse ele ao *señor* Segarra. – Mas logo as rosas vão florescer. Se ferver um punhado de pétalas em água com mel, deixar esfriar bem e depois quebrar um ovo de galinha na infusão, terá uma bebida que aliviará seu estômago.

Ao meio-dia, Leah Chazan lhe trouxe pão e uma tigela de sopa. Ele comeu com satisfação e logo estava lancetando furúnculos, falando sobre digestão e dietas, mandando as pessoas mijarem numa vasilha atrás do celeiro para poder examinar suas urinas.

Nesse momento Adriana Chacon apareceu e ficou esperando, conversando com os outros. Várias vezes ela olhou na direção de Yonah, que continuava tratando dos pacientes.

Pouco depois, quando Yonah levantou os olhos para procurá-la, ela já se fora.

Na manhã seguinte, Adriana apareceu numa égua cor de barro chamada Doña. Foram primeiro à igreja, onde Yonah foi apresentado ao padre Serafino. O padre perguntou de onde ele era, e o médico respondeu que de Guadalajara. O padre torceu a boca.

– Fez uma longa viagem.

O problema de mentir, Yonah descobrira há muito tempo, era que uma única mentira engendrava muitas outras. Apressou-se, então, a mudar de assunto, comentando sobre o agradável aspecto da igrejinha de pedra e madeira.

– A igreja tem nome?

– Ando pensando em sugerir vários nomes a meus paroquianos, pois são eles que devem me guiar na decisão. Primeiro pensei em chamá-la igreja de São Domingos, mas já há muitas igrejas chamadas assim. O que acha de igreja de Cosme e Damião?

– Eles foram santos, padre? – Adriana perguntou.

– Não, minha filha, mas estiveram entre nossos primeiros mártires. Eram gêmeos nascidos na Arábia que se tornaram médicos. Tratavam dos pobres de graça, curando muita gente. Quando o imperador romano Diocleciano começou a perseguir os cristãos, ordenou que os irmãos renegassem sua fé e, quando eles se recusaram, foram decapitados pela espada. Ouvi falar esta manhã de outro médico que tratou de gente doente e não cobrou nada.

Yonah se sentiu injustamente elogiado e não tinha a menor vontade de ser colocado ao lado de mártires.

– Costumo aceitar pagamento pelos meus serviços, e de muito bom grado – disse. – Mas neste caso é diferente, pois sou hóspede do vale. Seria terrível um hóspede cobrar de seus anfitriões.

– De qualquer modo fez o bem – disse o padre Serafino, para não ser rebatido. Depois abençoou os dois, que se despediram.

Havia algumas propriedades na extremidade do vale. Casas dos pastores que tinham formado grandes rebanhos de ovelhas e cabras. Yonah e Adriana, contudo, não pararam para bater às portas. Simplesmente contornaram as casas, deixando os cavalos caminhar devagar, em serena harmonia.

Yonah pedira que ela não trouxesse comida, certo de que conseguiria pegar algumas trutas e preparar uma refeição. Mesmo assim Adriana tinha trazido um pouco de pão e queijo, o que satisfez o estômago dos dois, servindo a linha de pesca apenas como exercício. Depois de amarrarem os cavalos onde havia capim e sombra, passaram o meio-dia dormindo sob uma árvore junto ao riacho, exatamente como tinham feito na véspera.

O dia esquentara e tiraram um bom e longo cochilo. Ao acordar, Yonah pensou que ela ainda dormia mas, quando chegou ao riacho para jogar água gelada no rosto, viu Adriana se aproximando. Ela se ajoelhou para fazer o mesmo. Os dois pegaram a água fazendo concha com as mãos e, quando começaram a beber, cada qual olhou, sobre as mãos que pingavam, diretamente para o outro. Adriana desviou de imediato os olhos. Na volta, Yonah deixou que o cavalo dela seguisse um pouco à frente. Queria vê-la sentada de lado no silhão, com a coluna perfeitamente ereta, mantendo facilmente o equilíbrio, mesmo durante um galope curto. Às vezes o cabelo castanho e solto esvoaçava na brisa.

Quando chegaram à casa de Adriana, ela tirou a sela do cavalo.

– Obrigado por me mostrar novamente o vale – disse Yonah e a moça abanou a cabeça e sorriu. Ele não queria ir embora, mas não houve convite para ficar.

Yonah voltou à propriedade de Benzaquen no cavalo árabe cinzento, que deixou pastando perto do celeiro. Os homens tinham começado a cavar uma vala de irrigação que levaria as águas do riacho aos trechos mais secos do prado. Ele os ajudou durante uma hora, puxando baldes da terra removida e espalhando-a numa várzea. Mesmo o trabalho duro, no entanto, não conseguiu dissipar a curiosa inquietação, a irritabilidade que tomara conta dele.

O dia seguinte era sábado. A primeira coisa em que pensou ao abrir os olhos era que queria se encontrar com Adriana Chacon. Infelizmente, Micah Benzaquen entrou no celeiro quase de imediato, perguntando se ele não achava melhor ir com alguns homens até o bosque para mostrar-lhes ervas que pudessem combater as moléstias. Afinal, quando ele fosse embora, o vale ficaria de novo sem um médico.

– A não ser, é claro, que tencione ficar – disse Micah. Yonah sentiu que a sugestão era mais que brincadeira, mas se limitou a sorrir e sacudir a cabeça.

Pouco depois partiu acompanhado de Benzaquen, Asher de Segarra e Pedro Abulafin. Certamente, por falta de conhecimento, acabaria desprezando algumas plantas valiosas, mas aprendera muita coisa com Nuño e sabia que aqueles homens viviam no meio de um paraíso curativo. Para começar, antes mesmo de deixarem o pasto, Yonah lhes mostrou ervilhacas amargas que serviam para aliviar as úlceras ou, misturadas com vinho num cataplasma, funcionavam como antídoto contra as mordidas de cobra. E indicou os tremoços, que também podiam ser tomados com vinho, para aplacar a dor ciática, ou com vinagre, para expelir vermes do intestino. Nas hortas, ele explicou, havia outras ervas valiosas.

– Lentilhas, comidas com as cascas, seguram intestinos atacados de diarreia. E também as nêsperas, cortadas em pedacinhos e misturadas com vinho ou vinagre. Ruibarbo abrirá intestinos que estiverem com forte prisão de ventre. Sementes de gergelim em vinho ajudarão na dor de cabeça. O nabo aliviará a gota.

Na floresta, Yonah mostrou-lhes a ervilha selvagem, boa para sarna e icterícia quando misturada com cevada e mel. E alforva, que abrandava as cólicas menstruais das mulheres se misturada com sal e vinagre. E jacinto, que, refogado com uma cabeça de peixe e adicionado a azeite de oliva, produzia um unguento para as dores nas juntas.

Nesse ponto, Pedro Abulafin, estando perto de sua propriedade, afastou-se um instante do grupo e voltou com dois pães e uma jarra de bebida. Eles se sentaram nas pedras junto ao riacho, cortaram e comeram o pão, e passaram a jarra de um para outro. Era um vinho ácido; propositalmente feito assim para ficar com sabor de conhaque.

Os quatro tinham se tornado bons companheiros e estavam meio altos quando saíram do bosque. Yonah não sabia se ainda daria tempo para fazer uma visita a Adriana e, ao chegar ao celeiro de Benzaquen, encontrou Rudolfo García à sua espera.

– Quem sabe não pode me ajudar. É uma de minhas melhores porcas, *señor*. Está tentando dar à luz, mas apesar de um dia inteiro de esforço ainda está entalada. Sei que é médico de gente, mas...

Em companhia de García, Yonah partiu de imediato para o chiqueiro, onde a porca estava deitada de lado, arquejando sem forças, visivelmente com problemas no parto. Yonah tirou a camisa e lambuzou a mão e o braço de gordura. Após alguma manipulação, conseguiu extrair um leitãozinho gorducho e morto de dentro da porca, o que teve o mesmo efeito de tirar a rolha de uma garrafa. Em pouco tempo, saíram mais oito leitões vivos, que começaram logo a sugar o leite da mãe.

O pagamento de Yonah foi um banho. García trouxe uma tina para o celeiro e, enquanto Yonah se esfregava contente, García esquentou e trouxe duas grandes vasilhas de água.

Ao voltar à propriedade de Benzaquen, Yonah encontrou uma merenda que Leah Chazan deixara lá. Havia pão, uma fatia de queijo e um copo de um vinho suave, doce. Yonah comeu e depois saiu para mijar numa árvore sob a luz da lua. Finalmente subiu para o palheiro e, para ver as estrelas, pôs o cobertor ao lado da janela sem vidraças. Logo estava dormindo.

No domingo pela manhã, acompanhou Micah e Leah à igreja, onde viu Adriana sentada num dos lados do pai. A madrasta estava sentada do outro lado. Havia muitos bancos vazios mas Yonah foi diretamente para junto de Adriana. Leah e Micah, que o tinham seguido, sentaram-se à sua esquerda.

– Bom-dia – ele disse a Adriana.
– Bom-dia.

Queria falar com ela, mas foi impedido por padre Serafino, que dava início ao culto com a devida competência. Às vezes, ao se ajoelharem e se levantarem, seus corpos se tocavam. Yonah sabia que havia gente olhando.

Padre Serafino anunciou que na manhã seguinte estaria na ponta esquerda do prado. Queria abençoar a vala de drenagem que estava sendo cavada. Após o hino final, as pessoas fizeram fila para a comunhão. Quando o padre entrou no confessionário, Leah disse que gostaria de ir embora de imediato, a não ser que o *señor* Toledano quisesse se confessar. Tinha de preparar um lanche para os habitantes de Pradogrande que a visitariam para homenagear seu hóspede. Gemendo por dentro, Yonah teve de sair da igreja com eles.

Os aldeões trouxeram-lhe presentes, bolos de mel, azeite de oliva, vinho, um pequeno pernil. Jacob Orabuena deu-lhe uma notável gravura em madeira, representando um tordo em pleno voo. O pássaro estava colorido com pigmentos que Orabuena obtinha das ervas do bosque.

Adriana, o pai e a madrasta estavam entre os que vieram, mas Yonah não teve oportunidade de falar com ela sozinho. Por fim, a moça foi embora, deixando Yonah intimamente irritado, atormentado.

Capítulo 40

ADRIANA CHACON

O interesse de Adriana tinha crescido quando ela o observou cuidando das pessoas no celeiro de Micah. Ficou impressionada por vê-lo tão absorto e pelo fato de ele tratar cada pessoa com respeito. Percebeu que era um homem amável.

– Anselmo Montelvan está furioso – o pai lhe disse no domingo. – Diz que você tem andado muito com esse médico. Diz que é uma desonra para o filho, seu noivo.

– Anselmo Montelvan pouco se importa com seu pequeno Joseph e certamente nada comigo – disse ela. – Tudo que lhe interessa é adquirir controle da terra que foi do pai.

– Seria melhor que não a vissem mais com o *señor* Toledano. A menos, é claro, que acredite na seriedade das intenções dele. Seria muito bom ter um médico morando aqui.

– Não tenho motivos para acreditar que ele tenha intenções, sérias ou não – disse ela num tom irritado.

Seu coração, no entanto, deu um salto quando Yonah Toledano apareceu na sua porta na segunda-feira de manhã.

– Quer passear comigo, Adriana?

– Mas já lhe mostrei os dois lados do vale.

– Por favor, quero vê-los de novo.

Tornaram a seguir a trilha ao longo do riacho, conversando de modo descontraído. Ao meio-dia, ele tirou do bolso a linha de pescar e uma latinha com minhocas ainda se mexendo. Disse que pegara as minhocas na vala que estavam cavando no prado. Ela foi em casa, tirou uma brasa do fogão e, quando a entregou a Yonah numa pequena vasilha de estanho, ele já pegara e limpara quatro pequenas trutas para cada um. Também já cortara alguns galhos secos para fazer fogo. Em pouco tempo, estavam saboreando a gostosa carne assada das trutas, comendo com as mãos e lambendo os dedos.

Desta vez, na hora da sesta, Yonah não se deitou muito longe de Adriana e, enquanto ela adormecia, ficou atento à sua respiração serena, ao movimento do peito para cima e para baixo. Ao acordar, Adriana pareceu um tanto espantada ao ver aquele homem alto e silencioso sentado perto dela, velando por ela.

Passaram a caminhar todo dia. Os aldeões foram se acostumando a vê-los passear, às vezes absorvidos numa conversa, outras apenas andando em amistoso silêncio. Na terça-feira de manhã, como se acabasse de cruzar uma determinada linha, Adriana disse que podiam ir até sua casa, onde ela cozinharia a refeição do meio-dia. No caminho, começou a falar do passado. Contou, sem entrar em detalhes, que o casamento com Abram Montelvan fora difícil e infeliz. Falou também do pouco que se lembrava da mãe, dos avós, da tia Inés.

— Inés era mais minha mãe que Felipa. Perder uma delas teria sido uma catástrofe, mas ambas morreram, e em seguida também meu avô e minha querida avó Zulaika.

Yonah pegou sua mão e apertou.

— Conte-me sobre sua família — pediu Adriana.

E ele contou algumas histórias de assustar. Falou da mãe que morrera de doença. De um irmão mais velho assassinado e de um pai chacinado por uma turba com ódio aos judeus. Falou do irmão caçula que fora tirado dele.

— Há muito me conformei com a perda dos que morreram, mas acho difícil não continuar lamentando meu irmão Eleazar. Algo me diz que ele ainda está vivo. E, se isto for verdade, já será um homem adulto. Mas *onde* eu poderia encontrá-lo no mundo lá fora? Na realidade, está tão completamente afastado de mim quanto os outros. Mesmo achando que ainda está vivo, sei que nunca mais tornarei a vê-lo, o que é terrível de admitir.

Os homens que cavavam a vala de irrigação tinham chegado a um ponto que ficava perto da casa. Viram Yonah e Adriana passar conversando, caminhando bem próximos um do outro.

Quando a porta da casa foi fechada, Adriana ia dizer para Yonah se sentar, mas as palavras morreram em sua garganta. Sem refletir, um tinha se virado para o outro e Yonah lhe beijava o rosto. Num instante, ela também o beijava, as bocas e os corpos se encontrando.

Adriana ficou atordoada por todo aquele ardor, mas, quando ele ergueu sua saia e começou a puxar a roupa de baixo, ela esmoreceu. Quis fugir daquela mão. Devia ser, então, uma coisa que todos os homens faziam, não apenas Abram Montelvan, pensou com terror e repulsa. Mas enquanto a boca do médico a homenageava com uma série de pequenos beijos, os movimentos da mão lhe disseram algo diferente. Algo amoroso. E o calor que cresceu dentro dela foi se espalhando de um modo extremamente agradável, enfraquecendo suas pernas até fazê-la cair de joelhos. Ele também se ajoelhou, continuando a beijá-la e a acariciá-la.

No lado de fora, a voz de um dos homens que trabalhavam na vala gritou:

— Não, não! Tem de colocar de novo algumas dessas pedras na represa, Durand. Claro, na represa, ou ela não vai segurar a água.

Dentro da casa, os dois estavam deitados juntos, semidespidos, sobre uma esteira que estalava, que crepitava no chão.

Quando Adriana se abraçou a ele, a coisa correu naturalmente. Nada que lembrasse a dificuldade de Abram; nada que lembrasse qualquer dificuldade. Afinal era médico, ela pensou meio absurdamente... Adriana conhecia a gravidade do pecado de achar que aquele era o momento mais agradável de sua vida, mas esse pensamento, não só esse mas todos os pensamentos fugiram quando ela começou aos poucos a ficar de novo com medo. Porque algo estranho estava acontecendo e ela teve certeza da morte iminente. *Por favor, Deus*, Adriana implorou, incrivelmente cheia de vida até tudo começar a tremer, a entrar em convulsões. E, para não afundar, ela agarrou Yonah Toledano com ambas as mãos.

Nas duas noites seguintes, Yonah executou um novo tipo de jogo. Ao primeiro sinal do crepúsculo, dava boa-noite a Micah e Leah e esperava impaciente a escuridão plena, roxa como uma ameixa, que o deixaria escapulir do celeiro de Benzaquen. Procurava se esquivar do luar, avançando sempre que possível nas sombras mais carregadas, furtivo como um selvagem que vai cortar alguns pescoços. Em ambas as noites, a porta estava sem trinco e Adriana estava logo atrás. Esperando para abraçá-lo com uma ansiedade que só à dele próprio se podia comparar. Mas sempre ela o mandava embora bem antes do amanhecer, pois os aldeões eram agricultores que se levantavam cedo para cuidar dos animais.

Achavam que estavam sendo discretos e cuidadosos. Talvez estivessem, mas na manhã de sexta-feira Benzaquen pediu que Yonah saísse com ele.

— Acho que temos um assunto a conversar.

Foram a pé até um lugar não muito longe da igreja da aldeia, onde Micah mostrou-lhe a terra verdejante que se estendia da margem do rio à encosta rochosa da montanha.

— Esta várzea fica bem no centro do vale — ele comentou. — Um ponto muito bom, facilmente acessível a qualquer aldeão que precise de um médico.

Yonah se lembrou de anos atrás, quando queria se casar com Inés, e Micah Benzaquen o despachara sem hesitação. Achava que agora Micah o tentava induzir a ficar na aldeia.

— Esta área era parte da propriedade do falecido Carlos ben Sagan, que descanse em paz, mas ficou nas mãos de Joachim Chacon desde que ele se casou.

Joachim tem percebido seu interesse por Adriana e me pediu para dizer que a terra pode ser sua e dela.

Estavam usando Adriana como isca, ele percebeu. Era um pedaço muito bonito de terra e mesmo uma casa construída no meio do terreno ficaria perto o bastante do rio para que se pudesse ouvir o barulho da água. Uma família vivendo ali podia entrar nos poços do rio durante os dias quentes do verão. Ao lado da casa, seria possível arar um campo de lavoura até a encosta arborizada da montanha.

– Devido à localização, todos poderiam vir a pé se consultar e os homens de Pradogrande iam lhe construir uma bela casa. É claro que nossa população é pequena e precisaria tratar tanto de pessoas quanto de animais – disse lentamente Benzaquen, procurando ser honesto. – Quem sabe não quisesse trabalhar também um pouco na terra.

Era uma boa proposta, que devia ser respondida. Uma recusa amável já estava na ponta da língua do médico. Yonah passara a encarar o vale como o jardim do Éden, mas sempre teve certeza de que aquele paraíso não era para ele. Teve medo, no entanto, de recusar antes de saber que efeito sua decisão teria para a vida de Adriana Chacon.

– Tenho de pensar – disse, e Benzaquen abanou a cabeça, contente por ainda não ter ouvido uma negativa.

No caminho de volta, Yonah pediu um favor a Benzaquen.

– Está lembrado de quando nos conhecemos em Granada? Celebrávamos o Shabat da velha religião na casa de Isaac Saadi. Não gostaria de convidar seus amigos para uma celebração semelhante hoje à noite?

Benzaquen franziu a testa. Talvez pressentindo problemas que ainda não percebera, encarou Yonah e deu um sorriso preocupado.

– Quer mesmo que eu faça isso?

– Sim, Micah.

– Então vou avisar as pessoas.

Naquela noite só Asher de Segarra e Pedro Abulafin foram à casa de Benzaquen e, pelo jeito tímido dos dois, Yonah suspeitou que não estavam ali por devoção, mas porque não queriam contrariá-lo.

Junto com Micah Benzaquen e Leah, esperaram até a terceira estrela ficar visível no céu, indicando o início do Shabat.

– Não lembro muita coisa das orações – disse Asher.

– Nem eu – disse Yonah. Quando ia começar a entoar um trecho do shemá, lembrou do domingo anterior, quando o padre Serafino falara na igreja sobre a Santíssima Trindade, dando suas definições:

"São três. O Pai cria. O Filho salva as almas. O Espírito santifica os pecadores do mundo."

Era nisso que os cristãos-novos de Pradogrande tinham passado a acreditar, Yonah pressentia. Pareciam estar felizes como católicos desde que a Inquisição os deixasse em paz. Quem era ele para pedir que cantassem: "Ouve, ó Israel, o Senhor é o nosso Deus, o Senhor é Único"?

Asher de Segarra pôs a mão no ombro de Yonah.

– Não vale a pena ser sentimental sobre o que é passado.

– Tem razão – disse Yonah Toledano.

Agradeceu a eles e se despediu. Eram bons homens; nunca mais, porém, formariam um minyan de judeus. Yonah não queria a relutante participação daqueles apóstatas, rezando para fazer-lhe um favor. Obteria mais consolo orando sozinho, como fizera por tanto tempo.

Naquela noite, na casa de Adriana, encostou uma lasca de madeira no fogão e acendeu a lamparina.

– Sente-se, Adriana. Tenho de lhe contar umas coisas.

Por um momento ela ficou calada.

– Você já tem uma mulher, é isso?

– Eu já tenho um Deus.

Em linguagem simples, Yonah começou revelando que, desde a juventude, tinha conseguido evitar tanto a conversão quanto a Inquisição; Adriana ouvia muito atenta, aprumada na cadeira, sem jamais tirar os olhos do rosto dele.

– Seu pai e outros me pediram para ficar aqui. Mas eu não conseguiria sobreviver em Pradogrande, onde as pessoas sabem da vida de todo mundo. Sei como eu sou. E não ia me modificar. Mais cedo ou mais tarde, alguém, por medo, acabaria me delatando.

– Mas tem algum lugar mais seguro para viver?

Então Yonah falou da fazenda, um pedaço retirado de terra, perto de uma cidade mas, ao mesmo tempo, longe de olhares curiosos.

– A Inquisição é forte ali. Todos, no entanto, acham que sou um cristão-velho. Vou à missa e nunca esqueço de doar à igreja um décimo de minha excelente renda. Nunca me incomodaram.

– Leve-me com você, Yonah.

– Queria muito levá-la como minha esposa, mas tenho medo. Se um dia me descobrirem, vão me queimar no poste. E minha esposa também teria de enfrentar uma morte terrível.

– Uma morte terrível é coisa que pode acontecer a qualquer um, a qualquer hora – ela disse calmamente e Yonah soube que ela era sempre prática. Adriana se levantou, se aproximou e abraçou-o com força. – Estou muito honrada por ter deixado sua vida em minhas mãos dizendo o que disse. Você sobreviveu e nós vamos sobreviver juntos. – O rosto estava molhado, mas Yonah podia sentir a boca se mexendo num sorriso. – Acho que vai morrer nos meus braços quando ficarmos bem velhos.

– Então temos de ir embora o mais depressa possível – disse ele. – Mesmo no vale as pessoas vivem com medo. Se soubessem que sou um judeu procurado pela Inquisição, acho que me matariam com suas próprias mãos.

– Estranho... – disse Adriana. – Sua gente era minha própria gente. Quando eu era bebê, meu avô Isaac decidiu que não seríamos mais judeus. Mas toda noite de sexta-feira a avó Zulaika fazia um bom jantar para a família e acendia as velas do Shabat. Ainda tenho os castiçais de cobre.

– Vamos levá-los – disse Yonah.

Partiram na manhã seguinte, no momento em que a primeira luminosidade cinzenta, brotando da escuridão, começou a iluminar a trilha pedregosa que saía do vale. Yonah estava nervoso, pois se lembrava de outra fuga matinal, a que tentara fazer com Manuel Fierro quando uma flecha que parecia ter vindo de lugar nenhum acabou com a vida do homem que ele nunca deixara de considerar como mestre.

Agora, porém, ninguém tentou matá-los, mas ele se manteve em tensa vigilância. Só deixou os cavalos diminuírem o passo quando saíram da trilha da montanha e, sem nenhum indício de perseguição, tomaram a estrada para Huesca.

Sempre que olhava para Adriana, tinha vontade de gritar de alegria.

Em Huesca, a família Aurelio havia preparado uma grande partida de triaga, de excelente qualidade. Yonah pediu que amarrassem o medicamento no burro de carga que ficara com eles. Pouco depois, já pegava de novo a estrada com Adriana. Desse momento em diante, nunca correu, sempre se mostrando preocupado com o conforto da moça, sempre tomando cuidado para não querer avançar demais num único dia.

Enquanto viajavam, explicou que nem tudo que dissera era verdade. Não estavam, por exemplo, indo para Guadalajara, e ela teria de se acostumar com a ideia de ser mulher de Ramón Callicó, o médico de Saragoça. Adriana compreendeu de imediato a razão das mentiras.

– Gosto do nome Ramón Callicó – disse ela, e foi como o chamou desde então, para se acostumar.

Quando começaram a atravessar Saragoça, Adriana parecia muito atenta a tudo à sua volta. Ao atingirem a estradinha de acesso à fazenda, ela já estava agitada, ansiosa. O que Yonah mais queria era um banho, uma tigela de sopa, um copo de vinho e Adriana a seu lado na cama. Em seguida, como fecho de ouro, longas horas de sono. Ela, no entanto, se mostrava impaciente para ver tudo, e Yonah, bocejando, levou-a para conhecer as várzeas, as oliveiras, o túmulo de Nuño, o riacho com as pequenas trutas, o pomar, a horta que caíra na mais completa ruína e todos os cômodos da casa-sede.

Quando Yonah, finalmente, conseguiu que o seu programa também fosse cumprido, os dois dormiram metade do dia e a noite inteira.

Casaram-se no dia seguinte. Yonah estendeu quatro varas nas costas de quatro cadeiras da sala e jogou um cobertor sobre elas, fazendo um dossel nupcial. Acendeu velas e sentou-se com Adriana lá embaixo, como se aquilo fosse uma tenda.

– Bendito sejas Tu, Senhor nosso Deus, porque nos santificaste com Teus mandamentos e me deste esta mulher em casamento.

Adriana olhou para ele.

– Bendito sejas tu, Senhor nosso Deus, porque nos santificaste com Teus mandamentos e me deste este homem em casamento.

O dedo de Adriana recebeu o anel de prata que Yonah ganhara do pai quando fez treze anos. O anel estava muito largo.

– Não importa – disse Yonah. – Pode colocá-lo numa corrente e usá-lo no pescoço.

Ele quebrou um copo com o salto do sapato para lamentar a destruição do Templo em Jerusalém, mas na verdade os corações dos dois tinham poucas queixas naquele dia.

– *Mazel tov*, Adriana.

– *Mazel tov*, Yonah.

Como viagem de lua de mel, foram até a horta, onde tiraram o mato e conseguiram achar algumas cebolas. Foram também até a propriedade de Pascual Cabrera, paciente de Yonah, para pegar o cavalo preto que ficara guardado em seu estábulo. Na volta, o cavalo preto correu emparelhado com o cavalo árabe cinza e a montaria de Adriana, chamada Doña.

– Por que chama seus cavalos de Preto e Cinza? – a moça perguntou. – Eles não têm nome?

Yonah se limitou a sorrir e deu de ombros. Como poderia explicar que um dia, há muito tempo, perdera um burro que tinha dois nomes e que, desde então, nunca mais conseguira dar nome a um animal?

– Posso batizá-los? – perguntou Adriana, e Yonah disse que era ótimo. O cavalo cinza virou Sultão. Ela achava que a égua preta que fora de Manuel Fierro lembrava uma freira, por isso chamou-a de Hermana, Irmã.

Naquela tarde, Adriana começou a trabalhar na fazenda. O mofo fora tomando conta da casa durante a ausência de Yonah, e ela escancarou as portas para deixar entrar o ar. Depois varreu, lavou, limpou. Encontrou novas esteiras para colocar no chão, empurrou as confortáveis cadeiras um pouco mais para perto do fogo. Os castiçais da avó e a gravura do pássaro que tinham vindo de Pradogrande foram postos no console.

Dois dias depois, era como se Adriana sempre tivesse vivido ali e a fazenda fosse dela.

PARTE SETE
O HOMEM SILENCIOSO

Aragão
3 de abril de 1509

Capítulo 41

UMA CARTA DE TOLEDO

Depois de Nuño Fierro, Miguel de Montenegro era o melhor médico que Yonah conhecera. Conhecido como o "médico dos bispos", pelo fato dos prelados da Igreja o consultarem com frequência, era um amigo valioso para alguém na posição de Yonah. Sua área de atuação coincidia em parte com a dele, mas os dois conseguiram se apoiar mutuamente sem qualquer sentimento de competição. Montenegro tinha supervisionado o aprendizado de Pedro Palma e recentemente associara o rapaz à sua clínica.

– Mas Pedro tem falhas em termos de conhecimento e experiência – Montenegro disse um dia a Yonah, quando os dois relaxavam diante dos copos de vinho numa taberna de Saragoça. – Em especial, acho que precisa de mais treinamento na ciência da anatomia. Ele poderia aprender muita coisa ajudando você quando surgisse uma oportunidade.

Os dois sabiam o sentido daquilo. Montenegro queria que Yonah deixasse Palma participar de uma dissecação.

Para Yonah era difícil deixar de atender a algum pedido seu, por outro lado, desde que se casara, Yonah adquirira plena consciência de suas responsabilidades para com Adriana e não queria colocá-la em risco.

– Acho que é um excelente cirurgião e devia ensiná-lo pessoalmente – disse ele. – Foi o que seu amigo Nuño fez comigo.

Montenegro abanou a cabeça, compreendendo a decisão de Yonah e aceitando-a sem rancor.

– Como vai sua mulher, Ramón?

– Continua na mesma.

– Ah, bem, como você sabe essas coisas às vezes demoram um pouco. Ela é uma mulher encantadora. Por favor, dê-lhe meus cumprimentos.

Yonah assentiu e terminou o vinho.

Não tinha certeza se Adriana era estéril ou se o problema vinha dele, pois pelo que sabia jamais engravidara uma mulher. Essa incapacidade era a única coisa que perturbava seu casamento. Yonah percebia o quanto a esposa queria uma família e era terrível a tristeza que tomava conta dos seus olhos quando ela via os filhos das outras.

Expôs a situação a Montenegro e, depois de estudarem juntos a literatura médica disponível, decidiram dar-lhe uma infusão de legumes, cânfora, açúcar, água de cevada e raiz de mandrágora misturada no vinho, uma prescrição do médico muçulmano Ali ibn Ridwan. Durante dois anos Adriana tomou fielmente essa fórmula e alguns outros medicamentos, mas não houve resultados.

Os dois levavam uma existência tranquila e ordeira. Para manter as aparências, Adriana o acompanhava à igreja alguns domingos por mês, mas fora isso raramente iam à cidade, onde ela era tratada com respeito como esposa do médico. Adriana aumentara a horta e, junto com o marido, num trabalho lento mas persistente, tornara produtiva a maior parte do pomar e do bosque de oliveiras. Ela adorava trabalhar na terra como um peão.

Era uma época muito feliz para Yonah. Além da esposa, tinha um trabalho de que gostava e tinha os prazeres dos livros. Apenas alguns meses após a vinda de Pradogrande, chegou ao final de O *cânon da medicina*. Foi quase com relutância que traduziu a última página com caracteres hebreus – uma advertência aos médicos para que não sangrassem os pacientes que estivessem num estado de fraqueza, assim como os que estivessem sofrendo de diarreia ou náusea.

E, então, pôde registrar em sua própria folha de papel as palavras finais:

Eis o Fecho da Obra com um Ato de Agradecimento.
Possa este nosso conciso tratado sobre os princípios gerais
pertinentes à ciência da medicina ser considerado suficiente.

Nossa próxima tarefa será compilar a obra
num só Caderno, com a permissão
de Alá. Possa Ele ser nosso
guia e a Ele
agradecemos por todas as suas
inumeráveis
graças.

Fim do Primeiro Livro do
Cânon de Medicina de
Avicena, Primeiro
dos Médicos.

Usou areia fina para secar a tinta e sacudiu-a com cuidado. Depois acrescentou a folha à pilha de manuscritos que já se elevava a uma impressionante distância da superfície da mesa. Sentiu uma alegria toda especial, algo que só devia ocorrer a escritores e estudiosos que tivessem trabalhado durante muito tempo, e em perfeito isolamento, para completar um trabalho. Lamentava que Nuño Fierro não pudesse ver o produto final da tarefa de que encarregara o aprendiz.

Pôs o Avicena em espanhol numa prateleira e devolveu o Avicena em hebraico ao nicho na parede, o esconderijo dos livros, de onde tirou a segunda metade da tarefa que recebera de Nuño: o livro de Maimônides sobre aforismos médicos. Com o tempo disponível até Adriana chamá-lo para o jantar, sentou-se de novo à escrivaninha e começou a traduzir a primeira página.

Tinham pouca vida social. Pouco depois de chegarem a Saragoça, convidaram Montenegro para jantar. Sendo viúvo, o médico retribuiu convidando-os para jantar numa taberna da cidade. Iniciou-se assim um hábito que, desde então, os três passaram a compartilhar.

Adriana parecia fascinada com a história da casa onde viviam.

– Conte-me sobre as pessoas que moraram aqui, Ramón – pedia ela, mostrando-se muito interessada ao saber que Reyna Fadique servira como criada a todos os três médicos que tinham vivido na fazenda. – Que mulher excepcional ela tinha de ser para conseguir agradar a três diferentes patrões na mesma casa! Gostaria muito de conhecê-la.

Yonah esperava que Adriana se esquecesse rapidamente do assunto, mas não foi o que aconteceu e um dia ele teve de ir à casa de Reyna para fazer o convite. Trocaram parabéns, pois ambos tinham se casado desde o último encontro. As reformas para transformar o lugar em pousada também estavam em pleno andamento. Reyna disse que se sentia feliz em saber que Adriana a convidava para jantar com Álvaro (cujo sobrenome era Saravía) na casa onde, por tanto tempo, fora uma simples criada.

No dia marcado, o casal chegou trazendo vinho e um favo de mel. Por algum tempo, Reyna e Adriana só trocaram gentilezas. Yonah, então, levou Álvaro, um homem de cabelos brancos, para conhecer a fazenda, deixando que as duas se familiarizassem uma com a outra. Álvaro fora criado num sítio e elogiou os esforços do casal para preservar as árvores.

– Mais tarde podem construir um pequeno galpão na encosta do morro, perto do bosque de oliveiras e do pomar. Um lugar para guardar ferramentas e estocar as frutas.

Parecia uma boa sugestão e conversaram sobre o custo da mão de obra e a quantidade de pedras que seriam necessárias para erguer as paredes. Ao voltar, encontraram Reyna e Adriana sorrindo e falando sem parar. A refeição transcorreu num clima agradável; já claramente amigas, as duas se beijaram na hora das despedidas.

Enquanto tirava a mesa, Adriana falou com simpatia do casal e fez um comentário especial sobre Reyna.

– Ela se sente como sua segunda mãe e acho que está ansiosa para ser avó. Perguntou-me se não havia algo a caminho.

Yonah ficou chateado, sabendo da sensibilidade, do desgosto da esposa quando o assunto era gravidez.

– O que você disse?

Adriana sorriu.

– Disse que até agora só estamos praticando.

No primeiro dia de fevereiro, Yonah participou de um encontro anual dos médicos de Aragão. Apesar do tempo ruim, oito médicos compareceram para ouvir a palestra de Yonah sobre a circulação sanguínea segundo Avicena. A palestra foi bem recebida, levantando questões e motivando o debate, após o qual Miguel de Montenegro leu uma carta que recebera pelo malote da diocese de Saragoça.

Ao senhor Miguel de Montenegro, médico de Saragoça, com os meus cumprimentos da diocese de Toledo e o desejo de que esteja bem de saúde.

Sou assistente do reverendíssimo Enrique Sagasta, bispo auxiliar de Toledo. O bispo Sagasta é diretor do Gabinete da Fé Religiosa, na sé de Toledo, e a esse título teve sua atenção despertada por um nobre de Tembleque que se encontra gravemente enfermo.

Conde Fernán Vasca é o nome dele. Um cavaleiro de Calatrava, amigo muitíssimo generoso da Santa Madre Igreja, ele contraiu uma doença que o deixou mudo e paralisado como pedra, ainda que dolorosamente vivo.

Muitos médicos têm sido inutilmente consultados. Ciente da alta estima em que o senhor é tido, o bispo Sagasta pede encarecidamente que arranje um tempinho para ir a Castela. Seria um ato de extremo favor que faria à Igreja se viesse, ou enviasse um outro médico de seu conhecimento, já que as tentativas dos médicos locais para ajudar o conde Vasca fracassaram.

O bispo garante que, se o senhor ou outro médico for capaz de efetuar uma cura, seus serviços serão recompensados com um pagamento em dobro.

Obrigado pela atenção.

Seu amigo em Cristo,
Padre Francisco Rivera de la Espina,
Ordem dos Pastores

– Eu não posso ir – disse Montenegro. – Já estou velho e bastam as viagens que tenho de fazer para tratar de bispos doentes. Se eu começar a atender qualquer um, estou perdido. Pedro Palma também não pode ir, ele ainda é muito inexperiente. Alguém se habilita?

Nenhum dos médicos presentes se mostrou interessado, a julgar pelas caretas e os corpos se metendo nas cadeiras.

— É uma viagem longa. E os nobres são notórios maus pagadores — resmungou um médico de Ocaña, provocando gargalhadas.

— Bem, o bispo garante o pagamento — Montenegro assinalou. — Embora eu não conheça esse bispo Sagasta ou o padre que escreveu a carta.

— Eu conheço o padre — Yonah afirmou. — O padre Espina trabalhou por um tempo em Saragoça e me pareceu um clérigo muito honrado.

Ainda assim ninguém mostrou interesse no assunto e Miguel de Montenegro deu de ombros e guardou a carta no bolso do seu casaco.

Não iria, é claro, a Toledo, pensou Yonah a princípio. Não queria deixar Adriana sozinha. Tembleque era longe demais; teria de ficar fora por muito tempo para fazer essa viagem.

Se devia alguma coisa ao conde de Tembleque, era vingança.

Parecia, contudo, estar ouvindo Nuño. E Nuño perguntava se ele achava que um médico tinha o direito de só tratar de certos membros da humanidade, gente por quem tivesse respeito ou afeição.

Naquele dia e no seguinte, foi aos poucos admitindo que havia partes inacabadas de sua vida em Tembleque.

Só aceitando o convite do padre Espina a Montenegro, como parecia quase certo que ia acontecer, poderia tentar responder às dúvidas que sempre nutrira sobre os assassinatos que haviam destruído sua família.

A princípio Adriana pediu-lhe para ficar. Depois pediu que a deixasse ir com ele.

A jornada seria difícil, perigosa. Ele nem fazia ideia do que encontraria ao chegar.

— Não é possível — disse delicadamente Yonah.

Teria sido mais fácil se descobrisse raiva nos olhos dela, mas só encontrou um grande medo. Já tivera de viajar várias vezes para atender aos doentes, deixando-a sozinha por dois ou três dias. Agora, no entanto, tratava-se de uma longa ausência.

— Vou voltar, tenha certeza.

Quando disse que lhe deixaria dinheiro suficiente para qualquer emergência, ela já estava irritada.

— E se eu pegar o dinheiro e for embora?

Yonah levou-a para trás da casa, mostrou-lhe onde enterrara a bolsa de couro com o dinheiro de Manuel Fierro e empurrou uma pilha de esterco sobre o lugar.

— Pode levar tudo, se quiser mesmo me abandonar.

– Acho que seria preciso cavar demais – disse ela, e Yonah pegou-a nos braços e beijou-a, procurando confortá-la.

Depois foi falar com Álvaro Saravía, que prometeu visitar Adriana toda semana para garantir que ela tivesse sempre uma pilha de lenha por perto e um bom monte de feno que pudesse levar para as baias dos cavalos.

Miguel de Montenegro e Pedro Palma não gostaram muito da ideia de ficar por tanto tempo com os pacientes de Yonah, mas também não recusaram.

– Tenha sempre cuidado com os nobres – disse Montenegro. – Gostam de dar calote no médico depois de curados.

Yonah decidiu não levar o cavalo árabe cinza, pois a idade começara a tornar lento o passo do animal. A égua preta de Manuel Fierro, no entanto, ainda era forte; ia levá-la. Adriana preparou um alforje com duas broas, carne frita, ervilhas secas, um saco de passas. Ele a beijou e partiu rapidamente. Era uma manhã nevoenta.

Num trote natural, conduziu o cavalo para sudoeste. Pela primeira vez a liberdade de viajar não excitava seu espírito cigano, pois o rosto da esposa não lhe saía da cabeça. O que ele mais queria era dar meia-volta e voltar para casa. Mas não fez isso.

Foi um bom progresso no primeiro dia. À noite acampou num campo de terra escura, atrás de um arvoredo. Um lugar já distante de Saragoça.

– Você andou bem – disse à égua enquanto a livrava da sela. – É um animal incrível, Hermana!

Yonah dava pancadinhas, fazendo festa no lombo da égua preta.

Capítulo 42

NO CASTELO

Nove dias mais tarde, Yonah cruzava a argila vermelha da planície de Sagra, aproximando-se dos muros de Toledo. De longe viu a cidade no alto da rocha, áspera e clara no sol da tarde. Embora estivesse a uma vida de distância do rapaz apavorado que escapara de Toledo num burro, foi assaltado por incômodas recordações ao atravessar a Porta Bisagra. Ultrapassou o prédio da Inquisição, marcado pelo escudo de pedra com a cruz, o ramo de oliveira e a espada. Um dia, na casa do pai, quando ainda criança, ouvira David Mendoza explicar o significado dos símbolos a Helkias Toledano: "Se você aceitar a cruz, vão lhe dar o ramo de oliveira. Se recusar, vão aplicar a espada."

Ele amarrou a égua preta na frente da sede diocesana e, com o corpo dolorido por causa dos dias passados na sela, entrou no prédio. O frade sentado atrás de uma mesa perguntou com quem queria falar e fez sinal para que esperasse num banco de pedra.

Logo depois o padre Espina apareceu sorrindo.

– Como é bom encontrá-lo de novo, *señor* Callicó!

Estava mais velho e mais maduro. Também parecia mais relaxado que da outra vez. Sem dúvida um padre mais senhor de si.

Sentaram e conversaram. Para alívio de Yonah, o padre Espina não parecia desapontado com a substituição de Montenegro por Callicó.

– Quando chegar ao castelo, diga que veio a pedido do bispo Sagasta e do padre Espina. O mordomo do conde foi embora quando ele ficou doente e a Igreja forneceu um acompanhante para ajudar sua esposa, a condessa María del Mar Cano, filha de Gonzalo Cano, um rico e influente marquês de Madri. O acompanhante é o padre Alberto Guzmán. – Ele encarou Yonah. – Enquanto eu escrevia a carta, muitos outros médicos tentaram ajudar o conde.

– Compreendo. Eu também só posso tentar.

Espina fez perguntas sobre Saragoça e falou brevemente da alegria que passara a ter em seu trabalho na Igreja.

– O bispo é um historiador católico empenhado em redigir um livro sobre a vida dos santos, um abençoado projeto que tem o apoio de nosso Santíssimo Pai em Roma e no qual tenho a honra de colaborar. – Ele sorriu para Yonah. – Leio diariamente o breviário de meu pai e o abençoo por tê-lo trazido a mim. Fico muito grato que tenha vindo de tão longe em resposta a minha carta ao *señor* Montenegro. Ninguém me fez tanto bem quanto o senhor, ao me devolver a memória de meu pai. Se eu puder ajudar em alguma coisa, é só pedir.

"Não é melhor ficar aqui e descansar um pouco, saindo de manhã para Tembleque? Só posso lhe oferecer a ceia do monastério e uma cela de monge para descansar."

– Devo ir agora – disse Yonah, sem nenhuma vontade de dormir numa cela de monge. – Quero examinar o conde o mais depressa possível.

O padre Espina ensinou-lhe a chegar a Tembleque e Yonah repetiu em voz alta as instruções. Lembrava-se, porém, perfeitamente do caminho.

– Receito os medicamentos, mas não os preparo – disse Yonah. – Conhece algum boticário local de confiança?

Espina abanou a cabeça.

– Santiago López, na frente do muro norte da catedral. Vá com Deus, *señor*.

A loja era diminuta e desarrumada, mas possuía um forte e tranquilizador aroma de ervas. Yonah teve de gritar pelo boticário, que estava em sua moradia no andar de cima. Era um homem de meia-idade, que ia ficando calvo. Os olhos vesgos não escondiam a inteligência que havia neles.

– O senhor tem murta, abeto, acácia-do-nilo? – Yonah perguntou. – Tem beterraba azeda? Colocíntida? Sementes de farbitis?

López não se ofendeu com a sabatina de Yonah.

– Tenho a maioria dessas coisas, *señor*. Como sabe, não se pode ter tudo. Mas, se me pedir algum medicamento de que eu não disponha, vou explicar de imediato a falta e, com sua permissão, vou sugerir uma ou mais drogas equivalentes.

Ele abanou gravemente a cabeça quando Yonah lhe disse que suas receitas viriam do castelo de Tembleque.

– Espero que não tenha feito uma longa jornada para cumprir uma missão impossível, *señor*.

Yonah abanou a cabeça.

– Também espero – disse Yonah se despedindo.

Quando chegou ao castelo já escurecera havia uma hora e o portão gradeado estava abaixado.

– Ei, sentinela!

– Quem é?

– Ramón Callicó, médico de Saragoça.

– Espere.

A sentinela se afastou, mas logo estava de volta. Agora vinha acompanhada por alguém que carregava uma tocha. Os dois vultos, capturados num cone amarelo de luz que se movia com eles, inspecionaram Yonah.

– Pode entrar, *señor*! – gritou a sentinela.

O portão foi levantado com um rangido alarmante, fazendo a égua preta dar uma guinada antes de avançar com as ferraduras estalando, lascando as grandes lajotas quadradas do pátio.

O padre Alberto Guzmán, de ombros caídos e sem sorrir, ofereceu comida e bebida.

– Sim, obrigado, gostaria das duas coisas, mas primeiro quero ver o conde.

– O melhor seria não perturbá-lo hoje à noite – disse bruscamente o padre –, mas esperar até amanhã para examiná-lo.

Atrás dele pairava um velho atarracado, de rosto vermelho, vestido como um peão. Tinha um resto de cabelo branco e uma barba cheia, também branca.

– O conde não pode se mexer, nem falar, nem compreender o que se diz. Não há razão para ter tanta pressa de encontrá-lo.

Yonah não baixou os olhos.

– Pode ser que não, mas, por favor, providencie velas e candeeiros. Muitos, pois vou precisar de uma luz forte.

Irritado, o padre Guzmán contraiu a boca.

– Como quiser. Padre Sebbo vai cuidar disso.

O homem atrás dele assentiu e só então Yonah percebeu que era um padre, não um trabalhador.

Padre Guzmán pegou um lampião e Yonah foi marchando atrás dele por corredores e escadas de pedra. Atravessaram um cômodo de que Yonah se lembrava, a câmara onde tivera uma audiência com o conde após entregar a armadura. Logo entravam num quarto de dormir, um espaço negro. O lampião do padre fazia as sombras da gigantesca armação da cama pularem freneticamente pelas paredes de pedra. O ar parecia extremamente insalubre.

Yonah pegou o lampião e aproximou-o do rosto do doente. Vasca, conde de Tembleque, tinha perdido muito peso e os olhos pareciam se arregalar para trás de Yonah. O lado esquerdo da boca estava caído numa permanente expressão de zombaria.

– Preciso da iluminação.

Padre Guzmán foi até a porta e gritou asperamente, mas padre Sebbo já estava chegando. Vinha acompanhado de dois homens e uma mulher, todos trazendo velas e candeeiros. Depois que os pavios foram acesos e cessaram as arrumações, o conde surgiu banhado de luz.

Yonah inclinou-se sobre a cama.

– Conde Vasca – chamou. – Sou Ramón Callicó, médico de Saragoça. – Com pupilas de tamanho desigual, os olhos se arregalaram para ele.

– Como eu disse, o conde não pode falar – insistiu Guzmán. Vasca estava coberto por uma manta um tanto suja. Quando foi puxada por Yonah, o fedor ficou mais intenso.

— As costas estão comidas pela malignidade — disse o padre Guzmán.

Vasca jazia duro na cama, os braços mantidos rigidamente sobre a barriga. Foi difícil comprimir o pulso, que resistia às pontas dos dedos de Yonah, significando que o sangue estava sob grande pressão.

Era comprido o corpo do conde Vasca, mas Yonah conseguiu virá-lo com facilidade. O que viu deixou-o assustado. Havia uma rede de feridas de péssima aparência, algumas começando a supurar.

— Escaras causadas pela permanência na cama — disse ele, fazendo um gesto para os criados, parados na frente da porta. — Esquentem uma vasilha de água e tragam-na sem demora, juntamente com panos limpos.

O padre Guzmán limpou a garganta.

— O último médico que esteve aqui, Carlos Sifrina de Fonseca, deixou claro que não devíamos banhar o conde para que ele não absorvesse os humores da água.

— O último médico que esteve aqui, Carlos Sifrina de Fonseca, sem dúvida nunca passou pela experiência de ficar deitado na própria merda. — Yonah sabia que estava na hora de afirmar sua autoridade: — Como eu disse: um bom suprimento de água quente, panos macios e sabão. Tenho um bálsamo, mas quero que me tragam pena, papel e tinta, pois vou receitar outros remédios e unguentos. Mandem um mensageiro a Santiago López, boticário de Toledo. Se for preciso, o mensageiro que acorde o boticário!

Padre Guzmán tinha um ar de consternação, mas já parecia um tanto resignado. Quando se virou para sair, Yonah o chamou.

— Pegue couros de carneiro, grossos, mas macios, para colocar embaixo dele — ordenou. — Couros lavados. Traga-me também um camisão de dormir e um cobertor limpo.

Yonah trabalhou até tarde, deixando o corpo lavado, as feridas cobertas com bálsamo, os couros de carneiro no lugar, a roupa de cama e a roupa de dormir trocadas.

Por fim, atendeu ao ronco de sua barriga e comeu pão, um pedaço suculento e gordo de carneiro e um vinho ácido. A cama do pequeno quarto para onde foi levado ainda conservava o cheiro forte do último hóspede. Quem sabe, Carlos Sifrina, médico de Fonseca, ele pensou mergulhando num sono cansado.

De manhã, quebrou o jejum da noite com pão, farta quantidade de presunto e um vinho melhor.

A luz da manhã praticamente não entrava no quarto do paciente, onde havia apenas uma minúscula janela no alto da parede. Yonah mandou os criados prepararem uma cama na grande sala de estar que ficava na saída do quarto, onde havia uma janela mais baixa, por onde o sol entrava. O conde Vasca foi logo transferido para lá.

De dia, a aparência de Vasca era ainda mais assustadora. Músculos atrofiados tinham deixado as mãos exageradamente abertas. A parte de baixo dos ossos dos nós dos dedos despontava na palma da mão. Yonah mandou um criado tirar pequenas vigas de um galho liso de árvore, pôs as mãos de Vasca entre as vigas e amarrou-as com pedaços de pano.

Todos os quatro membros do conde pareciam sem vida. Yonah esfregou a ponta rombuda de um bisturi nas mãos de Vasca, atrás de suas pernas, nos pés e nos braços. Só no braço direito parecia haver uma pequena reação; em termos práticos, o corpo de Vasca estava efetivamente paralisado. As únicas coisas que continuavam realmente a se mover eram os olhos e as pálpebras. Vasca podia olhar para alguma coisa, podia abrir e fechar os olhos, podia desviá-los.

Enquanto fazia perguntas, Yonah procurava sintonizar-se com aqueles olhos.

– Sente isto, conde Vasca? E isto?

"Tem alguma sensação quando encosto no senhor?"

"Está sentindo dor, conde Vasca?"

Vez por outra saía um resmungo ou um gemido do vulto inerte, mas nunca em resposta a uma pergunta.

O padre Guzmán entrava às vezes para apreciar, com indisfarçável desprezo, os esforços de Yonah.

– Ele não compreende nada – disse finalmente o padre. – Não sente nada e não compreende nada.

– Tem certeza?

O padre balançou a cabeça.

– O senhor veio cumprir uma missão impossível. O conde está prestes a fazer a divina jornada que acena a cada um de nós.

Pouco depois entrou uma mulher no aposento do doente. Trazia uma tigela e uma colher. Seria, talvez, da idade de Adriana, com cabelo louro e pele muito branca. Tinha ainda um belo rosto felino, com grandes maçãs, a boca pequena, as bochechas redondas, mas delicadas, e olhos grandes a que ela dava forma amendoada esticando os cantos com lápis preto. Estava cheirando a vinho e, embora muito fina, a camisola parecia manchada. Por um momento, Yonah achou que a marca na garganta lembrando um pequeno morango era de nascença, mas logo percebeu que se tratava do tipo de sinal deixado pela sucção de uma boca.

– É o novo médico – disse ela a observá-lo.

– Sim. A senhora é a condessa?

– Exatamente. Acha que pode fazer alguma coisa por ele?

– Ainda é cedo para dizer, condessa... Fui informado de que o conde já está doente há mais de um ano, é isso?

– Quase catorze meses.
– Sei. Se casaram há muito tempo?
– Vai fazer quatro anos na primavera que vem.
– A senhora estava perto dele quando a doença se manifestou?
– Hã-hã.
– Ajudaria muito saber em detalhe o que houve no primeiro dia, no dia em que a doença apareceu.

Ela deu de ombros.

– Naquele dia ele saiu cedo para caçar.
– E o que ele fez quando voltou da caçada?
– Aconteceu há catorze meses, *señor*... mas pelo que me lembro... Ao menos de uma coisa eu me lembro: ele me levou para a cama.
– No final da manhã?
– Ao meio-dia. – Ela sorriu para o doente. – Nessas ocasiões ele não se importava muito com a hora. No meio do dia ou da noite era a mesma coisa.
– Condessa, se me permite perguntar... Ele foi ardoroso na atividade sexual desse dia?

A condessa o encarou com um ar de avaliação.

– Não me lembro. Mas Vasca sempre se dedicava com ardor a todas as suas atividades.

Na maior parte do dia, ele estivera normal, a condessa acrescentou.

– No final da tarde me disse que tinha dor de cabeça, mas sentou-se normalmente à mesa do jantar. O problema só surgiu quando o frango estava sendo servido. Foi aí que a boca se contorceu, ficando do modo... como está. Ele parecia estar com falta de ar. Também parecia estar caindo da cadeira. Foi então que os cachorros tiveram de ser mortos, ou não deixariam ninguém se aproximar para socorrê-lo.

– Teve outro ataque parecido desde esse dia?
– Mais um. Depois do primeiro, Vasca não ficou como o senhor o vê agora. Era capaz de mover os membros do lado direito, conseguia falar. Embora com palavras pouco compreensíveis, foi capaz de me dar instruções sobre seu funeral. Mas outro acesso atingiu-o duas semanas após o primeiro. Daí em diante, ele ficou paralisado e mudo.

– Eu lhe agradeço por me dizer essas coisas, condessa.

Ela abanou a cabeça e se virou para o vulto na cama.

– Talvez fosse um pouco rude, como acontece com muitos homens fortes. Eu mesma o vi agir cruelmente. Para mim, no entanto, foi sempre um gentil marido e senhor...

Yonah apoiou o paciente com travesseiros e observou com interesse a condessa levando-lhe à boca uma colher de uma papa rala.

– Continua capaz de engolir?

– Ele se engasga se toma vinho ou caldo. Carne não consegue mastigar. Mas quando lhe dou essa papa, ele engole bem, como o senhor está vendo. É assim que recebe o alimento que o mantém vivo.

A condessa serviu o marido em silêncio e, quando a tigela ficou vazia, virou-se para Yonah.

– Ainda não me disse como se chama.

– Callicó.

Por um instante manteve os olhos nele. Depois abanou a cabeça e saiu.

Capítulo 43

A CONDESSA

O quarto de Yonah ficava no final de um corredor, com os aposentos da condessa na outra ponta e um quarto de dormir no meio. Foi durante a noite que Yonah viu o outro hóspede do castelo. Estava atravessando o corredor para esvaziar o urinol quando se deparou com um homem que saía do quarto da condessa com alguma coisa nos braços. Havia duas tochas ardendo nos suportes dos muros e Yonah viu claramente um fortão sem roupa, com um rosto meio gordo. O que ele carregava nos braços eram justamente as roupas.

Yonah ia ficar calado, mas o sujeito percebeu sua presença e por um instante encarou-o com ar de espanto.

– Boa-noite.

O desconhecido não respondeu e foi para o quarto vizinho.

Na manhã seguinte, ajudado pelo padre Sebbo, Yonah passou novamente o conde para o aposento onde entrava sol. Descobrira que o velho padre de cabelos brancos era a única pessoa no castelo com quem podia realmente conversar.

Estavam instalando o conde num sofá quando alguém entrou. Yonah logo reconheceu o homem que passara nu pelo corredor algumas horas antes.

– Em que merda de lugar ela se meteu?

Um criador de casos, Yonah pensou. Tinha olhos pequenos e impacientes no rosto redondo, uma barba cortada rente, uma coroa de cabelo preto em volta da cabeça quase toda calva. O corpo era extremamente musculoso, mas começando a engordar. Os dedos eram grossos, as mãos lembravam as de um gladiador e em cada uma havia um dedo enfeitado com um anel pesado, vistoso.

– Onde ela está? – o sujeito insistiu.

– Não sei, *señor* – disse o padre.

Yonah conhecia há pouco tempo o padre Sebbo, mas só pelo tom de frieza e secura podia jurar que o velho não gostava daquele tipo.

Ignorando completamente Yonah, o homem virou as costas e se afastou sem mais uma palavra.

Yonah e o padre cobriram Vasca com um cobertor leve.

– Quem é o rude cavalheiro que nos deu o prazer de sua companhia?

– Daniel Fidel Tapia, um amigo do conde – disse o padre Sebbo. – Ultimamente, aliás, vinha se dizendo sócio do conde.

— E a mulher que estava procurando, ela não tem nome?
— Ele não precisava dizer. Era óbvio que estava procurando pela condessa. Ela tem uma amizade toda especial por Tapia.

Às vezes o pulso de Vasca era muito latejante, rápido; outras lembrava o ofegar de um pequeno animal assustado. O padre Guzmán vinha todo dia, mas só ficava alguns instantes, o suficiente, em geral, para olhar o conde no rosto e comentar que seu estado parecia mais grave do que na véspera.
— Deus me diz que está morrendo.
Por que Deus ia dizer isso a você?, Yonah ponderava.
Duvidava muito que pudesse fazer alguma coisa para salvar a vida de Vasca, mas tinha de continuar tentando. A enfermidade que estava matando o conde não era particularmente rara. Desde que passara a clinicar já vira outras pessoas sofrendo do mesmo mal, algumas com bocas deformadas e braços e pernas rijos, parados. Com frequência, só um lado do corpo era afetado; mais raramente os dois. Não fazia ideia do que causava a doença ou se alguma coisa era capaz de curá-la.
Em algum lugar do complicado corpo humano devia haver um centro que governava a energia, o movimento. Talvez em Vasca tal centro lembrasse a área escura e danificada que vira no coração de Nuño.
Seria ótimo dissecar o corpo do conde Vasca quando ele morresse. Yonah murmurou em voz alta:
— Como eu gostaria de levá-lo para meu celeiro em Saragoça!
Então os olhos que estavam fechados abriram-se de repente e o encararam. Yonah seria capaz de jurar que havia espanto no olhar do conde e uma chocante suspeita lhe ocorreu. Achou que, pelo menos numa parte do tempo, era possível que Fernán Vasca compreendesse perfeitamente o que acontecia no mundo à sua volta.

Ou talvez não...
Passou muitas horas sozinho com o paciente, sentado ao lado da cama, debruçado, sempre falando com Vasca. Mas o momento em que os olhos fizeram contato não se repetiu. Em geral Vasca parecia estar dormindo; a respiração era lenta, barulhenta, e as faces inchavam um pouco a cada exalação. Duas vezes por dia padre Sebbo vinha visitá-lo. Com uma voz rouca e cansada, parando frequentemente para limpar a garganta da catarreira crônica, lia alguma coisa de seu livro de devoções. Yonah trouxera do boticário um xarope de cânfora para ele, que o velho sacerdote agradecera muito.
— Procure descansar enquanto estou aqui; vá dormir um pouco, *señor* — insistia o padre. Às vezes Yonah escapava durante as longas sessões de orações e perambulava, com pouca restrição, pelas câmaras silenciosas do castelo. Era

uma construção muito vasta e praticamente deserta, um lugar frio, sombrio, cheio de lareiras desprovidas de fogo. Yonah procurava as peças que o pai fizera para o conde, coisas que Vasca nunca se dignara a pagar. Teria gostado especialmente de encontrar a rosa de ouro com o caule de prata, ao menos para ver se era mesmo tão bonita quanto a recordação juvenil que guardava dela.

O conde fizera preparativos para sua morte. Numa câmara do porão havia um ataúde de pedra, um enorme sarcófago com a inscrição latina: CVM MATRE MATRIS SALVVS. A tampa era suficientemente pesada para impedir a entrada de vermes ou de dragões. Yonah, porém, não viu a rosa de ouro nem qualquer outra coisa que lhe fosse familiar até penetrar numa sala de armas, onde se assustou com a imagem de um esplêndido cavaleiro preparado para a batalha.

Era a armadura que trouxera com Angel, Paco e Luis. Maravilhado, acariciou os entalhes que ele próprio gravara no aço sob a orientação de Manuel Fierro, armeiro de Gibraltar.

Para satisfação de Yonah, que passara a gostar do padre, as visitas do velho Sebbo ao doente demoravam cada vez mais. Ele notou que o homem tinha as mãos calejadas como um peão agrícola.

– Fale um pouco sobre o senhor, padre Sebbo.
– Não tenho nada de interessante para contar.
– Acho que é um homem muito curioso. Por que não se veste como os outros padres?
– Antigamente eu tinha uma vaidade, uma ambição doentia. Gostava de vestir batinas pretas, feitas sob medida. Mas não soube corresponder às minhas responsabilidades e irritei meus superiores. Como punição, me transformaram num frade mendicante, para eu pregar a palavra de Deus e implorar pelo pão de cada dia.

Ele continuou:
– Achando que tinham me amaldiçoado, fugi cheio de horror para cumprir meu castigo. Não sabia aonde ir. Simplesmente mexia os pés, deixando que me levassem para onde achassem melhor. No início, orgulhoso e arrogante demais para mendigar, comia as amoras que tirava dos bosques. E, embora fosse um homem de Deus, cheguei a assaltar algumas hortas. Mas há gente boa. Encontrei pessoas, dentre as mais pobres, que me deram um pouco de suas magras rações e me mantiveram vivo.

"Um dia, minha batina preta apodreceu e passei a caminhar maltrapilho, barbado. Morava e trabalhava com os pobres, que rezavam comigo, e compartilhava de seu pão e de sua água. Também foi deles que ganhei a roupa de que precisava, às vezes de homens que morriam. Pela primeira vez, então, comecei a entender São Francisco, embora não tivesse entrado no mundo nu como ele, nem cego, nem provocasse chagas no meu corpo. Sou apenas um homem simples, embora agora, depois de muitos anos como vagabundo em nome de Deus, já me sinta feliz."

— Mas se trabalha com os pobres, por que está num castelo?

— Venho aqui às vezes. Em geral, fico apenas o tempo suficiente para ouvir as confissões dos criados ou dos soldados da guarda e para dar comunhão. Desta vez o padre Guzmán pediu-me para ficar até o conde morrer.

— Sebbo — disse Yonah. — Eu nunca tinha ouvido esse nome.

O padre sorriu.

— Foi por gostar de mim que o pessoal começou a me chamar desse jeito. Sebbo é um apelido tirado do meu verdadeiro nome, Sebastián. Eu me chamo Sebastián Alvarez.

Yonah ficou imóvel, mas não tirou conclusões apressadas. Afinal, havia gente que tinha o mesmo nome. Ele observava o rosto do padre, tentando enxergar o passado.

— Qual foi seu cargo na igreja antes de se tornar andarilho?

— Raramente penso nisso, pois a coisa me parece pertencer a outra pessoa, em outra existência — disse o velho padre. — Eu era o prior do Mosteiro da Assunção. Em Toledo.

Naquela noite, sentado em silêncio à cabeceira do conde, Yonah lembrou-se do tempo em que seu irmão Meir ainda era vivo, quando o pai fazia os primeiros desenhos do cibório que estava encarregado de executar para o Mosteiro da Assunção. Yonah só vira duas vezes o prior, nas duas viagens que fizera com o pai até o mosteiro. Mas lembrava-se de padre Alvarez como um clérigo autoritário, impaciente, e agora se assombrava com a transformação que havia ocorrido.

Tinha certeza de que padre Sebbo fora atraído para o castelo porque sabia, assim como ele também sabia, que Fernán Vasca estava por trás dos que haviam roubado o cibório e a relíquia de Santa Ana.

Yonah continuava a conversar com o conde na esperança de conseguir despertá-lo para a consciência, mas já se cansara de ouvir a própria voz falando com um aparentemente sonolento Fernán Vasca. O próprio Vasca, sem dúvida, ficaria entediado com a monotonia da voz se pudesse ouvi-la. Yonah falava do tempo, das expectativas para a próxima colheita, de um gavião que flutuava no céu, mero pontinho entre as nuvens.

De repente, tentou mudar de tática.

— Conde Vasca, está na hora de falarmos sobre os meus honorários — disse. — Para sermos justos, temos de levar em conta os acertos que não fizemos no passado. Há dez anos, vim de visita ao castelo para entregar uma esplêndida armadura e o senhor me deu dez maravedis por meu trabalho. Mas tivemos outros negócios, pois eu lhe ensinei a chegar a uma caverna da costa meridional, onde estavam as relíquias de um santo. Em troca, o senhor acabou com as vidas dos dois homens que queriam acabar com a minha.

Ele viu um movimento atrás das pálpebras fechadas.

– Condenei dois sujeitos à morte na caverna de um eremita e o senhor se livrou de concorrentes e conseguiu novas relíquias. Está lembrado?

Quando os olhos se abriram devagar, Yonah viu algo neles que ainda não observara antes.

Interesse.

– O mundo dá muitas voltas e agora não sou mais armeiro, apenas o médico que quer ajudá-lo. Tem de colaborar comigo.

Yonah já pensara no que fazer se conseguisse estimular a mente consciente do conde.

– É duro não poder falar. Mas há uma maneira de conversarmos um com o outro. A cada pergunta que eu fizer o senhor pisca os olhos uma vez para dizer sim e duas para dizer não. Fique um pouco com os olhos fechados antes de cada resposta para eu saber que as piscadelas não são casuais. Uma vez é sim, duas é não. Entendeu?

Vasca se limitava a olhá-lo.

– Uma vez para o sim, duas para o não. Está claro, conde Vasca?

Uma piscadela.

– Bom, muito bom, está indo bem, conde Vasca. Pode sentir alguma coisa nas pernas ou nos pés?

Duas piscadelas.

– Na cabeça?

Uma piscadela.

– Sente dor ou mal-estar na área da cabeça?

Sim.

– Na boca ou então no queixo?

Não.

– No nariz?

Não.

– Nos olhos?

Vasca piscou uma vez.

– Sim. Os olhos. É uma dor muito forte?

Não.

– Uma dormência?

Uma piscadela, e os olhos permaneceram um momento fechados, como para enfatizar.

Yonah estava animado. Molhou cuidadosamente os olhos do conde com água morna e mandou um mensageiro trazer do boticário uma pomada para a vista.

A condessa chegou ao quarto no final da manhã e, quando Yonah levou-a para o corredor e contou o que tinha acontecido, ela ficou pálida de ansiedade.

– Quer dizer que ele vai ficar bom?

Yonah achava que não.

– Pode ser apenas uma fase temporária de volta da consciência. Também pode ser, é claro, que sua mente estivesse sempre desperta no corpo paralisado.

– Mas podemos ter esperanças e rezar – disse ela.

– Devemos sempre ter esperanças e rezar, minha senhora, mas... – Resolveu não externar sua crença de que, a qualquer momento, Vasca podia ter outro ataque, e que desta vez seria realmente o fim.

Ela se aproximou da cama e pegou uma das mãos do marido, mãos que continuavam envolvidas em vigas de madeira para protegê-lo da deformidade. Os olhos estavam fechados.

– Acho que dormiu – disse Yonah, mas ela parecia disposta a fazer algum contato.

– Senhor meu marido.

E chamou-o de novo, e de novo.

– Meu marido... Ah, Deus, Fernán, abra os olhos, olhe para mim pelo amor de Cristo Nosso Senhor!

Ele acordou.

A condessa aproximou o rosto e fixou-se nos olhos dele.

– Meu senhor – disse. – É o meu amor, ainda?

Vasca piscou uma vez e Yonah deixou-os sozinhos.

Naquela noite, na prisão de sua própria insônia, ocorreu a Yonah que talvez o choque de uma inquirição mais agressiva estimulasse melhor a consciência de Vasca do que palavras doces. Na manhã seguinte, depois de algum tempo interrogando Vasca, ficou sabendo pelo piscar dos olhos que a vista não ardia e as escaras doíam menos, embora tivesse surgido uma dor bastante forte na planta do pé esquerdo.

Foi depois de livrá-lo do mal-estar com uma massagem no pé que Yonah se aproximou decidido de seu rosto:

– Conde Vasca – perguntou –, está lembrado de Helkias Toledano, que era ourives em Toledo?

Vasca ergueu o olhar para encará-lo.

– O senhor ficou com alguns objetos que ele fez, por exemplo: uma belíssima rosa de ouro e prata. Eu gostaria muito de ver as coisas que Toledano fabricou. Sabe onde estão?

Não recebeu resposta, mas Vasca continuou a olhá-lo. Houve algumas piscadelas casuais, simples reflexos, não respostas. Pouco depois, Vasca fechava os olhos.

– Maldição! Conde Vasca? Olá?

Os olhos continuaram fechados.

– Helkias era judeu. Era meu pai e eu ainda sou judeu. O médico que cuida do senhor, que tenta trazê-lo de volta à vida, é judeu.

As pálpebras se escancararam; os olhos se viraram com toda força para encontrar o rosto do médico. Yonah pôde sentir as emoções reprimidas durante uma vida inteira vendo o olhar que escorria por ele.

– O trabalho da mão de meu pai, seu conde filho da puta! – disse ele de modo selvagem. – Três grandes vasilhas. Seis espelhos de prata, quatro pequenos e dois grandes. Uma flor de ouro com caule de prata. Oito pentes curtos e um comprido. Uma dúzia de cálices de prata e ouro branco. Fora o cibório. Onde estão?

Vasca continuou a encará-lo e a boca pareceu se retorcer para cima. Era difícil dizer, mas Yonah pressentiu divertimento nos olhos de Fernán Vasca, que logo depois se fecharam.

Na manhã seguinte, o conde respondeu por algum tempo às perguntas da esposa, mas depois os olhos se fecharam também para ela.

Quando a condessa, desolada, sentou-se ao lado da cama, Yonah viu duas contusões recentes em sua face esquerda.

– Está precisando de ajuda contra alguma coisa, *señora*?

Fora uma pergunta desajeitada e ela permaneceu fria, distante.

– Não, obrigada, *señor*.

Mas no dia seguinte, de manhã cedo, um criado acordou Yonah dizendo que precisavam de um médico nos aposentos da condessa. Ele a encontrou estirada na cama com um lenço cheio de sangue no rosto. Na face esquerda, a mesma das contusões, havia um talho muito feio, de uns cinco centímetros de comprimento.

– O corte foi feito pelo anel dele?

A condessa não respondeu. Tapia devia ter batido com a mão aberta, Yonah refletiu, pois se o punho estivesse fechado o anel teria rasgado ainda mais. Tirou de sua maleta uma linha encerada e uma agulha fina. Antes da sutura, fez com que ela bebesse um trago de conhaque. A condessa, no entanto, encolheu-se e gemeu, mas ele não teve pressa e costurou com pontos pequenos. Depois derramou um pouco de vinho num pano e encostou-o no ferimento.

Quando acabou, a condessa começou a agradecer. De repente, porém, recostou-se na cama tentando abafar os soluços.

– Condessa...

Usava uma camisola curta de seda que revelava praticamente todo o seu corpo. Yonah obrigou-se a desviar os olhos quando ela se sentou, enxugando os olhos com as costas das mãos, como uma criança.

Ele se lembrou do padre Espina dizendo que a condessa tinha um pai muito rico e muito poderoso em Madri.

– *Señora*, acredito que seu marido morrerá em breve – disse num tom suave. – Não seria melhor encarar esta fatalidade e buscar a proteção de sua família?

– Tapia diz que irá atrás de mim se eu tentar fugir. E me matará.

Yonah suspirou. Tapia não podia ser tão estúpido. Ponderou que talvez conseguisse argumentar racionalmente com o homem, ou talvez padre Sebbo ou padre Espina pudessem fazê-lo ainda melhor que ele.

– Vamos ver o que se pode arranjar – disse num tom constrangido. Então, para aumentar seu desconforto, começou a ouvir muito mais do que gostaria sobre Tapia e sobre a própria condessa.

– A culpa é minha – disse ela. – Há muito tempo andava me atirando olhares. Para dizer a verdade, eu não o desencorajei. Gostei, ao contrário, de alimentar o ar de ansiedade que via em seu rosto. Sentia-me completamente segura, porque Tapia tinha medo de meu senhor e nunca tentaria lhe roubar a esposa.

Ela continuou:

– Daniel Tapia trabalhou muitos anos para meu marido como comprador de relíquias sagradas. Fernán tem conhecimentos nas comunidades religiosas e estimulava a venda de uma boa parte dos objetos que Tapia comprava.

Yonah ouvia em silêncio.

– Quando meu marido adoeceu, senti-me desamparada. Sou uma mulher que precisa de consolo nos braços de alguém e, uma noite, procurei Tapia.

Yonah continuava calado, admirando sua sinceridade.

– Mas a coisa não foi como eu esperava. Ele é um homem selvagem, um homem que pretende se casar comigo assim que possível! O conde não tem outros herdeiros além de mim e quando eu morrer a propriedade reverterá à Coroa. Mas Daniel Tapia sem dúvida cuidará para que eu tenha uma longa vida. – Era amargo o tom da condessa. – Ele quer o dinheiro!

A mulher fez uma pausa e continuou:

– E há mais um detalhe. Tapia acredita que Fernán escondeu alguma coisa aqui, algo extremamente valioso. Parece que finalmente se convenceu de que nada sei sobre isso, mas não esmorece um segundo na busca.

Por um momento, Yonah não se atreveu a falar.

– É uma relíquia? – perguntou por fim.

– Não sei. E espero que não acrescente um novo interrogatório a meu tormento, *señor*.

Ela se calou, tremendo, levantando a mão para tocar o rosto.
– Vai deixar marca?
– Sim – disse Yonah. – Uma cicatriz pequena. A princípio vermelha, clareando depois. Provavelmente acabará ficando branca como a pele.

Ele pegou a maleta e foi cuidar do conde.

Capítulo 44

PRIMAVERA

Naquele mesmo dia, depois que padre Sebbo tomou seu lugar à cabeceira do doente, Yonah foi de novo dar uma busca no castelo. Teve então uma prova de que sua recordação do trabalho do pai não era falha.

Num depósito do porão cheio de molduras empoeiradas e cadeiras quebradas, encontrou uma prateleira com duas fileiras de pesados cálices escuros.

Quando pegou um deles e aproximou-o da janela, viu que era um cálice feito pelo pai. Sem a menor dúvida. Estava quase preto porque a prata ficara muito manchada após anos de abandono, mas a marca HT estava bem legível no fundo da peça. Onde fora colocada pelas mãos do pai.

Ele examinou cada cálice na claridade da janela. Eram peças simples, cuidadosamente talhadas em prata maciça com bases de ouro branco. Dois cálices estavam amassados e muito arranhados. Como se tivessem sido jogados no chão num momento de raiva. Yonah se lembrava de que o conde ficara devendo a seu pai um total de doze cálices para vinho, mas embora tivesse revirado atentamente o depósito, deslocando cadeiras e molduras, apalpando os cantos escuros, só encontrou dez.

No dia seguinte, voltou ao depósito e pegou novamente as peças. Queria sentir sua solidez, seu peso nas mãos. Mas na terceira vez que foi até lá esbarrou com Daniel Tapia, sem dúvida também procurando alguma coisa. Havia alguns objetos espalhados no chão.

– O que você quer? – perguntou Tapia.

– Não quero nada, *señor* – disse Yonah num tom descontraído. – Estou simplesmente admirando a beleza do castelo para um dia descrevê-la a meus filhos.

– O conde vai morrer?

– Acredito que sim, *señor*.

– Quando?

Yonah deu de ombros e ficou olhando para ele.

Depois do casamento, Adriana lhe contara os maus-tratos que sofrera nas mãos do primeiro marido. Aos poucos Yonah fora vendo a dor abandonar os olhos da esposa, mas não podia suportar a ideia de homens batendo em mulheres.

– Recentemente, tive de tratar da esposa do conde Vasca... – disse pausadamente. – Espero que a condessa não sofra outro ferimento.

O olhar de Tapia revelava a incredulidade de que o médico tomasse a liberdade de falar daquele jeito.

– As pessoas costumam se machucar, ninguém está imune a isso – disse ele. – Por exemplo, no seu lugar eu não andaria sozinho pelo castelo. Alguém pode confundi-lo com um ladrão, *señor*, e matá-lo.

– Seria uma pena se alguém quisesse tentar, pois há muito aprendi a me defender de criminosos. – Yonah se afastou, tomando cuidado para andar devagar.

Na realidade a ameaça serviu apenas para estimulá-lo na revista do castelo. Obviamente Tapia acreditava que houvesse alguma coisa muito valiosa escondida e não queria que ela fosse encontrada por outros. Yonah deu uma busca diligente, inspecionando cada fresta de parede. Teve esperanças de encontrar um nicho como aquele que, em sua fazenda, escondia os manuscritos hebreus. Nada viu, porém, nos cantos escuros, salvo um ninho de camundongos e um bom número de teias de aranha. Em pouco tempo, já bastante próximo dos aposentos por onde havia começado a busca, parava de novo na frente do grande ataúde de pedra.

Era sem dúvida uma urna digna de um príncipe e, mais uma vez, Yonah examinou a inscrição gravada na tampa.

CVM MATRE MATRIS SALVVS.

Não sabia quase nada de latim, mas, ao voltar aos aposentos do doente, passou pelo padre Guzmán que supervisionava os trabalhadores em uma obra nas escadas do castelo.

– Padre Guzmán – disse ele. – O senhor conhece latim?

– Claro que sim – disse Guzmán, com ar de importância.

– A inscrição no ataúde de pedra, "Cum Matre Matris Salvus", o que significa?

– Significa que, após a morte, por toda a eternidade ele estará com a Virgem Maria – disse o padre.

Não conseguiu dormir naquela noite.

No início da manhã seguinte, quando um aguaceiro de primavera tamborilava contra o fino alabastro do parapeito da janela, ele se levantou da cama, tirou uma tocha de um suporte na parede e foi até o porão, onde estudou o ataúde com a luz bruxuleante.

Pelo meio da manhã, quando padre Sebbo apareceu no quarto do doente, Yonah o esperava ansioso.

– Padre, como vai o seu latim?

– Tive de repelir a vida inteira o orgulho que sinto dele – disse sorrindo o padre Sebbo.

– Cum Matre Matris Salvus.

O sorriso do padre desapareceu.

– E essa agora! – disse bruscamente.

– O que significa?

– De onde tirou essas palavras tão... peculiares?

– Padre, é verdade que não nos conhecemos há muito tempo, mas aposto que já percebeu que pode confiar em mim.

Padre Sebbo encarou-o e suspirou.

– Acho que posso e tenho de confiar. Significa: "Salvo com a Mãe da Mãe."

Yonah via que a sombra de irritação tinha sumido do rosto do padre.

– Sei o que tem procurado há tantos anos, padre Sebastián, e acho que encontrei.

Examinaram cuidadosamente o ataúde. Aberta e encostada na parede, a tampa era uma peça sólida e inteiriça de pedra. O mesmo se aplicava ao fundo da urna e a três de seus lados.

– Mas veja aqui – disse Yonah. O quarto lado era diferente, mais grosso que o lado que lhe era simétrico. O entalhe com a inscrição em latim fora colocado no alto deste lado, obviamente por fora.

Yonah deu pancadinhas, mostrando ao padre Sebbo como o som era oco.

– Aqui há uma placa que pode ser removida.

O padre concordou, mas aconselhou que tivessem cuidado.

– Esta câmara fica perto demais dos quartos de dormir. E não muito longe do salão de jantar. A qualquer hora do dia alguém pode entrar, e é muito fácil chamar os soldados da guarda. Vamos esperar até que a atenção das pessoas que vivem no castelo esteja ocupada com alguma coisa.

Não foi preciso esperar muito, graças ao rumo dos acontecimentos. No dia seguinte, Yonah foi acordado bem cedo por uma criada que passara a noite na cabeceira de Vasca. O conde fora acometido de um novo ataque. A boca caíra de um modo ainda mais alarmante e os olhos já não se mantinham no mesmo plano, ficando o olho esquerdo mais baixo que o direito. A pulsação parecia muito nítida e rápida, enquanto a respiração era lenta, ruidosa. Yonah ouviu um novo ofegar com ruído de chocalho e identificou a natureza do som.

– Corra, vá buscar a condessa e depois os padres! – Yonah gritou para a mulher.

A condessa chegou ao mesmo tempo que os padres. Vinha despenteada, rezando silenciosamente um rosário. O padre Guzmán vestia a batina roxa e a sobrepeliz, paramentos da extrema-unção. Parecia muito afobado, com o padre Sebbo correndo atrás dele para ajeitar a estola em seu pescoço.

De olhos esbugalhados, o conde estava nos arquejos finais, e tudo correspondia à descrição de morte iminente feita por Hipócrates: "nariz vermelho; têmporas caídas; orelhas frias, contraídas, com os lóbulos distorcidos; pele do rosto dura, esticada e seca; rosto pardacento".

Padre Sebbo abriu a garrafinha dourada contendo os Santos Óleos. Molhou o polegar direito esticado de Guzmán e o padre ungiu os olhos, as orelhas, as mãos e os pés de Vasca. O ar se encheu do aroma do forte bálsamo, quando o décimo quarto e derradeiro conde de Tembleque respirou pela última vez, um suspiro longo, abafado.

– Foi absolvido – disse o padre Guzmán – e neste momento já está se encontrando com Nosso Senhor.

Padre Sebbo e Yonah trocaram um longo olhar, pois sabiam que o ataúde não demoraria a ser colocado no fundo da terra.

– Temos de informar a criadagem e os soldados do passamento de seu senhor e mestre – disse padre Sebbo ao padre Guzmán. – E devemos rezar, no pátio, uma missa em memória.

– Acredita mesmo que seja preciso? – Guzmán perguntou franzindo a testa. – Temos tantas providências a tomar.

– A celebração deve vir antes – disse com firmeza o padre mais velho. – Vou ajudá-lo, mas o senhor fará o sermão, pois fala muito melhor que eu.

– Ah, não é verdade – padre Guzmán disse num tom modesto e, nitidamente envaidecido, concordou em fazer o sermão.

– Enquanto isso – padre Sebbo acrescentou –, o médico vai lavar o finado e prepará-lo para o sepultamento.

Yonah abanou a cabeça.

Arranjando as coisas para o corpo não estar pronto quando a missa começasse no pátio, Yonah esperou o início do ronco baixo da voz do padre Sebastián, do timbre mais alto, cantante, do padre Guzmán e da resposta sonora dos devotos. Depois correu para a câmara no porão.

Empregando uma sonda cirúrgica, começou a raspar a argamassa em volta da placa onde fora gravada a inscrição. Sem dúvida Manuel Fierro jamais teria imaginado que o instrumento que fizera com tanto cuidado pudesse servir para aquilo, mas a sonda funcionou muito bem. Yonah tinha acabado de remover a argamassa dos dois lados da placa quando ouviu a voz atrás dele.

– O que está fazendo, curandeiro?

Os olhos de Daniel Tapia estavam pousados na placa.

– Verificando se está tudo em ordem.

– É claro que sim – disse Tapia. – E também acredita que exista alguma coisa aí, não é? Espero que tenha razão.

Yonah percebeu de imediato que Tapia não estava interessado em gritar para chamar os soldados, pois logo desembainhou uma faca e avançou. Pretendia, sem dúvida, acabar sozinho o trabalho. Era tão alto quanto Yonah e muito mais pesado; obviamente julgava-se competente para resolver o problema de um médico desarmado. Yonah fez um movimento de ataque com a diminuta sonda e pulou para o lado enquanto a faca dava uma ampla varredura para rasgá-lo.

Passou perto; seu corpo escapou por um fio da lâmina. A ponta pegou o tecido de sua túnica, cortando-o, mas encontrando o breve momento de resistência que permitiu que Yonah agarrasse o braço que estava por trás da faca.

Quando ele puxou, mais por reflexo que por intenção, Tapia perdeu o equilíbrio e se estatelou para a frente sobre o ataúde aberto. Era rápido para um sujeito pesadão e ainda segurava a faca, mas Yonah agarrou instintivamente a tampa da urna apoiada na parede. Era muito pesada e ele precisou de toda sua força para movê-la, mas finalmente o alto da tampa do ataúde de pedra soltou-se da parede e veio carregada para baixo pelo seu próprio peso. Tapia tinha começado a se levantar, mas a tampa maciça caiu sobre ele como uma ratoeira. O corpo abafou a maior parte do barulho; em vez do eco de pedra contra pedra houve um baque surdo.

Ainda assim, o som foi bastante alto e Yonah ficou paralisado, atento. Mas as vozes continuaram respondendo sem pausa às orações do padre.

A mão de Tapia ainda estava agarrada à faca, que Yonah teve de arrancar de seus dedos. Depois levantou cuidadosamente a tampa de pedra, embora não houvesse mais necessidade de delicadeza.

– Tapia?

Não existia mais respiração.

– Ah, não, inferno!

Viu que o homem quebrara a espinha e estava morto, mas não tinha tempo para lamentações. Carregou Tapia para o quarto ao lado do seu e colocou-o na cama. Depois tirou-lhe as roupas e fechou-lhe os olhos. Bateu a porta quando saiu.

Agora, ao voltar ao porão, estava desesperadamente apressado, pois sabia que a missa estava no fim. A voz fanhosa do padre Guzmán exaltava a vida de Fernán Vasca.

Acabando de remover a última camada de cimento, Yonah conseguiu soltar a placa de pedra. Havia um espaço atrás.

Trêmulo, estendeu a mão e sentiu um ninho feito com panos. Protegido no ninho, como ovo precioso e grande, havia um embrulho de linho e, no meio do linho, uma bolsa de seda bordada. Yonah estremeceu quando puxou a bolsa. Lá dentro, encontrou o fragmento de osso e o relicário que haviam trazido morte e destruição para sua família.

Naquela tarde, a condessa María del Mar entrou no quarto de Tapia e o encontrou morto. O médico e os padres foram convocados de imediato.

Yonah já causara duas mortes antes dessa. Depois de lutar muito tempo com os demônios de sua consciência, concluiu que era justo proteger-se quando alguém tentava matá-lo. Mas agora o médico passava pela desagradável experiência de ter de atestar a morte de alguém que ele próprio liquidara. Era constrangedor usar a profissão de modo tão indigno, de um modo que não teria coragem de expor diante de Nuño Fierro.

– Teve morte imediata – disse ele, o que era verdade; acrescentando: – durante o sono – o que era mentira.

– Não será alguma pestilência que possa afetar a todos nós? – perguntou temeroso o padre Guzmán. Yonah respondeu que não, que fora apenas uma coincidência Tapia ter morrido no mesmo dia que Vasca. Teve consciência do rosto pálido da condessa concentrado nele.

– Daniel Tapia não tinha parentes vivos – disse ela, que conseguira rapidamente se controlar após o choque da descoberta. – Seu funeral não deve interferir no do conde – disse firmemente.

Assim, Tapia foi envolto no cobertor e levado para o campo, onde cavaram uma sepultura e fizeram rapidamente o enterro sob as preces do padre Sebastián. Yonah acompanhou a cerimônia dizendo todos os améns e a cova foi coberta de terra pelos mesmos guardas que a tinham aberto.

Enquanto isso, o castelo continuara em movimento. No pôr do sol, para alívio da condessa, o corpo de Vasca já fora colocado no grande salão, onde ficaria a noite inteira cercado por uma profusão de velas e um grupo de mulheres da criadagem que, sentadas, conversariam num tom abafado até a luz do dia devolver a vida àqueles aposentos.

No meio da manhã, o esquife foi erguido por doze guardas fortes e levado para o centro do pátio. De imediato uma lenta fileira de criados e soldados começou a desfilar diante do morto. Se mãos curiosas tateassem ao redor da inscrição latina, encontrariam as beiradas da placa bem encaixadas. Para o trabalho, Yonah tinha misturado resíduos da velha argamassa com uma fina camada de unguento para os olhos, mistura que fora aplicada da forma mais compacta possível e rapidamente alisada.

Ninguém, porém, reparou nesses detalhes, pois todas as atenções estavam voltadas para a figura dentro do sarcófago. Com as mãos de soldado dobradas para descansar em paz, Fernán Vasca, conde de Tembleque, jazia em cavaleiresca glória, vestindo todo o esplendor de sua armadura. A bela espada feita por Paco Parmiento estava de um lado, o elmo do outro. O sol do meio-dia, que parecia incendiar o aço polido, transformava o conde num santo adormecido entre as chamas.

Contudo, os dias do início da primavera estavam muito quentes e a armadura absorvia calor como uma panela no fogão. Ervas aromáticas tinham sido jogadas nas lajotas do pátio e eram esmagadas pelos pés das pessoas, mas o cheiro da morte começava a se espalhar. María del Mar planejara deixar o corpo em exposição no pátio por vários dias. Queria que o "povo miúdo" dos campos da região tivesse oportunidade de dar um último adeus. Evidentemente, logo percebeu que seria impossível.

O túmulo fora cavado num canto do pátio, perto das sepulturas dos três primeiros condes do distrito, e um pequeno exército de homens levou o ataúde até a beira da cova. No momento, porém, em que o caixão de pedra ia ser fechado, a condessa María del Mar instruiu em voz baixa os soldados a esperar.

Entrou correndo no castelo e voltou pouco depois com uma rosa solitária, de caule comprido, que colocou entre as mãos do marido morto.

Yonah encontrava-se a oito passos de distância. Quando os soldados pegaram a tampa do ataúde e começaram a arriá-la, ele continuou de olhos cravados na flor.

Parecia ser apenas uma rosa. Talvez a mais bela rosa que já vira.

Yonah não pôde resistir ao impulso de dar um passo na direção do esquife, mas num instante, num relance muito breve, a pesada tampa de pedra fechou-se sobre a inscrição latina, o cavaleiro morto e a rosa de ouro com o caule de prata.

Capítulo 45

PARTIDAS

De manhã, María del Mar Cano aproximou-se quando Yonah estava arrumando os alforjes. Vinha de luto, usando uma túnica preta grossa, pois ia viajar. O véu do chapéu preto escondia a pequena cicatriz no rosto, de onde Yonah removera os pontos alguns dias atrás.

– Vou para casa. Meu pai mandará alguém para tratar dos assuntos relativos à propriedade e à herança. Não quer ir até Madri comigo, doutor?

– Não é possível, condessa. Minha esposa espera por mim em Saragoça.

– Ah – disse ela num tom de lamento, mas sorrindo. – Vá me visitar um dia se precisar mudar de ares. Meu pai vai querer recompensá-lo generosamente. Daniel Tapia podia ter me causado um grande mal.

Yonah demorou um instante para perceber que a condessa achava que ele matara um homem para favorecê-la.

– Está fazendo confusão sobre o que aconteceu.

Ela ergueu o véu e se inclinou para a frente.

– Não estou fazendo confusão e não deixe de me procurar em Madri. Eu também saberei recompensá-lo muito bem.

Beijou-o na boca e partiu, deixando-o deprimido, irritado. Sem dúvida o pai – ou qualquer outra pessoa que a ouvisse contar a história – ia presumir que o médico de Saragoça tinha usado seus venenos para matar. E Yonah não queria ver rumores desse tipo se espalhando.

María del Mar Cano era nova. Mesmo, no entanto, quando ficasse velha, ainda seria uma tentação. A presença dela em Madri bastava para garantir que Yonah jamais poria os pés lá.

Quando acabou de arrumar as coisas, já estava mais bem-humorado. Olhou pela janela e viu a condessa de Templeque atravessando o portão da frente. Divertido, notou que estaria bem protegida no caminho para Madri, pois encontrara um membro da guarda forte e jovem para lhe fazer companhia.

Despediu-se dos padres no pátio. Padre Sebbo tinha a mochila nas costas e um cajado muito comprido na mão.

– Quanto aos meus honorários – disse Yonah ao padre Guzmán.

– Ah, os honorários. Eles não podem ser pagos, é claro, até o inventário da propriedade ficar definido. A quantia lhe será enviada.

– Vi dez cálices de prata entre as posses do conde. Acho que poderiam ser os meus honorários.

O padre pareceu interessado e logo em seguida chocado.

– Dez cálices de prata valem muito mais que honorários por um paciente que morre. Pegue quatro se quiser.

Você não conservou a vida dele, repetiram os olhos do padre.

– Frei Francisco Rivera de la Espina disse que eu seria bem remunerado.

Padre Guzmán sabia por experiência própria que era melhor não deixar os problemas caírem nas mãos dos intrometidos funcionários diocesanos.

– Seis, então – disse ele, negociando duro.

– Vou aceitá-los se puder comprar os outros quatro. Dois estão danificados.

O padre estipulou um preço desleal, mas os cálices valiam mais que dinheiro para Yonah. Simulando uma pequena relutância, ele rapidamente concordou.

Padre Sebbo acompanhara a negociação com um sorriso discreto. Pouco depois dizia adeus, erguia a mão numa última bênção para os guardas e cruzava o portão como um homem cujo destino é o próprio mundo.

Daí a uma hora, quando chegou a vez de Yonah atravessar o mesmo portão, foi detido.

– Desculpe, *señor*, mas fomos instruídos a inspecionar seus pertences – disse o sargento da guarda para ele.

Mexeram em tudo que ele arrumara com tanto cuidado, mas a expressão de Yonah não se alterou.

– Tenho um recibo para os cálices – disse.

Finalmente foi liberado pelo sargento com um aceno de cabeça e, tirando Hermana do caminho, começou a embalar outra vez suas coisas. Pouco depois tornou a montar e, com ar satisfeito, deixou para trás o castelo de Tembleque.

Encontraram-se em Toledo, na frente do prédio diocesano.

– Nenhum problema?

– Não – disse o padre Sebbo. – Passou um cocheiro conhecido meu e vim de carona na carruagem vazia. Viajei como um papa.

Os dois entraram no prédio, deram os nomes e sentaram-se em silêncio num banco. Por fim, um frade anunciou que o padre Espina ia recebê-los em particular e fez sinal para o acompanharem.

Espina, sem dúvida, ficou confuso ao ver os dois juntos.

– Vou lhe contar uma história – disse o padre Sebastián Alvarez ao se instalar numa cadeira ao lado de Yonah.

– Estou ouvindo.

O padre de cabelos brancos falou de um padre mais moço, cheio de ambição e de bons contatos familiares. O homem lutara para conseguir uma relíquia que o transformasse no abade de um grande monastério. Mas houve intrigas e, por fim, assassinato e furto. Falou também de um médico de Toledo, alguém que optara pela fé cristã e que perdera a vida na fogueira porque atendera ao pedido de ajuda de um padre.

– Era seu pai, padre Espina.

Sebbo disse também que, através dos anos, onde quer que estivesse, perguntava sempre pelas relíquias roubadas.

– A maioria das pessoas simplesmente encolhia os ombros. Era difícil obter alguma informação, mas juntando uma palavra aqui, outra acolá, acabei tendo um indício que me levava ao conde Fernán Vasca. Então comecei a ir a Tembleque com a maior frequência possível, até que as pessoas do castelo se acostumaram a me ver. Sempre, é claro, mantive olhos e ouvidos abertos, mas só neste ano Deus julgou acertado trazer-me a ajuda do médico Callicó, pelo que fiquei extremamente agradecido.

A atenção com que padre Espina ouvira a história se transformou em assombro quando Sebbo tirou um objeto de seu alforje e desembrulhou-o com grande cuidado.

Os três homens contemplaram em silêncio o relicário.

A prata tinha manchas negras, mas a cor do ouro era pura. Mesmo sob as manchas, as figuras sagradas e os relevos decorativos de frutas e plantas fascinavam o olhar.

– Deus moveu as mãos do artífice – disse padre Espina.

– Sim – concordou padre Sebbo, tirando a tampa do cibório para que todos pudessem ver o fragmento de osso no seu interior.

Os dois padres fizeram o sinal da cruz.

– Encham seus olhos – disse o padre Sebbo. – A relíquia e o relicário de Santa Ana devem ser enviados o mais depressa possível a Roma. Nossos amigos da cúria papal são notoriamente lentos quando se trata de reafirmar a autenticidade de uma relíquia recuperada. Pode mesmo nem acontecer em nosso tempo de vida.

– Há de acontecer mais cedo ou mais tarde – disse padre Espina. – E graças aos senhores. A lenda da relíquia de Santa Ana roubada em Toledo é conhecida por toda parte, e tenho certeza de que vão celebrá-los como os heróis da descoberta.

– O senhor me disse, não há muito tempo, que se eu precisasse de alguma coisa era só lhe pedir. É o que estou fazendo agora, padre. Por favor, não quero que meu nome seja relacionado de modo algum a este assunto.

Padre Espina ficou impressionado pela inesperada intervenção de Yonah e observou silenciosamente o médico.

– O que pensa do pedido do *señor* Callicó, padre Sebastián?

— Tem todo o meu apoio — disse o velho padre. — Fiquei a par da generosidade deste homem. Em tempos estranhos e difíceis, o anonimato pode ser uma verdadeira bênção, mesmo para um homem bom.

Padre Espina abanou a cabeça finalmente.

— Sei que antigamente meu próprio pai deve ter feito um pedido semelhante. Mas sejam quais forem as razões do *señor* Callicó, eu não lhe causarei problemas. Se houver mais alguma coisa em que possa ser útil...

— Não, padre. Obrigado.

Espina se virou para o padre Sebastián Alvarez.

— Pelo menos o senhor, como padre, deve estar disponível para testemunhar sobre o que aconteceu no castelo de Tembleque, padre Sebastián. Quem sabe não posso lhe conseguir um trabalho mais fácil que caminhar entre os pobres, tendo de mendigar por cada refeição?

Mas padre Sebbo desejava agora continuar vivendo como mendicante.

— Santa Ana transformou minha vida e minha vocação, conduzindo-me a um tipo de sacerdócio que nunca imaginei desempenhar. Peço que tome o cuidado de só mencionar o meu nome quando estritamente necessário, para que eu possa continuar minha vida como ela está.

Padre Espina assentiu.

— Só precisa fazer um relatório explicando como a relíquia foi recuperada. O bispo Enrique Sagasta me conhece e confia em mim. Ele vai enviar o precioso objeto a Roma e tenho certeza de que posso convencê-lo a declarar que o osso foi encontrado no castelo de Tembleque pela sé de Toledo, através de nosso Gabinete para a Fé Religiosa. Seria, sem dúvida, apenas natural que estivesse no castelo e pudesse ser localizado após a morte do conde Fernán Vasca, que sabidamente negociava com relíquias.

"A antiga basílica de Constantino em Roma foi demolida e uma grande igreja será erguida sobre a tumba de São Pedro. O bispo Sagasta deseja ser transferido para o Vaticano e eu quero ir com ele. Só ajudará a reputação do bispo, como historiador da Igreja que já é, receber um crédito adicional pela recuperação da relíquia de Santa Ana e de um relicário como esse."

Na rua, parados na frente do prédio da diocese, Yonah e o padre Sebastián olhavam um para o outro.

— O senhor sabe quem sou eu?

O padre pôs a mão calejada na boca de Yonah.

— Não quero saber de nomes. Já tinha reparado que é parecido com alguém que um dia conheci, um ótimo homem, um artesão de extrema perícia e arte.

— Adeus, padre — disse Yonah com um sorriso.

Os dois se abraçaram.

– Vá com Deus, meu filho.

O médico ficou um instante parado vendo Sebastián Alvarez se afastar, a cabeça com cabelos brancos, o cajado comprido de mendicante balançando na movimentada rua da cidade.

Yonah Toledano seguiu para a periferia de Toledo, onde ficava o campo que fora um cemitério judeu. Certamente nem cabras nem ovelhas teriam andado recentemente por lá, pois a relva crescia verde sobre os ossos. Yonah deixou a égua pastar um pouco e saltou para rezar o kadish pela mãe, por Meir e por todos ali enterrados. Depois pulou novamente na sela e guiou o animal de volta para Toledo, para as ruas onde passara os mais felizes e mais inocentes dias de sua vida, para a estrada do rochedo que dava para o rio.

A sinagoga, pelo menos naquele momento, parecia ter virado um depósito de lenha, pois havia toras de madeira amontoadas ou simetricamente empilhadas nos degraus e por toda a frente do prédio.

Yonah puxou as rédeas da égua quando chegou à antiga casa e oficina da família Toledano.

Ainda judeu, abba, clamou em silêncio.

A árvore que havia sobre o túmulo do pai tinha crescido bastante. Atrás da casa, os ramos de folhas largas pendiam sobre o telhado baixo, dando sombra, balançando na brisa.

Sentiu a forte presença do pai.

Real ou imaginária, deixou-o muito feliz e ele contou mentalmente tudo que acontecera. Não havia como enganar os mortos. O caso do relicário completara seu círculo e estava encerrado. Não era mais possível recuperar o que se perdera nos acidentes de percurso.

Contemplando a casa onde a mãe morrera, dava pancadinhas na égua.

Sebastián Alvarez achava que ele se parecia com o pai. E seu irmão? Será que Eleazar também era parecido com o pai? Teria Eleazar Toledano algum traço de família para ser reconhecido na rua, entre uma multidão de rostos?

Para todo lugar que olhava, Yonah imaginava estar vendo um garoto magrela com uma grande cabeça.

Yonah, vamos até o rio?

Yonah, não posso ir com você?

Foi trazido para o presente por uma súbita e aguçada percepção de mau cheiro; o curtume de couro ainda funcionava.

Amo você, abba!

Ao passar pela propriedade vizinha de Marcelo Troca, viu o homem ainda vivo, cuidando de sua roça, pondo o cabresto no focinho de um burro.

– Olá! Um bom dia, *señor* Troca! – Yonah gritou, batendo com os calcanhares na égua.

Marcelo Troca parou com a mão no pescoço do burro e, intrigado com o cavaleiro na égua preta, ficou olhando para os dois até eles saírem de vista.

Capítulo 46

O GALPÃO

Ele e o lugar combinavam muito bem. O pedaço retangular de terra, na realidade apenas um morro comprido e baixo com um pequeno córrego atravessando a encosta, não era o Éden, nem tinha uma casa-sede que pudesse se comparar com o castelo, mas os campos e a casa se ajustavam perfeitamente a Yonah.

Naquele ano a primavera tinha chegado cedo a Saragoça. As árvores frutíferas que os dois tinham podado e adubado estavam cheias de brotos quando ele entrou em casa. Adriana recebeu-o com lágrimas e risos, como se o marido tivesse retornado do mundo dos mortos.

Ela apreciou com reverência os cálices de prata que o sogro tinha feito. As manchas pretas eram piores do que pareciam e não queriam sair, mas Yonah coletou o esterco que se acumulara no chão do galinheiro durante o inverno e untou cada cálice do ácido que saía da titica úmida de galinha; depois, usando um pano macio, esfregou-os demoradamente com uma dose extra da terrível pasta. Após uma boa lavagem com sabão e mais uma esfregação com panos secos, cada cálice ficou brilhando como a armadura do conde. Adriana arrumou-os numa mesinha situada de modo a captar os reflexos ondulantes do fogo e virou para a parede as partes amassadas e arranhadas de dois cálices.

No bosque, perto do alto do morro, as árvores logo ficaram carregadas de pequenas azeitonas muito verdes. Animada com aquilo, Adriana planejava tirar o azeite no momento do perfeito amadurecimento. Tinha comprado algumas cabras durante a ausência de Yonah, pois pensava em formar um pequeno rebanho. Embora o vendedor garantisse que três cabras haviam cruzado, só uma delas deu sinais de estar realmente prenha. Adriana, contudo, não se deixou perturbar por aborrecimentos desse tipo, porque na última semana do verão tornou-se evidente que ela mesma estava grávida. Yonah ficou radiante e Adriana entrou numa espécie de êxtase controlado.

Sem dúvida a criança que estava a caminho faria muita diferença.

No começo do outono, Reyna e Álvaro vieram fazer-lhes uma visita e, enquanto as mulheres tomavam um copo de vinho, os homens foram até o alto do morro e calcularam as dimensões de um galpão.

Álvaro coçou a cabeça quando percebeu o que Yonah queria.

– Vai precisar mesmo de um galpão tão comprido, Ramón?

Yonah balançou a cabeça e sorriu.

– Já que resolvemos construir, vamos fazer direito.

Álvaro tinha construído muitas casas e Yonah contratou-o para levantar as paredes externas de um galpão com telhado de telhas, para combinar com a casa-sede. Durante todo o outono e todo o inverno, Álvaro e Lope, o rapaz que trabalhava com ele, carregaram pedras para a crista do morro num carro de boi.

Adriana deu à luz em março. O parto ocupou uma longa noite tempestuosa e a criança nasceu na fria luz da manhã. Yonah pegou a criança nos braços e sentiu o último resto de solidão se dissolver quando o menino abriu a boca e começou a chorar.

– Vamos chamá-lo Helkias Callicó – disse Adriana. Ao receber o recém-nascido dos braços do marido, ela pronunciou o nome que nunca dizia, mesmo nos momentos de maior intimidade dos dois. – O filho de Yonah Toledano.

Na primavera seguinte, Álvaro e Lope cavaram uma vala rasa, conforme as especificações de Yonah, e lançaram as fundações. Quando o trabalho chegou aos muros, Yonah passou a usar cada momento livre no atendimento dos pacientes para ajudar os pedreiros. Aprendeu a selecionar, a encaixar cuidadosamente as pedras, a ajustá-las umas sobre as outras com a precisão necessária para garantir a resistência de uma parede. Também quis aprender a fazer a massa, misturando cascalho muito fino com barro, areia, calcário e água para fazer um cimento forte. Álvaro se divertia com suas perguntas e sua disposição.

– Aposto que vai largar a medicina para trabalhar conosco – dizia, vendo como Yonah estava gostando da experiência de trabalhar na obra.

O galpão ficou pronto na primeira semana de junho. Depois que Álvaro e Lope foram pagos e se despediram, Yonah começou a trabalhar sozinho nos períodos mais frescos do dia, carregando o material de manhã cedo e pouco antes do anoitecer. Por todo o final do verão e início do outono, carregou pedras no carrinho de mão para o interior do galpão.

Só em novembro pôde começar a trabalhar com as pedras. Marcou um sulco que isolava uma faixa estreita do espaço interno do galpão e começou a construir uma parede divisória de pedra, que duplicava a parede externa dos fundos.

No canto mais escuro, abriu na nova parede uma entrada baixa e estreita. Diante dessa entrada construiu um depósito de toras de pinho. O depósito era dividido. Na frente, Yonah pôs lenha cortada e, na parte colada à parede, instalou um alçapão. O alçapão levava ao aposento secreto e, sempre que não estivesse sendo usado, ficaria oculto por toras de lenha empilhadas sobre ele.

No comprido e estreito espaço entre as paredes colocou uma mesa, duas cadeiras e cada símbolo material de sua fidelidade judaica: a taça do kidush, as velas do Shabat, os dois livros médicos em hebraico e algumas páginas com as preces, as bênçãos e as narrativas de que podia se lembrar.

No final da tarde da primeira sexta-feira depois do galpão estar pronto, foi com Adriana até o alto do morro e parou perto do túmulo de Nuño. Adriana levava o filho nos braços. Juntos, viram o céu escurecer até conseguirem identificar o brilho esbranquiçado das primeiras três estrelas.

Tinha deixado aceso um candeeiro no galpão para não ter de fazê-lo após o Shabat ter começado. Foi sob sua luz que removeu as toras de lenha e abriu o alçapão. Entrou na frente e recebeu o bebê das mãos de Adriana, abaixando-se para carregar a criança pela pequena porta e penetrar com ela no espaço escuro do aposento secreto. Adriana, porém, logo se reuniria a eles levando o candeeiro.

Era um culto simples. Adriana acendeu as velas e disseram juntos a prece, saudando o advento do Shabat. Então Yonah entoou o shemá: "Ouve, ó Israel, o Senhor é o nosso Deus, o Senhor é Único."

Foi tudo que tiveram de liturgia.

– Um bom Shabat – disse ele, beijando a esposa.

– Um bom Shabat, Ramón.

Ficaram sentados no silêncio.

– Está vendo a chama do candeeiro? – Yonah disse ao seu filho.

Ele não era Abraão e o menino não era Isaac. Não se transformaria em um mártir num poste da Inquisição para ser oferecido a Deus em holocausto.

Aquela era a única vez que Helkias ia ver o aposento secreto antes de poder pensar como homem.

O judaísmo de Yonah viveria em sua alma, onde não podia ser molestado. Sempre, no entanto, que fosse seguro, ele iria até aquele aposento para visitar os objetos que havia lá. E, se sua vida fosse longa o bastante para ver os filhos atingirem a idade da razão, levaria cada um àquele lugar secreto.

Acenderia as velas, entoaria preces desconhecidas e tentaria ajudar a geração seguinte da família Callicó a compreender como era antes. Contaria as fábulas, as histórias de tios e avós que a criança nunca ia conhecer, falaria de magníficos objetos sagrados, de um homem cujas mãos e cérebro tiravam maravilhas do metal e de uma rosa de ouro com caule de prata. Histórias de um tempo que fora melhor e de uma família que não existia mais, de um mundo que desaparecera. Depois disso, ele e Adriana concordavam, ficava tudo nas mãos de Deus.

AGRADECIMENTOS

Devo a muita gente a possibilidade de escrever este livro. Se houve erros na interpretação da informação que recebi das pessoas citadas abaixo, eles são de minha exclusiva responsabilidade.

Por responder às minhas perguntas no campo da medicina, agradeço a Myra Rufo, Ph.D., catedrática no Departamento de Anatomia e Biologia Celular da Tufts Medical School; Jared A. Gollob, doutor em medicina, vice-diretor do Programa de Terapia Biológica do Beth Israel Hospital e professor-assistente da Harvard Medical School; Vincent Patalano, doutor em medicina, oftalmologista da Massachusetts Eye and Ear Infirmary e professor-assistente na Harvard Medical School; e à equipe do Centers for Disease Control, em Atlanta, Geórgia. Louis Caplan, doutor em medicina, diretor da unidade de urgência do Beth Israel Deaconess Medical Center e professor de neurologia na Harvard Medical School, respondeu a várias perguntas e teve a gentileza de ler o manuscrito da edição americana.

Na Espanha, o historiador Carlos Benarroch teve a gentileza de passear comigo no velho bairro judeu de Barcelona, dando-me noções sobre a vida dos judeus espanhóis na época medieval. Agradeço às demonstrações de apreço de Jordi Maestre e Josep Tarrés, em Girona. Duas famílias de Girona me receberam em suas casas para que eu pudesse fazer uma ideia de como certos judeus tinham vivido na Espanha, centenas de anos atrás. Joseph Vicens I Cubarsi e María Collel Laporta Casademont mostraram-me uma admirável estrutura de pedra que incluía um fogão embutido na parede. Fora achada no subsolo da interessante casa dos dois, quando escavaram o piso de terra do porão. E a família Colls Labayen conduziu-me pela simpática residência onde, no século XIII, morara o rabino Moses ben Nahman, o grande Nahmanides. Em Toledo, fui gentilmente recebido por Rufino Miranda e pelos funcionários do museu Sefardi na sinagoga del Tránsito.

No museu Marítimo em Barcelona, Enrique Garcia e Pep Savall, conversando com meu filho, Michael Gordon, que estava me representando, discutiram as viagens a vela e sugeriram as escalas que um paquete do século XVI podia ter feito em portos espanhóis. Luis Sintes Rita e Pere Llorens Vila, levando-me a bordo do *Sol Nascente III*, o barco de Luis, mostraram-me algumas águas ao longo da costa de Menorca. Com eles também visitei as instalações de uma ilha retirada onde, antigamente, funcionara um hospital para pacientes com doenças infecciosas e que agora era uma colônia de férias para os médicos do serviço nacional de saúde da Espanha. Agradeço ao diretor, Carlos Gutierrez del Pino e ao gerente, Policarpo Sintes, pela hospitalidade e por me mostrarem a coleção ali exposta de antigos equipamentos médicos.

Agradeço ao American Jewish Congress e a Avi Camchi, seu erudito e principal conselheiro, que me possibilitaram participar de uma excursão a pontos importantes da história dos judeus na Espanha, inclusive com a liberdade de me afastar vários dias e me unir de novo à excursão; e agradeço a um maravilhoso grupo de pessoas do Canadá e dos Estados Unidos por deixarem repetidamente um escritor a trabalho empurrá-las para aproximar o gravador de cada expositor.

Na América, por responder às minhas perguntas, agradeço ao rabino M. Mitchell Cerels, Ph.D., ex-diretor de estudos sefarditas na Universidade Yeshiva; Howard M. Sachar, Ph.D., professor de história na Universidade George Washington; e Thomas F. Glick, Ph.D., diretor do Instituto de História Medieval da Universidade de Boston.

O padre James Field, diretor do escritório para o culto na arquidiocese de Boston e o padre Richard Lennon, reitor do St. John's Seminary em Brighton, Massachusetts, responderam pacientemente às perguntas de um judeu americano sobre a Igreja Católica e estou grato, também, à gentileza do departamento de latim do College of the Holy Cross, em Worcester, Massachusetts.

O rabino Donald Pollock, assim como Charles Ritz, ajudaram-me a encontrar datas de festas judaicas na Idade Média. Charlie Ritz, meu velho amigo, permitiu-me usar livremente sua biblioteca pessoal sobre assuntos judaicos. Gilda Angel, esposa do rabino Marc Angel da Sinagoga Portuguesa e Espanhola de Nova York, conversou comigo sobre as ceias de Páscoa dos judeus sefarditas.

O núcleo da Universidade de Massachusetts em Amherst concedeu-me autorização para consultar a Du Bois Library, da W.E.B., como um de seus membros, o que aliás já venho fazendo há alguns anos. Estou particularmente grato a Gordon Fretwell, diretor-assistente dessa biblioteca; a Betty Brace, chefe dos serviços de apoio ao usuário; e a Edla Holm, que chefiava a seção de empréstimos. Agradeço também a cortesia da Mugar Memorial Library e da Biblioteca de Ciência e Engenharia em minha *alma mater*, a Universidade de Boston, bem como da Countway Medical Library e da Widener Library da Universidade de Harvard, da biblioteca do Hebrew College, da Brookline Public Library e da Boston Public Library.

Descobri que os trabalhos de história oferecem diferentes estimativas da população de judeus espanhóis no fim do século XV e às vezes descrevem os eventos desse período de diferentes pontos de vista. Quando isso ocorria eu me sentia livre para escolher a versão que me parecia mais lógica e provável.

Uma palavra de advertência. Baseei minhas descrições de remédios à base de ervas em material encontrado nos escritos de Avicena, Galeno e outros médicos antigos. Pouca ciência, no entanto, era usada na preparação dos medicamentos por esses primeiros médicos e boticários, e sua eficácia nunca foi provada. Seria, para qualquer um, atitude irresponsável testar os remédios descritos neste livro, pois eles podem ser perigosos ou colocar em risco a própria vida.

Desde o início do cristianismo, tem havido um ativo mercado para o roubo e a venda de relíquias religiosas, algumas espúrias, e ainda hoje a coisa continua. Relíquias de Santa Ana, reverenciada pelos católicos como a mãe da Virgem Maria, costumam ser encontradas em muitas igrejas e em diferentes partes do globo. Baseei a história ficcional de minha relíquia de Santa Ana, até o período de Carlos Magno, inclusive, em eventos que podem ser encontrados em histórias católicas dos santos.

Os acontecimentos envolvendo a relíquia após a era de Carlos Magno são fictícios, assim como o Mosteiro da Assunção, em Toledo, e o vale e a aldeia de Pradogrande. Todos os monarcas e bispos mencionados, com exceção de Enrique Sagasta e Guillermo Ramero, são históricos.

Quero agradecer ao caloroso apoio e amizade de meu editor alemão, dr. Karl H. Blessing, da Karl Blessing Verlag; de meu agente americano, Eugene H. Winick, da McIntosh & Otis, Inc.; e de minha agente internacional, Sara Fisher, da agência literária A.M. Heath, em Londres.

Minha casa editorial na Espanha, Ediciones B, foi-me extremamente útil em determinados casos e agradeço à sua diretora, Blanca Rosa Roca, e a Enrique de Hériz, diretor editorial.

Mandei o manuscrito para a Alemanha e a Espanha em segmentos, por isso as traduções puderam começar em cada um desses países enquanto eu ainda estava escrevendo. O historiador e jornalista José María Perceval esquadrinhou minhas páginas, ofereceu conselhos e procurou garantir que os nomes de meus personagens estariam coerentes com a linguagem e a cultura das regiões espanholas onde a ação teve lugar. A difícil tarefa, pela qual lhe estou grato, transformou as revisões nesta necessidade que agora se apresenta, e agradeço particularmente à paciência e habilidade de Judith Schwaab, da Karl Blessing Verlag, em Munique, e de Cristina Hernández Johansson, das Ediciones B, em Barcelona. Durante boa parte da elaboração de meu romance, desfrutei do luxo de ter Herman Gollob como um editor sempre ao meu alcance, até ele partir para a Inglaterra para pesquisar um livro que tinha relação com Shakespeare. É um grande editor que gosta do que os escritores produzem; este romance é muito melhor do que teria sido sem ele. Meu editor americano, Thomas Dunne, da St. Martin's Press, fez diversas sugestões valiosas que tornaram este livro melhor, e estou agradecido pela ajuda e cortesia demonstradas por Peter Wolverton, editor associado, e Carolyn Dunkley, assistente editorial.

Minha filha Jamie Beth Gordon esteve sempre atenta a "qualquer livro que papai pudesse achar interessante" e sempre me sinto acarinhado e revigorado quando leio um dos pequenos bilhetes que ela deixa em meu caminho. Minha filha, Lise Gordon, fonte infalível de bons livros a ler por interesse cultural e prazer, minha mais severa e mais afetuosa colaboradora, leu parte da primeira versão e preparou os originais de todo o texto final. Meu genro, Roger Weiss, atendeu a inumeráveis gritos de socorro quando meu computador engolia seções inteiras de prosa arduamente produzida e não queria mais soltá-las; ele sempre me salvava o dia. Minha nora, María Palma Castillón, traduziu, interpretou, leu as provas da edição espanhola e, quando estávamos no mesmo país, enchia-nos de ótima comida catalã. Meu filho Michael Seay Gordon esteve sempre presente com sua inteligência, seus recortes de jornais, telefonemas, conselhos e apoio. Entrevistou pessoas em meu nome e foi uma excelente companhia em várias de minhas viagens à Espanha.

O apoio que recebi de Lorraine Gordon, sempre a perfeita esposa de escritor, foi de tal ordem que não tentarei colocá-lo em palavras. Ela me transforma repetidamente no apaixonado que, já há muitos e muitos anos, eu tenho sido.

Brookline, Massachusetts
9 de fevereiro de 2000